DE NAPOLEON BAAN

NICK THACKER

VOORWOORD

Dit boek is vanuit het Engels vertaald met behulp van een service, om lezers over de hele wereld geweldige verhalen te bieden. We hopen dat je ervan geniet, en vergeef eventuele taalfouten!

Als dank, bezoek nickthacker.com/dutch om een gratis thriller roman te downloaden!

CHAPTER 1

NAPOLEON

7:18 PM DECEMBER 1, 1805

Austerlitz, Oostenrijk

"Heren," begon hij. "Let op deze heuvel. Er zal een gevecht zijn, en ieder van jullie zal zijn plaats hebben."

Hij keek op van de grote houten tafel naar zijn maarschalken. Ze knikten allemaal kortaf. Hij trok zijn lippen samen in een dunne lijn. Een slagveld glimlach; het beste waar ze op konden hopen van hun Groot *Commandant*. Hij had hen zo ver geleid, hij had er vertrouwen in dat hij hen door de volgende storm zou leiden.

En er was altijd een storm. Er was altijd een nieuwe strijd, een nieuw gevecht. Zijn maarschalken, de besten van hen tenminste, begrepen dit. Er was, voor het Frankrijk van Napoleon, geen 'ultiem doel'. Als de heerschappij over de gehele westerse wereld werd bereikt, zou dat slechts een toevallige bonus zijn van het ware doel: de reis van de verovering.

Hij was nu ongeveer een jaar keizer van de Fransen, maar zijn staat van dienst als overwinnaar begon hem al voor te gaan. Zijn mannen waren trots, maar nederig. Zelfverzekerd maar loyaal aan hun leider.

De overwinning zou precies zo uitpakken als hij had gepland, daar was hij zeker van. Het was dus niet voor hem dat deze bijeenkomst plaatsvond, maar voor zijn maarschalken. Zij moesten net zo trouw zijn aan het plan als hij; zij moesten de risico's begrijpen en dienovereenkomstig manoeuvreren.

Hij wendde zich tot de man die rechts van hem stond. Zijn meest vertrouwde assistent. "Hebben we de aantallen waar we op hoopten?"

De man knikte. "Ja, commandant. 75,000, klaar voor de strijd. Volledig bevoorraad en goed doorvoed."

Napoleon knikte. Het waren niet de aantallen waarop hij had gehoopt, maar het was een jaar geleden dat het Franse leger met zijn 200.000 troepen de Rijn was overgestoken. Ze hadden hun grondgebied sterk uitgebreid en detachementen achtergelaten rond Oostenrijk en de verspreide naties in de omgeving. Om zich voor te bereiden op de nieuwe Russische dreiging, was Napoleon naar deze plaats gevaren, vlakbij de heuvel waarop zijn volgende overwinning lag.

"En ze hebben geen kennis van onze ware capaciteiten?"

De man schudde zijn hoofd. "Mijn verkenners zijn teruggekeerd met het nieuws dat, voor zover zij weten, de geallieerde commandanten niet van perspectief zijn veranderd. Ze denken dat we gewond zijn, nog strompelend van onze terugtocht."

Napoleon knikte opnieuw en fronste zijn wenkbrauwen. Het was een berekende terugtocht, terugtrekken om een zwakte te veinzen, een zwakte die hij goed had verkocht, dankzij zijn zuurverdiende politieke talenten van acteren en uitvluchten. Hij hield er nooit van zich terug te trekken van een gemakkelijke overwinning, maar hij wist dat de grotere oorlog veel belangrijker was voor het succes van Frankrijk dan een enkele veldslag.

Hij had ook opzettelijk het rechter front van zijn leger verzwakt, in de hoop de Geallieerden uit te nodigen om op dat punt op de Pratzenheuvel aan te vallen en hopelijk Napoleons communicatielijn met Wenen af te snijden. In plaats daarvan had hij het centrum en de kern van zijn leger naar een positie naast de heuvel verplaatst, verborgen en uit het zicht.

"Commandant," zei een andere stem van de andere kant van de tafel. "We moeten aanvallen als ze de Pratzen heuvel bereiken, ja?"

Hij knikte. Hij had dit al uitgelegd.

"En als we falen... als we Pratzen Hill verliezen..."

"De heuvel is niet de overwinning, maar slechts het strijdtoneel," snauwde hij. "We veinzen een zwakte om een invasie uit te lokken waar *we* die willen. Dat is het punt. De vijand *zal de* Pratzenheuvel innemen, maar ik verzeker u, mannen, dat wij hem later weer zullen *innemen*."

Er was gemompel rond de tafel. Hij wist dat ze sceptisch waren. Het was moeilijk om dat niet te zijn. Ze waren moe, overwerkt, bang voor de onvermijdelijke mislukking. Elk leger faalde - dat was een historisch feit. Op een gegeven moment zou Napoleons mars tot een einde komen.

Maar nu nog niet. Niet vandaag, niet vanavond.

Niet morgen.

Hij begreep niet alleen zijn strategie en de strategieën van zijn tegenstanders - hij kende zijn tegenstanders zelf. Hij kende hun innerlijke gedachten, hun verlangens, hun geschiedenissen en hun begrip van het slagveld. Hij wist wat zij wisten, en daarom wist hij dat zijn strategie zou werken.

Hij wendde zich tot Legrand, wiens troepen morgen bij het eerste licht het zwaarst van de geallieerde aanval zouden dragen. "Generaal," zei hij, "zijn uw mannen voorbereid?"

"Natuurlijk, Commandant," antwoordde Legrand zonder aarzelen. "Ze begrijpen de hachelijke situatie waarin ze de rest van het leger brengen als ze falen. En dat zullen ze niet. Wij zullen de flank behouden."

Napoleon ging verder met de rest van zijn maarschalken die aanwezig waren. Het Derde Korps van Davout zou vanuit Wenen oprukken, maar hij vertrouwde deze man meer dan de anderen, en hij wist dat Davout op tijd zou komen. Toen hij klaar was met het bespreken van de laatste plannen en tactische veranderingen, trok hij zich terug en keerde terug naar zijn privé-tent.

Daar maakte hij de balans op. Hij was moe, maar opgewonden. Nerveus, maar voorzichtig voorbereid. Hij beefde niet, hij was niet wankel.

Hij haalde diep adem en bereidde zijn brief aan Josephine voor. Misschien zou het zijn laatste zijn, hoewel hij vermoedde dat het een van de vele zou zijn die nog door zijn hand zouden worden geschreven.

Hij zat aan het bureau en verzamelde zijn gedachten. Terwijl hij naar de lege bladzijde staarde, merkte hij het stijve lichaam van de sabel op, dat tegen de zijkant van de tent en het bureau lag.

Napoleon stond op en greep ernaar en bracht het dichtbij. Bij gebrek aan de meeste van zijn wereldse bezittingen had dit unieke voorwerp hem rust en troost gegeven toen verwarring en chaos hoogtij vierden.

Hij trok het uit zijn schede en bewonderde het blauwgouden staal, de uitgebreide markeringen erop en het pure vakmanschap van dit alles. Hij liet zijn vingers over de vijf rozen in reliëf op het gevest gaan, de kracht kennende die zij in zich droegen. Het was werkelijk een opmerkelijk stuk, en hoewel het oorspronkelijk niet bedoeld was voor de strijd, had hij het gedragen tijdens rooftochten en schermutselingen, en hij was van plan dat morgen weer te doen.

Het was *zijn* zwaard, en het was het zwaard dat het meest gekoesterd werd door de grote commandant.

CHAPTER 2
BILLY

Imrali, Turkije

De gevangene stond op de rand van de klif en keek uit over het water. Het was een steile val van tweehonderd meter naar het kolkende, kolkende water beneden, maar het was niet eens een rechte lijn. Grillige rotsblokken en randen staken uit de zijkant van de klif, en zorgden ervoor dat iedereen die de pech had te vallen - of gek genoeg was om te springen - een moeilijke weg naar beneden zou hebben.

Billy Beckham glimlachte. Het deed hem denken aan de kermisspelletjes die hij als kind probeerde te winnen. Zijn ouders namen hem één keer per jaar mee, en hij spaarde maandenlang zijn zakgeld op, zodat hij genoeg geld had om alle spelletjes te spelen. Ook al vertelde zijn vader hem keer op keer dat ze allemaal doorgestoken kaart waren - dat ze zo ontworpen waren dat ze onmogelijk of uiterst moeilijk te winnen waren - toch kon Billy het niet helpen. Hij was verblind door de manier waarop de bal door de verticale schacht stuiterde op zijn weg naar de bodem. De kleine metalen bol met rubberen coating stuiterde en danste rond en over de houten richels, om uiteindelijk in één van de zes kamers op de bodem van de glazen kast terecht te komen. Een van de kamers zou een prijs bieden, de anderen niets.

Hij had nog nooit gewonnen. Zijn bal kwam op de een of andere manier altijd in een van de buitenkamers terecht.

Billy deed een stap achteruit en draaide zich om, zich inbeeldend dat de verwijzing naar het kermisspel een metafoor was voor zijn leven. Ik heb *nooit gewonnen. Helemaal niets gewonnen.*

Hij haalde diep adem en vroeg zich af of het niet beter zou zijn om er gewoon af te springen en er dan meteen een eind aan te maken. Dat zou toch zeker sneller gaan. Hij zou toch zeker de negenentwintig jaar van de dertigjarige straf die hem nog te wachten stond, voor zijn.

William Beckham, Amerikaan van geboorte, was op het verkeerde moment op de verkeerde plaats geweest toen hij door Turkije reisde en was met een zak drugs op zak terechtgekomen.

Oké, dus hij was op de verkeerde plaats op de verkeerde tijd *en* nam een paar verkeerde beslissingen.

Hij had beweerd dat hij niet wist waar de drugs vandaan kwamen, maar hij miste dat cruciale element toen het tijd werd om zich te verantwoorden: een alibi.

Hij had zich alleen maar willen amuseren op zijn laatste avond in Istanbul. De vrienden die hij had ontmoet - of tenminste de mensen die hij vrienden had genoemd - hadden hem uiteindelijk meegenomen naar een geheime plek, waar hem een ongelooflijke tijd was beloofd.

Het feest was leuk genoeg geweest, maar op een gegeven moment had iemand iets in zijn drankje gedaan. Hij werd de volgende ochtend wakker, al opgesloten en achter tralies.

Voor de reis had hij niet veel geld, en de achtentwintigjarige Billy kende geen advocaten. Hij was dus overgeleverd aan de grillen en de genade van het Turkse rechtssysteem, dat had besloten een voorbeeld aan hem te stellen. Een jaar lang had hij in het systeem rondgelopen, in de verwachting te worden tegengehouden en uiteindelijk vrijgelaten, belachelijk gemaakt, in de roddelbladen aan de westerse wereld voorgesteld als een voorbeeld van blank voorrecht. Hij zou, na veel verdriet, naar huis gaan.

Helaas was Turkije niet geïnteresseerd om hem naar huis te sturen. Hij had een straf opgelegd gekregen die hem geschokt had.

Dertig jaar zonder borgtocht.

Het was niet de eerste keer dat een Amerikaan in het buitenland op een dwaalspoor was geraakt en in het gevangenissysteem van een ander land was beland, maar het was een van de weinige keren dat het rechtssysteem van het land een extra stap had gezet om een onnodig wrede straf uit te spreken. Hij had zich afgevraagd of het wel echt was - of hij per ongeluk, op de een of andere manier, de verkeerde persoon kwaad had gemaakt. Maar hij had geen advocaat of geld om een onderzoeker in te huren.

Als hij naar Imrali was gestuurd vanwege iemands snode bedoelingen, waren die redenen hem nog steeds een raadsel.

Zijn handen waren los, zijn benen vrij, en hij richtte zijn ogen op van de rotsachtige aarde en staarde de heuvel af, naar de gevangenis van het Imrali-eiland in de verte. Er was een kleine binnenplaats in het midden van het complex, maar dit was de eerste keer dat Billy buiten de gevangenismuren was geweest sinds zijn arrestatie, en zeker de eerste keer dat hij buiten was zonder muren om hem heen of boeien om zijn handen en voeten.

Hij keek naar de bewolkte hemel en probeerde het lichtpuntje te vinden dat de zon voorstelde, verborgen achter plooien van pluizig water. Hij dacht dat hij het zag en probeerde met die informatie te bepalen hoe laat het was. Het probleem was dat hij zich niet kon herinneren of hij moest berekenen hoe ver ze van de evenaar waren of niet, en als dat het geval was, had hij geen idee wat dat betekende voor de berekening...

"Billy! Hierheen!" was de stem gekomen van een man, Taavi, met wie hij het afgelopen jaar bevriend was geraakt. Hij *mocht* de man niet bijzonder, en hij had het gevoel dat het wederzijds was, wat ironisch was, aangezien hij Billy al vroeg had uitgelegd dat zijn naam 'aanbeden' betekende. Toch was Taavi de enige persoon die hij tot nu toe had ontmoet die Engels sprak. Billy had nog niet genoeg Turks geleerd om zich te redden, maar gelukkig was alles in de gevangenis gepland en gereguleerd. Hij hoefde geen Turks te leren om hier in leven te blijven - als hij wilde, hoefde hij niet te denken of te spreken of zich zelfs maar iets af te vragen.

Hij liep in de richting van Taavi's stem en voegde zich bij hem en drie andere gevangenen die eerder uit hun celblok waren gehaald. Ze hadden handboeien om gekregen en waren toen door de achterdeur naar buiten gemarcheerd, naar de kliffen aan de rand van het eiland, waar de handboeien waren verwijderd. Niemand was verteld wat er gebeurde, maar er liepen genoeg gewapende bewakers naast hen, zodat Billy wist dat dit een soort geplande oefening was. Meer dan waarschijnlijk had de Turkse regering de bewakers opgedragen hen wat meer zon en beweging te geven, dus lieten ze hen met tegenzin een uurtje of zo buiten spelen.

Hij keek nu naar de bewakers en zag voor het eerst dat ze niet allemaal het uniform droegen van de hoofdbeveiligingsdienst van de gevangenis - zwart en kaki, met een klein geel logo ergens erop geblazoeneerd. Sommige van de nieuwe bewakers droegen zwarte broeken met strakke zwarte hemden. Hun wapens leken ook anders, hoewel Billy geen idee had waarom.

Billy verspilde er niet veel energie aan om zich zorgen te maken. Hij had waarschijnlijk geen bewaker nodig die hem 24 uur per dag in de gaten hield. Ze waren op een afgelegen eiland voor de kust van Turkije, en het enige wat hier op Imrali was, was de gevangenis zelf - geen huizen, geen wegen, helemaal geen andere inwoners. Ze waren tien mijl in open water van de dichtstbijzijnde kust verwijderd. Twee keer per week kwam er een boot om voorraden en post voor de gevangenen af te leveren, maar dat was het dan.

Hij had nog geen brief van iemand thuis ontvangen. Zijn ouders waren vijf jaar eerder overleden, zijn moeder direct na zijn vader, aan kanker op jonge leeftijd, al kon hij zich niet herinneren welk type. Hij herinnerde zich dat hij niet erg verdrietig was toen dat gebeurde, maar hij wenste wel dat zijn vader er nog was. Het zou leuk zijn om met de oude man te praten, om hem te vragen naar de kermissen en de relatief veilige, leuke tijden die ze hadden gehad toen Billy nog een jongen was.

Ergens in de loop van de tijd had zijn vader zich teruggetrokken uit het ouderschap, of uit het leven in het algemeen, omdat hij het te druk had gekregen met zijn werk in de energiecentrale, of omdat hij te horen had gekregen dat hij kanker had, of omdat hij iets anders had gedaan. Billy heeft het nooit geweten. Zijn moeder deed haar best, maar ze regeerde met ijzeren vuist, en hij had er weinig belang bij om zijn hart te verzachten voor de hardste vrouw die hij ooit had gekend.

Hij was nu helemaal alleen op deze wereld, en dat zou hij waarschijnlijk blijven tot hij stierf. Dat was een feit waar hij zich bij neer had gelegd. Zo gek als het voor zijn veroordeling had geleken, vroeg hij zich af of het allemaal wel zo erg was.

Gratis eten, gratis entertainment, gratis alles. Dertig jaar lang.

Zeker, het meeste was rotzooi - het 'verse' voedsel was tien minuten verwijderd van bederf en het enige vermaak was de maandelijkse film die de gevangenen mochten zien, maar onvermijdelijk was dat een film uit Amerika die hij vijftien jaar geleden al gezien had. Misschien kon hij gaan schaken - er waren gevangenen die elke dag uren tegenover elkaar zaten, met een bord tussen hen in.

Hij liep naar de plaats waar Ramon stond en ging in de rij staan naast de andere vier gevangenen. De bewakers omcirkelden hen, elk met een aanvalsgeweer, maar met de punt ervan naar beneden gericht.

"Enig idee wat er aan de hand is?" vroeg hij.

Taavi schudde zijn hoofd. "Oefening?"

Billy lachte. "In de rij staan naast jou is niet veel beweging, vriend."

Taavi fronste, maar antwoordde niet.

De bewaker vooraan in de rij begon bevelen in het Turks te blaffen. Billy had geen idee wat de woorden waren, maar hij herkende het nummer van zijn gevangene dat werd afgeroepen en keek op naar de man. De man herhaalde het nummer en staarde recht in Billy's ogen.

Billy hoorde de lichte klank aan het eind van de getallenreeks, en besefte dat het een vraag was geweest. Hij schraapte zijn keel. "Uh, ja. Dat ben ik." Hij noemde zijn gevangenennummer voor de goede orde en de bewaker knikte en ging verder met de rij, om te controleren of hij de juiste mensen voor zich had.

Billy zag nog meer beweging vanuit zijn ooghoeken en zag een andere man naar hen toe lopen. Hij was geen gevangene, noch een bewaker of iemand die Billy herkende. Hij droeg niet het uniform van een bewaker - noch het standaard uniform van Imrali, noch een die bij deze nieuwe uniformen paste. In plaats daarvan droeg hij een pak - marineblauw met een donkere broek en chique leren schoenen. Een absurde keuze, gezien het weer vandaag, maar Billy had het gevoel dat deze man het grootste deel van zijn werk binnenshuis deed.

De nieuwkomer liep snel naar de groep toe, keek niet op en stopte niet tot hij vlak naast de bewaker stond die zijn lijst had afgevinkt.

Hij sprak niet, en toen de bewaker klaar was met zijn lijst en controleerde of alle vijf gevangenen er waren, zag Billy hoe de nieuwe man in zijn zak greep en er een klein rond voorwerp uithaalde. Het was ongeveer zo groot als een postzegel. Hij hield het voor zich, bekeek het, keek toen rond en gaf het uiteindelijk aan de bewaker. De bewaker deed hetzelfde, draaide zich toen om en stelde de man een vraag in het Turks.

"Wat vroeg hij nou net?" Vroeg Billy onder zijn adem.

Taavi antwoordde. "Is de test klaar?"

Billy voelde zich plotseling zwak in de knieën. *Een test? Wat voor test? En waarom al die formaliteiten?* Als deze kerels een nieuw vaccin of medicijn aan het testen waren - iets waarvan hij wist dat de Turkse regering het toestond om het op gevangenen te testen - dan zouden ze gewoon naar een van de gevangenislabs zijn gebracht of naar een andere ruimte binnen Imrali.

Welke test moest er hier op de klippen gedaan worden?

7:12 PM | **March 9, 2021**

Hever Castle, Kent, Engeland

De kamer werd verlicht door tientallen kleine kandelaars aan de muren, waarvan de fronten van mat plastic nepkaarsen verborgen. Daarboven hingen drie kroonluchters, ook met nepkaarsen die bijna echt leken als je er niet te lang bij stilstond. Het bijna schemerige, mysterieuze effect werd gecompleteerd door gebroken witte LED-rails die in drie keurige rijen over de hele ruimte liepen, passend bij de rijen stoelen die waren neergezet.

Het effect was opmerkelijk nauwkeurig. De ruimte zag eruit en voelde aan als een Tudor kasteel, en was versierd met voorwerpen en kunstwerken die de periode weerspiegelden. Er stond zelfs een bijlzwaaiend ridderpantser in de hoek, op een hardhouten ronde sokkel.

Saul Brodeur keek snel om zich heen, zonder zijn hoofd te bewegen, maar met zijn ogen van links naar rechts, in een voortdurende een-tweetje, alles in zich opnemend en kijkend naar tekenen van iets nieuws. Alles wat nieuw was in de kamer, alles wat niet in zijn perifere blikveld was geweest het moment ervoor.

Een-twee. Links, rechts.

Het was een geoefende beweging, een die hij onwillekeurig herhaalde, voorwaarts luisterend maar de hele tijd alles om hem heen in de gaten houdend.

Het was een goed geconstrueerd kasteel, gebouwd volgens de hoogste normen en door de jaren heen gezond en structureel gezond gehouden. Zo hoort het ook - het was in feite een Tudor kasteel. Anne Boleyn had er haar jeugd doorgebracht nadat haar vader het in 1505 had geërfd, maar de oorspronkelijke bouw was meer dan tweehonderd jaar eerder begonnen. Het kwam uiteindelijk in handen van William Astor, die het verkocht aan Broadland Properties Limited, die er een hotel, vergaderzaal en veilinghuis van maakte.

Hoewel de opzichtige toevoegingen zoals de LED-rail verlichting en de flikkerende nepkaarsen achter elk van de wandkandelaars een leuke touch waren, had hij toch liever het oorspronkelijke, schemerig verlichte en vochtige interieur van het kasteel gehad. Bijna geen enkel kasteel was zo helder, warm en uitnodigend als de films het deden lijken. Hij had altijd van kastelen gehouden, van het mysterie en de intrige en de ontelbare verhalen die de muren konden vertellen, als ze maar konden praten.

En hoewel deze plek zeker geen verbastering van een kasteel was - het was tenslotte *echt* - had hij liever wat minder binnenhuisarchitectuur gezien.

Tegelijkertijd begreep hij dat hij niet de doelgroep was voor dit soort evenementen. Hij, in plaats daarvan, was een soldaat in een kamer vol burgers. Een profeet in een kamer vol leken. Een gehard stalen wapen in een kamer vol zachte, holle karikaturen.

De man links van hem gromde, de vrouw naast hem ademde in korte, regelmatige ritmische ademhalingen. Hij luisterde naar elk van de mensen om hem heen, analyseerde maar concentreerde zich niet op hun grillen en eigenaardigheden. Hij moest ze kennen, hij moest elke potentiële bedreiging vanuit elke mogelijke richting begrijpen.

Al die tijd, was zijn hele actieve focus recht voor hem. Een vrouw, zittend op de derde rij van voren, en voor haar, op het podium. De man daar sprak snel naar beneden naar het publiek, een getrainde professional. Hij sprak de bevelen en verzoeken met een geoefende finesse uit.

"Heb ik één-punt-zeven-vijf, één-punt-zeven-vijf, vraag het nog eens heb ik één punt -"

Hij pauzeerde even en merkte de peddel op die omhoog was gebracht.

Saul keek ook naar het bord dat zojuist rechts van hem omhoog was gegaan. Hij wierp zijn blik daarheen en toen weer omhoog naar de veilingmeester achter zijn lessenaar.

"Een-punt-zeven-vijf! We hebben een-punt-zeven-vijf, prachtig. Hebben we twee miljoen? Twee miljoen pond voor de fijne aquarel op canvas. Twee miljoen, vraag om twee miljoen. Hebben we twee miljoen? We gaan eens..."

De veilingmeester wachtte nog een paar seconden, vroeg nog eens, en sloeg toen met deze kleine voorzittershamer op de lessenaar. "Verkocht voor één-punt-zeven-vijf miljoen! Eén-punt-zeven-vijf pond voor de aquarel, aan ene Mr. Edgar Rauthson uit Lancaster. Meneer, uw schilderij zal worden geleverd door een transportmethode van uw keuze, als u ons team in de Hall of Exhibits wilt vinden na de veiling."

Saul keek toe hoe Mr. Rauthson instemmend knikte, en de veilingmeester onmiddellijk verder ging. Links van de veilingmeester zag Saul twee in smoking geklede medewerkers van het veilinghuis een grote kar naar buiten rijden, waarop een fluwelen deken lag die een klein, ondiep voorwerp bedekte. Hij slikte en rechtte zijn rug, de verwachting en opwinding voelend. *Dit is het*, dacht hij. *Het object waarop ik gewacht heb.*

De veilingmeester begon zijn voorbereide toespraak. "Voor het eerst in vele tientallen jaren wordt een van 's werelds beroemdste zwaarden - en zeker het waardevolste zwaard ter wereld - geveild door een particuliere verzamelaar die het zwaard in bruikleen heeft gegeven aan het Museé de l'Armée in Parijs. Dit zwaard, bekend als het Zwaard van Austerlitz, reed aan de zijde van Napoleon Bonaparte in de strijd in 1805, en in vele schermutselingen daarna. De beroemdste Slag der Drie Keizers vond plaats in de buurt van Wenen in de winter van 1805, en het was dit zwaard dat naar men zegt Napoleons zenuwen kalmeerde".

Hij zag dat de mensen in de zaal opgewonden waren, net als hij. Hij wist ook dat niemand, behalve de vrouw op de derde rij, bereid was hoog genoeg te bieden om het ding te winnen. Voor hen zou dit niet meer dan vermaak zijn - een bijzaak om de hoofdattractie legitimiteit te geven.

Voor hem *was* dit echter de hoofdattractie. Dit was de hele reden voor zijn aanwezigheid. De hele reden voor zijn charade, voor het aantrekken van de ongemakkelijke kleding van de rijken en het veinzen van banden met oude heren en koninkrijken om toegang te krijgen. Hij had zijn glazen laten klinken tegen die van moderne hertoginnen en hertogen, en hij had ellebogen gewreven met de elite van Londen. Het was misselijkmakend, maar hoorde bij het werk.

Nu had hij de kans om deze fase van het project af te sluiten en aan de volgende te beginnen. Hij zei een stil gebed dat deze fase snel en soepel zou eindigen, vanavond, zonder dat het tot morgen zou duren.

Hij was bereid vijfennegentig miljoen pond te bieden om het voorwerp van de wens van zijn werkgever te verwerven, maar geen pond meer. Nog een paar miljoen en de alarmbellen zouden afgaan in de roddelbladen. Zijn mysterieuze en discrete werkgever zou ongewenste en ongerechtvaardigde aandacht van de pers krijgen omdat hij de rechtmatige eigenaar van het zwaard overboden had.

Hij staarde naar de achterkant van het hoofd van de vrouw op de derde rij. Hij had deze positie zorgvuldig gekozen, nadat de hors d'oeuvres waren opgediend en de drankjes een laatste keer waren geleegd en bijgevuld. Door zich direct achter haar te plaatsen, zou zij zich volledig moeten omdraaien om te zien tegen wie zij het precies opnam. Het was een klein maar belangrijk machtsspel.

Het bieden begon. De veilingmeester hield de voorzittershamer omhoog en schraapte zijn keel na zijn korte presentatie. "En nu zal het bieden beginnen. We beginnen met de hoogste openingsprijs van de avond, de vorige verkoopprijs van het zwaard, in dollars van vandaag, waar het voor het laatst voor verkocht was. Het bieden begint bij vijftig miljoen pond."

Er klonken kreten en kleine uitspraken door de kamer, en de man glimlachte. Dit was allemaal te verwachten, dit hoorde allemaal bij het spel. Het veilinghuis zou zijn deel krijgen, het kasteel dat voor de gelegenheid was gehuurd en versierd zou ook zijn deel krijgen, de nieuwe eigenaar van het zwaard zou zijn kostbare bezit mee terug kunnen nemen naar de grote zaal waar het de komende decennia zou worden ondergebracht, totdat een nieuwe verzamelaar met nog diepere zakken zou aanbellen.

De peddel van de vrouw ging omhoog. De man zag dat de veilingmeester haar een licht knikje gaf. Het was allemaal zoals verwacht. "We hebben vijftig miljoen pond van juffrouw Delacruz."

Miss Delacruz. Hij glimlachte. Het was een alias, een naam bedoeld om iedereen af te schrikken die niet goed oplette.

Maar iedereen in deze kamer zou absoluut goed opletten. *Iedereen* hier wist wie ze werkelijk was. *Josephine Campbell.* Iedereen hier wist van de familiebanden met Napoleon. Juffrouw Delacruz-Josephine-Campbell kocht een verjaardagscadeau, iets wat haar nietsvermoedende echtgenoot boven alles zou koesteren. Het was een uitgebreid cadeau, maar dat was niets voor een familie met rijkdom zoals de hunne.

"We hebben vijftig miljoen, hebben we vijfenzestig miljoen? Vijfenzestig miljoen pond vragen voor het zwaard dat Napoleon Bonaparte droeg, zijn kostbaarste...

Saul hief zijn batje en de veilingmeester zag zijn nummer. Hij fronste even, begreep het niet. Toen schraapte hij nogmaals zijn keel en knikte, kortaf.

"Inderdaad. We hebben een bod van vijfenzestig miljoen, van ene Mr. Lacroix, die..." hij las de kaart op de lessenaar. "...ons bezoekt vanuit het noorden." Het was een andere alias, maar deze was goed. Saul wist dat het was doorgelicht, gepland en getest tegen toetsing. Niemand hier zou zijn echte naam en werkgever kennen, en niemand hier zou zijn echte motieven kennen.

De man links van hem verschoof en gromde opnieuw, en de

vrouw naast hem - de minnares van de man, wist Saul - begon wat sneller te ademen. Dit zou het opwindendste zijn wat ze het hele weekend hadden gezien. *Wat een walgelijke poppenkast.*

"Vijfenzestig miljoen voor Mr. Lacroix, hebben we vijfen-zeventig -"

De vrouw hief haar peddel nog eens, een beetje hoger deze keer. Meer zelfverzekerd. Saul was niet bezorgd - er was altijd een back-up plan.

Zodra de veilingmeester had gesproken, hief Saul zijn eigen peddel weer op en sprak. "Vijfennegentig miljoen," zei hij.

De ogen van de veilingmeester werden wijder. *"Vijfennegentig miljoen pond,* we hebben vijfennegentig miljoen van meneer Lacroix. Vijfennegentig miljoen voor het Zwaard van Austerlitz. Hebben we...

De vrouw hief haar batje op en stond nu op van haar stoel. Ze draaide zich langzaam om, zwaaide haar hoofd heen en weer en probeerde de 'meneer Lacroix' in het publiek te vinden. Ze wist niet tegen wie ze had geboden, noch zou ze hem ergens van herkennen, maar haar ogen leken even op de zijne te blijven hangen voor ze zich weer om de veilingmeester draaide.

Ze haalde adem en sprak zachtjes. "Honderdvijfentwintig miljoen." Ze bleef even staan, om het te laten bezinken voor het publiek om haar heen, en ging toen op haar stoel zitten.

De veilingmeester hijgde hoorbaar. *"Eén - honderdvijfen-twintig miljoen pond,"* fluisterde hij, zijn nek gebogen in de micro-foon. "Juffrouw Delacruz biedt honderdvijfentwintig miljoen pond voor het Zwaard van Austerlitz, het kostbaarste bezit van Napoleon Bonaparte. Hebben we een ander bod? Vraag je honderdvijftig miljoen?

De man grijnsde langs de zijkant van zijn mond, zijn ogen

vernauwden zich terwijl hij over de menigte van rijke en elitaire kunstverzamelaars keek. Enkelen keken hem aan, de schok was duidelijk van hun gezicht af te lezen, maar hij schonk er geen aandacht aan. Hij hield zijn ogen recht en keek naar de achterkant van het hoofd van de vrouw.

Ze was mooi, tenger en zag er een stuk jonger uit dan hij zich had voorgesteld, misschien midden veertig. Haar haren waren strak naar achteren getrokken en opgestoken in een decoratieve vorm op haar hoofd, ongetwijfeld de oorzaak van veel zorgen voor wie ze had betaald om het te doen.

De veilingmeester sloeg de hamer neer en het publiek slaakte een gil. Hun schone jonkvrouw had gewonnen van de schurkachtige tiran die de prijs van haar man onder haar vandaan had willen halen.

Het was een schande, echt. Saul wilde deze nacht niet langer laten duren - hij had een goede fles wijn en een warm bad op hem wachten in de hotelkamer - maar dit was het werk. Ze had haar keuze gemaakt, en hoewel verrast, was hij niet geschokt.

Het spel zou naar de volgende fase gaan, en dan zou het eindigen. Er was geen andere optie. Hij zou winnen, zoals hij altijd deed.

De vrouw kon genieten van haar overwinning op dit moment. In een ander moment dat snel zou komen, zou het zwaard eindelijk van hem zijn.

CHAPTER 4

BILLY

10:29 AM | **March 7, 2021**

Imrali, Turkije

De gevangenis van Imrali werd in 1935 opgericht als een plaats waar Turkije veroordeelde misdadigers kon opsluiten zonder veel geld te hoeven besteden aan beveiliging. Voordat Imrali in Turkse handen kwam, was het al een kleine Griekse nederzetting sinds de dagen van Plinius de Oudere. Het eiland heeft een natuurlijke gracht: aan drie van de vier zijden lopen steile kliffen omhoog naar een plateau op de top. De rotsen op de bodem weerhouden iedereen ervan naar beneden te klimmen, omdat de intensiteit van de oceaangolven en de met zeepokken bedekte stenen die vlak onder het oppervlak verborgen liggen, in enkele seconden door kleding en huid scheuren. De wateren rond het eiland worden ook geteisterd door een dozijn verschillende haaiensoorten.

In 2007 werd de Imrali-gevangenis door de Turkse regering gesloten en verkocht, maar op een gegeven moment had een particuliere eigenaar het gebouw heropend en weer in orde gemaakt.

Billy kende de naam van het bedrijf - *La Guerre International* - omdat die op de shirts van de bewakers stond gebrand en op enkele plaatsen op borden in de cafetaria.

Hij had nog nooit van het bedrijf gehoord voordat hij hier kwam, en van wat hij had gehoord, was de gevangenis zogenaamd gesloten nadat hij was verkocht en vervangen door een modern, duur kantorencomplex.

Billy wist dat dit allemaal een leugen was - hij leefde in een gevangenis die duidelijk bijna honderd jaar eerder was gebouwd - maar hij was niet in de positie om te argumenteren. Wat *La Guerre* ook had gedaan om de Turkse regering ervan te overtuigen gevangenen naar hen te blijven sturen, het had gewerkt, en Billy had nog nooit iemand van een officiële regeringsfunctie een voet op het eiland zien zetten om zich te melden.

De man in pak stapte naar voren, keerde zijn rug naar Billy en de andere gevangenen toe en richtte zich tot de bewaker. De helft van het gezicht van de bewaker werd onthuld, en Billy keek ernaar in een poging om zijn uitdrukking te lezen. Hij kreeg niets bruikbaars uit het onderzoek, en na een minuut liep het pak terug en nam een positie in op een tiental meter afstand.

Als op het juiste moment, trokken alle andere bewakers zich ook een paar stappen terug.

Billy's hart begon een beetje sneller te kloppen. *Wat is er aan de hand? Waar zijn ze allemaal bang voor?*

En waarom sta ik hier nog als wat ze ook gaan doen, gevaarlijk zal zijn?

Hij had niet de illusie dat het Turkse gevangenissysteem ook maar in de verste verte zo gemoderniseerd was als dat van de VS, maar hij had tenminste gehoopt dat de wrede omgeving gewoon te wijten was aan een gebrek aan financiële middelen of aan bepaalde geheimzinnige gerechtelijke praktijken.

Hij had gehoopt dat het niet zo bedoeld was.

Billy begon nu te vermoeden dat de plaats waar hij heen was gestuurd niet echt een gevangenis was. Of tenminste geen 'officiële' Turkse gevangenis. Was hij hier per ongeluk terechtgekomen? Moest hij echt ergens op het vasteland in een gevangeniscel zitten?

Hij opende zijn mond om te spreken, maar hield zichzelf tegen toen hij zag dat de bewaker het kleine voorwerp optilde en het tegen het licht hield. Hij probeerde te zien wat het was, maar de man was te ver weg. Het deed er toch niet toe.

De bewaker haalde iets uit de bovenkant van het voorwerp, draaide het toen om in zijn hand en drukte op iets aan de achterkant ervan, als een kleine, verborgen knop. Daarna gooide hij het voorwerp nonchalant naar de gevangenen.

Billy zag hoe het op de rotsen stuiterde en voor de man in het midden van de rij tot stilstand kwam. Alle vijf leunden ze voorover en probeerden te zien wat het was. De man uiterst rechts knielde zelfs en bracht zijn hoofd dichter bij het voorwerp. Hij hoorde Taavi in het Turks fluisteren met de man naast hem, maar niemand anders sprak.

Billy voelde zijn nek spannen, alsof zijn spieren plotseling een kramp kregen. Hij probeerde hem te bewegen, maar toen voelde hij zijn kaak ook spannen.

Wat krijgen we nou?

Hij deed een stap naar links, net toen er iets zichtbaar uit het voorwerp begon te stromen. Hij kon niets zien, maar hij hoorde een licht sissend geluid toen wat er ook in zat snel werd uitgestoten en in de lucht werd geduwd, als een klein spuitbusje.

Het duurde niet lang, en tien seconden nadat het begon te lekken, stierf het sissen weg en stopte.

Hij keek in de richting van de andere gevangenen, maar toen hij dat deed, bevroor zijn nek op zijn plaats. Hij probeerde zijn arm op te tillen om erover te wrijven, maar halverwege verhardden ook zijn schouder en elleboog, alsof ze op hun plaats bevroren waren.

Hij was uitzinnig nu, voelde zijn hart nog harder bonzen. Overuren maken.

En toen leek zelfs zijn hart langzamer te gaan kloppen. Hij voelde de angst toen toeslaan, wetende dat hij op een of andere manier met iets vergiftigd was. Dat iets hem uit zijn eigen lichaam blokkeerde. Zijn gedachten raasden. *Wat is dit?*

De man in het pak keek toe van achter de bewaker, zijn gezicht een masker. De bewaker leek verbaasd, zijn ogen wijd en zijn mond open. De andere bewakers mompelden wat, en Billy kon ze bijna horen, maar het leek alsof zelfs de lucht om hem heen werd weggezogen, alsof hij in een vacuüm werd gestopt. Hij voelde hoe hij probeerde te schreeuwen, maar besefte toen dat het gewoon zijn keel was die zich vernauwde en dichtkneep. Hij dwong zichzelf diep adem te halen en haalde adem door zijn neusgaten, net voordat ook die bevroren en niet meer werkten.

Zijn borstkas werd zwaar toen de lucht zijn longen binnenstroomde, de kracht ervan duwde zijn ribben naar buiten en tegen het gewicht van wat het ook was dat hem insloot.

Nog een paar seconden en hij was volledig verstijfd. Zijn adem stokte, werd ingehouden en kon niet ontsnappen, en hij voelde de paniek toeslaan van de wetenschap dat hij langzaam aan het stikken was.

Ik ga zo sterven, besefte hij. *Wat ze ook gedaan hebben - wat deze man ook met ons gedaan heeft - het zal ons doden.* Zijn hele lichaam, inwendig en uitwendig, was om hem heen bevroren, zijn geest binnenin opgesloten. Maar hij zou buiten adem raken lang voordat de honger of dorst begon. Hij wist dat hij zijn adem één, misschien twee minuten kon inhouden onder druk, maar hij was er niet op voorbereid.

Hij had geen waarschuwing gekregen, en de adem in hem zou zijn longen doen ontploffen. Hij probeerde te hijgen, voelde dat het werkte, maar wist dat er in feite niets was bewogen.

De paniek steeg nog meer toen hij besefte dat hij nog steeds geen lucht kon inademen of uitademen. De zuurstof in zijn longen begon te verzuren, en hij moest die dringend uitblazen en frisse lucht aanzuigen.

Maar hij kon het niet. Zijn arm zat op zijn plaats, halverwege zijn zij, zijn nek gedraaid en naar beneden gebogen terwijl hij in de richting van Taavi keek. Zijn ogen werkten nog een beetje, maar ook die zaten vast in hun kassen, niet bereid om mee te werken. Ze waren enigszins onscherp, maar hij zag Taavi en drie andere gevangenen, allemaal wazig, ook allemaal bevroren in shock, inclusief de geknielde gevangene aan het eind van de rij.

Net onder in zijn perifere gezichtsveld kon hij het voorwerp op de grond zien liggen, zijn kleine ronde bolvorm leeg en dood. Ging het nog iets anders doen? Was er nog meer aan de hand met dit krankzinnige experiment?

10:30 uur: 7 maart 2021
Imrali, Turkije

Nog eens tien seconden gingen voorbij, en de man in het pak liep erheen en raapte de bol van de grond. Hij keek niet op naar de gevangenen, keek niet naar Billy. Hij draaide zich gewoon om en liep weg. Toen het pak de bewaker naderde, wiens mond nog steeds open was, een lichte schok met zijn hoofd, boog hij zich voorover en fluisterde in het oor van de kortere man.

De bewaker leek even in de war, maar herpakte zich toen en knikte. Hij antwoordde in het Turks, wat Billy verstond als het equivalent van het woord *oké*.

Billy schreeuwde nu inwendig, een stille en onhoorbare schreeuw die alleen hij kon horen. Hij bonkte op de deuren van zijn geest, probeerde het te laten samenwerken met de rest van zijn lichaam, probeerde het iets te laten *doen*. Als hij viel, kon hij misschien zijn borstkas hard genoeg laten zakken om de lucht eruit te persen en te vervangen door een nieuwe levensadem...

Misschien...

En toen begon zijn arm te bewegen. Hij voelde het eerst in zijn vingers, een tintelende sensatie, alsof hij er te lang op had geslapen. Het ging verder langs zijn elleboog en dan naar zijn schouder en plots zakte zijn arm terug naar zijn zij. Zijn nek was de volgende, gevolgd door zijn tenen, voeten en benen. Na nog eens tien seconden was zijn lichaam weer grotendeels los, het tintelende post-paralyse gevoel bedekte hem van top tot teen. Hij voelde zijn haar tegen de bovenkant van zijn voorhoofd kriebelen.

Hij hapte naar lucht, een beweging die deze keer ook echt plaatsvond - en voelde hoe zijn longen zich weer vulden. Hij haalde nog een paar keer scherp adem, hield ze in en liet ze weer uit, en zoog daarbij het zoete levenselixer naar binnen. Hij strompelde, legde zijn handen op zijn knieën en zakte op zijn hurken. De anderen deden hetzelfde, behalve de man aan het eind die gewoon op zijn rug ging liggen en zijn borstkas op en neer bewoog, zijn ogen recht omhoog in de duistere wolken.

Billy keek omhoog. Hij zag een stip in de lucht - een drone?

Billy had geen idee wat dat was. Hij had geen idee *waarom* het zo was. Het deed er niet toe. Het was allemaal voorbij.

Hij leefde nog.

Hij voelde de onwillekeurige opluchting te weten dat hij nog leefde en toch in geen betere toestand was dan tien minuten daarvoor.

Hij keek nog eens rond en merkte toen iets vreemds op - de bewakers hadden hun positie weer ingenomen en vormden een hechte cirkel rond de groep.

Zij hadden duidelijk een stap achteruit gedaan toen het vreemde gasmengsel in de lucht was vrijgekomen, maar toen het eenmaal was verdwenen of gestorven of wat er ook was gebeurd, drongen zij weer naar voren.

Alleen deze keer waren hun wapens niet lui op de grond gericht.

Ze waren allemaal op *hem gericht*. Ze waren gericht op de *gevangenen*.

Hij hoorde een van hen iets in het Turks mompelen, en een paar grommen in de kring toen ze de leider antwoordden.

De bewaker die het voorwerp naar hen toe had gegooid deed ook een paar stappen achteruit, en liet de cirkel rond Billy en de anderen sluiten. Eindelijk, na nog een paar seconden, gaf de leider van de groep zwart geklede veiligheidsagenten een bevel.

Hun wapens begonnen te vuren.

Billy voelde onmiddellijk het hete lood door zijn lichaam vliegen, het scheurde door vlees en botten bij elke inslag. Een paar kogels sprongen door zijn maag en gingen door niets anders dan organen en weefsel. Ze schoten met hun wapens licht naar beneden gericht, gericht op het onderste deel van de torso's van de gevangenen, om de bewakers aan de andere kant van de cirkel niet te raken met hun kruisvuur.

Billy viel op de rotsachtige aarde, nog steeds in shock. Er was pijn, maar het was alsof iemand anders het voor hem beleefde, alsof zijn lichaam het gewoon had opgegeven en zijn geest niet langer feedback accepteerde. Hij begreep nu de test.

Hij begreep waarom ze hier waren gebracht.

Hij opende zijn mond een paar keer, maar er kwam alleen bloed uit. Zijn ogen bleven open, zelfs toen het leven uit hem wegvloeide. Hij vroeg zich af hoe het zou zijn om te sterven; hij vroeg zich af hoe de andere kant eruit zag.

Zijn zicht werd waziger en werd toen helemaal donker. Hij dacht dat hij nog leefde, zelfs toen het pikkedonker hem omringde.

Hij voelde helemaal niets meer, voelde de pijn niet meer of de schok of de verrassing.

Maar hij had het gevoel dat zijn geest nog steeds in beweging was, nog steeds probeerde dingen samen te voegen.

Net toen hij dacht dat hij eindelijk weg was, zag hij een flikkering van licht voor hem.

Er staat iemand over me heen. Hij kon niets zien, kon eigenlijk geen vormen onderscheiden, maar hij wist dat het een van de bewakers was. Hij voelde hoe hij werd meegesleurd, over de rotsachtige aarde en lichtjes bergopwaarts. Hij vroeg zich af of hij al dood *was* - of dit iets in het hiernamaals was dat hem naar een versie van de parelachtige poorten trok. Maar dat verdiende hij niet, hij was nooit lid geweest van een georganiseerde religie, noch had hij ooit spirituele ontmoetingen gehad.

Billy wilde net proberen zijn ogen voorgoed dicht te knijpen, om te proberen het zwarte niets te laten terugkeren, toen hij zich iets harder geduwd voelde, nog steeds meegesleurd, maar nu ook meegetrokken door twee krachten, één aan elke kant van zijn lichaam. Hij herinnerde zich de kliffen, herinnerde zich dat hij erover uitkeek en zich afvroeg hoe de val zou voelen...

Ik stel me voor dat ik naar beneden val als het kleine balletje in zijn carnavalsspel...

Hij vroeg zich af hoe het einde zou zijn.

En toen, met een laatste zwaai van beide bewakers aan zijn zijde, voelde hij hoe zijn lichaam over diezelfde richel werd geduwd.

Het einde.

Het leek erop dat hij er achter zou komen.

CHAPTER 6
REQUIN

11:00 **uur: 7 maart 2021**
Imrali, Turkije

De man die bij zijn medewerkers alleen bekend stond als Requin keek door de glazen wand naar de ruimte daarachter. Zijn kantoor bevond zich op de bovenste verdieping van het twee verdiepingen tellende complex, en hij had ervoor gezorgd dat de glazen wand aan deze kant van de kamer met een druk op de knop onmiddellijk kon worden omgeschakeld van helder glas naar ondoorzichtig matglas. Het meeste werk dat hij in dit kantoor deed was papierwerk, onderzoek of anderszins, en was dus op geen enkele manier geheimzinnig. Maar er waren momenten dat hij de ruimte wilde afsluiten voor nieuwsgierige blikken van beneden, voor het geval een van zijn werknemers of laboranten besloot omhoog te kijken en te zien met wie hun baas een vergadering had.

Vandaag was een van die dagen. Voor iedereen die toekeek terwijl hij de inkijk in zijn kantoorruimte afsloot, zou het lijken alsof hij zich gewoon aan het voorbereiden was op een vergadering over de laatste ontwikkeling *van La Guerre*. De baas had vergaderingen. Dit was niets ongewoons.

Voor Requin betekende deze ontmoeting echter veel meer. Ze bereidden de laatste fase voor van het project waar hij het grootste deel van de drie jaar aan had gewerkt. Ze bereidden zich voor op de *publieke* fase van het project.

Hoewel het gemakkelijk genoeg zou zijn geweest om zijn team een beveiligde server te laten opzetten om zijn notities, plannen en doelen digitaal te verzamelen, wist hij ook dat alles wat met een computer te maken had, gehackt kon worden.

De ultieme computer - het menselijk brein zelf - kon gehackt worden, en hij had daar beneden bewijs van. Dus hij kon er niet op vertrouwen dat een computer gemaakt door het menselijk brein onveilig zou zijn.

Hij draaide zich om van het glas net toen zijn afspraak de kamer binnenkwam via een van de deuren aan de andere kant van het kantoor. Deze deur leidde rechtstreeks naar een lift, die rechtstreeks naar de helikopter boven leidde. Hij had zijn hoofdkwartier gebouwd onder een gevangenis die gebouwd was op een rots die in zee dreef. Het eiland, Imrali, lag vlak voor de kust van Turkije, en de aankoop was tot nu toe een effectieve locatie voor zijn compound gebleken.

Hij was in 2007 aan hem verkocht en had er alles aan gedaan om de bouw van de twee ondergrondse verdiepingen volledig geheim te houden. Omdat zijn bedrijf door de Turkse autoriteiten slechts als een onderzoeksbedrijf werd beschouwd, had hij de prikkeldraadversperringen langs de eigendomsgrenzen laten staan - niemand zou ze in twijfel trekken, aangezien zijn onderzoek duur, geheim en belangrijk was. Hij had één vleugel van de gevangenis intact gelaten, maar was begonnen de andere afdelingen om te bouwen tot kantoren voor zijn groeiende staf. Bovendien had hij de torens op elk van de vier hoeken van de hoofdgevangenis ook tot kantoren laten verbouwen.

Het was niet alleen een gevangenis en ook geen hoofdkwartier. Het zat er een beetje tussenin - er was zeker een laboratorium en een kantoor onder de oppervlakte van het eiland, maar er was *ook* een actief Imrali-gevangeniscomplex boven de grond. Bovendien maakten de gevangenen hier niet langer deel uit van een detentiesysteem van de overheid, maar waren ze via de zwarte markt verworven en per helikopter hierheen gevlogen. In de papieren van de gevangenen op het vasteland zou staan dat ze ziek waren, het slachtoffer van een wreed en barbaars Turks gevangenissysteem, en omdat alleen gevangenen hierheen werden gebracht die geen familie of vrienden hadden, die geen banden hadden met hun vorige leven, was er nooit enig risico dat iemand zou komen snuffelen.

Het was een perfecte regeling: hij had genoeg proefpersonen voor alle experimenten die zijn laboratorium nodig had voor hun onderzoek. En aangezien zijn team onlangs een doorbraak had bereikt in hun laatste project, was het bijzonder handig om een kant-en-klare bron van mensen te hebben voor hun proeven.

Aangezien zijn hoofdactiviteit zich onder de oppervlakte in de ondergrondse niveaus afspeelde, was er genoeg ruimte om te groeien, en er was genoeg ruimte voor zijn ruimte om op een dag de *echte* eigenaars van de plaats te ontvangen, mochten zij daar behoefte aan hebben. Zij hadden hem geholpen aan de nodige touwtjes te trekken om het eiland te kopen, en zij hadden het geld voor zijn bedrijf voorgeschoten om de aankoop te doen.

Hij was al meer dan tien jaar lid van *De Faction* en had zich snel opgewerkt, ongetwijfeld dankzij zijn professionele succes als eigenaar van een winstgevend onderzoeks- en ontwikkelingsbedrijf.

De man met wie hij een afspraak had kwam de kamer door en ze schudden elkaar de hand. Requin glimlachte. De man die voor hem stond droeg een blauwe jas met een donkere broek, de kleuren een beetje afwijkend maar het totale effect een van moderne verfijning en een veelzeggend gevoel voor mode-ontwerp. Requin wist dat het niet langer waar was dat je een bijpassende jas en broek moest hebben. Om het geheel af te maken, had de man helderbruine leren schoenen en een bijpassende riem aangetrokken.

Requin had de man - Stinson - nooit persoonlijk ontmoet, maar hij gedroeg zich met respect en een air van belangrijkheid. Hij mocht deze man nu al. Een vertegenwoordiger van *The Faction*, dit was inderdaad een zeldzaam iets: een ander lid ontmoeten - een man van een hogere rang in de organisatie - face-to-face. *De Faction* riskeerde zelden ontmoetingen in levende lijve. Ze verkozen hun zaken digitaal en subtiel te houden. Hij had horen fluisteren dat sommigen op de hoogste niveaus van de groep elkaar regelmatig ontmoetten, maar niemand wist wanneer of waar.

Stinson was een getrainde specialist, zoals veel van de factie-operators. Maar in tegenstelling tot de anderen, leek Stinson's specialiteit alles te zijn. De man was ex-militair, getraind in veel nuttige dingen voor de Faction.

Hij bood de man een zitplaats aan en schoof bij hem achter zijn bureau en nam plaats in zijn eigen stoel.

"Het mijnincident is goed verlopen," zei Requin.

Stinson knikte. "Het was simpel, echt."

"Goed. En ik heb nog geen rapporten van boven gehoord,"

begon Requin. "Ik neem aan dat dat betekent dat het experiment goed is verlopen?"

De ma die tegenover hem zat knikte. "Perfect, zou ik zeggen," antwoordde hij. "Het zuur werkte precies zoals we hadden verwacht - het is niet erg sterk, maar in een kleine, gecontroleerde ruimte is het meer dan voldoende. Uw werk hier is uitzonderlijk geweest."

Requin knikte langzaam en probeerde het compliment in ontvangst te nemen. "Ja, mijn technici hebben hard gewerkt om ons tot dit punt te brengen. Ik denk dat ze het eindresultaat binnen een paar dagen kunnen leveren."

"Heel goed," zei Stinson.

"Ik heb een speciale werkgroep die op dit moment de details uitwerkt. We beginnen de zure verbinding te repliceren voor massaproductie, en ik heb een ander team werken aan het verbeteren van de effecten, als het mogelijk is. "

"Goed," zei de man. "*De Faction* is blij met uw inspanningen hier. We zijn er bijna."

"Inderdaad," antwoordde Requin. "De tweeling is nu ook actief - ik zal ze op de hoogte houden van jullie vorderingen in Mexico, want deze volgende aanvallen moeten goed getimed worden."

"Perfect. Ik moet terug, maar hou ons op de hoogte."

Bijna op het moment dat hij binnenkwam, had de vertegenwoordiger van *De Faction* het kantoor verlaten.

12:26 PM **|** **March 8, 2021**

Chugach regio, Alaska

"Oké, oké," zei Ben, proberend door het gelach heen te praten. "Weet je nog de eerste keer dat we je zagen?"

Reggie's ogen verwijdden zich, met verbazing op zijn gezicht geplakt. "Wat - bedoel je de eerste keer dat ik je hachje redde?"

Ben gromde van het lachen. "Je kwam binnen als een Panzer tank, stak de boel in de fik - *letterlijk* - en deed alsof je een huurlingenleger was."

Julie en Sarah lachten mee.

"Ik *was* een of ander huurlingenleger," antwoordde Reggie. "Ik draaide de werklampen van een nabijgelegen bouwplaats om en zette toen de stroomschakelaar aan. Het verlichtte het hele binnenste van dat hotel."

"Ik weet het nog," zei Julie. "We waren al bijna dood door de explosie, en toen kwam jij binnen en verblindde ons."

"*Ik* weet nog dat ik binnenkwam en jullie redde. *Al* jullie konten. Veel konten werden die nacht gered." Reggie zette het glas water terug op de tafel met zijn prothese arm. Hij had de echte arm minder dan een jaar eerder in Peru verloren. "Ben, heb je iets sterkers?"

"Je weet dat ik dat doe," antwoordde hij.

Voordat hij kon opstaan, legde Julie een hand op de zijne. "Waarom laat je *mij* deze niet inschenken?" vroeg ze.

"Wat, denk je dat ik te veel giet?" schoot hij terug.

Ze trok een wenkbrauw naar hem op toen ze opstond en zich naar de kleine keuken van de hut begaf, en Sarah sprong erin. "De laatste keer dat jullie het uitvochten, eindigden we in Antarctica en werd ons vliegtuig neergeschoten."

Reggie bulderde van het lachen. "Die generaal wilde ons daar niet eens hebben," zei hij. "Hij stuurde ons alleen omdat *zijn* bazen niet het hele Amerikaanse leger wilden sturen. Ik speelde maar een beetje met hem."

"Je was dronken."

Hij haalde zijn schouders op toen Ben grinnikte. "Nou," betoogde Reggie, "als hij ons van tevoren had gewaarschuwd, hadden we niet zoveel gedronken."

"*Anders hadden* we *er meer* gehad," voegde Ben eraan toe.

Julie kwam terug met twee glazen die nauwelijks gevuld leken. "Ach, kom op, Jules," zei Ben. "Het is vooral ijs."

"Er zit *genoeg* whisky in, sukkel. Trouwens, als we de nacht gaan doorbrengen met herinneringen ophalen, moeten we jullie twee tenminste nuchter houden. Jullie zijn toch de lijm van deze operatie."

"De lijm?" Vroeg Reggie. "Ik ben de *kont-redder*, weet je nog?"

"Ja," zei Ben. "En ik ben de onbevreesde, Captain America-uitziende leider. Ik ben de man waar de hele wereld naar kijkt als er een probleem is."

Sarah en Julie deelden een blik.

"Wat?" vroeg hij, terwijl hij een slok nam. "Denk je dat ik deze baan *wilde*? Ik was helemaal gelukkig met werken in Yellowstone toen Julie hier me uit mijn gezellige kampeerleventje rukte."

Haar kaak viel open. "Echt? Ik heb je uit een actieve vulkaan gehaald die een dodelijk virus in de lucht spuwde. Als ik niet was komen opdagen, was je of dood geweest of een ritje aan het maken tussen de schoonmaakdiensten van het Nationaal Park."

"Privies zijn niet zo slecht," zei hij. "Mensen poepen niet zo veel als ze kamperen."

Reggie's gezicht veranderde in een walgende uitdrukking. "Gatver, man. Hé - als *we* herinneringen ophalen en zo, hebben we Mrs. E nodig. Waar is ze?"

"En we moeten ook wachten tot Freddie hier is. Hij zal het huis willen zien en alle oorlogsverhalen horen voor het slapengaan, dat weet ik zeker."

"Zijn vliegtuig is net geland," zei Ben. "Hij stuurde me een paar minuten geleden een sms. Ik krijg een lift, ik ben er over een uur."

"Het is altijd twee uur van dat vliegveld," zei Reggie.

Julie glimlachte. "Ja, en ik denk dat Mevr. E nog steeds werkt. Haar man heeft dubbele diensten gedraaid om ons vrij te krijgen van dat Antarctica gedoe."

"Dat 'Antarctica-gedoe' zou veel groter zijn geweest als we er *niet heen waren* gegaan," zei Reggie. "De Verenigde Naties moeten waarschijnlijk gewoon leren om af en toe hulp te accepteren. Ik bedoel, we vragen ze niet om ons publiekelijk te bedanken of zo. De VN zou ons gewoon moeten inhuren, weet je. Die terroristische aanval op die mijn, bijvoorbeeld - we konden geholpen hebben om het te stoppen. Ik zal Mrs. E vragen om...

"Vertel haar wat?" klonk een nieuwe stem. De keuken en de eetkamer waren eigenlijk één enkele ruimte, maar de nieuwe toevoeging aan het huisje van Ben en Julie bestond uit een gang en vergaderzalen, alsmede een woonruimte van twee verdiepingen, die aan de achterkant van de keuken grensden. Mevrouw E verscheen in deze deuropening en stapte de keuken binnen. "Ik heb net met mijn man gebeld."

"Oh?" Vroeg Reggie. "En wil de mysterieuze Mr. E eindelijk een persoonlijke ontmoeting?"

Tot nu toe had de echtgenoot van mevrouw E zich nog nooit persoonlijk aan de groep laten zien. Hij verscheen op televisie en computerschermen, altijd zacht sprekend en welbespraakt, in dezelfde kleding. Voor zover Ben wist, leed de man aan een of andere slopende ziekte waardoor hij meestal bedlegerig was, behalve die paar uur per dag dat hij achter zijn bureau zat.

Hij en zijn vrouw hadden een fortuin vergaard met het opbouwen van een multinationaal conglomeraat van communicatiebedrijven, die satelliettechnologie en diensten leverden aan vele naties over de hele wereld. Hij was een eerlijke, welwillende weldoener voor de groep, en het was door zijn inspanningen dat de Civilian Special Operations in de eerste plaats waren opgericht.

"Nee," zei ze, terwijl ze de kamer binnenstapte. Haar postuur was bijna te groot om in de keuken te passen, maar ze liep alsof ze het niet merkte. "Hij wil echter *wel* een ontmoeting."

Ben trok een wenkbrauw op. "Oh? Heeft hij een nieuwe missie voor ons gevonden. Is het de mijnaanval?"

"Oooh," zei Reggie. "Zo niet, dan wed ik dat het in het Caribisch gebied is. Ik *hou van* het Caribisch gebied. De beste stranden ter wereld, man."

"Je bent in het Caribisch gebied *geweest*," zei Sarah. "Ik

herinner me die nog *levendig*. Je werd bijna het ontbijt van een zoutwaterkrokodil."

Hij glimlachte schaapachtig toen mevrouw E verder ging. "Nee," zei ze botweg. "Het is geen missie, en het heeft niets te maken met de terroristische aanval op de mijn in China."

"Oké, wanneer is de ontmoeting? Meestal mailt hij gewoon en wij..."

"Nu," zei ze.

"Wacht," zei Ben. "*Nu?*"

Ze knikte.

"Waar gaat dit over, Mrs. E?" vroeg Julie.

"Ik laat het hem zelf vertellen. Maar het is dringend, en aangezien we hier allemaal zijn..."

Ben en de anderen stonden in tandem op. Reggie nam zijn drankje mee, Ben liet het zijne op de tafel staan, een waterring vormde zich al rond de bodem. Hij keek naar Julie, maar kon haar uitdrukking niet lezen.

Hij hoefde echter niet te raden wat ze zou kunnen denken.

Er zijn niet veel dringende vergaderingen die over echt goede dingen gaan.

9:12 PM | **March 9, 2021**

Kent, Engeland

"Het Zwaard van Austerlitz," zei Saul. "Gemaakt door Martin Guillaume Biennais, uit Parijs, een beroemde goudsmid uit die tijd.

De ogen van de vrouw puilden uit haar hoofd, het effect werd niet geholpen door het feit dat haar haar ze ook leek uit te trekken. Het was nog net zo strak opgestoken en gekapt als in het kasteel, op een enkele blonde lok na die op haar wenkbrauw zat.

Er stonden tranen in haar ogen, maar het siert haar dat ze niet begon te huilen.

Toch. Saul wist dat de tranen zouden vallen. Hij was nog meer opgewonden om ze te zien, om te weten of zijn voorspelling - dat ze zou snikken op een vreemde, beheerste manier - uit zou komen.

Hij had al eerder in deze positie gezeten. Het was er een die hij niet leuk vond en ook niet haatte. Het was zakelijk, het was zijn werk. Hem was verteld dat hij het voorwerp moest krijgen, hij had instructies en parameters gekregen, en alle middelen die nodig waren om de klus te klaren en de missie tot een goed einde te brengen, zouden hem zijn honorarium opleveren.

"Zie je het blauw erin? Hij begon met gevouwen staal, verhitte het boven houtskool tot het zilver plaats maakte voor de blauwachtige tint. Een prachtig exemplaar, ook. Het gouden gebladerte dat Biennais toevoegde, bracht alleen maar de blauwe kleur naar voren."

Ze knikte niet, wendde haar blik niet van hem af. Als ze luisterde, gaf ze geen enkele bevestiging.

Hij boog zijn hoofd zijwaarts en hield het gevest in zijn ene gehandschoende hand, de schede in de andere. Hij trok het zwaard helemaal uit.

Ze slikte.

Ah, dus ze is bezorgd voor de veiligheid van het stuk.

"Wees gerust, ik zal heel goed voor het zwaard zorgen, juffrouw Delacruz. Net zoals het veilinghuis heeft gedaan, zal ik dat ook doen."

Ze antwoordde niet.

"En nu we het toch over de veiling hebben, kunnen we de beleefdheden achterwege laten. Ik weet dat u niet Miss Delacruz bent, en dat er geen enkel Spaans bloedverwantschap in uw familie is. Waarom koos u die schuilnaam?"

Weer geen antwoord.

"Je hoeft niet te antwoorden," zei Saul, die nu met het zwaard in de hand door de kamer begon te lopen. Hij liep over het grote tapijt in de eetzaal van de vrouw, of woonkamer, of hoe de rijke mensen deze plek ook noemden. "Ik ken de geschiedenis van uw familie."

Het was een prachtige omgeving - in tegenstelling tot het kasteel, dat een goede poging was om een donkere, vochtige ruimte om te toveren in een meer uitnodigende - was het huis van deze vrouw *gebouwd* om er uitnodigend uit te zien. Alles, van de kroonlijst tot de tapijten en gordijnen, schreeuwde om luxe, en toch was het allemaal helder en fleurig, lichtgeel en wit met een vleugje zeegroen.

Als zij het had gedaan, was hij onder de indruk. Maar hij had het gevoel dat de inrichting slechts een van de vele dingen was die ze uitbesteedde - ze had er het geld voor, dankzij haar man. Wat de man ook deed, hij had er succes mee.

Saul had echter een ander gevoel - dat haar man niets anders had gedaan dan verwant zijn aan Napoleon. De rijkdom kwam met de naam.

"Uw man," ging hij verder. "Hij is het land uit, ja? En hij laat je hier alleen?"

Hij liep naar de grote leunstoel in het midden van de kamer, de enige met ruimte tussen de armen en de zitting waar hij een touw omheen kon wikkelen, en hij leunde voorover, een zweem van het parfum van de vrouw opvangend.

"Hij laat je *zonder toezicht?* Het lijkt gevaarlijk, niet? Om een jonkvrouw als jezelf achter te laten...

"Er zullen hier arbeiders zijn," hijgde ze. "Binnenkort. Dus wat je ook met me doet..."

"Ze komen morgen, Miss Delacruz," zei Saul rustig. "Ik ken hun schema's net zo goed als ik die van u ken. Voorlopig lijkt het erop dat we alleen zijn. *Samen.*"

Nu begon ze te snikken, de tranen vielen met een ritmische precisie. Groter dan hij had geraden, dichter en zwaarder. Het stond haar niet goed, en hij was lichtelijk teleurgesteld.

Haar borstkas rees en daalde toen hij over haar schouder naar beneden keek, en hij kon niet anders dan haar schoonheid opmerken. Hij likte zijn lippen. Ze trok tegen haar boeien, de touwen sneden in haar polsen. Hij had alleen haar armen vastgebonden en zich geen zorgen gemaakt over het op zijn plaats houden van haar benen. Maar dat was een deel van de reden dat hij nu achter haar stond - hij wilde het risico niet nemen om haar van voren te benaderen.

"Het is echt jammer dat ik zo snel na mijn ontmoeting met u weg moet. Ik waardeer uw discretie om het zwaard in uw huis te brengen, en ik waardeer uw medewerking."

Ze spuugde, plotseling en onverwacht. "Ik zal het vertellen," zei ze. "Ik ken je gezicht - niet je naam, maar -"

"Mijn naam is Saul," zei hij glimlachend.

Terwijl hij sprak, kon hij bijna de angst ruiken die van haar uitging. *Ze weet het nu. Ze begrijpt het.*

Ze begreep nu de consequentie van tegen hem opbieden, van proberen het zwaard van hem te winnen. Een kortstondige overwinning.

En zij begreep waarom hij zo snel zijn naam had aangeboden. Een enkele naam als de zijne zou niet genoeg zijn voor een aanklacht, noch zou het genoeg zijn om hem in de eerste plaats te vinden, maar hij had niet geaarzeld om hem aan te bieden.

En ze wist waarom.

De snikken kwamen sneller, haar borst en hoofd schokten nu op en neer bij elke ruk. Hij stond daar een minuut, het moment te waarderen, er zijn tijd voor nemend.

"W - waarom?" fluisterde ze.

Hij keek omhoog naar de gewelfde plafonds. Het vertoon van rijkdom in elke richting. Het zou makkelijk genoeg zijn om zijn acties uit te leggen als die van een moderne Robin Hood. Dat hij alleen maar de rijkdom aan het herverdelen was. Van de rijken nemen om aan de armen te geven.

Het was een bewonderenswaardige reden, maar het was de verkeerde reden.

Hij zuchtte. Het was geen Robin Hood situatie. Met zijn werkgever, was het dat nooit.

Zijn werkgever had het zwaard niet *nodig*. Hij *wilde* het gewoon hebben.

Saul nam van de rijken om aan de rijkeren te geven.

"Omdat," antwoordde hij, terwijl hij het zwaard volledig uit de schede schoof. Het glinsterde in het licht, het delicate en sierlijke ontwerp danste, bewoog. Hij trok de punt naar achteren en liet de kling op de bovenkant van de stoel rusten. "Mijn werkgever betaalt me om het aan hem te geven."

"Is dat je reden?" vroeg ze.

"Dat is de enige reden," zei hij.

Hij balanceerde het uiteinde en richtte het een laatste seconde, stootte het toen naar voren, steil en grondig, en sneed door een stuk van de stoffen bovenkant van de stoel.

En door de achterkant van de nek van de vrouw die er aan vastgebonden zit.

12:32 PM | **March 8, 2021**

Chugach regio, Alaska

Mevr. E zat al achter de vergadertafel. Ben was verbaasd dat ze zo snel gekomen was, want ze had nog maar net de keuken verlaten.

Waar dit ook over gaat, het is ernstig, dacht hij. Haar man was een man van gewoontes - hij ging elke dag op dezelfde tijd naar bed, werd op dezelfde tijd wakker, at elke dag dezelfde maaltijden. Voor zover Ben wist, was hij een robot. Dus wat hem ook zo had wakker geschud dat hij na etenstijd - en een paar uur later in de rest van het land - een vergadering bijeenriep, het was heel wat.

"Gaat u zitten," zei ze toen de anderen binnenkwamen. "Ik zal hem op het scherm brengen, een momentje."

Ben keek toe hoe ze op het tablet tikte en een blik wierp op de lege witgekalkte muur aan de zijkant van de kamer. Toen de CSO had besloten Bens kleine hut uit te breiden tot hoofdkwartier en uitvalsbasis, was hij blij dat ze in ieder geval multifunctionele kamers hadden gebouwd. In deze ruimte, die normaal dienst deed als vergaderzaal, hadden hij en Reggie ook een biljarttafel geïnstalleerd, die nu verborgen lag onder het gefineerde vergadertafelblad.

Het scherm waarop mevrouw E nu projecteerde kon ook worden aangesloten op een gewone televisie, zodat ze konden genieten van sport of een oude actiefilm terwijl Ben zijn beste vriend decimeerde in een vriendschappelijk spelletje pool.

"Waar gaat dit over, E?" vroeg Reggie, die tegenover haar en naast Ben zat. Hij had zijn handen omhoog en achter zijn hoofd, tegen elkaar geklemd.

Ze gaf geen mondeling antwoord, maar drukte op een laatste knop van een kleine afstandsbediening en keek toen zegevierend naar het scherm. Een massief beeld van haar man, met zijn kenmerkende coltrui en bril, verscheen op het scherm.

Zijn huid leek bleker dan normaal, merkte Ben op. Hij lette op de subtiele gezichtsuitdrukkingen van de man om te zien of alles in orde was.

Meneer E slikte een paar keer, fronste zijn wenkbrauwen, knipperde toen en begon te spreken. *"Dank u allen voor uw komst op zo'n laat uur,"* begon hij.

Reggie grinnikte - het was nog niet eens acht uur 's avonds. Sarah gaf hem een klap op zijn schouder en zei dat hij zijn mond moest houden.

"Ik wilde jouw mening weten over een... situatie."

"Het is de Caraïben," fluisterde Reggie, met een glimlach op zijn gezicht. "Ik *weet dat* het de Caraïben zijn."

"Reggie, hou je kop," zei Julie.

"Het lijkt erop dat een belanghebbende partij een aanklacht heeft ingediend tegen de Civilian Special Operations."

"Een geïnteresseerde - gebracht pak?" vroeg Ben. "Wat betekent dat eigenlijk?"

"Het betekent dat we worden aangeklaagd," antwoordde Reggie. "En ze zijn geïnteresseerd in ons uit elkaar te scheuren in de naden."

Mr. E knikte en schraapte zijn keel. *Ik ben bang dat Gareth gelijk heeft. Er is een internationaal bedrijf dat schadevergoeding wil. Ze hebben een rechtszaak aangespannen in de juiste Amerikaanse jurisdicties, maar de kern van hun zaken zijn overzees.*"

"Wat?" vroeg Julie. "Wie is het? Hoe kunnen ze schadevergoeding eisen als we niet eens iets beschadigd hebben?"

"Nou..." begon Reggie, het woord uitrekkend. "Ik bedoel, er *was* die keer in Egypte. Bij de Sfinx - ik bedoel, technisch gezien, waren wij niet degenen die kogels toevoegden aan de ruïnes, maar ik denk dat er een zaak van gemaakt kan worden -"

"Het is geen Egyptische corporatie," zei Mr. E. *"Dit bedrijf is voornamelijk gevestigd in Italië, maar het heeft een grote operatie in Zwitserland."*

Ben's hart zonk. Zijn angsten werden bewaarheid. Hij wist precies wie meneer E bedoelde, en hij vond het niet leuk. Hij kneep zijn ogen dicht en liet zijn hoofd zakken.

"Weet je dat?" vroeg Julie hem.

Alle ogen in de kamer keken naar hem.

"Nee," zei hij. "Ik wist hier niets van. Maar ik heb het gevoel dat ik weet welk bedrijf ons aanklaagt."

"De naam van het bedrijf zelf gaat door een paar namen, maar zijn arm in Zwitserland die alle drie soorten schadevergoeding zoekt voor incidenten met betrekking tot de algemene periode dat Harvey in het land was."

"*Wat?*" vroeg Julie opnieuw. "Hij was daar voor een *humanitaire* opdracht. Hij *hielp* Eliza, hij stopte wat ze waren -"

"Ik begrijp het," zei Mr. E. *"En toch eisen ze een speciale schade-*

vergoeding voor direct economisch verlies - hun gebouw, apparatuur, laboratoria, bijvoorbeeld. En punitieve schadevergoeding, evenals algemene schadevergoeding voor de pijn en het lijden veroorzaakt door -"

"Pijn en lijden?" schreeuwde Reggie. "Dat is onzin! Ben werd *beschoten, stierf* bijna toen hij Eliza en dat andere meisje probeerde te redden, en - in godsnaam - ze waren *apen aan het martelen."*

"Apen," corrigeerde Ben. "Gorilla's en chimpansees. En de naam van het meisje is Alina. Ze is terug op de universiteit dit semester, geloof ik."

Julie legde haar hand op de zijne. "Je lijkt er niet al te overstuur van," zei ze.

Hij haalde zijn schouders op. "Ik ben het met Reggie eens. Het is een beetje flauwekul, naar mijn mening. En ik ben er vrij zeker van dat Mr. E al een plan heeft, anders had hij niet gebeld."

"Dat doe ik," kwam Mr. E's antwoord, *"en toch ben ik er niet zeker van dat enig plan van mij zal volstaan."*

"Wat heeft *dat* te betekenen?" vroeg Sarah.

"Er is een juridisch team dat ik onder mijn hoede heb. Ze zijn al de voorbereiding van de algemene verdediging en zal mij voorzien van details in de ochtend. Maar Harvey - ik moet toegeven - ze zijn onzeker over hoe dit zal uitspelen."

"Niet zeker?"

"Ja. Deze zaken kunnen wereldnieuws worden, alleen al vanwege het feit dat een bedrijf in het ene land er een aanklaagt in het andere. Voeg daar uw... status van beroemdheid aan toe... en het kan een hachelijke situatie worden."

"Dus, ik moet, zeg maar, getuigen?"

Mr. E knikte. *"Hoogstwaarschijnlijk, ja. Ik denk niet dat we alles via arbitrage zullen kunnen afhandelen, en het kan tot een jury komen. Als dat het geval is - en nogmaals, ik zal morgen meer weten - kan het nog wel enige tijd in de rechtbank vastzitten."*

"Hoe lang praten we?" vroeg Reggie. "Een paar maanden?"

"De procedure zou pas over een paar maanden beginnen," zei Mr. E. *"Ze zouden pas over een paar jaar eindigen."*

"Holy crap."

"Inderdaad, het is geen goede situatie. Ik wil dat jullie allemaal weten dat ik alle voorzorgsmaatregelen neem, en ik vraag jullie dat ook te doen. Ga niet in discussie met de pers die lucht van de zaak kan krijgen, en - ik hoef u er niet aan te herinneren - blijf weg van sociale media, nieuws, dat soort dingen."

"Natuurlijk," zei Julie. "Dat is geen probleem. Maar hoe zit het met ons? Hoe zit het met werk?"

"Ik ben bang dat het werk voorlopig moet worden onderbroken."

"Wacht eens even," zei Ben. "'Pauze' als in 'stoppen met werken?' Geen zaken meer?"

Mr. E aarzelde, en keek toen recht in de camera. *"Ja. Ik ben bang dat dat precies is wat ik bedoel. Een aanklacht als deze zal met argusogen worden bekeken door zowel internationale rechtbanken als regelgevende instanties van de Verenigde Staten. Mijn banden met het leger zijn genoeg geweest om ons tot nu toe uit de problemen te houden, maar ze zullen niet in de buurt komen van een incident als dit."*

"Oké," zei Ben. "Oké, we komen hier wel doorheen."

"Ik weet niet of we dat kunnen, Harvey," zei Mr. E. *"Ik hoop het echt, maar de CSO bestaat om een doel te dienen. Als dat doel niet wordt vervuld - als we zelfs geen nieuwe projecten kunnen aanne-men, geen nieuwe opdrachten kunnen vervullen - dan is er geen CSO."*

9:15 DECEMBER 2, **1805**

Austerlitz, Oostenrijk

De grote keizer stond bij het lichaam van de gevallen Oostenrijkse soldaat. De man had dapper gevochten, maar niet overhaast. Napoleon hield niet van doden - het was een noodzakelijk middel.

Een einde, voelde hij, dat misschien nooit zal komen.

Bonaparte stapte van zijn paard en stapte over de gevallen Oostenrijker heen. De cavalerist was vanuit het noorden aangevlogen, wijd rond het slagveld sluipend om achter Napoleons stelling te komen, een tactiek die bijna de ondergang van de Franse leider had veroorzaakt.

Het was een chirurgische aanval, een populaire tactiek voor de legers waar hij vaak mee te maken had: een paar verkenners van de cavalerie werden rond de flanken van de vijandelijke stellingen gestuurd, in de hoop een commandant of slagveldleider te vinden, en dan werkten ze zich een weg naar binnen om de moord te plegen. De meeste van deze aanvallen waren zelfmoordmissies, maar voor sommigen - zoals deze man - was de moordaanslag bijna succesvol.

Hij schudde zijn hoofd, walgend van de nodeloze dood en vernietiging. Hij wenste vrede, uiteindelijk, en haatte de prijs ervan. Er gingen stemmen op dat zijn vijanden om een verdrag zouden vragen, als hij hier in Austerlitz maar kon blijven zegevieren.

Napoleons list was effectief gebleken - zijn leger had zwakte geveinsd en zich teruggetrokken op een positie bij de Pratzen Hoogten, een waar bolwerk dat te verleidelijk was om te negeren. Door zijn leger opzettelijk van de hoogten weg te halen, gaf hij het pas versterkte Oostenrijkse leger het signaal dat hij nog zwakker was dan ze aanvankelijk hadden gedacht, en dat een beslissende aanval alles was wat nodig was om de *Grande Armée* te verslaan.

Napoleon had die aanval ook voor zijn vijanden georganiseerd. Hij had zijn rechterflank teruggetrokken, waardoor ze een makkelijk doelwit hadden. De Russische en Oostenrijkse legers waren doorgestoten en richtten hun macht op dat open, schijnbaar kwetsbare stuk ruimte dat rechtstreeks naar Napoleons kern zou leiden.

Napoleons beste slagveldcommandant, maarschalk Davout, zou het Derde Korps aanvoeren om de gelederen aan te vullen en de open wonde in de zijde van zijn leger te dichten na een lange, snelle mars vanuit Wenen. Hij vertrouwde erop dat de man zijn taak zou volbrengen - alles hing af van zijn succes.

Hij liep naar de soldaat, een compagnieofficier, die de heuvel op rende naar Napoleon en zijn post, in afwachting van een rapport uit de frontlinies bij Pratzen. Het was riskant om een man van deze rang te sturen, maar het betekende dat een van zijn maarschalken hem informatie moest geven, en die moest te vertrouwen zijn.

"Commandant," begon de man, buiten adem. "We - we vallen."

Napoleon hield zijn hoofd schuin. *Hoe is dit mogelijk?* "Verklaar u nader."

"De geallieerden hebben maarschalk Soult teruggedrongen, en veel van onze cavalerie daar zwaar verwond. Soult vecht met zijn rug tegen de muur."

Napoleon nam deze informatie in zich op en liet ze de ruimte in zijn geest opvullen tussen wat hij had verwacht van de uitkomst van deze aanval en zijn uiteindelijke hoop op hoe het zou uitpakken. De werkelijkheid, wist hij nu, was iets anders.

Hij had Soult nodig om stand te houden - alleen door de Geallieerden bij Pratzen Heights terug te dringen zou hij genoeg mankracht hebben om de troepen die op zijn rechterflank werden geworpen te compenseren, en dan door te gaan met het beslissend verpletteren van de Oostenrijkers en de Russen. Hij kon zich hier geen nederlaag veroorloven, noch kon hij zich iets minder dan totale, complete dominantie veroorloven.

Het betekende te veel voor Frankrijk. Het betekende te veel voor *hem*.

Hij ademde lucht in en voelde de kracht in zich opkomen. Hij liet het opkomen, de woede vermengde zich met de verwachting en het optimisme, waardoor een stroom van verlangen ontstond die hem zou leiden, hem zou leiden. Hij zou het vaak aanboren en het gebruiken om zijn mannen te leiden, om Frankrijk te leiden.

Hij had nooit aan het gevoel getwijfeld. Het was altijd bij hem geweest, van toen hij een jonge man was op de academie tot toen hij terug moest naar Corsica om te helpen met zijn vaders mislukte moerbeienonderneming. Het was bij hem geweest tijdens alle gevechten en oorlogen tot nu toe, het had hem de kracht gegeven om tegen alle verwachtingen in te volharden.

En die kansen, zo leek het, waren nog steeds tegen hem.

Hij knikte een keer naar de *Capitaine.* "Heel goed," zei hij. "Keer terug naar de strijd. Ik zal bij je zijn."

Hij wendde zich tot de mannen die zich om hem heen verzamelden en die de riemen van hun paarden al aan het spannen waren. Hij hoefde geen bevel meer te geven - ze wisten allemaal wat er nu zou gebeuren.

Er zal een strijd zijn, en ieder van jullie zal zijn plaats hebben.

Die plaats was vlakbij Pratzen Hill. Ze moesten zich voorbereiden op wat zou komen - ze moesten het back-up plan voorbereiden.

Hij legde zijn hand op zijn zij toen ze de heuvel begonnen af te dalen, en voelde hoe zijn *andere* bron van kracht daar met hem meereed, aan zijn riem.

Het gevest van het zwaard kletterde tegen de gesp van het zadel toen ze vaart maakten, maar Napoleon voelde de vijf tinnen rozen onder zijn gehandschoende vingers. Hij kon de kracht die ze bezaten bijna voelen, hij kon de overwinning bijna voelen aankomen nog voor het gebeurd was.

12:38 PM | **March 8, 2021**
Chugach regio, Alaska

Julie keek de tafel rond. De groep was teruggegaan naar de keuken van het huisje, een gezelligere en comfortabelere plek om rond te hangen, en nu ook een comfortabelere plek om iets te bespreken waarvan ze nooit gedacht had dat ze het daarover zouden moeten hebben.

Reggie en Sarah keken ook verbaasd, maar Ben leek over het algemeen bedroefd. Zijn haar was verfomfaaid, zijn mouwen opgestroopt tot aan zijn biceps, met de flappen van de knopen die eruit hingen en rond zijn onderarmen bungelden.

"Gaat het?" vroeg ze hem.

"Ja," zei hij. Hij keek de kamer rond. "Hé - ik wil gewoon dat jullie allemaal weten dat we voor jullie zullen zorgen. Ik bedoel, ik weet niet zeker wat Mr. E van plan is wat betreft salarissen en zo, maar -"

Reggie lachte. "Kom op, kerel. We worden *allemaal* uit onze oren betaald voor dit spul. Zelfs als - en het is een *grote* als - Mr. E ons op verlof moet zetten, of wat dan ook, we hebben spaargeld. We zitten goed."

Ben knikte. "Toch."

"Dat gaat niet gebeuren," zei Julie. "Mr. E stopt niet met ons te betalen omdat iemand ons aanklaagt. Ik maak me er geen zorgen over."

"Ja," zei Sarah. "Het gaat niet om het geld, Ben. Ik bedoel, dit is nu ons *werk*. Natuurlijk, ik ben nog steeds een professor, maar jullie - het is wat je *doet*."

"Niet meer," zei Reggie.

"Doe niet zo melodramatisch," zei ze. "Het komt wel goed met ons. Mr. E heeft een juridisch team dat goed genoeg is om hem door veel ergere dingen heen te helpen. We moeten ons gewoon gedeisd houden, uitzoeken waarom ze ons aanklagen, een tegenargument bedenken, en dan kunnen we weer aan de slag."

"Krijg de klere," zei Reggie. "Moeten we ons dan maar overgeven en sterven omdat een klootzak overzee ons wil pakken?"

Julie zuchtte. "Ze zijn niet *niemand*, Reggie. Ze vinden dat we ons met hun zaken bemoeien en verdienen daarvoor vergelding. En ze zijn lang niet de enigen die dat argument kunnen maken."

"Maar kijk eens wat ze gedaan hebben!" Zei Reggie. "Wat ze met die dieren deden. *En* de mensen - ze zijn een bedrijf dat het niet verdient om te bestaan."

"Maar ze hebben recht op hun stem," zei Ben. "En ze denken dat wij daar binnenkwamen en internationale politie speelden, terwijl we daar het recht niet toe hebben."

"Dat betekent niet -"

"*Maar* dat is niet waarom dit gebeurt," zei Ben.

Alles in de kamer leek stil te staan, en Julie leunde over de tafel en keek naar Ben. Wachtend.

"Waar heb je het over, Ben?" vroeg Sarah. "Is er meer aan de hand?"

Ben knikte. "Toen ik thuiskwam van die reis," begon Ben, "sliep Julie. Het was laat, en ik herinner me dat ik hier zat en een krantenkop las over EKG en wat er gebeurd was. Tennyson, iets Tennyson. Dat is de naam van de man die eigenaar is van het bedrijf. Hij heeft zijn kleinzoon de leiding gegeven over de operatie in Zwitserland."

"Ja," zei Reggie. "Die kerel was een freak."

"Freak of niet, zijn opa was niet zo blij met wat er gebeurd is."

"Hoe weet je dat?"

"Het stond in dat artikel dat ik las. Hij zei zoiets als: Ik zal alles doen wat nodig is om degene die dit gedaan heeft terug te pakken.

Julie schudde haar hoofd. "En dat ben jij. Dat zijn wij."

Ben knikte. "Ja, dat zijn wij. Het is mijn schuld, dat wel. Als ik er nooit heen was gegaan om Eliza te helpen -"

"Onzin, Ben," zei ze. "We zitten hier samen in. Wat er met één van ons gebeurt, gebeurt met ons allemaal. *Samen.*"

"Ze heeft gelijk," zei Sarah. "Het is klote, maar niemand geeft jou de schuld. En wie weet - misschien kan Mr. E's juridische team de dingen onder het tapijt vegen en komen we snel weer op het goede spoor."

"*Of,*" zei Reggie, "misschien vergeten we al dat juridische gedoe en gaan we achter die klootzak aan..."

"Stop," zei Ben. "Dat gaat meer problemen veroorzaken dan het waard is. De oude man is gewoon boos dat we het beste uit zijn kleinzoon hebben gehaald, dat is alles. De wereld moest weten wat EKG daar deed, en nu weten ze het. Niemand zal dat tegen ons gebruiken, dat houdt stand in de rechtbank, wat er ook gebeurt. Het is gewoon vervelend dat we er mee te maken hebben."

"Daarom *moeten* we het oplossen," ging Reggie verder. "Door de zaken in eigen hand te nemen en..."

"En *wat*, Reggie?" Ben snauwde. "Die vent vermoorden? Hem neerschieten? Hem met iets bedreigen? Hoe zal dat eruit zien voor de zaak? Hoe gaat dat ons helpen?"

"Maakt niet uit," zei Reggie.

"Natuurlijk doet het ertoe!" schreeuwde Ben. "We wisten dat dit zou komen, toch? We wisten dat *zoiets* als dit zou gebeuren. Er zou iets gebeuren. We kunnen niet de hele wereld voor burgerwacht blijven spelen.

"Maar Mr. E heeft dit zo opgezet dat het Amerikaanse leger ons zou dekken."

"En dat is alleen *ons* leger, Reggie," zei Ben. "En het is niet eens het *hele* leger, het zijn maar een paar mannen in pakken. Zeker, er komt geen congrescomité waar we verantwoording aan moeten afleggen, maar we kunnen ook niet zomaar doen waar we zin in hebben, zonder consequenties."

"Dus wat ga je doen?" vroeg Reggie.

De anderen rond de tafel verschoven. Julie vroeg zich af of mevrouw E nog aan het debriefen was met haar man, of dat hij naar bed was gegaan en zij zich had teruggetrokken voor de nacht. Ze was na de vergadering niet meer bij hen teruggekomen.

"Ik ga doen wat meneer E zei," zei Ben. "We gaan *allemaal* doen wat hij zei. We moeten ons een tijdje gedeisd houden, orde op zaken stellen over dit alles. We kunnen de vrije tijd gebruiken. Wat dacht je van de Caraïben? Je zei dat je op vakantie wilde, toch?"

"Nee, Ben," zei Reggie. "Ik zei dat ik een *missie wilde*. Ik wil *werken*. Om de wereld te redden, maatje. Waar we altijd gezegd hebben dat dit over ging. Ik wil me niet 'gedeisd' houden voor *wat voor tijd dan ook.* Ik wil mijn staart niet tussen mijn benen stoppen en naar de heuvels rennen of een andere domme analogie. Ik wil *in beweging komen.* Ik wil *winnen."*

Julie keek naar de interactie. Beide mannen waren koppig, maar in tegenstelling tot de meeste koppige mensen, was hun koppigheid geboren uit kracht, uit ervaring. Ze wisten allebei wat ze deden, en ze dachten allebei dat ze wisten wat het beste voor het team was.

Maar slechts één van hen was de leider van de CSO. Het was geen democratie - er was geen stemming. Mr. E had hen verteld wat te doen, en Ben zat op dezelfde bladzijde.

Reggie moet dit hebben beseft, want hij werd plotseling zachter en zakte een beetje in de stoel. Voor Ben moet dit een ongelukkige tegenslag zijn geweest. Maar voor Reggie wist ze dat hij het zou zien als een persoonlijke mislukking.

"We gaan dit bestrijden, toch?" vroeg hij.

Ben keek ze allemaal om beurten aan. "We gaan doen wat we kunnen."

16:40 uur: 8 maart 2021

Santa Maria Reef, Cozumel, Mexico

Jessica zwom dichter naar een stapel stekelig koraal dat voor haar lag. Ze had gezien hoe een soort tang tevoorschijn kwam om haar te onderzoeken, en zich vervolgens verstopte toen hij ontdekte dat zij geen kleinere potentiële maaltijd was, maar in plaats daarvan een veel grotere potentiële bedreiging.

Ze trapte door met haar tenen te wiebelen, wetend dat de zwemvliezen die ze droeg een veel grotere beweging zouden teweegbrengen en haar de nodige zes centimeter meer in de richting van het rif zouden duwen.

Het was een ongelooflijk schouwspel, zowel boven als onder water. Het hele gebied van het San Francisco en Santa Maria Rif was een ware oase boven en onder het zeeoppervlak. Jessica en haar kersverse echtgenoot Sean waren hierheen gekomen om te trouwen en hadden ervoor gekozen een week langer te blijven nadat hun vrienden en familie naar huis waren gegaan. Het was een ongelooflijke ervaring geweest. *Perfectie*, zoals Sean had gezegd.

En dat was het ook. Elk moment, elke herinnering die ze samen konden maken.

Ze hadden een excursie in het resort cadeau gekregen die *SNUBA heette*, een combinatie van snorkelen en diepzeeduiken. De deelnemers droegen een duikmasker dat hun ogen, mond en neus bedekte, maar in plaats van te worden aangesloten op een tank die rechtstreeks op hun rug was vastgebonden, liep een kleine slang helemaal tot aan de boot, waar een touroperator en een professional hun mengsel van perslucht en stikstof beheerden. Het was een veilig en gemakkelijk alternatief voor diepzeeduiken, en de deelnemers hoefden geen uitgebreide en dure opleiding te volgen.

Hun resort had de grootste SNUBA-ervaring ter wereld - een dubbeldeksboot die meer dan honderd feestgangers tegelijk kon herbergen en ongeveer honderd duikers tegelijk in het water kon houden. De slangen van alle duikers in het water slingerden nu als tentakels over de zijkanten van de boot, waardoor het vaartuig op een soort duizendpoot op het water leek. Ze kon de anderen om zich heen zien, die op hun eigen plek doken, op een afstand van een meter of tien van elkaar. Ze hadden instructies gekregen om niet te dicht bij elkaar te zwemmen, om te voorkomen dat hun slangen in de knoop zouden raken.

Haar man was tien voet links van haar, bezig een of andere enorme schelp van de oceaanbodem te halen.

Ze fronste haar wenkbrauwen. Ze hadden *ook* instructies gekregen - talloze keren - om niets aan te raken zolang ze hier beneden waren, maar ze wist dat Sean nooit goed was geweest in het opvolgen van instructies. Hij dacht dat instructies bedoeld waren voor de minder intelligenten - niet voor een capabele kerel als hij.

Ze glimlachte om de luchtslang die tussen haar lippen zat en schudde haar hoofd. *Wat een idioot.* Ze wenste bijna dat een van de duikinstructeurs hem zou betrappen; dat hij voor iedereen aan boord zou worden uitgescholden en in verlegenheid gebracht omdat hij met het delicate ecosysteem hier had geknoeid. Sean trok graag de lijn en verlegde zijn grenzen, maar Jessica gaf de voorkeur aan de starheid en de structuur van regels. Ze was niet ongehoorzaam en trok de experts nooit in twijfel.

Zij wendde zich weer tot haar eigen mini-avontuur: proberen de mooie vis te vinden die met haar aan het spelen was. Ze zag zijn staart achter een breinvormig koraal uitsteken en zwom zachtjes over het gebied, voorzichtig om haar bewegingen geen zand te laten verstoren en haar zicht te vertroebelen.

CHAPTER 13

FREDDIE

12:40 PM | **March 8, 2021**

Chugach regio, Alaska

Freddie voelde zich weer een kind. De opwinding was voelbaar, echt. Hij voelde zich duizelig, alsof hij aan een gloednieuwe reis begon met gloednieuwe laarzen die nauwelijks waren ingelopen.

En hij begon aan een reis, alleen zou deze veel meer vereisen dan alleen nieuwe laarzen.

Als het nieuwste officiële lid van de Civilian Special Operations maakte hij nu deel uit van een elitegroep burgersoldaten die de dingen hadden gedaan waar hij alleen maar van had gedroomd. Lang voordat hij een *echte* soldaat was geworden, had hij gehoopt de wereld rond te reizen, de slechteriken in elkaar te slaan en zijn riem vol te schrijven met coole verhalen erover.

Nadat zijn diensttijd in het Amerikaanse leger hem een beetje meer inzicht had gegeven in hoe de wereld werkelijk in elkaar stak, was hij opgewonden om datgene te gaan doen waarvan het leger hem slechts een voorproefje had gegeven.

Hij stapte uit de kleine auto die hij had gehuurd en liep het terrein van Ben en Julie op. Het was vanaf de snelweg slecht aangegeven met een klein bordje, maar de belettering van het bordje was er al lang afgesleten. Hij bedankte de chauffeur, betaalde hem, en haalde toen diep en scherp adem.

Het was koud, en de lucht kietelde zijn sinussen, maar dat was te verwachten in deze tijd van het jaar in Alaska, vooral 's nachts. Terwijl de chauffeur draaide en over gevallen dennenappels heen en weer klauterde om weer op de snelweg te komen, klemde Freddie zijn tas stevig over zijn schouder.

Hij had de chauffeur gezegd hem af te zetten aan het einde van de weg van een halve mijl, zodat hij de rest van de weg te voet kon afleggen. Hij hield van het buitenleven, en hij was dan ook opgetogen toen hij hoorde dat Ben en Julie hier in een hut woonden.

Hij was extra blij toen hij ontdekte dat het hoofdkwartier van de CSO ook hier was. Hij wist niet zeker wat het beleid was van het bedrijf als hij te lang bleef, maar hij hoopte dat ze het niet erg zouden vinden als hij een paar dagen bij hen bleef slapen.

Of weken, of maanden.

Hij glimlachte tegen zichzelf toen hij begon te lopen. *Dit gaat geweldig worden,* dacht hij. *Ik kan niet geloven dat ik het gehaald heb.*

Hij was er niet zeker van hoe de anderen waren 'binnengekomen', of dat ze zelfs maar een try-out hadden gehad - hij had ze allemaal pas een paar maanden geleden ontmoet aan de andere kust, ter voorbereiding van een reis naar Antarctica.

Ze hadden het ternauwernood overleefd, en er waren twee soldaten die hij had meegenomen die het niet hadden overleefd. Het was nog steeds ongelooflijk om te herinneren, en ook al had hij troepen zien sterven in het veld, dit was veel erger geweest. Ze hadden daar geen echte tegenstand verwacht, en zeker niet het soort dat ze aantroffen.

Freddie volgde de zandweg tot ongeveer halverwege het huis, luisterend naar het schudden en zwaaien van de dennenbomen die het gewicht van de sneeuw van het vroege seizoen over hun takken verdeelden. Hij schopte een dennenappel een paar passen om, maar raakte hem kwijt in het bos toen hij tegen een andere op zijn weg botste.

En toen hoorde hij iets anders.

Een nieuw geluid, één dat niet natuurlijk was.

Een motor, realiseerde hij zich. *Van een groot voertuig.*

En het werd luider.

Freddie wist niet zeker of Ben een levering verwachtte, of dat de vrachtwagens zelfs zo ver weg kwamen, maar hij was er vrij zeker van dat het voor zoiets een beetje laat op de avond was. Hij ging van de weg af en vond een plekje net voorbij een groepje bomen dat als een goede schuilplaats kon dienen.

Toen de vrachtwagen naderde, kon Freddie hem goed bekijken. Wit, standaard boxcar die men gebruikt voor het verplaatsen of afleveren van dozen. Geen merktekens op de zijkanten of voorkant.

De chauffeur was grotendeels verborgen achter het felle schijnsel van de koplampen, en Freddie deinsde achteruit toen ze over hem heen schenen toen de vrachtwagen dichterbij kwam.

Interessant, dacht hij. *Ik vraag me af wat hij van plan is.*

Toen de vrachtwagen nog dichter bij Freddie's positie kwam, kon hij zien dat de chauffeur haast had. De bewegingen van de vrachtwagen waren grillig, alsof de chauffeur niet de moeite kon nemen om af te remmen en voorzichtig te rijden. Toen de vrachtwagen langs Freddy scheerde, hield hij zich verborgen, maar draaide zich om en volgde de vrachtwagen.

Hij wachtte tot de vrachtwagen bijna uit het zicht was en begon te rennen. Omdat hij zich op volle snelheid kon voortbewegen terwijl hij verborgen bleef tussen de bomen, maar de vrachtwagen zich langzamer moest voortbewegen over het hobbelige grind, kon hij hem bijhouden.

De laatste kwart mijl eindigde abrupt, met een grote open plek waar de hut van Ben en Julie en het prachtige stenen gebouw van het CSO hoofdkwartier stonden.

Maar Freddie's ogen waren niet gericht op de gebouwen. Hij zag hoe de chauffeur vlak voor het CSO gebouw tot stilstand kwam, parkeerde, en toen de deur van de truck opende. Hij deed geen moeite om de deur te sluiten nadat hij was uitgestapt.

Hij sprong op de grond, keek één keer naar de hut en het CSO-gebouw, draaide zich toen terug naar Freddie en begon te rennen.

Oh, dit is niet goed, dacht Freddie. *Dit is helemaal niet goed.*

Hij haalde zijn telefoon tevoorschijn, voorzichtig om het heldere scherm uit het zicht van de tegenligger te houden. Hij typte snel een sms'je, zette het scherm uit en stopte hem terug in zijn zak.

De chauffeur kwam dichterbij, maar hij was al aan het hijgen en puffen. Hij volgde de weg, waarschijnlijk ging hij ook terug naar de vooringang van het landgoed.

Freddie moest hopen dat zijn smsje aankwam - er was geen tijd te verliezen. Hij moest uitzoeken waar hij het nuttigst kon zijn voor de groep, en dat betekende proberen uit te zoeken waarom die vent een nog rijdende truck op Ben's terrein had gedumpt.

En hij wist geen betere plaats om zijn onderzoek te beginnen dan bij de man zelf.

4:43 PM | **March 8, 2021**
Santa Maria Reef, Cozumel, Mexico

Stinson trok zijn gespierde lichaam uit het water en op het dek van de boot. Het enorme drijvende wangedrocht was eigenlijk niets meer dan een partyschip dat was omgebouwd voor gebruik als gespecialiseerd SNUBA-vaartuig. In het onderste gedeelte bevonden zich de belangrijkste apparatuur en slangen voor de SNUBA-avonturen, terwijl het vlakke bovendek nu een tiki-bar was, compleet met brandende fakkels die langs de reling waren vastgemaakt.

Hij had zich pas een dag geleden ingeschreven en betaald voor deze reis, de laatste die zich had ingeschreven.

Stinson was een ervaren duiker en had geen instructies of begeleiding van de bemanning nodig gehad, maar hij onderging hun presentatie toch. De meeste idioten op de boot waren dronken geweest of in een stadium dat tot dronkenschap leidde, maar hij was - zoals altijd wanneer hij actief aan het werk was - nuchter.

Hij had een missie. Hij zou die missie vandaag volbrengen, en hij zou zijn beloning krijgen. De Faction eiste loyaliteit, maar waardeerde ook leden die hun training en vaardigheden gebruikten voor haar doelen.

Stinson had genoeg training. Hij had een arsenaal aan vaardigheden opgebouwd in de tijd dat hij soldaat was bij de speciale strijdkrachten. Hij kon tegen iedereen vechten, waar en wanneer dan ook - en er waren niet veel mensen die hem konden verslaan. Het feit dat hij nog leefde was daar het bewijs van.

Een van de bemanningsleden - een broodmagere jongeman die er niet ouder uitzag dan een tiener - liep naar hem toe en overtrad daarmee zijn eigen regel om niet op het dek te lopen.

"Kan ik u helpen, meneer?" Het bemanningslid zei in gebroken Engels. Zijn stem was verrassend diep. Misschien was de jongen in de dertig maar niet gezegend met een lichaam dat bij zijn leeftijd paste.

Stinson schudde zijn hoofd en marcheerde naar het SNUBA station in het midden van het hoofddek. Hij had de boot vannacht verkend, was de dokken opgeslopen en de boot ingeslopen. Hij kende de indeling nu beter dan de kapitein. Hij wist hoe lang het zou duren om deze fase van zijn missie te voltooien.

Ervan uitgaande, natuurlijk, dat ik geen tegenwerking krijg van de bemanning.

"Meneer!"

Stinson rolde met zijn ogen. De jongen was blijkbaar niet van plan hem met rust te laten. Stinson draaide zich om en sloeg zijn armen voor zijn borst, met een uitdrukking die de jongen precies moest vertellen hoe graag hij wilde dat hij nu werd onderbroken.

"Meneer, als er iets is waar ik u mee kan helpen..."

"Ik ben in orde," zei Stinson. Hij wenste dat de man gewoon weg zou gaan. Hij had hem nodig om naar het bovendek te gaan, waar de andere drie bemanningsleden zaten te drinken en te roken terwijl ze wachtten tot de toeristen onder water klaar waren met hun avontuur. Als hij hier een rotzooi zou maken, zou hij vertraging oplopen en mogelijk weer terugslaan.

Stinson had de schema's voor deze boot bestudeerd; hij kende de bemanning die hen vandaag mee zou nemen en kende hun gewoonte om iedereen veilig in het water te krijgen voor hun snorkelavontuur van een uur en hen daarna volkomen te negeren.

Ze hadden de duikers beloofd dat ze het juiste luchtmengsel zorgvuldig zouden regelen en handhaven, maar Stinson wist dat dat een leugen was. Zodra de toeristen allemaal in het water waren, ging de bemanning naar boven om te zonnebaden terwijl het rustig was. Hij hoorde zelfs een radio met een soort Mexicaanse rapmuziek, en een van de mannen lachen.

De man voor hem moet aan het kortste eind getrokken hebben - het moest zijn taak zijn om iedereen te controleren. Hij stond daar maar, naar hem te staren.

Stinson zuchtte. Hij kon dit zijn schema niet laten beïnvloeden, dus hij zou het stil en snel moeten doen. Efficiënt.

Met één stap sloot hij de afstand tussen hem en de jongen en zag de geschrokken blik op het gezicht van de jongen toen het de aanval registreerde.

Niet dat het wat uitmaakte - alles wat hij zou hebben geprobeerd zou te laat zijn gebleken. Stinson had zijn arm om zijn nek en stond in een oogwenk achter hem. Hij hield hem stevig vast, verstikte hem, voelde de botten in de nek van de broodmagere man kraken terwijl de onwillekeurige reacties van zijn lichaam vochten tegen de verstikking.

Hij hield hem voor de zekerheid iets minder dan een minuut vast, liet hem toen los en liet hem languit op het dek liggen. Hij maakte zich geen zorgen over het lichaam, zelfs als iemand te vroeg beneden kwam en zag wat hij had gedaan, zou er geen tijd zijn om hem tegen te houden.

Tijd om mijn missie te voltooien.

Hij liep terug naar het SNUBA-systeem, dat zachtjes zoemde terwijl het lucht door de honderd slangen pompte en filterde. Hij vond de ronde, gebogen kant van de wit-plastic tank en het inlaatspruitstuk. Hij draaide het eraf en brak de plastic verbindingen rond de schroeven die het op zijn plaats hielden.

Hij controleerde met een vlakke handpalm of er zuiging was en liep toen naar een plank in een reddingsvestenkast. Het duurde even, maar hij vond de spullen die hij daar gisteravond tijdens zijn surveillance had verstopt. Hij vond wat hij zocht en liep toen terug naar de inlaat.

Hij schoof de kleine capsule die hij had opgehaald in het open gat en hield hem daar tussen duim en wijsvinger. Stinson kneep erin, zodat de druk binnenin ontplofte en het kruit eruit begon te persen. Het inlaatspruitstuk trok de lucht en het poeder met gemak naar binnen, en Stinson zag het door alle interne compartimenten en kamers van het SNUBA-systeem zweven, door alle micronfilters, het poeder aerosoliseerde en nu werd verspreid in elk van de honderd slangen die van de zijkanten van de boot stroomden.

Hij gunde zichzelf een paar seconden van opluchting voordat hij naar zijn volgende taak ging. De eerste fase was voltooid. Zijn taak zat er bijna op.

Hij liet de inlaatklep wijd open staan en liep naar de andere kant van het apparaat. Hij keek even rond en vond toen wat hij zocht. Een extra SNUBA duikslang, opgerold en klaar voor het geval van storing of reparatie. Hij pakte het op en liep terug naar het inlaatgat, schoof de slang erin en draaide hem daarbij om.

Het paste losjes, maar hij had de avond tevoren ook al een rol ducttape in de kast verstopt, precies om deze reden. Hij pakte het nu, trok er twee lange strengen tape af en wikkelde ze strak om de slang en de inlaatbevestiging. Tevreden pakte hij het opgerolde stuk slang op en liep terug naar de zijkant van de boot.

Hij hoorde voetstappen boven hem, schuifelend op het bovendek. Hij vroeg zich af of een van de mannen naar beneden kwam om te kijken hoe het met zijn bemanningslid ging, of dat ze gewoon hun drankje aan het bijvullen waren.

Hij wachtte even en gooide toen de slang in het water.

12:45 uur: 8 maart 2021

Chugach regio, Alaska

Ben keek op van zijn lege whiskyglas op tafel en keek Reggie aan. "Het spijt me echt, man," zei hij. "Ik wou dat we meer konden doen. Echt waar."

Eerst antwoordde Reggie niet. Toen keken ze elkaar even aan, en uiteindelijk sprak Reggie. "Je kunt het," zei hij. "*We* kunnen het. Er is *altijd* meer dat we kunnen doen, Ben. Ik ga me niet zomaar omdraaien en dood spelen."

Ben stond op het punt ruzie te maken met zijn vriend toen hij zijn telefoon voelde trillen in zijn zak. Hij haalde hem eruit en vroeg zich af of het Freddie was die hem probeerde te laten weten dat hij vertraging had. Misschien was hij om een of andere reden te laat en zou het nog een uur of zo duren voor hij binnen was. Vreemd, want de man had er nu al moeten zijn.

Terwijl Ben de telefoon tevoorschijn haalde en de plausibele scenario's overdacht, zag hij het scherm en het bericht.

Zijn bloed werd koud. Zijn onderbewustzijn schreeuwde

tegen hem, maar pas toen hij de telefoon optilde en het bericht langzaam las, begreep hij de woorden volledig.

Ga nu weg.

Dat was het. Geen uitleg, geen verdere instructies. En het *was* van Freddie. De man had een sms gestuurd naar Ben van ergens dichtbij genoeg om te weten dat er gevaar in de buurt was.

Nee, dat is niet goed. Ben keek de tafel rond en besefte dat Freddie het sms'je naar *iedereen* had gestuurd. Reggie staarde nog steeds naar Ben, maar hij merkte dat Sarah en Julie allebei hun telefoon uit hadden, met een even verwarde uitdrukking op hun gezicht.

"Heb jij het ook?" Vroeg hij.

Julie knikte. Sarah keek op naar Ben. "Wat gaan we doen?"

Ben stond al, klaar om te gaan. "We gaan weg. Nu."

Reggie vroeg niet om opheldering, noch stopte hij om zijn eigen telefoon te controleren. Hij wierp zich achterover van de tafel en sprong er bijna overheen om eruit te komen. Hij trok Sarah met zich mee, zijn lange benen maakten snel werk van de kleine cabineruimte en bereikten als eerste de deuropening. Ben en Julie ontmoetten elkaar in de buurt van de woonkamer.

Reggie opende de voordeur al en trok Sarah naar buiten, en Ben voelde een lichte kneep in zijn hand toen hij tegen Julie's zij streek.

"Ik ben bang," zei Julie.

Ben knikte. "Ik ook. Maar wat het ook is, we zullen het snel genoeg weten," antwoordde Ben.

Freddie was niet het soort man dat een truc met hen zou uithalen, en zeker niet een die totaal geen humor had. Maar ja, hij kende de man niet echt goed. Ze hadden elkaar kort ontmoet voor hun reis naar Antarctica, waar Ben en de anderen hem ontdekten als een betrouwbare en loyale teamgenoot. Na hun missie, en nadat hij het had opgenomen tegen zijn oom, een generaal in het Amerikaanse leger, hadden Ben en de anderen Freddie met open armen ontvangen in de CSO.

Vanavond zou zijn eerste officiële dag worden, en morgen-vroeg zou hij zich bij de groep voegen voor vergaderingen en training.

Dat was allemaal veranderd door de aankondiging van Mr. E eerder die avond, en nu leek het erop dat er nog meer zou verande-ren. *Wat is er aan de hand?* vroeg Ben zich af, terwijl hij Julie toestond hem vooruit te duwen naar de voorste trede van de hut. Hij liep snel door een lijst van de dingen die ze mee hadden moeten nemen. Zijn 'bug out' tas, bijvoorbeeld, die gevuld was met genoeg voedsel om hem een maand in leven te houden, en hen allemaal voor minstens een week.

Er zaten ook wat kleine benodigdheden in voor jagen, vallen zetten en vissen, zodat voedsel niet eens een probleem zou worden, evenals nooddekens, proteïnerepen, lucifers en een pistool met genoeg munitie om door een schrammetje te komen.

Maar dat was in de slaapkamer, onder het bed waar het woonde. Ben had geen tijd gehad om iets te pakken, en bovendien - hij had geen idee waarom ze weggingen, behalve dat ze gehoor hadden gegeven aan de waarschuwing van een sms'je van een man. Hoezeer hij ook hoopte dat ze niet betrapt zouden worden zonder uitrusting, hij hoopte toch echt dat ze in deze tijd van het jaar niet door de wildernis van Alaska zouden trekken.

Ben en Julie verlieten de hut en volgden Reggie en Sarah in een rechte lijn over het open veld dat diende als parkeerplaats van de hut, voorportaal, ontmoetingsplaats in de open lucht, geïmpro-viseerd voetbalveld, en wat de ruimte verder nog moest zijn.

Terwijl hij zich voortbewoog, merkte hij iets op vanuit zijn ooghoek.

Vreemd, dacht hij. *Dat was er eerder niet, en het zou er nu ook niet moeten zijn.*

Het was een vrachtwagen - helemaal wit - zoals een verhuiswagen of het soort dat gebruikt wordt voor leveringen.

Hij vroeg zich af of Mr. E communicatieapparatuur had besteld of een soort werkorder verwachtte.

Maar waarom zou de man het zo laat hebben laten aankomen? Er was toch zeker geen bedrijf dat nu nog bezorgingen deed? En Mr. E was zeker allang naar bed?

Nee, dacht Ben. *Dit moet iets te maken hebben met waar Freddie ons voor probeert te waarschuwen.*

Hij had geen tijd om die gedachte af te maken voordat de truck ontplofte.

16:45 uur: 8 maart 2021

Santa Maria Reef, Cozumel, Mexico

De vis zag haar en vloog weg, tot stilstand gekomen achter een ander soortgelijk koraal. Ze begon in die richting te bewegen toen ze vanuit haar ooghoek beweging opmerkte.

Ze draaide zich om en keek naar Sean, die verwoed naar haar zwaaide.

Jessica fronste haar wenkbrauwen. Ze trok zich een beetje rechtop, van streek dat hij haar bij haar klit had weggetrokken, maar hij hield niet op met zwaaien.

Ze voelde de spieren in haar rug aanspannen, haar benen verstijven.

Raar.

Ze trapte met haar voeten, merkte dat het haar meer moeite kostte dan voorheen, en de trap had haar deze keer niet zo ver voortgestuwd. Ze probeerde haar armen te gebruiken om haar dichter naar haar man te trekken, maar ook die voelden strak aan.

Voor haar was Sean gestopt met zwaaien, zijn ogen strak op haar gericht, zijn lichaam niet bewegend.

Hij dreef, zijn haar en zwembroek waren de enige dingen op zijn lichaam die nog bewogen.

Het was onwerkelijk - Sean zweefde voor haar als een soort onderwaterstandbeeld, keek toe hoe ze langzaam naar hem toe dreef, maar reageerde niet. Plotseling voelde ze haar keel dichtknijpen, haar nekspieren werden door een onzichtbare kracht gegrepen. Ze kon nauwelijks ademen, ook al zat de buis nog in haar mond. Ze probeerde verwoed naar haar gezicht te grijpen, maar haar handen waren als stenen. Ze zweefden naar boven, maar kwamen niet dichterbij door haar wil.

Plotseling kon ze geen spier meer bewegen in haar lichaam.

Jessica's lichaam zweefde dichter naar dat van Sean, nu nog maar een paar meter van hem vandaan. Ze wilde naar hem uitreiken, hem naar zich toe trekken, maar geen van beiden kon zich bewegen.

Wat gebeurt er in godsnaam?

Ze gebruikte alle energie in haar lichaam en dwong zichzelf om een enkele, kleine teug lucht in te ademen. Het zou moeten volstaan. Haar longen werden nauwelijks groter en haar borstkas vocht tegen de pijn van de inspanning.

Maar het was genoeg. Het was lucht, en zolang ze het kon vasthouden...

Plotseling veranderde de lucht. Het voelde vochtig, vochtig aan.

Ze hoorde een gorgelend geluid van ergens boven, en besefte toen wat er gebeurde.

Haar ogen konden niet wijder worden, maar ze voelde de inwendige paniek.

Net toen het water haar mond raakte en in haar longen explodeerde.

12:53 PM | **March 8, 2021**

Chugach regio, Alaska

Ben had niet eens tijd om de explosie te registreren voordat de schokgolf hem raakte. Het raapte hem en Julie van de grond op en slingerde hen als lappenpoppen naar het bos.

Reggie en Sarah waren er al, maar ook zij werden dieper het bos in geduwd. Alle vier de CSO leden werden een tiental meter teruggeworpen, dieper in het dennenbos rond Ben's huis. Ben landde in een hoop natte, besneeuwde bladeren, maar er was niet genoeg van het witte spul om zijn val te verzachten. Hij voelde zijn elleboog tegen de stam van een boom smakken, zijn ribben strekten en knarsten van de immense druk van het opvangen van zijn hele lichaam toen het verder rolde. Hij voelde de wond in zijn zij weer opengaan, de wond die hij had opgelopen bij het vliegtuigongeluk in Antarctica, en hij probeerde er een hand overheen te leggen om te voorkomen dat het zou gaan bloeden.

Hij kwam tot stilstand en ademde een paar keer voorzichtig uit. Hij leefde nog, en was grotendeels ongedeerd. Gelukkig waren ze ver genoeg van de ontploffing vandaan geweest, zodat ze alleen een paar schrammen hadden overgehouden.

Hoopte hij.

Hij moest Julie vinden. Hij moest de anderen vinden, om te zien of ze in orde waren. Hij keek op, leunde met zijn bovenlichaam tegen de dennenboom en keek om zich heen. Toen de bladeren en brokstukken op hoopjes vielen en zijn ogen zich beter begonnen te concentreren, merkte hij de anderen op, verspreid over het gebied.

Ze waren allemaal in orde. Reggie mompelde een reeks scheldwoorden onder zijn adem, Sarah wreef over een pijnlijke plek op haar arm, en Julie zat links van hem rechtop in het midden van een kleine open plek.

Ben keek fronsend terug naar de hut.

Er was geen hut meer over. Eigenlijk was er maar *de helft* van een hut over. De nieuwste aanwinst van het CSO hoofdkwartier - het stenen gebouw dat vroeger naast Bens hut stond - was volledig verdwenen. Stapels steen en verwrongen metalen bouwwapening schoten omhoog, verwrongen en brandend. Het betonijzer reikte naar de hemel als de gekrulde vingers van een begraven monster. Rook stroomde uit de helft van Bens hut die nog over was, en hij kon de boomstammen aan de voorkant zien smeulen, sommige al aangestoken en in vlammen opgegaan.

Nee. Hoe kon dit gebeuren? Hij vroeg het zich af. Ze waren een doelwit geweest, *hij was een* doelwit geweest. De truck zat vol explosieven, was hier doelbewust heen gereden, specifiek gericht op het uitschakelen van Ben en iedereen waar hij van hield.

De eetkamer en de keuken waar Ben en de anderen enkele ogenblikken daarvoor nog hadden gezeten, waren volledig verdwenen. Alleen een vlek op de aarde, niets dan een zwarte vlek die herinnert aan zijn vroegere plaats.

"Wat de..." Reggie begon.

Julie schreeuwde en onderbrak hem. "Mrs. E!"

Bens hoofd draaide toen hij besefte wat ze bedoelde. Hij voelde zich ziek. Misselijkheid overviel hem plotseling, en hij draaide zich naar rechts om te kolven. Er kwam niets uit, en hij hoestte en probeerde een paar seconden adem te halen voordat hij weer rechtop ging zitten en Julie aankeek.

Ze sprak door een uitbarsting van tranen, haar gezicht rood, zweet stroomde van haar voorhoofd. "Mevr. E," stotterde ze. "Ze was... Ze was in..."

Julie kon de gedachte niet afmaken. Ben staarde recht voor zich uit, concentreerde zich op de cabine, concentreerde zich op de stapel wrakstukken ernaast. De vrachtwagen bestond niet meer, het CSO hoofdkwartier was verwoest, en het grootste deel van de plaats die Ben thuis had genoemd was totaal verwoest.

"Ze - ze moet daar ergens zijn," begon Reggie. "Als we gewoon kunnen..."

"Ze is weg," fluisterde Ben. "Ze is weg. Het is onmogelijk dat ze..."

"Dat weet je niet!" schreeuwde Reggie. "Je hebt *geen idee*! We moeten gaan kijken. Als we gewoon opstaan en weggaan, is er misschien een manier om..."

Reggie probeerde op te staan, maar gaf het op toen hij besefte dat zijn knie tijdens de explosie in de verkeerde richting was gedraaid. Hij kreunde van de pijn en zakte achterover tegen de voet van een boom. Sarah kroop huilend naar hem toe, legde haar hand op zijn been, krulde zich toen naast hem op en legde haar hoofd op zijn schouder. Hij ademde langzaam en zeker, zijn ogen verlieten nooit die van Ben.

Ben zag de brutale woede daar. De verwoesting. Reggie was als een goed getrainde hond - hij was uiterst effectief en nuttig, en ook loyaal, maar hij was instinctief. Hij was in staat te ontploffen, elk bevel dat hem werd gegeven te negeren en gewoon op zijn doel af te gaan zonder zich om iemand of iets anders te bekommeren, inclusief zijn eigen veiligheid.

Ben wist wat het betekende om zijn vriend zo te zien. Hij was de vergelding al aan het plannen, de wraak al aan het plannen.

Julie was de enige die stond, maar haar handen waren op haar knieën en ze hijgde, nog steeds zwaar ademend. "Misschien heeft hij gelijk," zei ze. "Misschien kunnen we kijken of ze vastzit onder een stuk rots of zo. Als we allemaal kunnen samenwerken, kunnen we haar misschien bevrijden en..."

Ben schudde zijn hoofd. "We zullen kijken, natuurlijk. Dat beloof ik. Maar, Julie - jullie allemaal - ik wil dat jullie op het ergste voorbereid zijn. Je was bij me toen dat ding ontplofte. Je zag hoe ver weg we waren toen het gebeurde. Je zag wat het met ons deed, zelfs hier. En kijk naar het hoofdkwartier gebouw. Het is *platgegooid,* jongens. Ik denk niet dat er een manier is...

"Er is *altijd* een manier!" schreeuwde Reggie.

Ben zuchtte. Hij wilde geen ruzie maken. Hij wilde geen ruzie met zijn beste vriend, of zijn vrouw, of wie dan ook. Hij was er klaar mee. In tegenstelling tot Reggie, had Ben tijd nodig om zoiets als dit te verwerken. Hij had een plan nodig, om zichzelf weer op te bouwen tot de veerkrachtige persoon die hij, diep van binnen, kon zijn.

Hij haalde zijn telefoon uit zijn zak en keek er op neer. Op een of andere manier had Freddie ervan geweten. Hij had het voorspeld, en toen had hij hen ervan gered.

Niet allemaal, helaas, maar hij had Ben en zijn vrouw gered.

Terwijl hij erover nadacht, begon de telefoon te piepen.

Freddie. Ben hield hem omhoog en liet het scherm aan iedereen zien, waarna hij de telefoon aan zijn oor hield en het gesprek verbond. Mr. E had op het dak van het hoofdkantoor van de CSO een hoge gsm-antenne geïnstalleerd die was ontworpen om de signalen van de dichtstbijzijnde gsm-masten te lokaliseren en te versterken.

Die was nu natuurlijk allang weg, dus Ben en Freddie zouden moeten vertrouwen op de zwakke verbinding die hier aan deze kant van de snelweg bestond.

"Hé man," zei Ben.

"*Alles goed met jullie?*" Freddie's antwoord kraakte een beetje, maar Ben kon hem in ieder geval horen.

"Ja, dankzij jou." Hij vertelde Freddie niet over mevrouw E. Dat kon hij niet. Hij zou haar lot snel genoeg met de rest van hen te weten komen. Het was niet nodig om hem van streek te maken.

"Wat was dat in godsnaam? " vroeg Ben.

"*Het was een bom, maar ik ben er vrij zeker van dat je al zoveel bij elkaar hebt.*"

"Dat hebben we gedaan."

Freddie pauzeerde even en Ben hoorde geschuifel aan de andere kant van de lijn. Na een paar seconden, keerde de zuidelijke toon van de jonge soldaat terug. "*Nou, sorry dat ik er niet bij kon zijn. Maar ik ben in de buurt, en ik heb hier iemand die we wat vragen kunnen stellen.*"

"Ja? Wie is dat?"

"*Nou, waarom kom je niet hierheen en praat zelf met hem?*"

4:53 PM | **March 8, 2021**

Santa Maria Reef, Cozumel, Mexico

Hij voelde niets toen de slang in het water gleed, en zich vulde. Hij voelde vreugde noch teleurstelling. Hij had al eerder gedood, en hij zou weer doden. Hij was huurling geweest, soldaat te huur, zelfs soldaat in dienst van een regering. Al die baantjes hadden hem een onbevredigd gevoel gegeven.

Zelfs de doden door zijn toedoen - waarvan hij geloofde dat ze verdiend waren - lieten hem achter met het gevoel dat er iets ontbrak.

De Faction had dat veranderd. Het had alles veranderd. Toen hij voor het eerst van de groep hoorde, wat ze van plan waren, had hij tegengestribbeld. Voor elke geheime groep die beweerde een eeuwenlange geschiedenis te hebben, waren er tien andere die elk aspect van hun verhaal hadden verzonnen. Voor elke groep die beweerde leden te hebben die teruggingen tot de tijd van Aristoteles, waren er een dozijn anderen die de wereld ervan wilden overtuigen dat ze beroemdheden in hun gelederen hadden.

Hij geloofde niemand van hen. In zijn ogen waren het allemaal oplichters en gekken. Hij nam aan dat De Faction niet anders was - dat zij gewoon een organisatie waren die terrorisme en het omverwerpen van de machtsstructuur wilde rechtvaardigen.

Hij had niet geloofd dat ze een *echt* plan hadden om die machtsstructuur te vervangen door iets beters.

Maar hij was toch geïntrigeerd. Hij had zich laten rekruteren, zich laten ondervragen door leden van De Faction tot ze het nodig hadden gevonden hem in te lichten over enkele details. Details van hun ware geschiedenis, van hun werkelijke lidmaatschap. Zij hadden hem dat bewezen, en hij had zijn twijfel overwonnen en begon hun waarheidsgetrouwheid te vertrouwen.

Toen gaven ze hem details over hun lange termijn plan. Wat ze probeerden uit te voeren, en hoe. Toen ze dat deden, was hij overtuigd.

Bij elke stap had de Faction woord gehouden. Ze meenden wat ze zeiden, en hij geloofde nu dat ze het voor elkaar konden krijgen. Hij was een lid, en hij zou het blijven tot de dag dat hij stierf.

Stinson stapte terug van het dek, terwijl hij de schuifelende voetstappen hoorde, die nu overgingen in gebonk terwijl ze de trap afdaalden. Toen de man afdaalde, hoorde hij zijn stem roepen, iets in het Spaans, ongetwijfeld verbaasd om hem daar te zien staan.

Dezelfde stem werd iets luider toen de man de slang zag die aan de inlaat was bevestigd.

Stinson draaide zich om en keek de nieuwkomer aan - een massieve, te zware man met zonnebril en zwembroek. Het was de kapitein, die hij vanmorgen kort had ontmoet toen hij aan boord ging. De wenkbrauwen van de man waren gegroefd en boos, en hij begon langs Stinson te lopen, op weg naar het SNUBA-systeem.

Stinson had geen uitnodiging nodig. Hij sloeg toe met de basis van zijn vuist, brak de neus van de man en stuurde scherven omhoog in zijn hersenen. De kapitein stortte onmiddellijk op het dek in, dood.

Hij had geen tijd te verliezen. *Tijd om de missie af te maken.*

Hij sprong over de grote man heen en rende naar boven, naar waar de andere twee bemanningsleden nog aan het feesten waren. De twee bemanningsleden lagen aan de andere kant van het dek te loungen, met open flessen bier in hun handen. Hun wenkbrauwen rezen op hun voorhoofd toen ze hem zagen.

De man links begon te staan, en de ander mompelde iets in het Spaans. Stinson liep door, niet vertragend of versnellend, zelfs toen de man nu zijn weg naar hem toe baande.

Nog een seconde en de slungelige bemanningslid lag op zijn rug op het dek, met zijn hoofd in Stinson's handen. Hij was over hem gestruikeld en had de man op de grond gebracht, waarbij hij zijn armen eerst om zijn nek had geslagen om de schedel te wiegen.

Hij brak zijn nek snel, efficiënt.

De andere man schreeuwde en liet zijn bier vallen. Hij was iets groter, en het leek Stinson dat hij uit vorm was, en toen hij probeerde op te staan, gleed hij uit op het dek. Hij smakte tegen de grond, een licht gejammer ontsnapte aan zijn lippen.

Stinson bewoog naar hem toe. De man deinsde achteruit, krabbelde over de paar meter dek die hem nog restten en kronkelde toen met zijn lichaam tussen de twee rails.

Stinson was bijna bij hem, maar hij wist dat de man een kans had. Toen hij bij de stoel van de man kwam, zag hij hoe het bemanningslid zichzelf met een zware stoot van zijn bovenlichaam voortduwde, waardoor hij door de rails en over de rand werd gestuurd. Hij viel met zijn hoofd eerst in het water, maar haalde het niet helemaal.

Op de bodem kraakte zijn hoofd tegen de zijkant van de boot. De man gromde toen hij ondersteboven in het water gleed.

Stinson zuchtte, wetend dat hij moest springen om de man te vinden, om te zien of hij nog in leven was.

Hij veranderde snel van gedachten. Maakt *niet uit*. Schoon spelen voor deze missie was een tweede prioriteit. Hij had al het andere gedaan wat hij wilde doen, en hij wilde terug naar het resort om van de rest van de avond te genieten. Als hij tijd zou besteden aan het zoeken naar één bewusteloos lichaam van de honderden die zich daar beneden bevonden, zou het donker zijn tegen de tijd dat hij terugkwam.

Hij draaide zich om en liep naar de andere kant van de boot. Hij daalde de trap af, ging op de boeg van het schip staan, en dook weg.

Het was twee mijl zwemmen terug naar de kust, maar zijn lichaam had al veel erger doorstaan. Het water was hier ondiep en er lagen zandbanken tussen hier en de steiger van het resort. Hij zou het halen met genoeg tijd over voor een zonsondergang en een stevige borrel.

1:05 PM | **March 8, 2021**

Chugach regio, Alaska

Julie keek naar de twee mannen voor haar terwijl ze aan het joggen waren. Het zou voor niemand anders duidelijk zijn geweest, maar zij kende zowel Ben als Reggie lang genoeg om te weten wat er aan de hand was.

Ze waren aan het wedijveren, probeerden elkaar voor te zijn zonder een sprint te trekken. Ze wedijverden om als eerste Freddie te bereiken, die Ben zijn locatie had gegeven op ongeveer tweehonderd meter van de hut, op de enige weg naar binnen en naar buiten. Hij zou onmogelijk te missen zijn, vooral omdat hij niet alleen zou zijn.

Ben en Reggie zouden elk proberen de andere man daar te slaan, en Julie had een duidelijk idee van waarom. Reggie zou waarschijnlijk met opgeheven vuisten beginnen, vlees van het gezicht van de aanvaller slaan en hem bewusteloos slaan voordat hij er ooit over zou denken hem een vraag te stellen.

Ben zou het redelijker aanpakken - hij zou de man vragen stellen, proberen hem aan het praten te krijgen, kijken of hij inderdaad de chauffeur was van de vrachtwagen die zojuist zijn huis had vernield.

Ben was kwaad - Julie wist dat ook - maar hij zou er niet overhaast mee omgaan. Reggie, echter, zou zijn emoties de overhand laten nemen. Hij zou het niet kunnen voorkomen. In zijn gedachten was Mevr. E verdwenen en deze man was verantwoordelijk.

Julie en Sarah liepen zwijgend achter hen aan. Julie zag dat Reggie een beetje mank liep, duidelijk bezig met een kleine knie- of beenblessure. Ben bewoog gestaag maar ademde snel, ongetwijfeld gestrest, bang en van streek.

Toen ze de eerste helling van de onverharde weg bereikten die van de hut wegliep, zag ze Freddie's massieve gestalte in zicht komen. Hij stond over een man die geknield op de weg zat. Ze kon niet zien of de man zijn armen vastgebonden had of dat hij ze gewoon voor zijn lichaam hield.

Reggie en Ben verhoogden hun tempo, en Julie probeerde hen bij te houden. Ze zag dat Reggie begon te rennen en de laatste afstand naar de twee mannen sprintte die voor hen stonden te wachten. Ben kon hem niet bijhouden, en hij viel terug toen Reggie aankwam.

Reggie vertraagde, maar zelfs van hieruit kon ze zijn arm en hand boven zijn hoofd zien uitsteken. Hij maakte zich klaar om te slaan, om de man in het gezicht te raken.

Freddie was er plotseling. Hij deed een stap naar rechts en verscheen voor Reggie, tussen de geknielde chauffeur en de grote soldaat. Reggie probeerde te ontwijken, maar Freddie was groter en kon gemakkelijker in de weg staan. Hij bracht zijn arm omhoog toen Reggie de zijne omlaag bracht.

De twee mannen botsten, Reggie's vuist raakte Freddie's uitge-strekte arm en stuiterde onschadelijk weg.

"Wat krijgen we nou, man?" vroeg Reggie.

Freddie schudde zijn hoofd. "Dat is niet hoe wij de dingen aanpakken, broer," antwoordde hij.

Ben arriveerde op de plaats delict, terwijl Julie dichterbij kwam. Ze zag het gezicht van de bestuurder nu duidelijk. Het was donker, somber. Hij droeg een bril, en zijn ogen waren in zijn hoofd verzonken, waardoor zijn voorhoofd een gegroefde indruk maakte. Zijn haar was ook donker - bruin of zwart, en grote krullen vielen over zijn voorhoofd en oren.

Hij keek recht omhoog naar Reggie, zijn ogen geboeid. Zijn mond was recht, zijn lippen gespannen.

"Neem je me in de maling?" vroeg Reggie. "Wie ben jij in gods-naam om mij te vertellen hoe wij de dingen doen?"

Ben legde zijn hand op Reggie's schouder. "Rustig maar, maat. Neem even de tijd om te kalmeren."

"Ik ga niet *kalmeren*, Ben. Ik ga..."

"Ik wil hem ook vermoorden," schoot Ben terug. "Vertrouw me."

"En dat is niet de groep waar ik me bij aansloot," zei Freddie, zich nog steeds tot Reggie richtend. "Als je hem nu aanvalt, zal hij ons niets vertellen."

Julie knikte. "Hij heeft gelijk, Reggie."

"Maar hij -"

"We *weten het*, Reggie," zei Sarah van achter Julie. "We zijn allemaal boos. Geloof me maar. Maar hij is onze beste kans om uit te zoeken waar dit over gaat, en als er een manier is dat hij wil praten, moeten we dat uitzoeken."

"Mrs. E kan nog in leven zijn," mompelde Ben. "Hé - waarom

gaan Sarah en ik niet naar de hut, in ieder geval even rondkijken. Als ze daar nog ergens is, hebben we misschien niet veel tijd meer."

Julie en Freddie knikten. Reggie's ogen waren gefixeerd op die van de chauffeur. Ben nam Julie apart voor hij wegging. "Hou hem rustig," zei hij. "We hebben geen explosies meer nodig vanavond."

Ze knikte en wendde zich tot de anderen. "Stel hem een paar vragen, en dan wachten we op de politie. We kunnen hem nergens houden, en we kunnen niets doen wat de politie niet kan doen."

"Dat is niet waar," zei Reggie. Ze spande zich in, maar hij deed geen stap tegen Freddie.

"Wat is er gebeurd?" vroeg ze aan het nieuwste lid van hun team.

"Ik zag de vrachtwagen over de weg komen. Ik dook de bomen in en keek toe. Hij parkeerde, maar liet de motor draaien en de deur open nadat hij eruit was gesprongen."

Julie knikte. "Dan heb je de sms verstuurd?"

"Ja," zei hij, terwijl hij een hand door zijn haar haalde. "Sorry dat ik niet kon bellen. Ik wist niet zeker of de verbinding goed genoeg zou zijn, maar ik ben blij dat het gelukt is."

"Ja," zei Reggie. "Wij ook, geloof me." Hij pauzeerde, keek toen naar de chauffeur en weer omhoog naar Freddie. Na een moment knikte hij, wreef met zijn pols over zijn neus en stak toen zijn hand uit. "Sorry, man. Ik probeerde je niet aan te vallen. Ik wilde alleen..."

Freddie schudde zijn hand en trok hem dicht tegen zich aan, omhelsde hem. "Hé, broer, ik snap het. Vertrouw me. Neem je tijd."

"Geen probleem. Ik moet gewoon mijn hoofd recht houden. Ik red me wel." Hij wendde zich tot Julie. "Als jij het goed vindt, moet ik me even terugtrekken uit deze situatie. Vind je het erg als ik Ben en Sarah ga helpen?"

Ze knikte. "Natuurlijk niet. Wij regelen dit wel."

Julie had het gevoel dat de man niet zomaar een ingehuurde koerier was, maar iemand die precies voor dit soort dingen was opgeleid en voorbereid. Hij had geluk dat de CSO niet geïnteresseerd was in marteling en ondervraging, maar ze had het gevoel dat hij ook voor *dat soort dingen was opgeleid.*

"Wie bent u?" vroeg ze.

Freddie's schouders waren gespannen, de deltaspieren staken naar buiten terwijl hij zich voorbereidde op wat de man ook zou proberen. Maar de man bewoog niet. Sprak niet.

"Voor wie werk je?"

Freddie en Julie wachtten een minuut, en stelden hem om de beurt dezelfde twee vragen. Hij gaf geen antwoord, noch verlegde hij zijn aandacht van de ene persoon naar de andere.

Julie hoorde de sirenes in de verte. Ze had het goed geraden, dat iemand van een van de naburige eigendommen de explosie had gezien en het had gemeld, en het Anchorage politiebureau iets verderop was al onderweg.

De chauffeur hoorde het ook. Hij draaide zijn hoofd opzij, luisterend. Toen draaide hij zich terug naar Julie en keek haar recht aan.

"Jullie zijn dood," zei hij. "Jullie allemaal. Dood."

BEN

1:07 PM | **March 8, 2021**

Chugach regio, Alaska

"Ben, hier," zei Reggie.

Ben hoorde de bibberigheid in de stem van de man. Hij voelde het, echt. Het was gewoon... anders op de een of andere manier. Hij had Reggie nog nooit zo gehoord, had nog nooit de zachtere kant van zijn beste vriend in deze mate ervaren.

En dat kan maar één ding betekenen.

"Je hebt haar gevonden," zei Ben. Het was geen vraag.

Hij werkte zich los van het puin waarin hij had rondgeklauterd en trok zich op aan de vlakke, schuine betonnen plaat - een muur die vroeger de cabine scheidde van het hoofdgebouw van de CSO - en keek om zich heen.

Het gebied was al vrijgemaakt; de vorige eigenaar van de hut had een bosje bomen geveld op de plaats waar hij zijn hut wilde hebben, en had er toen voor gekozen om het bouwsel wat verder naar achteren te bouwen, tegen de beschutting van de achterliggende dennenbomen, zodat er een betrekkelijk grote open ruimte overbleef voor de voordeur van de hut. Hij had ook de onverharde weg vrijgemaakt, grind toegevoegd en de zijkanten bewerkt tot een korte trottoirband, en vervolgens het kleine gebouw met één slaapkamer gebouwd. Toen hij klaar was, was hij gedwongen het huis te verkopen en Ben kon er een bod op doen.

De hut werd geleverd met ongeveer honderd hectare grond, en dat land boog rond van achter Ben en verspreidde zich dan nog een halve mijl naar het zuiden, dezelfde richting als de hut was gericht. Hij had elke centimeter ervan verkend en de beste delen van de natuur omgevormd tot sportzalen, een schietbaan, hardloop- en wandelpaden en andere recreatiegebieden.

Toch, staande op de omgevallen muur, liet Bens uitzicht hem precies zien wat hij zo mooi vond aan deze ruimte: niets dan bomen, in elke richting.

Behalve, natuurlijk, toen hij *naar beneden* keek. Beneden was verwoesting. Beneden was ruïne, ontzetting.

Voorzichtig liep hij naar de rand van de scheurende muur en sprong over een open plek die nog smeulde van een onbekend voorwerp dat eronder brandde. Alle bezittingen die hij en Julie bezaten waren plotseling en meedogenloos in tweeën gedeeld - de helft die onder deze muur lag, verkoold en nog steeds brandend, en de helft die in hun slaapkamer lag, nog steeds in perfecte staat en geen idee hebbend van de verwoesting die een kamer verder had plaatsgevonden.

Hij liep langzaam in de richting van Julie en Sarah, die ook in de buurt kwamen van Reggie's locatie dicht bij de achterkant van de inrichting van het CSO-hoofdkwartier. Het was de recreatiezaal geweest, de vergaderzaal die kon worden omgebouwd tot een speel- en ontspanningsruimte.

Ben zoog zijn adem in toen hij zich realiseerde wat dat betekende. *Ze had een afspraak met haar man,* dacht hij. *Ze was met hem aan het praten, negeerde de sms die Freddie had gestuurd, toen de bom -*

"Ben, kom op," zei Julie. Ze had haar hand uitgestoken, wachtend tot hij zou komen. Hij was onwillekeurig gestopt aan de rand van de stapel rotsen en beton, onbewust niet in te willen binden.

Hij pakte haar hand en trok zichzelf overeind en op de stapel. Ze liepen, hand in hand, tot ze vonden waar Reggie naar op zoek was.

Zijn beste vriend had een paar grote stenen naar achteren getrokken, waardoor het gezicht en bovenlichaam van mevrouw E tevoorschijn kwamen, haar ogen zwartgeblakerd, haar neus gekneusd en bloedend. Ze bewoog niet, en haar enige overgebleven arm was uitgestrekt boven haar hoofd, alsof ze gewoon lag te slapen onder een deken van stenen.

Julie snoof, en Sarah snikte zachtjes. Ben draaide zich om en vond Freddie aan de rand van de open plek bij de weg, nog steeds wakend over de chauffeur, die hij dichter bij de hut had gebracht. Niet te verwarren met een burger die een fout zou kunnen maken, had Freddie een massief 50-kaliber pistool getrokken en hield het ongeveer een meter van het hoofd van de man, die net achter hem stond en opzij. Een positie, had hij uitgelegd, die optimaal was: het was ver genoeg weg dat de verdachte hem niet gemakkelijk kon besluipen, maar een die hen voortdurend herinnerde aan de aanwezigheid van een ernstige bedreiging, vlak naast hun rechterzijde.

Freddie knikte, en Ben beantwoordde de beweging. Hij sprak niet. Freddie zou weten waarom het team zich hier verzameld had; waarom ze elkaars handen vasthielden en naar beneden keken naar een stuk puin op de grond.

Ben wist niet zeker wat hij met Freddie aan moest - de man hielp hen duidelijk, maar hij kon niet verwachten dat de jongen daar voor altijd zou willen blijven. De politie was net ter plaatse - Ben kon ze horen naderen op de zandweg links van hem - dus had hij Freddie gezegd te wachten en alle vragen te beantwoorden die hij kon stellen.

Er was geen reden waarom de politie niet zou weten wat hier gebeurd was. Hij ging er niet van uit dat de politie iets kon *doen*, maar er was geen reden om ze buiten schot te houden. Bens zaak, en die van de CSO, was legaal en stond in de boeken, en hoewel het nauwelijks een troost was, zou hun aangifte via de officiële kanalen hen helpen de schadevergoeding van de verzekerings-maatschappij te ontvangen.

Dus had hij Freddie gezegd de aanvaller in de gaten te houden tot de politie kwam, en dan hun verhaal vanuit zijn perspectief te vertellen. Ze zouden ook Ben's en de anderen hun verhaal willen horen, maar daar zou nog tijd voor komen. Nu moest hij zich concentreren op het heel houden van zijn team.

Toen hij de woorden dacht, kon hij zichzelf niet helpen. Hij huilde, de tranen begonnen te vallen voordat hij zelfs wist dat ze kwamen. Zware, zoute tranen, een voor een, alsof ze lethargisch bewogen voor zijn bestwil.

Hij snoof en wreef ze terug met zijn pols, keek toen op naar Reggie, die naar hem staarde.

Ze wisselden een paar seconden een blik, en toen sprak Ben.

"Zij is het."

Niemand reageerde. Het was geen vraag, noch was het informatie waarover iemand verward was.

"Zeggen we - zeggen we iets? Of moeten we wachten?"

Julie kneep in zijn hand. "We wachten wel," zei ze. "We

moeten eerst orde op zaken stellen. Er is... er is een hoop te doen. Laten we de politie en de werkploegen hun - ding laten doen." Ze verslikte zich in het laatste woord, en Ben draaide zich om om haar te grijpen.

Ze omhelsden elkaar, en toen waren Reggie en Sarah er ook. De vier omhelsden elkaar, de meesten snikten en probeerden hun armen, handen en gezichten te gebruiken om de tranen terug te drukken en te doen alsof ze niet huilden. Het kon Ben niet schelen wie wat dacht, hij wilde gewoon dat het allemaal wegging en terugging naar een uur geleden, voordat ze het bericht van Freddie hadden gekregen.

Reggie trok zich plotseling terug uit de groep, en Julie en Sarah en Ben bleven achter met een koude, lege ruimte waar hij was geweest. Ben keek op en ondervroeg de man zwijgend. Reggie schudde zijn hoofd, en begon weg te lopen.

"Reggie," smeekte Sarah. "Waar ga je heen?"

Hij stopte niet. Hij liep sneller, in de richting van de rand van het ingestorte gebouw. Hij sprong op de open plek, nog steeds in de richting van Freddie.

"Reggie," schreeuwde Ben. "Stop."

Reggie stopte niet.

"*Reggie,*" zei Ben. "Dat is een *bevel.* Stop met bewegen, nu."

CHAPTER 21

NAPOLEON

8:24 PM DECEMBER 2, 1805

Austerlitz, Oostenrijk

Napoleon ging de tent binnen en merkte beweging op. Hij draaide zich om om de vrouw te begroeten die rechts van hem stond, haar handen voor zich geklemd, geduldig wachtend. Hij was uitgeput en wilde niets liever dan het zweet, het vuil, het vet en het bloed van de strijd van zich afvegen. Zijn kleren moesten worden uitgetrokken, zodat ze aan een van de helpers konden worden gegeven om te worden gereinigd, en hij had talloze taken te beginnen, niet de minste daarvan was een volledig verslag en overzicht van zijn overwinning hier bij Austerlitz, dat naar Parijs moest worden teruggezonden. Hij moest ook nog een groot aantal brieven schrijven aan zijn maar-schalken, en hij wilde nog een paar berichten voor zijn eigen privé-notities opschrijven.

Er was gewoon niet genoeg tijd voor de meer *menselijke* verlangens. Deze vrouw was mooi, en op een bepaalde manier deed ze hem denken aan... *Nee,* dacht hij, en onderbrak onmiddellijk zijn eigen gedachtegang. *Zij is Josephine niet. Niemand is Josephine.*

Niettemin rechtte hij zijn rug, trok zijn wenkbrauwen op en zette zijn meest vertederende glimlach op. "Wat is uw naam?" Vroeg hij de vrouw.

Zij was jong, waarschijnlijk nog begin twintig, en zij had het welgevormde lichaam om het te bewijzen. In tegenstelling tot sommige van de gehuurde minnaressen die zijn mannen hem tijdens hun reizen hadden bezorgd, was deze vrouw een mooi exemplaar, ongebroken door de tand des tijds en de mannen die haar behandelden als niet meer dan een pop voor hun plezier. Toch werden zijn oerverlangens niet gewekt toen hij naar haar keek. Ze was eenvoudig, sober - een eigenschap die hij normaal liever bij het betere geslacht zou zien - maar of het nu de strijd was die hij zojuist had gewonnen en de onontkoombare adrenaline-stoot na de overwinning, of het feit dat hij nog steeds worstelde met het verslaan van zijn eigen demonen, hij was vanavond niet geïnteresseerd in enige lichamelijke activiteit met deze vrouw.

"Mijn naam is Patricia," zei ze. Haar stem was vast, zacht en klein, een stem die paste bij haar gestalte. Het Frans had een beetje een Parijs accent, maar het droeg ook een air van vertrouwen met zich mee, een van getrainde ervaring. Of ze was niet nieuw in het slagveld meesteres spelen, of ze was vroeg in haar jeugd naar een van de Parijse afwerkingsscholen geweest. Napoleon vermoedde dat het het laatste was - hij kon een prosti-tuee altijd onderscheiden van een verfijnde dame. Er was altijd iets rauws aan een vrouw die geleerd had van de wereld zelf in plaats van door de fijne zeef van de georganiseerde vrouwenop-leiding.

"En waar kom je vandaan, Patricia?" vroeg Napoleon haar.

Ze antwoordde zonder aarzelen. "Ik kom uit Essex, in de buurt van Cochester."

Napoleon trok zijn andere wenkbrauw op en probeerde zijn verbazing niet te verbergen. *Ze koppelen me aan een vrouw van de vijand,* besefte hij. *Nieuwsgierig.*

"Ik ben momenteel in oorlog met Engeland, realiseer je je dat?"

"Ja, meneer," zei ze.

"Ben je een spion, Patricia?" vroeg hij botweg.

Hierop verscheen een schok op haar gezicht. "Ik - ik ben niet..." haar mond ging open en dicht van angst, haar oogleden fladderden en het zweet brak haar uit.

Hij stak zijn hand op en grinnikte lichtjes. "Ik speel alleen maar met je, mijn liefste," zei hij. "Mijn mannen hebben, net als ik, een beetje... gevoel voor humor. We hebben hier vandaag een beslissende overwinning behaald, en ik vrees dat dit hun manier is om een vriendelijk grapje uit te halen met hun leider."

De vrouw ontspande zich een beetje en knikte, maar hij kon nog steeds de spanning op haar gezicht zien.

"Ik verzeker u," vervolgde hij, "ik ben niet het type man om te blijven stilstaan bij kleine beledigingen, vooral niet als ze met gratie worden gebracht. Noch ben ik het type man om mijn woede af te reageren op het geschenk zelf."

"Ik *ben* Engels," zei ze. "Daar ben ik geboren. Maar zoals u uit mijn Frans kunt opmaken, ben ik al het grootste deel van mijn leven een burger van Frankrijk."

Napoleon knikte. "Denk er niets van, mijn liefste. Wat precies heeft je hier vanavond gebracht?"

Hij wist dat het een vraag was die iedere vrouwelijke meesteres in loondienst op het verkeerde been zou zetten, dus was het gewoonlijk een snelle manier om te weten te komen of de vrouw in kwestie al dan niet met geweld of uit vrije wil voor hem stond.

"Ik... Ik heb gehoord dat je liever gezelschap had na je gevechten."

"Inderdaad," zei Napoleon. "En toch, het is een van de grootste ironieën van de mens dat we maar op één plaats tegelijk kunnen zijn. Een slagveld is geen plaats voor een vrouw, en een slaapkamer is geen plaats voor een man."

"Ik heb veel mannen gekend wier plaats heel geschikt lijkt voor de slaapkamer," zei ze met een grijns.

Napoleon kon het niet helpen. Hij lachte. Zijn uitputting begon door de barsten van zijn verharde buitenkant heen te breken, en hij stond zichzelf toe in de sierlijke houten stoel te gaan zitten, tegenover de vrouw die nog steeds voor zijn bed stond. "Zoals je zegt, Patricia," zei hij. "Ik bedoelde alleen dat thuis blijven en de alledaagse dingen van het huishouden doen geen plaats is voor een respectabele man.

"Heel goed, meneer, ik probeerde gewoon wat humor uit te halen."

"Het staat je goed. Wat me er weer aan doet denken: hoe komt het dat een vrouw van klasse en opleiding zoals jij hier terecht komt, op de plaats van een vreselijke strijd?"

11:11 PM | **March 9, 2021**

Onbekende locatie

Saul ging de enorme ruimte binnen en kon het niet helpen. Hij keek rond, bewonderde de muren, het plafond, de vloer - ze pasten allemaal bij elkaar, en ze waren allemaal precies hetzelfde: leeg, verstoken van licht of decor, en glad voor het oog en, nam hij aan, ook voor het gevoel.

Leisteen, besefte hij. Een interessant en luxueus bouwmateriaal, ongetwijfeld waanzinnig duur om hier aan te schaffen, en moeilijk om mee te werken, zo wist hij.

Weer een vertoon van luxe, dacht hij. Er was geen enkele *reden* om binnenmuren van leisteen te maken, en hoewel het er mooi uitzag, was het onnodig en had het niets te bieden aan het bouwwerk zelf. Maar deze luxe vond hij niet erg. Het was niet opzichtig, en het was niet over-the-top. Het had iets klassevols, alsof het zo uit de toon viel dat het alleen werd opgemerkt door mensen zoals hij, mensen die design en architectuur zo op prijs stelden dat ze speciaal op zoek gingen naar deze details.

Toen vielen hem de details op - de zacht gegroefde uitsparingen in de muren, die elkaar aan weerszijden van de kamer spiegelden, de deuropeningen die bij elkaar pasten, en het bureau zelf dat uit dezelfde soort steen was gehouwen en tegenover de gigantische ruimte stond. Een diepe, rijke, matgrijze constructie die alles en niets tegelijk zei.

"Ik zie dat je mijn kantoor bewondert," zei de man, opstaand van achter het bureau.

Saul slikte en deed nog een stap in de kamer. Hij had zich al vaak in een positie als deze bevonden, het moment waarop klant en opdrachtnemer elkaar ontmoetten. Het moment waarop de kamer hem vertelde wat hij moest weten - was deze klant iemand die gaf om dingen als macht, of had hij geen idee wat er werkelijk toe deed bij delicate transacties als deze. Zochten ze die macht, maar deden ze dat op een openlijke, klasseloze, plakkerige manier?

Of, in de zeldzaamste gevallen zoals de zaak waarin hij zich nu bevond, gaf de persoonlijke ruimte van de cliënt alles weer wat nodig was, niets meer en niets minder, om Saul te laten weten dat zij zowel op de hoogte waren van dit soort zaken als zelfverzekerd genoeg om zich er niets van aan te trekken.

En toch was het geen kamer van arrogantie. Het was geboren uit noodzaak - de cliënt had een ruimte nodig om te werken. Maar die ruimte moest een uitstraling van belangrijkheid hebben zonder pompeus over te komen.

Hij knikte, glimlachend. "Dat ben ik, inderdaad."

"U bent een student van de architectuurscholen?" vroeg zijn cliënt.

Deze keer schudde Saul zijn hoofd. "Nee, zeker niet. Ik zou nooit beweren begaafd te zijn met de fijne kneepjes van zo'n kunst."

"En toch zijn het mensen zoals wij voor wie de kunst bedoeld is."

Saul liet zachtjes zijn hoofd zakken, een non-verbaal teken van overwinning. "Absoluut. En in dat opzicht, geef ik mezelf nederig een beetje voldoening dat ik meer begrijp dan de leek."

De klant hield zijn hand naar buiten. "Alstublieft, meneer, komt u bij mij zitten. Zal ik ons drankjes halen?"

Saul boog zijn hoofd toen hij de ruimte binnenkwam. Er stonden twee fauteuils in het midden van de kamer, tegenover elkaar, elk met een bijzettafeltje en een lamp ernaast.

"Dank u, maar ik moet weigeren. Ik drink niet op het werk."

"Betreurenswaardig, maar bewonderenswaardig. Ben jij Saul?

Saul knikte opnieuw. "En u bent Lord Tennyson?" vroeg hij.

De man glimlachte en stak zijn hand uit. Zij schudden elkaar, en Tennyson ging op de stoel aan de rechterkant van de ruimte zitten. Saul ging zitten, leunde toen naar voren en begon.

"Uw prijs is bij uw veiligheidsteam, zoals u gevraagd had."

Tennyson trok een wenkbrauw op.

"*En* ik heb Mr. Grayson van uw privé beveiliging geïnformeerd dat het met Mr. Abrams is, en niet met Mr. Radford.

Tennyson keek onder de indruk. "U doet uw reputatie eer aan, Mr Saul."

Saul aanvaardde het compliment met gratie. "Ik waardeer een ijzersterk contract en een duidelijke beschrijving van de parameters. Daarna is het mijn grootste genoegen om die... *eigenaardige* taken uit te voeren waar mijn cliënten om vragen."

"Dus ik neem aan dat je bereid bent om door te gaan met het tweede project?"

"Natuurlijk," zei Saul. "Uw brief beschreef het eerste project, maar zinspeelde op twee andere, die elk tussen een en twee weken kunnen duren."

"En je hebt de tijd voor deze missie?"

Saul had al eerder in deze stoel gezeten. Hij kende de ware vraag die werd gesteld. *Je hebt het geld van nevenprojecten niet nodig tijdens je dienstverband bij mij?*

"Dat doe ik niet." Het was waar, direct, eenvoudig. Als de met leisteen bedekte oppervlakken van deze kamer hem iets vertelden, dan was het dat deze cliënt eenvoud en duidelijkheid zou waarderen.

"Heel goed," zei Tennyson.

Saul wilde opstaan van zijn stoel toen zijn cliënt een hand ophield. Saul fronste zijn wenkbrauwen, maar ging weer zitten.

"Ik waardeer dat je klaar bent om te beginnen," zei Tennyson. "Maar het leek me verstandiger om het volgende project persoonlijk uit te leggen. Dat zou sneller gaan, althans voor mij."

"Dat is prima," antwoordde Saul. "Ik heb nog steeds een geschreven contract nodig, en ik hoop dat dat geen probleem zal zijn."

"Het is al geschreven, maar ik zou liever hebben dat u de details persoonlijk begrijpt."

"Natuurlijk."

"Het zwaard," begon Tennyson, en viel meteen in. "Is het in de staat zoals beschreven?"

"Perfect in elk opzicht. Goed verzorgd, goed onderhouden."

"Goed. Ik wil dat je het voor me verplaatst."

"Verplaatsen? Als in, neem het vanaf hier?"

"Ja."

"Maar het is al onder uw bescherming en waakzaam oog," zei Saul. "Waar wil je dat ik het heen breng?"

"De specifieke locatie zal in het contract staan. Maar het moet ergens ver weg van hier zijn."

"Ik begrijp het niet, Lord Tennyson," ging Saul verder. "Waarom moet ik het hier brengen, om het dan over de wereld naar een nieuwe plek te brengen?"

Hij hoopte dat het niet indringend overkwam, alsof hij de motieven van de man in twijfel trok. Maar in zekere zin was dat absoluut wat hij deed. Hij hoefde natuurlijk nooit de volledige omvang van de uiteindelijke doelen van zijn cliënten te kennen, maar een beetje inzicht in hun motiverende factoren hielp hem vaak zijn eigen rol beter te vervullen.

"Ik begrijp de verwarring," zei Tennyson. "En ik verontschuldig me, maar u moet begrijpen dat het vinden van iemand zo begaafd als u nogal moeilijk is geweest. Beschouw dit als een test van de kwaliteit die je belooft."

"Natuurlijk," zei Saul.

"Wees gerust, ik wil niet dat je door hoepels springt om bij mij in dienst te komen. U zult betaald worden - en goed betaald - voor uw voltooide projecten. Dat tarief zal alleen maar stijgen naarmate we langer samenwerken. Voor dit volgende project moet je het zwaard verplaatsen, want ik heb het nodig om een andere taak uit te voeren, voordat het in mijn collectie komt."

"Wat voor taak is dat?"

"Je gebruikte het zwaard op de barones, en maakte het daarna schoon en bereidde het voor, correct?"

"Meticulously."

"Perfect. In dat geval, is de daad half gedaan."

"De daad?"

"Ja, Mr Saul. Ik heb het zwaard nodig om het leven van zijn eerste eigenaar aan te nemen. Ik heb het zwaard nodig om nog één laatste taak uit te voeren, voor het welzijn van alles waar ik het grootste deel van mijn leven naar heb toegewerkt."

"Oké..."

"Je hebt het zwaard al gebruikt voor het beoogde doel. Nu bewezen is dat het correct werkt, wil ik dat je het nog op één persoon gebruikt."

"Ik begrijp het. Dat betekent dat ik iemand anders moet *overhalen* om een ontmoeting met mij te hebben."

"En dat is het tweede project dat ik je laat afmaken," legde Tennyson uit. "Alle details - waar deze persoon zich zal bevinden, hoe ik hem het best kan vinden, hoe ik het derde project het best kan afwerken - zullen in de brief staan die mijn team aan het voorbereiden is."

"En je hebt de persoon in gedachten voor wie je het zou willen gebruiken?"

Tennyson keek recht in Saul's ogen. "Ik wil."

15:10 **uur: 8 maart 2021**

Chugach regio, Alaska

Maar Reggie stopte niet. Freddie keek toe hoe hij naar hem toeging, naar de man die hun vriend had vermoord. Hij had mevrouw E nooit ontmoet, maar van wat Reggie hem had verteld, had ze de meesten van de groep geleerd wat ze wisten over vechten van man tot man, inclusief Reggie. Hoewel geen van de CSO bemanningsleden een actieve soldaat was geweest, was Reggie dat op een gegeven moment wel. Hij kende de legerregels en trainingshandleidingen door en door, en had ze zelfs in een andere setting in Brazilië onderwezen.

Maar Mrs. E had hem op een frisse, andere manier les kunnen geven. Ze had iets nieuws naar Reggie gebracht - een veel meer praktische aanpak. Haar kunst was Krav Maga, iets waar het leger gewoonlijk niet mee trainde. Haar manier van lesgeven was iets wat Reggie had uitgelegd als 'iets tussen Cobra Kai en een poesje' - het was hard maar liefdevol, hard maar zacht, en *altijd* effectief en meedogenloos.

Freddie had erom gelachen en tegen Reggie gezegd dat hij niet kon wachten om haar te ontmoeten. Hij had een beeld voor ogen van een geharde, gespierde, kleine vrouw die hem net zo gemakkelijk de nek kon omdraaien als dat ze hem kon beklimmen terwijl ze op zijn schouders zat, maar de foto die hij van haar had gezien zei iets anders: ze was een *massief mens* - bijna net zo lang als Reggie en Freddie, met biceps die bijna net zo groot waren, en een kaalgeschoren hoofd en fonkelende ogen die bijna net zo uitnodigend waren als haar vechtkunsten afschrikwekkend waren.

Reggie ging door, de afstand tussen hem en Freddie en de chauffeur steeds kleiner makend. Freddie kon zich niet echt naar Reggie toe bewegen om hem af te snijden, en hij voelde zich er ook niet prettig bij om het pistool van de achterkant van het hoofd van de bestuurder weg te halen en het naar zijn nieuwe teamgenoot te bewegen.

Trouwens, hij wist dat Reggie er dwars doorheen zou kijken - Freddie zou hem niet neerschieten.

"Je negeert orders, broeder," begon Freddie.

"Dit is het leger niet, zoon," snauwde Reggie.

"Maar toch, Ben heeft hier de leiding, toch? Ik dacht..."

"Je moet uit de weg gaan, Freddie."

"Ik - ik kan dat niet doen. Mij is verteld om..."

"Je moest *op* hem *letten*," zei Reggie. "Ik hoorde het bevel. Dat was het. Niet meer, niet minder. Dus ik stel voor dat je *toekijkt* terwijl ik deze kerel zijn schedel insla."

"Reggie..." zei Freddie, steunend op de twee lettergrepen. Hij had het gevoel dat hij op een moeilijke plaats was gezet. *Tussen een waterloze kreek en een lege veldfles'*, zou zijn vader gezegd hebben. Maar deze keer was het niet alleen een gelijkenis of een idioom. Hij worstelde met wat te doen: de man verdedigen die letterlijk een van zijn teamgenoten had opgeblazen tegen een van zijn nieuwe teamgenoten, of toestaan dat Reggie Ben's bevel negeerde.

Gelukkig, Ben kwam aangesneld. Hij hoefde de grote ex-leger scherpschutter nog maar een paar seconden tegen te houden, en Reggie zag er niet uit alsof hij Freddie naar de keel zou grijpen.

"Ontspan gewoon, oké? We gaan dit - "

"Ik ben ontspannen, broer," zei Reggie. "Ik ben *volledig ontspannen*. Weet je wat? Ik heb me nog nooit zo ontspannen gevoeld in mijn *leven*. Vraag maar aan Ben - hij kan hier elk moment zijn, achter me aan. Ik ben behoorlijk kalm, toch? Ik ga niets overhaast doen."

"Ik - ik dacht dat je me wilde tackelen, en mijn stuk stelen."

"Ten eerste *hoef* ik je niet te tackelen, grote jongen," zei Reggie. Freddie knarste met zijn tanden. Hij wist dat Reggie hem niet probeerde te beledigen. Hij had het moeilijk, probeerde te verwerken wat hij net had meegemaakt. "Ik kan het zo aan, zonder zelfs..."

Reggie sprong naar voren en greep naar Freddies pols, maar Freddie had de beweging voorzien. Het was dezelfde die hij had geleerd, dezelfde die in hem was ingebakken. Hij bood zijn andere schouder aan Reggie aan, die zijn kaak er tegenaan stootte toen hij Freddie's zijde bereikte.

De man slaakte *een* kreun en trok zich toen terug, zijn plan verijdeld.

Ben is aangekomen. "Hou op, Reggie."

"Zeg niet dat ik ermee moet kappen."

"Wat?" Vroeg Ben. "Ga je Freddie vermoorden, en dan mij? Dan deze kerel? En dan wat? Dan moet je Jules en Sarah ook uitschakelen."

"Ik ben gewoon - ik moet -"

"Je moet *chillen*, man. Oké?"

Reggie reageerde niet.

Julie en Sarah bereikten de plek waar Freddie en Reggie aan het bakkeleien waren, en Freddie trok zich terug op zijn positie en controleerde of de chauffeur er nog was. De man zat op de grond, zijn handen op zijn knieën, rustig kijkend naar de CSO leden, grinnikend.

Freddie wenste dat de orders die Ben hem had gegeven wat *losser* waren geweest - de man op de grond had een paar snelle schoppen nodig tegen een paar roodverlichte gebieden. Maar hij hield stand, rechtte zijn rug en trok zich op, terwijl hij het pistool weer naar het hoofd van de man bracht.

"Wat wil je dat ik doe, Ben?" vroeg hij.

"Niets. Laat... laat me dit even uitzoeken."

"Ik heb het al *bedacht*, Ben," zei Reggie. "We moeten..."

Ben stak een hand op en hapte naar adem. Zijn gezicht was plotseling veranderd, zijn hele houding anders. Freddie fronste zijn wenkbrauwen. *Vreemd.* Hij had Ben nog nooit zo gezien, hij had nog nooit gezien dat de de facto leider van de Civilian Special Operations *er* echt uitzag als een leider.

Natuurlijk, de man was charismatisch, sympathiek op een kneedbare, 'aw shucks' manier - het soort leider waar Freddie van hield, maar waarvan hij ook wist dat het niet de meest effectieve was. Hij had aangenomen dat het leiderschap van de CSO iets was dat van persoon naar persoon overging, elke man of vrouw diende een termijn voordat hij het stokje doorgaf.

Hij had zich blijkbaar vergist.

Hij bewoog zijn hoofd lichtjes, waardoor de anderen de indruk kregen dat hij geïntrigeerd was, maar sprak niet.

Ben ging naar voren tot hij in het midden van de groep was. Hij fronste zijn wenkbrauwen, draaide langzaam een rondje en hurkte toen neer om de chauffeur te ontmoeten. Hij trok de kin van de man omhoog en staarde hem in de ogen.

"Wie bent u?" vroeg hij.

De man antwoordde niet.

"Je hebt nog één kans," zei Ben, zacht.

De man keek naar Ben, glimlachte, en spuugde toen.

CHAPTER 24

FREDDIE

15:114 uur: 8 maart 2021

Chugach regio, Alaska

Ben stond op, veegde zijn mond af, en keek toen naar Freddie. "Ik zal je later de speciale 'welkom bij de CSO' toespraak geven. Op dit moment hebben we belangrijkere zaken aan ons hoofd. Namelijk, ik wil dat je gewend raakt aan de leiderschapsstijl die we hebben opgebouwd."

Hij merkte dat Julie verward leek. Sarah's ogen waren nog steeds rood, maar ze was gestopt met snikken. Zelfs Reggie leek geïnteresseerd te zijn in wat Ben ging zeggen.

"Geef me je pistool," zei Ben.

Freddie aarzelde, maar overhandigde toen het stuk.

"Vredestichter?" vroeg Ben, terwijl hij het in zijn handen omdraaide.

Freddie knikte. "Zelfde merk, ander model. Soort van een throwback. Mijn vader gaf het aan mij."

Reggie verschoof en sprak toen. "Ben, wat zijn we in godsnaam...

"Kop dicht, jullie allemaal," onderbrak Ben. "Luister naar me. Nu meteen. Het zit zo: ik heb hier niet voor getekend, en jullie ook niet. De CSO *is ons allemaal overkomen.* Ergens langs de lijn, hebben we allemaal besloten dat het goed voor ons was. We zijn hier niet om dat allemaal te herhalen, maar weet dit: Ik heb *geen* interesse om een of andere rare sekte dictator te worden, oké?"

Niemand sprak.

"Ik ben hier niet om bevelen te geven, en ik ben hier niet om jullie allemaal bij elke stap te vertellen wat jullie moeten doen. Meestal is dat geen probleem - ik neem toch liever bevelen van jullie aan. Ik weet niet altijd wat het juiste is om te doen voordat ik het doe, en ik weet zeker dat jullie er allemaal zo over denken. Maar dat is wat ons sterk maakt, dat is wat ons een team maakt. Wij zijn geen militairen - wij hebben geen strategen en tactici en dan nog een hele bureaucratie die de beste manier van opereren en doelstellingen voor ons bepaalt.

"Wat ik wil zeggen is dit: Ik wil dat we zo goed mogelijk opereren als een team, en dat betekent dat ik jullie vertrouw. Jullie allemaal."

Reggie's kaak klemde en ontklemde.

"Ik vertrouw Jules met mijn leven. Sarah, jou ook. Reggie, dat hoef ik je niet eens te *vertellen*, man. Jij bent de man die ik *elke* dag aan mijn zijde zou willen hebben."

"Jij ook, man."

"Juist," zei Ben, nauwelijks erkennend wat Reggie had gezegd. Hij draaide zich onmiddellijk om en gaf het pistool aan Reggie.

"Wacht -"

"Wat..." Reggie begon.

"Reggie, je hebt een beslissing genomen. Het is niet goed of slecht, maar er zitten beide elementen in. Het is niet aan mij om te betwisten, en ook niet aan de anderen om te betwisten.

Freddie ging achteruit en nam afstand van de chauffeur.

Ben vervolgde. "We gaan allemaal anders met dingen om, net zoals we allemaal anders met dingen omgaan. De komende dagen zullen daar een test van zijn, en ik maak geen grapje als ik je zeg dat het een uitdaging zal zijn. Maar ik *vertrouw* jullie, en ik *hou van* jullie. Zelfs van jou, Freddie. Je hebt ons al eerder gered, en je zult het weer doen."

Hij pauzeerde, haalde adem, veegde zijn ogen af. Freddie keek ontzet toe. Deze man was anders dan alle andere militaire commandanten waar hij voor had gediend. Hij was kwetsbaar, maar er was geen gebrek aan kracht. Er was geen gebrek aan zelf-verzekerdheid.

Het was... verfrissend.

"Reggie," zei Ben. "Ik ga meneer E bellen. Ik moet hem over zijn vrouw vertellen. Dat is mijn verantwoordelijkheid. Het is wat ik kan doen voor ons, op dit moment."

Reggie knikte.

"Is er iets *dat je* denkt dat je voor ons moet doen, op dit moment?"

Freddie keek naar het gezicht van de man en zag Reggie's neusgaten oplichten en toen zijn kaak weer dichtknijpen. Hij knikte. "Ja. Ik denk het."

"Oké," zei Ben. "Dan teken ik ervoor. Nu, en voor altijd. Je hebt mijn vertrouwen, en je hebt mijn goedkeuring."

"Ik begrijp het," zei Reggie.

Ben draaide zich om en nam onmiddellijk Julies hand en begon in de richting van de overblijfselen van zijn huis te lopen. Sarah stond erbij en keek naar Reggie.

Reggie aarzelde niet. Hij keek naar Freddie, knikte, en hief toen het pistool.

Hij richtte het op het hoofd van de bestuurder. De ogen van de man verwijdden zich, duidelijk niet begrijpend wat er zojuist gebeurd was.

Reggie haalde de trekker over, en het hoofd van de man ontplofte naar buiten, de geschokte uitdrukking permanent bevestigd op zijn gezicht. Hij viel achterover, kraakte tegen zijn eigen lichaam op de weg naar beneden voordat hij ineenstortte op een hoop.

Freddie probeerde niet te reageren, maar het geluid was oorverdovend. Hij spitste zijn oren, wachtte een paar seconden en keek toen van het dode, bloedende lijk op de grond naar Sarah, wier hand voor haar mond lag.

En dan naar Reggie, wiens gezicht een leeg canvas was. Hij kon er niets in lezen; als Reggie iets voelde - wat dan ook - werd het niet weerspiegeld in zijn uitdrukking. Hij stond daar maar, kijkend naar het bloedbad van het hoofd van de bestuurder dat in zichzelf implodeerde en achterover viel, alsof hij niets meer deed dan een vlieg doodslaan.

En toen keek hij op en richtte zijn lege blik op Freddie.

"Welkom bij de CSO."

3:37 PM | **March 8, 2021**

Chugach regio, Alaska

"Heb je het lichaam verborgen?" vroeg Ben.

Hij keek zijn beste vriend aan, hopend dat dit allemaal een droom was, hopend dat dit een wrede grap was, en dat ze niet *echt* probeerden te verbergen voor de politie dat ze zojuist een man hadden vermoord op Ben's terrein.

Natuurlijk had die man enkele minuten eerder ook een van hun eigen mensen vermoord, maar dat zou niets veranderen aan het feit dat de plaatselijke autoriteiten meer dan een paar vragen zouden hebben aan het CSO-team.

Namelijk, wie hebben Ben en zijn team zojuist vermoord? En waarom? Wat was hij daar aan het doen? Waarom heeft hij de helft van het huis en het hoofdkwartier opgeblazen?

En aangezien diezelfde plaatselijke autoriteiten nooit te horen hadden gekregen wie het Civilian Special Operations team was, noch op de hoogte waren gebracht van het feit dat hun bedrijf actief opereerde vanuit een nederige hut in de bossen bij de

Chugach regio net ten zuidoosten van Anchorage, zouden ze hen ongetwijfeld allemaal willen oppakken voor ondervraging. Het was cryptisch, en aangezien er nu meerdere doden waren gevallen op het landgoed, zouden ze terecht bezorgd zijn. Als het team niet werd gearresteerd, zouden ze op zijn minst een paar dagen worden vastgehouden, terwijl Mr E zijn juridische macht zou aanwenden om hen op borgtocht vrij te krijgen.

Dus, in het kort, had Ben besloten dat hun beste optie was zich te ontdoen van het bewijsmateriaal. Hij had niet het gevoel dat ze schuldig waren aan enig vergrijp, maar hij had gewoon geen tijd om dat punt te bepleiten met de politie die op het punt stond ter plaatse te komen.

Daarom hadden hij en Reggie het besproken. Reggie had hem gezegd dat hij en Freddie het wel zouden regelen. Ben stelde geen vragen - hij draaide zich gewoon om en vertrok en had zich voorbereid op het telefoontje dat hij moest plegen.

Dat was tien minuten geleden, en Ben was verbaasd te horen dat de taak al was volbracht.

"Zoals ik al zei," antwoordde Reggie. "Het is gebeurd. Ze zullen het lichaam nooit vinden tenzij ze honden meenemen, en daar hebben ze nu geen reden toe."

Ben had nog steeds niet gebeld en besloot in plaats daarvan bij Julie en Sarah te blijven terwijl ze hun emoties verwerkten. Toen Freddie en Reggie terugkwamen, was Ben teruggegaan naar de boomgrens waar ze zich nu bevonden, en kreeg zijn update.

"Toch," zei Ben. "We moeten een plan hebben. Er zullen verzekeringsclaims komen, en kort daarna zullen ze willen beginnen met de wederopbouw. Ik moet hier zijn, net als een heleboel experts en bedrijfsmensen - om nog maar te zwijgen van alle aannemers en bouwvakkers op een bepaald moment. Er zal toch wel iemand rondlopen, niet?"

Reggie was al aan het knikken. "Ja, ik weet het man, dit is geen permanente oplossing. Het lichaam ligt voorlopig onder wat rotsen en bladeren. Het zal niet volledig ontbinden voor een tijdje, en zelfs dan, al zijn kleren en spullen zullen daar nog jaren blijven. Elke getrainde hond zal het in een paar minuten kunnen vinden, of als iemand op de verkeerde plaats struikelt."

"Dus wat is het plan op lange termijn?"

"Freddie en ik komen terug met schoppen -

"Je gaat het lichaam niet begraven. Hij verdient het niet om..."

"Rustig aan, maatje," onderbrak Reggie. "Ik heb nooit iets gezegd over lichamen begraven. De schoppen zijn om ons te helpen wat land op te graven om een vuurring te maken - net zoiets als we vorige zomer op de open plek achter het huis hebben gemaakt."

Ben wist precies waar hij het over had. De vorige zomer had Reggie hen allemaal een overlevingstraining in de buitenlucht gegeven, zoals de man deed toen hij nog een bunker en een stuk land in Brazilië bezat.

"We zullen het verbranden," ging hij verder, "maar het zal geen ceremonie zijn. Het wordt benzine en een lucifer. Hij verdient minder dan dat, maar we moeten ons gewoon ontdoen van het bewijs en het op de juiste manier doen. We verbranden ook de plek waar hij lag, en woelen de grond tussen hem en de vuurplaats om de geur weg te nemen."

"Dat werkt," zei Ben en knikte mee.

"Ben, het is een kleine kans dat iemand hem komt zoeken - hij was waarschijnlijk gewoon een huurling. Ik betwijfel of zijn familie weet dat hij op weg hierheen was om ons op te blazen, of dat hij zelfs familie had.

Van buiten was Ben kalm en beheerst. Van binnen, echter, was hij aan het wankelen. Hij was ziedend, wilde wraak nemen op degene die dit gedaan had.

Degene die uiteindelijk de lakens had uitgedeeld en had besloten dat hij en zijn team - en niet te vergeten al zijn wereldlijke bezittingen en professionele apparatuur - moesten worden vernietigd, begraven onder stapels beton en steen.

Hij gaf Reggie zijn goedkeuring, maar hij wilde het bewijs zelf vernietigen. Maar hij wilde het niet doen met iets zo formeel en elegant als vuur.

Nee, hij wilde een bijl gebruiken. Of een stomp voorwerp. Hij wilde hakken en vernietigen.

"Gaat het?" Zei Reggie plotseling.

Ben knipperde een paar keer, besefte dat zijn vriend hem een vraag stelde, en knikte toen abrupt. "Ja," zei hij. "Ja, het komt wel goed. Het zal wat tijd kosten, maar je geneest van dit soort dingen. Dat doe je altijd."

Hij en zijn vriend keken elkaar een lang moment aan voordat Reggie slikte en zijn keel schraapte. Hij schopte het vuil voor zijn voeten weg en ging rechterop staan. "Dat is waar," zei hij uiteindelijk. "Dat is waar, maar dat betekent niet dat je het ooit echt vergeet. Je laat het nooit echt los."

Ben knikte. Hij moest aan zijn ouders denken. Zijn vader, op brute wijze aangevallen door een grizzlybeer, later stervend in een ziekenhuis. En zijn moeder, lijdend en uiteindelijk stervend in haar huis na het oplopen van een dodelijk virus.

Hij dacht ook aan de anderen - degenen die ze tijdens hun

missies hadden verloren. De vorige leider van de CSO, een man met wie hij de eer had gehad te dienen.

De dood van die man was bijzonder moeilijk te verkroppen, vooral als je bedenkt dat Julie degene was die de trekker overhaalde.

Hij wist dat zij ook met haar eigen geesten zou worstelen. Hij moest er voor haar zijn - hij moest er voor hen allemaal zijn - maar hij was nu net oud genoeg en nauwelijks wijs genoeg om te weten dat hij er ook voor zichzelf moest zijn.

Maar dat moest allemaal wachten. Op dit moment had hij werk te doen.

Hij moest Mr. E bellen.

"Ga je nu bellen?" vroeg Reggie.

Ben knikte. "Ja, ik denk het."

"Hulp nodig?"

"Nee," zei Ben. "Ik denk niet dat er iets is wat je kunt doen."

Reggie staarde nog een paar seconden in Bens ogen, met tranen in zijn ogen. Toen stapte hij naar voren en pakte Ben in een omhelzing, kneep hem stevig vast. Ben was eerst stomverbaasd, maar trok toen ook zijn handen omhoog en omhelsde zijn vriend.

"Alles komt goed," zei Reggie. "Het komt goed met *jullie*."

"Dat weet ik," zei Ben. "Het is gewoon dat soms..."

"Soms is wat we *moeten* doen, niet precies wat we *willen* doen."

Ben haalde diep adem, en knikte toen langzaam.

"Ja, dat is het wel zo'n beetje."

3:46 PM | **March 8, 2021**

Chugach regio, Alaska

Ben liep over het pad dat vroeger naar de achterkant van zijn hut leidde, toen zijn hut nog bestond. Nu was er alleen nog een zwart, verkoold litteken op de plaats waar de achterdeur uitkwam op de kleine vierkante betonnen plaat van zijn patio. Het pad liep echter verder het bos in alsof er niets gebeurd was. Hij stapte behoedzaam over het gebied, alsof hij het niet meer wilde beschadigen, en haalde toen de telefoon uit zijn zak.

Hij wist dat er hier een mobiele verbinding was, want hij belde al vanaf deze plek, lang voordat de CSO het hoofdkantoor had gebouwd en aan zijn huis had vastgemaakt. Hij scrolde door zijn contacten en vond het nummer dat hij zocht - een mobiel nummer dat mevrouw E hen lang geleden had gegeven.

Hij had het nooit gebruikt, en voor zover hij wist, niemand anders ook niet.

De vergaderingen die ze in het verleden met meneer E hadden gehad, waren allemaal van tevoren gepland, met behulp van videoconferentiesoftware die een van de bedrijven van meneer E had ontwikkeld. Hij vroeg zich af of het nummer wel werkte.

Hij drukte erop en bracht de telefoon naar zijn oor. Na een paar seconden begon hij te rinkelen. De verbinding klonk sterk, en er waren geen onderbrekingen.

Na één keer overgaan nam iemand op. *"Hallo?"*

Ben slikte en probeerde de droge binnenkant van zijn mond te bevochtigen. "Hallo. Hé, met Ben. Harvey. Sorry, Harvey Bennett."

"Harvey?" vroeg de stem. *"Dit is...onorthodox."*

Ben wist dat de man niets aan die verklaring hoefde toe te voegen. Dit nummer was alleen voor noodgevallen - er waren geen uitzonderingen. Mr. E wist dat, en hij wist dat Ben dat wist.

Wat betekende dat hij al zou weten dat er iets mis was.

Ben blies een hap lucht uit en probeerde zichzelf bij elkaar te rapen. Er stonden nog steeds tranen in zijn ogen, maar hij veegde ze weg met zijn pols. "Hé, Mr. E. Ik - ik moest u bellen."

"Harvey, alsjeblieft. Vertel me gewoon, wat is er gebeurd?"

"Een bom. Een explosie, hier in het huis. Op het hoofdkwartier."

Er was een pauze, toen kwam Mr. E terug. *"Hmm. Ik kreeg een e-mail alert van onze satellietbeelden dat er een soort infrarood anomalie was in dat gebied. Ik was van plan om er morgenochtend naar te kijken."*

Ben realiseerde zich plotseling dat de man met zijn vrouw aan het bellen moet zijn geweest toen de explosie afging, toen hun verbinding verbroken zou zijn geweest. Of, als ze aan het videovergaderen waren, kan hij iets op het scherm hebben gezien.

"Dank je Harvey," ging Mr. E verder. *"Ik zal morgen een e-mail*

sturen naar onze verzekeringsmaatschappij, en ik zal bellen met het juridische team hier -"

"Nee," zei Ben. "Dat is niet... dat is niet waarom ik belde."

Er was een langere pauze deze keer. *"Om welke reden heb je dit nummer dan gebeld?"* vroeg Mr. E.

"Er was een bericht - een sms, gestuurd naar onze telefoons. Freddie stuurde iets, en we kregen het allemaal. We waren in de keuken, en toen kregen we de sms en verlieten onmiddellijk het huis. Maar..."

"Maar mijn vrouw was met me aan het praten."

"Ja," zei Ben, terwijl de tranen terugkeerden.

"Ik begrijp het," zei Mr. E. *"De verbinding viel abrupt weg, maar ik heb er niet aan gedacht om de tijdstempel van de anomalie te controleren."*

"Meneer E," zei Ben, eindelijk de moed bijeen rapend. "Ze - ze heeft de boodschap niet gekregen, en ze is er niet op tijd uitgekomen. Meneer, ze is weg."

De volgende pauze voelde als een eeuwigheid. Hij keek om zich heen naar de schilderachtige wildernis waarin hij de afgelopen vier jaar zijn thuis had gemaakt. Hij wilde zich niet omdraaien, om de totale verwoesting te zien. Hij wilde dat *deze* richting - de perfecte sereniteit van het avondbos voor hem - de waarheid was.

Hij zag een vogel voor hem opvliegen, die op een tak landde op enkele meters afstand. Het keek hem aan, bekeek hem met een pik van zijn kop, en steeg toen op met een klein getjilp. Hij had nog geen andere dieren in de omgeving gezien of gehoord sinds de explosie. In het begin waren zijn oren volledig overrompeld door de explosie, waardoor hij tijdelijk doof was. Maar toen hij weer kon horen, waren er nauwelijks andere geluiden te horen.

De dieren zouden nog een paar uur wegblijven, tenminste totdat de moedigste van hen terugging naar de hut en deze weer veilig verklaarde.

"Ik begrijp het," zei Mr. E.

Dat was alles. Geen emotie, geen echte reactie. Misschien moest de man de dingen een beetje verwerken - Ben zou dat zeker nodig hebben gehad.

"Harvey," ging de man verder. *"Bedankt dat je me gebeld hebt. Ik weet dat dit moeilijk is geweest."*

Nu fronste Ben zijn wenkbrauwen en keek vol ongeloof naar beneden naar het scherm. Het gesprek was niet verbroken, maar Ben kon niet geloven hoe emotieloos - hoe robotachtig - de man was. Het is waar dat Ben Mr. E nooit goed genoeg had gekend om zijn persoonlijkheid te begrijpen - als hij die al had - of zijn eigenaardigheden, of zijn nuances. Ze hadden alleen interactie gehad via een scherm, en het leek erop dat het wegnemen van de visuele context aanwijzingen de man nog kouder, nog afstandelijker deed overkomen.

Ben trok de telefoon weer naar zijn oor. "Mr. E, wat wilt u dat ik doe?"

"Ja," antwoordde hij, *"actie ondernemen zal een goede afleiding zijn van wat er is gebeurd. Als u mij relevante details kunt sturen, zal ik morgenochtend beginnen met het onderzoek naar de oorzaak van de explosie."*

Ben kneep zijn ogen dicht. *Nu, voor de kicker.* "Meneer E - Ik haat het om u te vertellen, maar de explosie was geen ongeluk. Er was een vrachtwagen; iemand kwam net voordat Freddie ons de sms stuurde, en toen..."

Hij kon de zin niet afmaken, maar hij vond dat het niet nodig was. Hij had zijn taak volbracht, hij had het nieuws gebracht. Mr. E zou op zijn eigen, vreemde manier rouwen.

Ben wachtte, en na nog een paar seconden, sprak Mr. E een laatste keer. *"Ik begrijp het. Ik zal contact opnemen."*

En toen verbrak het gesprek.

8:47 PM DECEMBER 2, 1805

Austerlitz, Oostenrijk

"Ik had geen keus in deze zaak, meneer," antwoordde Patricia. Haar stem was eerlijk, waar. "Ik werd aan u toegewezen. Maar ik wilde u al een tijdje ontmoeten. Wat ik over u gelezen heb, althans de delen die ik geloof, maken dat u een ongelooflijke man bent, een die de titel en de rol die u gekregen hebt waardig is."

"Dat denk ik zeker graag," antwoordde Napoleon met een glimlach. "Maar ik veronderstel dat mijn erfenis nog moet worden bepaald. Alstublieft, gaat u zitten. Ik ben uitgeput, en ik wil alleen maar eten, wijn en rust. Ik hoop dat u me tenminste dat plezier wilt doen?"

"Ik ben hier voor uw plezier, meneer," zei Patricia. Ze liep naar de tegenoverliggende stoel en ging er sierlijk op de hoek van zitten. Iets in de manier waarop ze daar zat, met haar kin omhoog en haar haar dat rond haar ogen begon te vallen, deed hem aan Josephine denken.

"En toch is het enige plezier dat ik me op dit moment kan voorstellen, dat van gulzigheid." Hij draaide zich om naar het bijpassende houten bureau dat tegen een klep van de tent was gezet en pakte de karaf met rode wijn en schonk twee glazen in. Hij had nooit begrepen hoe dit soort delicate voorwerpen hun weg vonden naar een slagveld. Ze waren net zo kwetsbaar als de vrouw die voor hem zat, en toch hadden zijn helpers er alles aan gedaan om ervoor te zorgen dat alle favoriete gemakken van zijn leven thuis waren overgebracht naar zijn leven in oorlogstijd.

Hij gaf het glas door en zij nam voorzichtig een slokje. Hij deed hetzelfde en genoot van het zoete, heldere bouquet van aroma's dat zijn gehemelte prikkelde. Het was een van de beste wijnen die hij ooit had geproefd, en hij had genoeg meegenomen voor maanden onderweg. De grootste ironie was dat het helemaal geen Franse wijn was, maar een Spaanse, een Madeira.

"Dit is heel goed," zei ze.

"Inderdaad. Vertel me, Patricia," zei Napoleon, terwijl hij naar haar toe leunde. "Deze dingen die je hebt gehoord - deze dingen die je gelooft - wat zijn ze?"

Zij pauzeerde een paar seconden, keek naar de wijnbottels die langs de rand van het glas drupten, en keek toen weer op naar de leider van het Franse leger. "Ze zeggen dat je Josephine het hof hebt gemaakt, dat je nog steeds op haar valt."

Hij schraapte zijn keel. Hij had helemaal niet verwacht dat ze *haar* naam zou noemen, en ook niet op zo'n abrupte, onbetamelijke manier. "Ik - ik weet niet zeker van wie je dat gehoord hebt, Patricia."

Zij balanceerde het wijnglas koel en kalm tussen haar vingers terwijl zij toekeek hoe Napoleon zich in de stoel instelde. Hij voelde zich gekleineerd, bedrogen. Niemand in de afgelopen tien jaar was ooit zo dicht bij hem gekomen zonder hem goed door te lichten. Niemand was ooit zijn tent binnengekomen en beweerde zijn zaken te kennen.

Hij kan haar laten vermoorden - misschien *moet* hij haar laten vermoorden.

En toch was er een vraag hier. Iets knaagde aan hem, trok zijn gedachten in een andere richting...

"Josephine is verder gegaan," zei Napoleon. "Ze houdt niet meer van me."

"Ze is uw vrouw, meneer. En ze houdt van u," zei Patricia. "Ze wil je terug. Geen overspel meer. Geen minnaressen meer."

"En wie ben jij om haar berichten te bezorgen?" vroeg hij. "Spreek jij voor haar?"

Zonder op de rest van de vraag te wachten, knikte ze. "Ik spreek inderdaad namens Lady Rose."

De naam waaronder zij zichzelf noemde, had hij al vele jaren niet meer gehoord. Na hun huwelijk had Marie Josèphe Rose Tascher de La Pagerie gewoon de naam Josephine aangenomen, zoals het grootste deel van het land en de wereld haar kende. De keizerin had haar naam en leven aan Napoleon gewijd, maar zij had - bij meer dan één gelegenheid - haar bed aan andere mannen gewijd.

Deze vrouw, Patricia, moet het oor hebben van Napoleon's vervreemde vrouw. Hij had nooit veel van haar dienstmeisjes of hofhulpen ontmoet, maar dat betekende niet dat zijn vrouw er niet een of twee had gevonden die ze kon vertrouwen met intieme details.

"Waarom?" vroeg hij. "Waarom zou mijn vrouw zich nu zorgen maken - nu ik hier geslaagd ben?"

"Het heeft niets te maken met uw succes, meneer."

"Wat dan? Ze is zeker eenzaam zonder mij in de gangen. Kan ze geen gezelschap vinden?"

Patricia verschoof zich en zette toen haar glas wijn op de rand van de tafel naast haar. "Meneer, ze heeft me gezegd u te vinden. Ten koste van alles. Ze wil dat u weet dat ze u terug wil. Ze *heeft* je terug *nodig*. Ze begrijpt wat je hier doet en ze wil niet dat je je werk overhaast. Het rijk heeft je hier nodig, en dat begrijpt ze. Maar ze wil dat je iets weet."

"Wat mag dat dan wel zijn?" Napoleon greep zijn eigen wijnglas steviger vast en voelde het koele kristal tegen zijn vingertoppen. Hij kon niet precies weten wat Patricia's nieuws kon zijn, maar er waren maar een paar dingen die het waard waren om de reis voor te maken.

Terwijl ze sprak, dwong Napoleon zijn ogen gericht te houden op de mooie jonge dienstmaagd. Hij wilde geloven wat ze zei. Hij wilde het meer dan ooit geloven, maar het leek onmogelijk.

"Keizerin Josephine wil dat u weet dat ze in verwachting is."

7:15 uur: 9 maart 2021
Anchorage, Alaska

De volgende ochtend kwam abrupt. Het CSO-team was naar Anchorage verhuisd en had een goedkoop hotel gevonden om de komende nachten te verblijven. Julie wist dat Mr. E gemakkelijk voor de beste accommodaties in Anchorage had kunnen betalen, maar ze waren niet op vakantie. Ze hadden een bed nodig en weinig anders; alle extra luxe zou hen alleen maar schuldiger laten voelen voor wat er gebeurd was.

En na Ben's gesprek met Mr. E, wist ze dat het beter zou zijn om hem gewoon met rust te laten. Hij zou al genoeg doormaken na het horen over het verlies van zijn vrouw bij de brute aanval van de dag ervoor. Julie rolde uit bed en probeerde de badkamer in te glippen zonder dat Ben haar hoorde. Hij kreunde en mompelde iets, maar bleef slapen.

In de badkamer nam ze even de tijd om tot zichzelf te komen. Ze zou uiteindelijk moeten douchen en zich klaarmaken voor de dag, maar eerst had ze het gevoel dat ze zichzelf moest beoordelen en zich ervan verzekeren dat alles in orde zou komen. Ze knipperde een paar keer, veegde de korst van de slaap weg van haar ogen en gaapte toen. Ze had gehoopt te kunnen uitslapen, maar het leek alsof de gruwelijke explosie en de lange uren gesprekken met politie en brandweer hun tol hadden geëist, en haar angst en rusteloosheid hadden het gewonnen van haar mentale en fysieke uitputting.

Ze gaapte opnieuw, wetende dat ze later op de dag wel tijd zouden hebben om een dutje te doen als dat nodig zou zijn. In feite, nu ze er aan dacht, hadden ze helemaal geen plan. Ze veronderstelde dat ze, als ze dat wilde, gewoon terug naar bed kon gaan en de rest van de dag slapen. Misschien zou morgen opnieuw beginnen haar genoeg rust geven.

Nee, dacht ze, *Reggie en Sarah zullen wel beneden zijn om vroeg te beginnen.* Ze wist dat ze allebei lichte slapers waren, en vanwege Reggie's diensttijd in het leger en Sarah's carrière als antropoloog en universitair docent, waren ze allebei vroege vogels. Ze nam aan dat Freddie dat ook zou zijn.

Terwijl ze haar tanden poetste, bladerde ze door het laatste nieuws en updates voor haar omgeving, de wereld, en alles daartussenin dat toevallig op de RSS-app van haar telefoon was beland. Ze vond niets noemenswaardigs - en nog geen artikelen over de explosie in haar huis, klikte ze de telefoon uit en maakte zich klaar om te gaan douchen.

Toen hoorde ze een lichte klop op de deur. Ze glimlachte, schudde haar hoofd, draaide zich toen om en opende de deur. "Ben, je hoeft niet te kloppen. We *zijn* getrouwd."

Ben haalde zijn schouders op. "Sorry, het is gewoon, ik denk dat ik er altijd al een gewoonte van gemaakt heb. Ik heb een broertje en wil een beetje privacy... Je weet wel."

"Wat is er?" Vroeg ze. "Ik wilde net onder de douche springen."

Hij keek naar haar, die nog steeds de slanke nachtjapon droeg die hij haar een paar maanden geleden cadeau had gedaan, toen naar de douche, en toen weer naar haar. Hij trok zijn wenkbrauw op.

"Geen schijn van kans," zei ze snel. "Ik heb een beetje hoofd-pijn, en het gaat veranderen in een woedeaanval als ik niet onmid-dellijk wat koffie en voedsel in me krijg. En bovendien..."

"Ja, ik voel me ongeveer hetzelfde als jij, eigenlijk. En na gisteren - "

Ze onderbrak hem door een hand op te houden. "Laten we het niet over gisteren hebben. Daar zal later nog genoeg over komen, maar laten we nu beginnen alsof het een gewone dag is."

Ben keek omhoog naar het plafond en toen omlaag naar de vloer, terwijl hij van links naar rechts leunde. Het was duidelijk dat er iets mis was.

"Oh, shit," zei ze. "Wat is er nu weer gebeurd?"

"Nou," begon hij, "ik wou dat je niet had gezegd dat we moesten beginnen alsof het een normale dag is, want ik ben bang dat het dat niet zal zijn." Hij haalde zijn eigen telefoon tevoor-schijn en hield hem zo dat ze het scherm kon zien. "Ik heb net een e-mail gekregen. Het is van Baden Tennyson."

Haar ogen werden groot en haar bloed werd koud. "Heeft *Baden Tennyson* je een e-mail gestuurd? Wat wil hij in godsnaam? Wat staat er in?"

Hij slikte, en antwoordde toen. "Nou, eigenlijk heb ik het nog niet gelezen. Ik keek op mijn telefoon toen je opstond, en zag dat er een e-mail was, en toen zag ik van wie die was. Ik dacht... misschien is het beter dat we het samen bekijken. Ik heb het gevoel dat het gaat over - "

"Zeg dat maar niet," zei ze snel. "Hij klaagt ons aan, maar dat wil niet zeggen dat hij ons ook probeert *te vermoorden*." Ze zoog haar adem in. "Oké, lees het maar niet. Ik ga snel even douchen en dan kunnen we de anderen ontmoeten. Zij zullen het ook willen zien, wat het ook is."

Ben knikte, gooide de telefoon op het bed en liep naar de plunjezak naast het bed, waar hij zich begon aan te kleden. Ze hadden niet veel ingepakt, want geen van beiden had zich willen begeven in het deel van de slaapkamer van hun hut dat nog overeind stond. Geen van beiden had willen ontdekken hoeveel van hun bezittingen verbrand en verschroeid waren, en hoeveel er nog over was. Reggie was voor hen naar binnen gegaan en had Bens plunjezak opgehaald die hij onder het bed bewaarde, met voor elk van hen een verschoning van kleren erin. Maar sinds hij en Sarah bij hen in het nieuwe CSO hoofdkwartier verbleven, waren al hun reisbenodigdheden en koffers weg. Ze zouden later toch nog naar de winkel moeten gaan, dus Julie had besloten gewoon met hen mee te gaan.

Freddie was de enige van de groep die nog een volledige aanvulling van kleding en hygiënische accessoires had, aangezien hij net uit het vliegtuig was gestapt en op het punt stond de vorige avond voor de aanval bij hen thuis aan te komen.

"Er is nog iets," zei Ben, terwijl hij het overhemd aantrok dat hij de vorige dag had gedragen.

Ze wierp haar ogen op hem en haalde diep adem. "Geweldig, wil ik dat wel weten?"

"Nee, maar je moet het weten."

"Oké, wat is er?"

"De e-mail," zei hij. "Er is een bijlage. Een video."

7:22 AM | **March 9, 2021**

Anchorage, Alaska

Ben en Julie vonden Reggie, Sarah en Freddie bij elkaar in een hokje in het restaurant dat aan het hotel was verbonden. Het restaurant was niets bijzonders - gewoon een eenvoudige ontbijtgelegenheid die ook een kleine selectie lunch- en dinermogelijkheden bood - maar het leek er warm en goed verlicht, en - het belangrijkste - ze hadden allemaal een kop dampende hete koffie voor zich.

Bens maag gromde toen hij dichterbij kwam, en Reggie schoof een vierde en vijfde beker voor de lege stoelen. Ben pakte het zijne en nam een slok voordat hij ging zitten, en bedankte Reggie.

"Gaat het goed met jullie?" Vroeg hij. Hij had niets zinnigs of nuttigs te zeggen, maar hij wilde ook niet naar de tafel lopen en helemaal niets zeggen.

Reggie haalde zijn schouders op, en Sarah staarde alleen maar geschokt naar haar koffie. Freddie knikte langzaam. "Ja, ik denk het wel. Het beste waar we op kunnen hopen, denk ik."

Ben knikte. "Ja, ik ken het gevoel. We gaan dit uitzoeken, dat beloof ik. Je hebt mijn woord."

"Wat valt er uit te zoeken?" vroeg Reggie, zijn toon verbitterd. "Klootzak kwam binnen blies je huis op, blies ons CSO-hoofdkwartier op. Ik denk dat *dat* vrij duidelijk is, jij niet? Wat valt er uit te zoeken?"

"Reggie -" Sarah begon.

"Nee, man," ging Reggie verder, Ben rechtstreeks aansprekende. "We moeten achter die kerels aan. We moeten de klootzakken pakken die dit allemaal gepland hebben. Tennyson, met wie hij ook samenwerkt, al zijn handlangers. Ze zijn daar ergens, nog steeds onze ondergang aan het plannen, en wij zitten hier met onze kop in het zand."

Ben liet zijn blik op de tafel vallen en merkte dat Julie dat ook deed. Een serveerster naderde, maar zag de spanning aan tafel en draaide zich snel om en vertrok. Hij zou over een paar minuten eten moeten bestellen. Blijkbaar was het tijd voor hem om alles te vertellen.

"Over Tennyson gesproken," begon Ben. Hij keek toe hoe de anderen aan tafel opkikkerden. "Hij heeft me een e-mail gestuurd."

"Uh, wat?" Vroeg Reggie. "Hij stuurde *je* een e-mail."

"Wat staat er?" vroeg Freddie.

Ben schudde zijn hoofd. "Heb het nog niet gelezen. Wilde er zeker van zijn dat we het allemaal zagen. Samen."

Hij haalde de telefoon tevoorschijn, opende zijn e-mail inbox, en klikte op de titel. Voordat hij hem op tafel legde, zag hij de onderwerpregel.

>> *Nu dat ik uw aandacht heb...*

"Nou, shit," zei Reggie. "Dat is een verdomd goede manier om zichzelf voor te stellen."

Freddie schudde zijn hoofd, zijn vuisten balden zich op de tafel.

Ben las de e-mail hardop. *"Mr. Bennett, normaal gesproken hoop ik dat deze e-mail u goed aantreft. In dit specifieke geval, kan ik me voorstellen dat u niet in orde bent. Niet zo goed als je zou kunnen zijn."*

"Guy's an arrogant mother-"

"Ga door," zei Sarah.

Ben vervolgde. *"Hoe dan ook, er is een zaak waarvoor ik uw persoonlijke aanwezigheid nodig heb. Een soort verzoek. Als u zo vriendelijk wilt zijn om morgenavond op het onderstaande adres te zijn, alstublieft. Zullen we zeggen 18:30 uur, lokale tijd?"*

Ben keek met zijn ogen op het scherm en zag het adres.

"Dat is Londen," zei Freddie.

"En hij wil je daar morgenavond?" vroeg Julie. "Waarom in godsnaam?"

Ben reageerde niet, maar ging door met het voorlezen van de boodschap. *"Ik ben een man van mijn woord, hoewel ik door veel ervaring heb gemerkt dat anderen dat misschien niet zijn. Daarom heb ik het initiatief genomen om u en uw team een stimulans te geven. Ik vraag u alleen te komen, en ik vraag u de inhoud van deze e-mail niet te delen met iemand buiten uw team."*

"Nou, dat is aardig van hem," zei Reggie. "Hij weet tenminste dat we als een team werken."

"Ja, maar hij wil dat Ben alleen naar Engeland komt," voegde Julie eraan toe. "Daar ben ik niet blij mee."

"Hij wil dat hij alleen naar de ontmoetingsplaats komt," zei Reggie. "Geen kans dat ik hier blijf terwijl Ben zich weer in de nesten werkt."

Ben sloeg zijn ogen op, niet in staat de woede te bedwingen.

Die kookte al sinds gisteren onder de oppervlakte, en iets aan de manier waarop Reggie sprak deed hem naar boven ontploffen. "Oh?" vroeg hij. "Ga je mee? Weer mijn hachje redden? Voorkomen dat een van ons wordt opgeblazen?"

"Wat betekent dat verdomme, man?" vroeg Reggie, terwijl hij zijn koffie wegduwde. Hij begon op te staan. "Wil je iets met me bespreken?"

"Reggie, hou op," zei Sarah, terwijl ze aan zijn arm trok. "Ben, wat is die 'stimulans' waar hij het over heeft? Als hij zo graag wil dat je hem ontmoet, wat heeft hij dan tegen ons om er zeker van te zijn dat je daar alleen bent?"

Ben knikte en scrolde naar beneden, waar hij het videobestand vond, gedownload en klaar om af te spelen. Het was klein - waarschijnlijk maar een paar seconden lang. Hij hield zijn adem in en klikte erop.

Het scherm draaide zijwaarts en werd een volledig scherm van een kamer. Het was schemerig, te donker om veel details op de achtergrond te zien.

Maar op de voorgrond was alles kristalhelder.

"Is dat..."

"Eliza Earnhardt," fluisterde Ben. Het was de roodharige vrouw die hij in Zwitserland had ontmoet, degene die de CSO om hulp had gevraagd bij het neerhalen van Tennyson's bedrijf, EKG. Ze hadden succes gehad, uiteindelijk, bij het stoppen van de ziekmakende dierproeven die in Grindelwald aan de gang waren, maar ze hadden er een hoge prijs voor betaald.

Haar gezicht weer te zien, vooral op deze manier, maakte Ben ongerust.

Op het scherm begon Eliza te spreken. Ze keek rechtstreeks in de camera, rechtstreeks naar Ben zo leek het. Ze had gehuild, en het leek erop dat ze haar handen op haar rug gebonden had. Ze huilde terwijl ze sprak, haar snikken wiegden haar lichaam heen en weer.

"Ben - als je dit bericht krijgt - alsjeblieft. Ze gaan me pijn doen. Ze kunnen... ze kunnen me vermoorden. Ik begrijp het niet, ik weet niet wat ik heb gedaan, of wat jij hebt gedaan. Maar alsjeblieft, haast je. Doe wat hij zegt, of het betekent...

De video werd onderbroken.

"Holy crap," zei Freddie. "Ken je haar?"

Ben knikte maar antwoordde niet.

"Spoel het terug," zei Reggie, zachtjes.

"Zie je iets?"

"Ja." Hij keek toe hoe Ben de scrubmarker terugtrok naar een plek in het midden van de video en toen zijn vinger losliet. "Precies daar," zei Reggie. "Wat is in godsnaam..."

Hij hield zichzelf tegen, en Ben zag waarom. Terwijl Eliza had gesproken en haar lichaam zachtjes had bewogen, flikkerde de verlichting met haar bewegingen mee en onthulde een beetje meer van de kamer. Ze droeg een trui, een kleine gouden ketting om haar nek. Het licht glinsterde ervan. Het liet ook zien dat er iets boven Eliza's hoofd hing.

Iets dat Ben's hart nog meer deed zinken.

"Is dat..." Julie begon, en stopte toen. Ben zag de kleur ervan glinsteren in het licht. Bijna blauw, verguld met goudkleurige motieven op en neer.

"Ik denk het wel," zei Sarah. "Mijn God. Het is een *zwaard*."

9:19 AM | **March 10, 2021**

Interpol kantoor, Londen, Engeland

Peter Galbraith keek omhoog naar het verlaagde plafond van zijn kleine, krappe kantoor. Het was kleiner dan het er van buiten uitzag - en van buiten zag het er klein uit - maar hij *had* er tenminste een. De eerste vijf jaar van zijn baan bij de Internationale Criminele Politie Organisatie had hij doorgebracht met koffie halen voor de hoge bazen of wensten dat hij koffie voor iemand kon halen omdat de echte baan nog saaier was. De meeste van de alledaagse taken die hij die vijf jaar had gedaan, had hij verricht vanaf een bureau in Manchester, waar het hoofdkantoor van Interpol in Engeland was gevestigd.

Twee jaar geleden had hij een promotie aanvaard, maar hij moest verhuizen naar de grote kubusboerderij in het midden van de hoofdverdieping in het filiaal in Londen. Het had de mogelijkheid van een snelle promotie met zich meegebracht, een voordeel dat zich ongeveer een jaar geleden had bewezen toen hij de positie van *Directeur van Local Intelligence - Londen had aanvaard.*

Hoewel dit kantoor maar een fractie groter was dan zijn oude cel, was het zeker beter. Hij had een functie gekregen waarbij hij toezicht hield op een paar andere mensen op kantoor, wat betekende dat hij weliswaar de meeste dagen op kantoor was, maar af en toe ook echt het veld in moest. Zelfs dan bestond het grootste deel van zijn werk uit het praten met getuigen en slachtoffers, het voorbereiden van een officieel rapport voor de media, en dan het schrijven van de saaie debriefings voor zijn afdelingshoofden. Het verschilde niet veel van wat hij zich voorstelde van de rol van chef van de politie in een Londens politiedistrict.

Hij had deze rol oorspronkelijk gekozen vanwege de allure van het reizen - van het opjagen van internationale terroristen en hen voor het gerecht brengen. Hij wilde een moderne Jason Bourne zijn, en hij was niet bang om dat toe te geven. Hij hield zich ook lichamelijk fit, hoewel de laatste vijf jaar in een kubus en het ene jaar in dit kantoor niet bevorderlijk waren voor zijn trainingsregime. Dat gezegd hebbende, wist hij dat hij zijn collega's kon overtreffen, al lag de lat wel erg laag.

Hij zuchtte, haalde lang adem en hield die in. Over een paar uur stond een lunchafspraak met zijn chef op het programma, ongetwijfeld een van zijn beroemde vergaderingen van een uur, die onvermijdelijk twee of zelfs drie uur zouden duren, zodat ze 's middags geen echt werk meer zouden hebben. Om het nog erger te maken, zijn baas had geen persoonlijkheid of interesses, behalve een liefde voor eten. Als zelfverklaard fijnproever koos hij voor de vergaderlocatie een restaurant dat het laatst was beoordeeld in de *Evening Standard,* om vervolgens het grootste deel van de tijd te tieren over waarom de recensent een idioot was.

Het zal tenminste een gratis maaltijd zijn, dacht Galbraith.

Hopelijk kiest hij voor Italiaans. Ik kan wel wat Italiaans eten gebruiken.

Hij schoof op zijn oude krakende bureaustoel en keek weer naar zijn computerscherm. Hij controleerde zijn e-mail voor de dertiende keer dat uur en ging toen naar zijn browser, waar hij alle lokale en regionale nieuwssites had geopend, en ook een paar algemene Europese zenders voor het hele continent. Interpol werkte samen met de plaatselijke politie om misdadigers op te sporen die zich buiten de jurisdictie van één stad of zelfs land bevonden, dus bijblijven met het meest recente continentale nieuws was een vereiste voor de job.

In zijn ogen moest Interpol de Europese versie van het Amerikaanse leger zijn: niets was verboden, niemand stond op een te hoog voetstuk om het omver te werpen, en niets was uitgesloten. Ze konden overal heen, alles doen, en de "good guys" van de wereld zijn.

In werkelijkheid had Galbraith echter ontdekt dat Interpol slechts een hulporganisatie was - bedoeld om ter plaatse ondersteuning te bieden - en geen echte politieorganisatie. Zeker, ze hadden veel technische snufjes en toeters en bellen, en er waren zeker veldagenten, maar deze snufjes en geheime agenten waren de uitzondering, niet de norm. Hoewel hij probeerde op de hoogte te blijven van veranderende trends en zich bij te scholen in de nieuwste technologie, voelde hij zich meestal aan zijn bureau gekluisterd.

Hij wilde geen vakantie - hij wilde een pauze van zijn vakantie-achtige levensstijl. Hij wilde *actie*. Hij wilde iets doen, iets *zijn*.

Hij hoorde het geluid van een e-mail in zijn inbox, maar fronste toen hij niets zag. Toen besefte hij dat het van zijn telefoon kwam, wat betekende dat het een e-mail was die rechtstreeks naar zijn persoonlijke account was gestuurd, en niet naar die van Interpol.

Hij haalde zijn telefoon tevoorschijn en opende de e-mail app, en kon niet anders dan glimlachen toen hij las wie de afzender was.

De Faction.

Hij begon de e-mail te lezen, zijn ogen werden groot en zijn mond begon te watertanden.

>> *U bent afgeluisterd.*

>> *Onze belangen in Amerika en Genève lijken op één lijn te liggen. Er komt een vergadering in Londen, waar Interpol terecht bij aanwezig zal zijn. Details komen nog, maar verwacht verdere verduidelijking niet later dan 6 uur vanavond.*

Het e-mailadres van de afzender was verborgen door rerouting en IP-maskering, en zoals altijd was er geen omlijning.

De Faction was een geheimzinnige organisatie, en met goede reden. Dat was een deel van de aantrekkingskracht, een deel van de reden waarom hij zich bij hen had aangesloten en trouw aan hen had gezworen. Hij wilde iets meer dan wat Interpol te bieden had, en toen De Faction belangstelling begon te tonen voor zijn expertise en ervaring, had hij die kans met beide handen aangegrepen.

Hoewel Galbraith dacht dat de belangen van De Faction zuiver waren, wist hij dat velen het oneens zouden zijn over hun *methodes.* Het maakte niet uit. Officieel bestond De Faction niet. Volgens de inlichtingendienst van Interpol was het een mythe, een hersenspinsel van enkele excentrieke terroristen die ze hadden ondervraagd. De meesten gaven slechts een beetje informatie - een bron, een vermelding van een aanslag ergens in de wereld, gefluister over een groep die van plan was wereldwijd een Nieuwe Wereldorde in te voeren - maar de meeste agenten en medewerkers van Interpol ontkenden dat deze beweringen waar waren. Er was nooit iets substantieels boven water gekomen dat het bestaan van de factie bewees.

Galbraith kende echter de waarheid: De Faction was echt, want hij was een actief lid.

9:21 AM | **March 10, 2021**

Campo de' Fiori, Rome, Italië

Raoul controleerde de bus die in de voet van zijn zelfgemaakte vlammenwerper was gestoken toen hij het plein op stapte. Het wapen was zwaarder dan hij zich herinnerde, en hij droeg het onhandig. Hij was nog niet helemaal gewend geraakt aan het gevoel dat het over zijn schouder hing. Hij keek links en rechts om zich heen om zich ervan te vergewissen dat niemand in de gaten had dat een vlammenwerper dragende jongeman zojuist een openbare ruimte in het centrum van Rome was binnengelopen.

Het plein heette Campo de' Fiori, en hij had hier een paar keer gedineerd tijdens zijn studie aan de *Accademia Nazionale di Santa Cecilia.*

In het midden van het rechthoekige plein stond het standbeeld van Giordano Bruno, een filosoof en astronoom die in 1600 wegens ketterij op de brandstapel werd gebracht, in zijn permanente, uitdagende houding tegenover het Vaticaan.

Een poëtisch einde voor een ketter, dacht Raoul. *Net als het poëtische einde voor de ketters hier vandaag.*

Het was een bruisend plein vandaag, met veel toeristen en plaatselijke bewoners die in een roes van activiteit samenkwamen - de mensen die verse levensmiddelen kochten voor de maaltijden van morgen bij de kraampjes buiten, de shoppers van buiten de stad die op zoek waren naar het perfecte souvenir, en de ondernemers die buiten hun winkels met elkaar in gesprek waren. Links van hem serveerde het café op de hoek espresso zoals die altijd werd geserveerd, voordat de Amerikaanse versie van bevroren, gemengde koffieachtige dranken was opgeblazen en de wereld van de drankjes had veranderd.

Hij grijnsde naar de klanten die in hun stoelen zaten, nippend aan hun koffie en de krant lezend. *Schapen,* dacht hij. *Allemaal getraind om te denken wat de mensen met macht willen dat ze denken.*

Hij was hier om dat te veranderen. Hij was hier om een punt te maken. Niet voor deze mensen - die waren al weg - maar voor degenen die de gebeurtenissen die hier zouden plaatsvinden steeds opnieuw zouden volgen op een van de ontelbare streaming sites of nieuwskanalen over de hele wereld. Het zou de komende 24 uur constant worden uitgezonden - misschien 48 als ze geluk hadden en er de komende dagen niets noemenswaardigs gebeurde in de wereld - en hij kon de stem van de nieuwslezer bijna horen: *de video die u nu gaat bekijken kan verontrustend zijn...*

Natuurlijk lieten de zenders de video's toch zien, omdat ze er veel geld mee verdienden. De mensen wilden de vernieling zien, wilden de viscerale reactie op de terreur voelen, en de bedrijven die eigenaar waren van de nieuwszenders zouden het hun in stapels voorschotelen, lang nadat ze gevoed waren.

Hij wist hoe het werkte. De machtsstructuur had geld nodig. Ze hadden er veel van nodig, en ze hadden een wereld opgebouwd die iedereen had geleerd te geloven dat geld de belangrijkste economische structuur was.

Hij had economie gestudeerd op de universiteit, en had er zelfs een graad in behaald. Hij was slim, meer dan capabel om een baan te houden en een carrière econoom te worden. De hele dag achter een bureau zitten, onderzoek doen en artikelen schrijven die in economische tijdschriften worden gepubliceerd die een dozijn mensen lezen...

Maar dat had hij nooit gewild. Nee, Raoul was geïnteresseerd in meer. Daarom was hij bij de Faction gegaan. Daarom had hij zich in een interview gewerkt, om te bewijzen dat hij de intellectuele capaciteiten had van de beste en slimste.

Hij was niet zomaar een domme revolutionair - niet zomaar een platte, eenzijdige radicaal.

Hij was niet geïnteresseerd in terrorisme, maar in wat het beloofde: een betere wereld. Een wereld niet geregeerd door geld, maar door macht. Nog beter, macht die *verdiend was*. Verdiend.

Een meritocratie.

Raoul deed nog een stap op het plein en hoorde een gil. Het was uit het café links van hem gekomen. Blijkbaar was een oude vrouw daar niet geïnteresseerd genoeg in het dagblad dat ze in haar handen had, en kon ze haar hoofd niet naar beneden houden. Ze had hem gezien, het wapen dat nonchalant over zijn schouder hing.

Hij maakte een *tsk* geluid met zijn mond maar liep verder, haar geschreeuw negerend terwijl anderen probeerden te zien wat haar dwars zat. Hij wist zijn bestemming. Hij moest nog minstens tien passen naar het midden van het plein, waar hij zijn krachten zou bundelen met de drie andere jongemannen die door De Faction waren gestuurd.

Hij had slechts een tipje van de sluier van de missie gekregen, dat was de *werkwijze* van de Faction. Later, lang nadat het stof hier was gaan liggen, zou hij misschien meer van hun grote plan te weten komen. Maar op dit moment deed het er niet toe. Hij vertrouwde De Faction, wist dat zijn doelen en hun doelen op één lijn lagen.

Zo slim als hij was, had Raoul er geen moeite mee om een tijdje de rol van voetsoldaat te spelen. Een geweer bouwen en hanteren was niet zijn gewenste carrièrepad. Maar hij vond het niet erg. Hij wist dat het uiteindelijk zou leiden tot een veel betere wereld dan degene die ze nu deelden, en hij wist dat hij het niet eeuwig zou moeten doen. Hij wist dat de Faction bewijs van iemands loyaliteit eiste voor promotie. Het vereiste bewijs van zijn vertrouwen.

De schreeuw werd vergezeld door een andere, en toen nog een, nu van beide kanten van hem. Zijn hart versnelde, en hij vroeg zich af of er politieagenten in de buurt waren. De politie van Rome was alomtegenwoordig op de meeste pleinen, een goed georganiseerde en bestuurde politiemacht, en hij wist dat als er één agent in de buurt was, er zeker twee of drie zouden zijn.

Hij zag niets dat wees op politie in de nabije omgeving, dus ging hij verder, voorwaarts marcherend als de soldaat die hij was.

Raouls hart bleef sneller kloppen, zelfs toen mensen begonnen op te staan en in hun richting begonnen te wijzen. Hij sloot de ogen met de man die recht tegenover hem op het plein stond. Nog een Faction soldaat, een man wiens naam hij zich niet kon herinneren. Links van hem stond John. Rechts van hem, William. Geen achternamen - de Faction hield het bij één voornaam voor soldaten van lagere rang, want een achternaam opgeven betekende een gebrek aan loyaliteit aan de organisatie. Hij had zijn vorig leven afgeworpen - evenals zijn familiebanden en naam - bij het zweren van trouw aan de groep.

Dat was een jaar geleden, en sindsdien had hij zich op dit moment voorbereid en getraind.

Hij vroeg zich af wanneer het zou beginnen. Hij vroeg zich af wanneer hij het signaal zou krijgen.

Het kwam een seconde later. Een dikke wolk van nevel omhulde het gebied net voorbij het Faction lid dat recht tegenover hem stond. Hij wierp zijn ogen naar links en rechts en zag dat John en William ook met hun rug naar een soortgelijke wolk stonden, en hij wist toen dat alle vier de kanten van de piazza bedekt waren, waardoor het middengebied - het gebied waar hij en de drie andere Faction-mannen zich bevonden - open bleef.

Hij wist dat het begonnen was.

De nevel - deeltjes van een poedervormig, verneveld zuur - verspreidde zich vanuit hun bronnen, negen strategisch geplaatste apparaten die gepland waren om gelijktijdig uit te barsten, precies op dit moment.

Hij wist niet wat het zuur zou gaan doen, noch wist hij of het hem hier zou bereiken, met de bedoeling hem ook te omhullen, maar dat deed er allemaal niet toe. Hij had zijn missie parameters en hij was van plan ze te gehoorzamen.

Het geschreeuw werd luider, maar hij voelde dat ze nu niet meer op hem gericht waren. Hij hoorde voetstappen - mensen renden alle kanten op, probeerden hun spullen bij elkaar te rapen of hun kinderen te grijpen of gewoon rondjes te draaien terwijl de wereld om hen heen eindigde.

Zijn grijns breidde zich uit tot een brede glimlach, en die werd geëvenaard door die van de man tegenover hem. Links van hem stond John stoïcijns, zijn geweer klaar en schuin naar beneden gericht, zonder te bewegen.

Ze hadden allemaal de tel - het was begonnen op het moment dat hij de waas had gezien achter de man tegenover hem.

Dertig seconden.

Er waren nog maar twintig seconden over, maar hij moest ervoor zorgen dat hij niet te snel handelde. Hij wachtte, voelde de spanning op de piazza toenemen terwijl het geschreeuw veranderde in verstikkende ademhalingen en de voetstappen vertraagden, overgaand in ploeterende, logge stappen.

En toen, bijna in een keer, hield het allemaal op. Al de geluiden hielden op, al de voetstappen stopten.

Hij wist dat het tijd was. Hij had geen idee wat hij zou gaan zien toen hij zich omdraaide. In zijn perifeer zicht, dacht hij een paar mensen te zien staan, misschien een familie.

Hij draaide zich om en zag als eerste het gezin - de afschuwelijke blikken op hun gezichten. Een vader, twee kinderen, de een bijna een meter groter dan de ander. Ze staarden hem allemaal recht aan.

Bevroren. Onbeweeglijk. Hij fronste terwijl zijn geest het probeerde te ontcijferen, om te begrijpen wat hij zag.

Hij zag de oude vrouw die de schreeuwer moest zijn geweest, degene die hem had gezien toen hij het plein op kwam lopen. Zij was ook bevroren, haar handen voor haar mond.

Zijn deze mensen al dood?

9:23 AM | **March 10, 2021**

Campo de' Fiori, Rome, Italië

Hij merkte het lage geluid op van ontbrande dieselbrandstof die van achter hem naar buiten schoot, dus hief hij zijn eigen wapen op en haalde de trekker over. Het voelde vreemd, onnatuurlijk. Hij had zijn doel een paar keer getest en geoefend op een schietbaan voor de missie, maar dat leek in niets op het echte werk. Richten op een ander mens was iets anders dan richten op een levenloos doelwit.

En toch was het niet helemaal *anders dan* schieten op stilstaande doelen. Hij had verwacht dat deze mensen zouden vallen als ze geraakt werden, dat ze in elkaar zouden storten nadat ze neergeschoten waren.

In plaats daarvan leek iedereen op wie hij mikte een beetje te stotteren na de inslag, maar ze bleven waar ze waren, op hun plaats, gefixeerd in hun bevroren posities, hun lichamen gloeiend, maar niet bewegend. Alsof ze gevuld waren met lijm en verhard waren.

Wat gebeurt er? Hij was verward, maar hij liet het zijn werk niet in de weg staan. Hij moest aan De Faction bewijzen dat hij serieus was over het vergroten van zijn verantwoordelijkheid en rol binnen de organisatie. Maar eerst moest hij aan hen bewijzen *wat hij waard was.*

Hij schoot de jerrycan leeg, gooide toen de tweede erin en ging door met schieten. Hij mikte op de oudere vrouw die had geschreeuwd; hij mikte op een barista die bevroren op haar plaats stond, leunend over een tafel, de koffie in haar hand nog steeds dampend omhoog, niet gebonden door welke vreemde kwaal de jonge dame ook bevroren had. De vlammen waren de winkel achter haar al aan het verteren, het vuur en de zwarte rookwolk groeiden met de seconde.

Toen hij de tweede bus leegmaakte en het einde van zijn munitievoorraad bereikte, voelde hij dat de anderen ook hun einde naderden. John's wapen was gestopt met vuren een paar seconden eerder, en dat van William net na dat van Raoul. De man tegenover hem, die rug aan rug met Raoul aan de andere kant van het standbeeld stond, vuurde nog steeds, en ging nog een paar seconden door met het spuiten van vlammen.

Toen hij stopte, wist Raoul dat het voorbij was.

Hij had zijn werk gedaan. *Zij* hadden hun werk gedaan.

Hij had zijn taak volbracht, en hij zou passend beloond worden. Misschien niet een verhoging in rang - de Faction gooide dat soort dingen niet zomaar weg alsof het een of ander verouderd leger was - maar hij zou zeker meer erkenning krijgen, misschien zelfs meer respect voor de meer oudere leden.

Raoul voelde een golf van optimisme in zich opkomen, wetende dat hij gunstig zou worden beoordeeld omdat hij zijn missie zonder problemen had volbracht. Voor zover hij wist, was er niemand in zijn gezichtsveld geweest die aan het eind ervan zou blijven staan.

Hij wachtte de nodige dertig seconden. Terwijl hij dat deed, controleerde hij zijn wapen opnieuw, wetende dat het leeg was. Hij zag de vlammen likken aan de hoek van het gebouw; zou het zijn uitgang bedekken? Werd hij verondersteld hier opgesloten te zitten met de anderen?

Raoul hoorde ook sirenes in de verte, eerst zachtjes maar met de seconde luider.

Hij vroeg zich af waarom ze moesten wachten, vroeg zich af waarom ze niet gewoon konden beginnen te lopen en terug te gaan naar hun voertuigen en hun hotels. Maar hij wist wel beter dan vragen te stellen.

Toen de aftelklok in zijn hoofd weer op nul stond, werd zijn vraag beantwoord.

Langzaam, een voor een rond het plein, begonnen de mensen op wie hij had geschoten te vallen. Een man strompelde achteruit en viel op een brandende hoop, de vrouw aan de tafel naast hem zakte voorover in haar kop koffie. Er klonken lichte kreten en een paar kreten die hij kon horen boven het gebrul van de vlammen van rond de piazza, maar Raoul wendde zijn aandacht niet af van het gezichtsveld recht voor hem.

De hitte bereikte hem. Hij wilde weg, weg van de branden die door de gebouwen en de mensen op de piazza scheurden.

De barista viel voorover en stootte haar hoofd tegen de tafel terwijl ze dood op de grond viel. Zijn glimlach verdween en hij voelde het gewicht van wat hij zojuist had gedaan. Hij had er geen spijt van - dit was een noodzakelijke stap in het plan van de Faction - maar voor het eerst voelde hij de realiteit van wat er zojuist was gebeurd.

Hij en de drie andere Faction mannen hadden dit samen bereikt. Hij en de drie anderen hadden net de volgende fase van het doel van de Faction in gang gezet.

Overal om hem heen vielen verkoolde lichamen terwijl hij zich naar de straat begaf. Hij liep naar de opening in de piazza, op dezelfde manier als hij was binnengekomen. Zijn auto stond maar een blok verderop geparkeerd, op loopafstand. Hij versnelde toch maar, begon te joggen en zette het toen op een lopen. Hij voelde zich plotseling zwaarder, wilde het gewicht van de vlammenwerper van zich afwerpen, het opzij gooien en alles vergeten wat hij zojuist had gedaan.

Maar hij kon het niet. Hij ging door en bereikte het voertuig in nog eens vijftien seconden.

Zijn volgende bestemming was de laatste van de dag: een hotel, vele kilometers verderop. Hij zou de stad uit worden geleid door de kaart op zijn telefoon en naar de plek worden gestuurd die van tevoren was geregeld door The Faction. Daar zou hij een goede nachtrust krijgen en wakker worden voor een nieuwe dag.

Een nieuwe dag in een nieuwe wereld.

Hij glimlachte om de gevolgen waarvan hij wist dat ze zouden komen. Hij glimlachte nog meer omdat hij wist dat hij er een rol in had gespeeld.

6:27 PM | **March 10, 2021**

Kent, Engeland

Ben was net op tijd gekomen. Hij was uitgestapt op London-Heathrow International Airport na een slopende vlucht van achttien uur, had een rideshare genomen en de chauffeur verteld dat hij een vergadering had waarvoor hij niet te laat mocht komen. De prijs was dus geen probleem.

De chauffeur lachte gewoon en herinnerde Ben eraan dat er in het tijdperk van moderne technologie en apps voor het delen van ritten niet zoiets bestaat als een prijs vragen en sneller ergens geraken voor een hogere prijs.

Ben knikte zwijgend en overhandigde de man toen een biljet van vijftig dollar. Omgerekend in Britse ponden zou het niet zoveel meer waard zijn, maar de chauffeur begreep de hint, stopte met praten en drukte zijn voet op de grond.

Hij stapte uit de auto net toen het licht begon te regenen. Hij keek de stille straat op en neer, zich afvragend wat Baden Tennyson achter een van deze muren verborg. De straat was geplaveid met kinderkopjes, maar goed onderhouden, waardoor de plaats een onderhouden oud-Londens aanzicht had. De straatverlichting bestond uit LED-lampen die deden denken aan de jaren 1800, en de huizen zelf leken zo uit een Dickens-roman te zijn gehaald.

Hij rook de lucht en vond die een beetje ziltig en zwaar, alsof hij op een pier in Liverpool stond in plaats van in een wijk net buiten Groot Londen, mijlenver van de oceaan.

Hij deed een paar stappen vooruit, stak de straat over, en stopte toen. Hij wierp een blik op zijn telefoon en controleerde het adres nog eens. *Is dit juist?*

Het huis waar Tennyson Ben heen had gestuurd was enorm. Het straatbeeld dat Julie tijdens de vlucht had opgehaald toonde slechts een mager en lang zwart landhuis van drie verdiepingen, maar de satellietbeelden toonden aan dat het huis, hoewel het ruimte deelde met de andere huizen links en rechts, feitelijk uitkwam op een groot terrein met andere gebouwen, huizen en schuren op het terrein. Al het land was eigendom van de eigenaar van ditzelfde huis.

Hij vroeg zich af of Tennyson de eigenaar was. Het was onmogelijk om iets online te vinden, althans zonder dieper te graven, en tijdens de vliegreis had het CSO-team vooral de tijd genomen om hun gedachten te ordenen, hun volgende stappen te plannen, en te slapen.

Julie en Sarah waren terug in het hotel in Zuidoost Londen, op zoek naar informatie over Tennyson, zijn bedrijf EKG, of iets anders dat ermee te maken had. Ze hoopten nog een link te vinden tussen de man die hen hierheen had geroepen en Eliza Earnhardt, maar het leek erop dat Eliza na de gebeurtenissen in Zwitserland stil was geworden.

Reggie en Freddie waren vanavond op hun eigen missie. Ben had ze naar Londen gestuurd om wapens en munitie te zoeken. Ze hadden de eerste en enige commerciële vlucht genomen die hen op tijd in Londen zou brengen, dus ze hadden TSA en bagagebanden moeten doorstaan en konden het zich niet veroorloven tijd te verspillen, wat betekende dat ze besloten hadden hun eigen wapens - het weinige dat niet vernietigd was in de brand - achter te laten in het hotel in Anchorage.

Geen van hen voelde zich veilig zonder op zijn minst sidearms, en Reggie had wat contacten in Londen, dus waren ze direct vanaf het vliegveld op weg gegaan.

Ben had besloten om het alleen te doen. Als Tennyson hem nog steeds dood wilde, zou hij een manier gevonden hebben om het van veraf te doen, net zoals hij de vrachtwagen met explosieven had gestuurd. Hij had het duidelijk overleefd, dus Tennyson moet hem persoonlijk willen spreken. Dat betekende dat Ben waarschijnlijk niet in direct gevaar was.

En als het betekende dat ze Eliza konden redden, zou Ben zijn deel doen en alleen komen, zoals Tennyson had gevraagd.

Hij stak de straat over en kwam op het smalle pad terecht dat twee korte trappen op leidde naar de massieve voordeur. Hij pauzeerde daar en klopte aan.

Een zwarte auto reed langzaam langs het huis. Hij draaide zich om, maar de ramen waren te diep getint. Hij klopte opnieuw.

Nog steeds geen antwoord.

Hij wachtte daar nog een minuut, klopte een derde keer, keek toen rond. *Vreemd*, dacht hij. *Speelt Tennyson met mij? Waarom zou hij mij sturen -*

"Goedemiddag," hoorde hij een stem roepen.

Hij draaide zich volledig om en keek met zijn ogen dicht in de regen om te zien wie er had gesproken. Een man, gekleed in een lange overjas, de handen in de zakken. Hij droeg een taxi hoed, de korte snavel vastgeniet aan de voorkant van de baggy top.

"Hé," zei Ben. "Weet je of er iemand thuis is?"

De man zoog een lang ogenblik op zijn tanden en antwoordde toen. "Ik veronderstel van niet. Heb je een afspraak?"

Ben knikte en keek toen op zijn telefoon. "Ja... Ik denk dat dit het adres is."

"Mag ik vragen waar deze bijeenkomst over gaat?"

Ben kon hem bijna niet verstaan tussen zijn Zuid-Engelse accent en de kletterende regen, en het feit dat hij zijn stem wat zachter had gezet.

"Nee," zei Ben. "Niet echt. Mag ik vragen wie u bent?"

De man grijnsde, en herhaalde toen Ben's antwoord. "Nee. Niet echt."

Ben knikte, haalde toen een hand over zijn haar en liet die op de achterkant van zijn nek liggen. Hij stopte de telefoon terug in zijn zak en haalde hem er toen weer uit. *Dat was het dan,* dacht hij. *Tennyson, wat voor spelletje speel je?* Hij opende de ride-sharing app opnieuw en begon te bellen voor een chauffeur. Hij vroeg zich af of zijn vorige chauffeur terug zou komen.

De man stapte het pad op en begon het huis te naderen. Hij liep tot hij op een meter of tien van de voordeur was en keek toen op naar Ben. "Kan ik u ergens mee helpen, meneer?" vroeg de man.

"Ik - ik denk het niet," antwoordde Ben. "Woon je hier?"

De man schudde zijn hoofd. "Nee, maar ik hou het huis in de gaten."

Ben keek achter zich, probeerde te zien waar hij vandaan kwam. Terwijl hij dat deed, glipte de man naar hem toe.

"Agent Peter Galbraith," zei hij.

"*Officier?*"

"Correct. Interpol, specialist moordzaken." Hij reikte naar beneden en haalde er een badge uit. "Vind je het erg als ik die naam van je krijg, jongen?"

Ben's neusvleugels wapperden, zijn vecht of vlucht instinct kwam in actie. Het probleem was, hij wist niet zeker of beide instincten nu van pas zouden komen. *Blijf kalm,* dacht hij. *Je hebt niets verkeerds gedaan.*

"Kijk," begon Ben, "ik word verondersteld iemand te ontmoeten. Ik heb waarschijnlijk de verkeerde..."

Agent Galbraith hield een hand op. "Alsjeblieft, laten we beginnen met de naam, oké?"

6:59 **pm Maart 10, 2021**

Kent, Engeland

"Heb je hem je naam gegeven?" Vroeg Reggie. "Ben, kom op - heb je het hem verteld?"

Freddie keek met een geamuseerde verwarring naar de woordenwisseling tussen de twee vrienden. Hij wist niet zeker of die twee nu _echt_ vrienden waren en net deden of ze elkaar haatten, of dat hun relatie de laatste dagen op de een of andere manier was verzuurd. Hoe dan ook, Ben en Reggie leken elkaar voortdurend naar het leven te staan.

Het was een interessante machtsdynamiek, en Freddie vroeg zich af of hij een fout had gemaakt door zich bij hun groep aan te sluiten.

Sarah was nog steeds bij Julie, in de kamer ernaast aan het werk aan het onderzoek. Ze hadden elkaar in het hotel ontmoet voor een laat diner, maar ze hadden nog niet eens de kans gehad om naar het restaurant te gaan. Op dit moment stonden ze met z'n drieën in Bens hotelkamer, ogenschijnlijk om een update te krijgen over Bens ontmoeting in het huis van de vrouw.

"Wat?" Vroeg Ben. "Moest ik me gewoon door hem laten arresteren?"

Reggie's ogen leken wel uit hun kassen te springen. "Ben, hij zei dat hij van Interpol was - waarom bleef je hier?"

"Hij had een badge," antwoordde Ben.

"Christus, Ben, *ik* kan een badge krijgen in elke kostuumwinkel tussen hier en Manchester. Weet je eigenlijk wel hoe een Interpol badge eruit hoort te zien?"

"Kijk, man," zei Ben, terwijl hij zijn schouders recht hield. "Hij was van Interpol, oké? Ga er gewoon vanaf."

Freddie was een zelfverzekerde krijger, goed getraind en capabel genoeg om zich staande te houden in een vuistgevecht. Maar als het tot een gevecht zou komen tussen de twee mannen die voor hem stonden, was hij er niet helemaal zeker van of hij dat wel aankon.

Hij stond toch op, stak de kamer over en ging naast hen staan. "Kijk, jongens, laten we gewoon -"

"Nee, Freddie," zei Reggie, tussenbeide komend. "We vergeten *niets*. Begrepen? We zitten in een lastig parket omdat Ben hier..."

"*Geef* je mij de schuld van deze puinhoop?" schreeuwde Ben. "Beweer je dat dit *mijn schuld* is?"

Reggie sloeg zijn armen over zijn borst. "Zeg me dat jij niet degene was die de oude Tennyson kwaad maakte. Zeg me dat jij niet degene was die naar Zwitserland ging om de roodharige dame in nood te redden."

"Jij eikel..."

"Genoeg!" Zei Freddie. "Rustig aan, jullie allebei. Ik ben hier niet voor een kooigevecht, en als ik dat wel was, zou ik degene in de kooi zijn. Dus hou op, tenzij je wilt dat ik mee doe."

Ben en Reggie deden een stap achteruit, maar Freddie kon de spanning in de kamer voelen. Reggie's hielen waren gespannen, Ben's vuisten gebald. De mannen zaten elkaar naar de keel, en Freddie wist niet wat te doen.

Om zijn best te doen de vrede te bewaren, sprak hij. "Waar je ook denkt dat we in zitten, we zijn nog steeds heel," zei hij. "En ik hoop dat zo te houden. Ik heb niet om ontslag gevraagd om in een ander land opgeblazen te worden."

"Maar Ben -"

"Ben *niets*, man," zei Freddie. "Laat het gewoon vallen. Jullie moeten uitzoeken wat jullie *nu gaan* doen, niet wat er al gebeurd is."

"Hij heeft gelijk," zei Ben. "Die vent kent mijn naam. Nou en? Het is niet alsof hij denkt dat ik ergens van verdacht word. Ik ben meer geïnteresseerd in waarom Tennyson me daarheen heeft geroepen. Wat had het voor zin om de halve wereld rond te vliegen, alleen maar om voor een deur te staan?

Reggie was nog steeds aan het sudderen, maar hij was kalm genoeg om te antwoorden. "Ik weet het niet. Misschien bedenken de meisjes wel iets. Nog iets van Tennyson?"

Ben schudde zijn hoofd, maar haalde zijn telefoon tevoorschijn om het te controleren. Op dat moment hoorde Freddie geschuifel aan de deur. Er werd drie keer snel geklopt, en toen klonk Julie's stem. "Jongens?" vroeg ze. "Zijn jullie daar?"

De deur ging open, en Julie en Sarah stonden in de gang.

"Wat is er?" Vroeg Freddie. "Honger?"

"Ja," antwoordde Julie, "maar dat is niet waarom we hier zijn. Maar ik ben blij dat jullie elkaar nog niet vermoord hebben."

Ze grijnsde naar Freddie, schudde toen haar hoofd terwijl ze tussen Ben en Reggie doorliep. Ze leken allebei een beetje leeg te lopen toen de vrouwen de kamer binnenkwamen. Julie nam plaats in de buurt van het bureau, waar Freddie's laptop stond.

"Vind je het erg als ik dit gebruik?" vroeg Julie. "Ik word moe van het staren naar een telefoonscherm."

Freddie knikte. "Tuurlijk. Heb je iets gevonden?"

"Helaas, ja. Terwijl we in het vliegtuig zaten, was er een terroristische aanslag in Rome."

"Shit."

"Ja. Ongeveer vijftig doden tot nu toe, en nog eens vijftig in het ziekenhuis."

"Weten ze wie het gedaan heeft?" vroeg Ben.

"Nog niet, maar ze verwachten dat iemand snel met de eer zal strijken."

"Juist," voegde Freddie eraan toe, terwijl hij naar de anderen keek. "Bedankt om ons in te lichten."

Julie was echter nog niet klaar. "Dat is... niet wat we gevonden hebben."

Freddie keek toe hoe Bens wenkbrauwen omhoog dansten op zijn voorhoofd. "Nee?" vroeg hij.

"Nee," zei ze. "We doorzochten het adres, om uit te zoeken wie je zou ontmoeten, Ben.

"Ja."

"Het adres van het huis wees naar de eigenaar van het huis, en die zoektocht leverde niets op. Maar de *eigenaar* van het huis is niet de persoon *die* in het huis *woont*."

Ben liep naar haar toe. "Werkelijk?"

"Ik denk dat je bedoelt *dat hij* in het huis woonde..." Zei Sarah.

"Ja," antwoordde Julie. "Blijkbaar is de eigenaar een dode man, maar hij heeft het in de loop der jaren aan verschillende familieleden doorgegeven. De huidige eigenaar is - *was*, bedoel ik - een jonge vrouw genaamd Josephine Campbell."

Ben kneep zijn ogen dicht. "Ze is dood, is het niet?"

Julie knikte. "Brutaal, ook. Scheur door de achterkant van de nek, het ruggenmerg en de halsslagader zijn doorgesneden. Nogal een snelle manier om te gaan, denk ik."

"Wow," zei Reggie. "Dat is brutaal. Waarom?"

"Geen idee," zei Julie. "Maar Sarah en ik hebben een voorgevoel."

"Vertel," zei Ben. "Ik ben helemaal klaar voor nog meer slecht nieuws."

"Het lijkt erop dat ze op reis was naar Hever Castle, waar een antiekveiling was. Ze kwam naar de stad om een cadeau voor haar man te kopen."

Sarah viel in. "We zagen een artikel over haar. Ze is gisteren dood aangetroffen in haar huis - *hetzelfde* huis waar jij net bent geweest en hebt aangeklopt."

Freddie's ogen vielen neer. *Shit, dat kan niet goed zijn.*

"Dat is... niet ideaal," zei Ben.

"Helemaal niet. Maar luister goed," ging Sarah verder. "Ze was op de veiling om een heel *specifiek* cadeau voor haar man te kopen. Mevrouw Campbell is via haar vaders kant familie van Napoleon."

"Zoals... *de* Napoleon?"

"Een en dezelfde," zei Sarah. "En dit specifieke geschenk dat ze probeerde te kopen was eigenlijk iets dat Napoleon bezat. Een zwaard, speciaal voor hem gemaakt door een Parijse smid."

"Een zwaard..." mompelde Ben. "Wat is ermee gebeurd?"

Freddie luisterde en stelde in stilte dezelfde vragen als Ben en

Reggie. Hij vroeg zich af of zij diezelfde vragen ook stilletjes *beantwoordden*, net als hij.

"Nou," zei Julie. "Het *was* gekocht door mevrouw Campbell, onder het pseudoniem mevrouw Delacruz. Het werd in dozen gedaan en naar haar huis gestuurd, en toen... verdween het."

"Shit," zei Reggie. "Laat me raden - heeft het haar ook per ongeluk gedood?"

Julie knikte. "Ze is vermoord. Met een zwaard. De moordenaar en het zwaard zijn vermist."

"Nou, de moordenaar *is* vermist," zei Ben. "Maar ik heb het gevoel dat het zwaard precies hetzelfde is als die we in Eliza's video zagen."

"Ja," zei Reggie. "Het zwaard van Napoleon, zit daar boven haar hoofd. Op het punt om te doen met haar precies wat het deed met deze andere vrouw. "

"Dus als we niet op tijd bij haar zijn, is ze dood."

Ben ging op het bed zitten, met zijn hoofd in zijn handen. "En we moeten er snel heen, want Interpol zit nu achter *ons aan*."

Freddie keek toe terwijl Julie en Sarah een blik uitwisselden. Julie liep naar Ben toe en keek op haar man neer.

"Wacht, *wat*?"

7:13 PM | **March 10, 2021**

Kent, Engeland

Ben had niets anders te doen dan te eten. Hij had echter geen honger. Ze hadden allemaal een jetlag door de tijdsverandering na de lange vluchten, en hoewel ze op het vliegveld en aan boord van de transcontinentale vlucht hadden geslapen en gegeten, was zijn lichaam nog steeds in de war over waar hij op dit moment precies trek in moest hebben. De anderen waren vertrokken om eten te zoeken, en zoals gewoonlijk hadden ze besloten om gewoon beneden in de aangrenzende bar en grill van het hotel te gaan eten. Het was een soort fish-and-chips plek, perfect voor een eenvoudige, vullende hap.

Maar Bens gedachten waren elders. Hij worstelde met de dood van mevrouw E. Hij speelde de scène in slow motion in zijn hoofd af en probeerde het te begrijpen. Had hij meer kunnen doen? Had hij haar kunnen redden?

En, onvermijdelijk, was het antwoord altijd *ja*. Er was altijd wel *iets* wat hij had kunnen doen: als Reggie geen ruzie met hem had gemaakt en ze naar bed hadden kunnen gaan, of in ieder geval terug naar hun eigen plek in het gebouw en de hut, dan hadden Reggie of Sarah mevrouw E mee naar buiten kunnen nemen.

Of misschien als Freddie iets eerder was geweest, had hij de vrachtwagen kunnen zien lang voordat die bijna bij het huis was.

Of...

Ben duwde de gedachten weg - er kwam niets goeds voort uit gedachten zoals deze, en dat wist hij. *Maar toch...*

Hij dacht aan de vlucht hierheen, hoe ze elkaar hadden beloofd dat ze de tijd zouden nemen om alles te verwerken en hun gevoelens over het verlies van mevrouw E op een rijtje te zetten, en dan naar meneer E te gaan en te proberen zijn kijk op alles te horen. Niets van dat alles was gebeurd, natuurlijk. In plaats daarvan waren ze verteerd door het idee om het op te nemen tegen Tennyson, de man die ze allemaal de schuld gaven van haar dood. Ze hadden besloten om te slapen, om te proberen de jetlag voor te zijn die vannacht zou toeslaan.

Toen dacht hij aan de Interpol officier, agent Galbraith, de man die Ben had aangeklampt op het adres dat Tennyson hem had gegeven. Was Tennyson aan het proberen Ben in de problemen te brengen? Hij had al een man met een vrachtwagen vol explosieven naar zijn huis gestuurd om hem te vermoorden, waarom daar stoppen?

Ben voelde zich dom dat hij de Interpol-agent zijn naam had gegeven, maar er was geen ander redelijk spel geweest. Er was niets dat hij had kunnen doen - de agent zou hem alleen maar gevolgd zijn, hem van vals spel verdenken?

Maar wat nu? De man was toch zeker wel nieuwsgierig waarom Ben wanhopig probeerde om iemand in het huis te ontmoeten, enkele uren nadat de persoon die er woonde was vermoord? En toen *had* hij hem zijn naam gegeven, zodat de agent iets had om hem op te sporen als ze meer vragen hadden.

Hij schudde snel zijn hoofd, probeerde alle gedachten weg te duwen. *Niet nu*, zei hij tegen zichzelf. *Niet hier.*

Hij stond op en besloot naar beneden te gaan, waar een biertje en wat frietjes misschien zouden helpen om de scherpe kantjes er een beetje af te halen. Zijn vrienden waren er ook, en hoewel hij en Reggie iets leken door te maken, wist hij dat ze uiteindelijk in hetzelfde team zaten.

Terwijl hij zich een weg baande over de vloer, trilde zijn telefoon. Denkend dat het Julie of Reggie was die hem controleerde, trok hij hem aan zijn oor zonder er naar te kijken.

"Ik ben op weg naar beneden," zei hij.

"Ben?" kwam het antwoord.

Ben fronste zijn wenkbrauwen. Het klonk als Mr. E, maar de man gebruikte nooit bijnamen, hij noemde hen altijd Harvey, Juliette of Gareth.

"Mr. E?"

"Ja. Heb ik - heb ik je betrapt op een ongelegen moment?"

Hij keek op zijn horloge. Hij was niet bezig, maar hij kon zich niet herinneren hoe laat het was in de VS. *Nog ochtend, denk ik.* Hij kon het zich niet herinneren - het moet of heel laat of heel vroeg zijn geweest voor de man. Maar toen hij erover nadacht, besefte hij dat hij niet zeker wist of Mr. E wel in de Verenigde Staten *was*. Ze hadden het altijd aangenomen, maar nu Ben erover nadacht kon hij zich niet herinneren dat de man hen ooit zijn werkelijke locatie had verteld.

"Nee," zei Ben. "Ik wilde net een hapje gaan eten met de anderen."

"Perfect," zei de man. *"Luister, Ben. Ik heb veel nagedacht over de gebeurtenissen van twee dagen geleden."*

"Natuurlijk. Het spijt me, nogmaals."

"Nou, daarom bel ik nu. Ik wil dat je iets voor me doet."

Ben was er zeker van dat het de stem van Mr. E was, maar het klonk in niets als de koude, berekenende zakenman die lang geleden de CSO had opgericht.

"Wat is dat, Mr. E?"

"Iets waarvan ik bang ben dat de anderen zullen vinden dat het buiten het bereik valt van wat de CSO is opgericht om te bereiken."

"Oké..."

"Iets dat gedaan moet worden, maar voorzichtig moet gebeuren. Ik wil dat je subtiel bent, Ben, en..."

Ben bereikte de lift en stopte. Hij wilde het gesprek niet laten vallen voordat hij de kans had om de man uit te horen. Wat het ook was, het had hem doen uitglijden. Wat hij ook nodig had, het was belangrijk genoeg voor Mr. E dat hij zijn normaal zo gesloten professionaliteit had verloren.

"Ga door," zei Ben. "Ik ben er nog."

Hij hoorde meneer E zijn keel schrapen, en toen - iets wat hij nooit voor mogelijk had gehouden - klonk het alsof meneer E's stem brak. *"Ze - ze was mijn vrouw, Ben."*

Ben voelde onmiddellijk tranen in zijn ogen opwellen. Hij knikte, maar zei niets.

"Ze verdiende het niet. Om te sterven, niet op die manier. We hadden - nou ja, ze had het altijd over een 'vorstelijke dood,' wat dat ook moge betekenen. Ze wilde vechtend sterven. Op een andere manier dan ik doe, maar... snap je wat ik bedoel?"

Ben knikte weer. "Ja, ik bedoel - wacht, zeg je dat je doodgaat?"

"Ben, we gaan allemaal dood. Dat is alles wat ik bedoelde."

"Juist."

"Ben, wat ik wil dat je doet. Dit is geen CSO taak. Noch is het iets wat ik ooit van iemand anders dan jou zou kunnen vragen. Ik vertrouw je, Ben, en ik weet dat je dit niet licht op zult nemen."

"Alles, Mr. E. Ik ben u dat op zijn minst verschuldigd. Je hebt mijn woord. Zeg het, en het is gebeurd."

Er was een lange pauze, en Ben staarde naar de lift toen die klonk, openging, en een gezin uitstapte en om hem heen navigeerde.

"Ben, ze hebben mijn vrouw meegenomen. Wie hier ook achter zat, het was een berekende aanval. Op jou en je team, maar ook op mij. Het enige waar ik om geef is één ding."

Ben voelde zijn bloed afkoelen. Hij had nooit gedacht dat hij dit zou horen van Mr. E.

"Ik wil dat je ze vindt. En dan wil ik dat je ze doodt."

7:22 PM | **March 10, 2021**

Kent, Engeland

Ben vond de anderen rond de tafel, de drankjes al in de hand. Sarah had een frisdrank en Julie een thee, maar Reggie en Freddie hadden een fles bier voor zich staan, de condens begon van hun nek te druipen. Ben ging tegenover Reggie zitten en wenkte de ober. Hij bestelde nog een biertje, en vroeg om een menu.

"Alles in orde?" vroeg Julie, terwijl Ben ging zitten en het zich gemakkelijk probeerde te maken.

"Ja," zei hij. Hij wist niet of hij de anderen moest vertellen over zijn gesprek met meneer E, noch wilde hij zijn eigen onzekerheden en demonen waar hij mee worstelde ter sprake brengen - hij had een pauze nodig van zware gesprekken en het emotionele gewicht van de laatste paar dagen. Hij wist ook dat ze elk hun eigen problemen te verwerken hadden, dat ze elk te maken hadden met verschillende versies van hetzelfde: een lid van hun team was verdwenen, en ze waren nog steeds niet dichter bij het vinden van de verantwoordelijke persoon.

Als Tennyson daar was, zou Ben hem te pakken krijgen. Het probleem was, hij had geen idee waar te beginnen. En hij had deze opdracht gekregen van Mr. E, die het voor de rest van het team verborgen wilde houden.

"Gewoon een beetje tijd voor jezelf nodig?" vroeg Reggie.

Hij kon de spottende toon in de stem van de man horen, maar Ben negeerde het. Hij haalde zijn schouders op. "Ik probeer het allemaal te verwerken, denk ik."

Op de achtergrond stond een televisie aan, afgestemd op een van de nieuwszenders die vierentwintig uur per dag te ontvangen zijn. Op het scherm werden brede opnamen van het met ambulances overspoelde Campo de' Fiori afgewisseld door een nieuwslezer in een studio die voorlas uit een script. Ze droegen een bezorgde blik en in een callout-box boven hun hoofd was een grafiek te zien met het provocerende opschrift *A New Player in the Terrorism Game?*

Hij keek er een paar seconden naar en merkte op dat het dodental op vierenzestig stond, maar nog steeds opliep. De politie vermoedde vier verschillende schutters, maar er was iets verdachts aan de aanslag. Ben kon de stem van de verslaggever niet horen, maar iemand in de buurt van de televisie zette het beeld plotseling harder.

Twee andere gezichten voegden zich bij de verslaggever in de opname. Deze twee deskundigen beweerden dat de terreuraanslag anders was dan wat zij eerder hadden gezien. Terwijl zij spraken, hun stemmen schalden uit de blikkerige luidsprekers van de televisie, luisterden de anderen aan Ben's tafel mee.

De man links van de verslaggever was iets aan het uitleggen. *"Afgezien van het feit dat ze om een of andere zieke reden vlammenwerpers gebruikten, is het meestal zo dat wanneer een terrorist of schutter begint te schieten, de slachtoffers om hen heen een van de volgende twee reacties hebben: ze vluchten of ze storten in, te bang om te bewegen."*

"Maar wat zien we in deze specifieke aanval?" vroeg de verslaggever.

De vrouw aan de rechterkant van de verslaggever nam het woord. *"We hebben geen bewijs dat iemand wegrende toen ze door de vlammen werden geraakt. Slechts een paar van de slachtoffers op de piazza lijken met hun rug naar de aanvallers te hebben gestaan, maar ze lijken niet van hen weggelopen te zijn."*

"Zeer interessant," bevestigde de verslaggever. *"Dit bevestigt de eerste berichten van overlevenden dat iedereen op het plein 'bevroren op zijn plaats' was."*

"Maar hoe is dat mogelijk?" vroeg de eerste deskundige. *"Hoe kan iedereen bedwelmd worden tot onderwerping?"*

"Het heeft geen zin," zei de andere deskundige. *"Ik begrijp een paar mensen, maar allemaal? Niemand probeerde weg te lopen?"*

Voordat hij het antwoord van de verslaggever kon horen, kwam de ober terug met Ben's drankje en een menu, en Julie begon haar eigen spervuur van vragen.

Ben huiverde. Ziek *en verdraaid, dat is wat het is.*

"Waarom was Interpol bij het huis, Ben? Waarom niet de lokale politie? En wat wilde die vent van Interpol van je?"

"Ik weet het niet, ik weet het niet, en ik heb geen idee," zei Ben, alle vragen tegelijk beantwoordend. "Hij kwam op me af terwijl ik voor de deur stond. Er was geen manier om te weten dat het een freaking plaats delict was, maar ik weet zeker dat de lokale politie en rechercheurs de hele dag hebben rondgekropen en morgen terug zullen komen."

"Wat zei hij?" vroeg Sarah.

"Niets, eigenlijk. Hij heeft me niets verteld over de misdaad, of over wie er woonde. Hij leek me te wantrouwen, maar hij heeft me duidelijk niet gearresteerd."

"Dat betekent niet dat hij het niet zal doen," zei Reggie onder zijn adem.

Ben snauwde uiteindelijk. "Heb je een probleem met mij? Serieus, Reggie, niets van deze shit was mijn schuld. Niets van wat er de afgelopen dagen is gebeurd..."

"*Niets* was jouw schuld?" Zei Reggie, terwijl hij zijn stem verhief en met zijn handen op tafel sloeg, waardoor Sarah opsprong. "*Je* ging naar Zwitserland. *Je* vond Eliza, hielp haar. Dat was geen CSO missie. Dat was een missie *van jou*."

"Ik deed de inlichtingendienst voor die missie," zei Julie plotseling. "En Mr. E heeft het goedgekeurd voordat iemand de staat verliet. Dat is voor mij genoeg om het een CSO missie te laten zijn."

Sarah had haar hand op Reggie's biceps in een poging hem te kalmeren. "Reggie, laten we gewoon ontspannen. Er is geen reden..."

"Wat? Geen reden om ruzie te maken? Geen reden om hierover een discussie te hebben?"

"Klinkt niet als een echte discussie, man," zei Ben.

"Weet je wat jouw probleem is, Ben? Je bent zo verdomd bang dat je de verkeerde beslissing neemt, dat je de beslissing niet neemt. Je blijft zitten en maakt je zorgen tot het te laat is. Ik zeg alleen dat Ben ons in de problemen *heeft* gebracht met Tennyson. De man heeft al een keer geprobeerd om ons te vermoorden. Waarom denk je dat hij het niet weer gaat doen? Ik bedoel, hij doet het *al* weer. De explosie? Mevr. E?

Niemand zei een ogenblik iets. Ben wilde net van onderwerp

veranderen toen de ober kwam en hun bestelling opnam. Hij voelde zijn maag weer opspelen, de honger nam nu een centrale plaats in, en hij zwoer dat hij hem grondig zou vullen.

Na nog een minuut, Freddie sprak. "Omdat we dan al dood zouden zijn." Ze keken allemaal naar het nieuwste lid van hun team. Hij knikte. "Ja, denk er eens over na - we zouden al dood zijn, of niet? Als Tennyson ons wilde doden, waarom zou hij ons *dan* proberen op te blazen en ons dan helemaal hier uitnodigen?"

"Hij heeft *ons niet uitgenodigd*," zei Reggie. "Hij nodigde Ben uit. We wachten allemaal om bijkomende schade te zijn in wat de *volgende* explosie ook zal zijn."

"Hou op, man," zei Ben.

"Wat? Je zei het zelf - je geeft geen bevelen. Je mag dan de leider van dit team zijn, maar dat maakt je nog niet..."

"Jongens," zei Julie, haar stem kortaf. "Serieus? Jullie gedragen je als tieners."

"En Freddie heeft een punt," zei Sarah. Ben nam een slok van zijn bier, de heerlijke textuur maakte alles bijna goed. Hij voelde dat het hem voedde zodra het zijn lippen raakte. Het was ijskoud, een lokale ambachtelijke optie die hij nog nooit had gehad.

"Ik zeg alleen dat het vreemd is dat hij een truck stuurt om ons allemaal te laten ontploffen, en *dan* jou hier in Londen uitnodigt."

"Maar hij was er niet eens," zei Reggie. "Voor zover we weten, stuurt Tennyson ons gewoon de wereld over om met ons te rotzooien."

"Toch," zei Ben, terwijl hij het bierflesje weer van zijn lippen wegtrok. "Freddie heeft wel een punt dat de explosie niet chirurgisch is. Het is rommelig, bedoeld om zoveel mogelijk schade en vernieling - en dood - aan te richten. Waarom zou Tennyson dat doen, en mij dan hierheen roepen zonder er zelfs maar iets over te zeggen?"

Hij zag zijn telefoon die voor hem op de tafel lag oplichten. Hij had weer een e-mail gekregen. Hij had het gevoel dat het iets belangrijkers zou zijn dan spam of gewoon een update van zijn fantasie voetbal nieuwssite. De laatste tijd was het enige nieuws dat ze kregen slecht nieuws.

Ben overwoog het in zijn zak te steken en het later te controleren, maar hij merkte dat Julie en Sarah zijn scherm ook hadden zien oplichten. Geen van beide vrouwen zei iets, maar Ben wist dat ze zich hetzelfde afvroegen: *wat is er nu weer?*

"Oké," zei Reggie, terwijl hij een slok van zijn eigen bier nam. "Dus wat wil je zeggen, Bennett? Dat het niet Tennyson was die de bommenwerper stuurde?"

Sarah draaide zich om en richtte zich tot Ben. "Ben, toen je in Zwitserland was, heb je toen Tennyson's kleindochter gezien?

"Ja," zei Ben, knikkend. "Ze was de jongere zus van Lars Tennyson, de man die het onderzoeksteam van de dochteronderneming van EKG in Grindelwald leidde. Het meisje lag in principe aan de beademing, maar Lars dacht dat hij haar in leven kon houden en uiteindelijk genezen."

Sarah zit verstijfd in haar stoel. "Dat is ziekelijk. Ze was nog maar een kind."

Ben herinnerde zich de scène: het kleine, frêle meisje, niet ouder dan een tiener, liggend in de slaapkamer in het laboratorium. De hele ruimte was tot in het kleinste detail verbouwd om precies te lijken op het ouderlijk huis van het meisje. Toen hij en Eliza haar hadden gevonden waren ze stomverbaasd en geschokt geweest, maar het had hen ook naar het laatste stukje van de puzzel geleid, en uiteindelijk naar hun succes in Zwitserland.

Maar het was het soort succes dat het gevoel van nederlaag met zich meebracht. Het soort overwinning dat soms erger aanvoelde dan een verlies. Hij dacht terug aan het gezicht van de wetenschapper toen de apen hem te pakken kregen...

"Tennyson is nog steeds boos over wat we zijn kleinzoon Lars hebben aangedaan,' zei Ben. "Hij neemt wraak."

"Dat weten we niet zeker," zei Julie. "Hij zou..."

"Nee, Ben heeft gelijk," zei Reggie. "Tennyson zei dat in dat artikel dat hij vond. Weet je nog? Hij zal tot het einde van de wereld gaan om ons van de aardbodem weg te vagen. En hij heeft de middelen om het te doen."

"Dus we zijn op de vlucht voor een geest. Een man die niet eens zijn gezicht wil laten zien?"

CHAPTER 37

BEN

7:28 PM | **March 10, 2021**

Kent, Engeland

De ober kwam terug met het eten - dampende stapels calamares, gefrituurd en goudbruin, met een rode ring van marinara saus in het midden van het bord. Drie porties vis en friet gingen rond de tafel, Sarah's en Ben's ogen werden groot toen ze de grootte van de porties zagen. Freddie, die de derde had besteld, leek helemaal niet geschrokken van de portiegrootte. De ober vertrok nadat hij Reggie's en Julie's salades voor hen had neergezet.

Terwijl iedereen begon te eten, keek Ben nog eens op zijn telefoon. Hij opende hem en vond de e-mail die was binnengekomen hij klikte door en zag de eerste regel, de onderwerpregel en de afzender.

Zijn hart sloeg een slag over.

"Wat is er?" vroeg Julie.

"Het is weer van Tennyson," zei Ben.

"Wat? Echt? Lees het."

Ben knikte, pakte een stuk calamari en stopte het in zijn mond.

Hij kauwde, leunde toen over de tafel en begon het bericht te lezen. "Het heeft een vreemde onderwerpregel," begon Ben. "*De dieven zijn in Parijs...*"

"Dat is net zo cryptisch als zijn eerste e-mail," zei Sarah. "Maar ga verder. Wat staat er in de eigenlijke e-mail?"

"'*Echt waar! Het lijkt erop dat je mijn boodschap hebt gekregen. Helaas, dank u dat u op zo'n tijdige manier op mijn verzoek bent ingegaan; laat het waar zijn dat we inderdaad goed zullen samenwerken.*"

"Zullen we goed samenwerken?" vroeg Reggie. "Wat moet dat in godsnaam betekenen? En waarom is het zo... vreemd geschreven?"

Ben haalde zijn schouders op en schudde zijn hoofd, maar las verder. "*Op die nota, hoor dit: Ik heb een baan voor je. Dit is gerelateerd aan het werk dat je al doet. Er is een bepaald zwaard dat zijn weg wil vinden naar mijn collectie.*"

"Een *zwaard?*"

"Zoals die boven Eliza's hoofd hangt terwijl we spreken," mompelde Ben. Hij voelde zich plotseling schuldig, hij had plotseling het gevoel dat ze niet hadden moeten stoppen om te eten of te rusten, dat ze door hadden moeten gaan en haar hadden moeten proberen te vinden voor het te laat was. Maar hoe moesten ze dat doen? Hoe zouden ze één individu moeten vinden in één specifieke kamer ergens op de wereld? Zij hadden eenvoudig geen aanwijzingen, geen aanknopingspunten.

Hij haatte het toe te geven, maar hij was volledig overgeleverd aan de genade van Tennyson.

"Ga door," zei Julie. "We moeten dit horen."

Ben scrolde naar beneden. "Er is een vrij groot gat tussen dat bovenste gedeelte en dit volgende, maar het is anders geschreven.

Meer normaal, denk ik. *'Dit zwaard is een exacte kopie van het zwaard dat boven het hoofd van je vriend hangt.'"* Bens mond voelde plotseling droog aan, maar hij negeerde het en ging door. *"'Ik zou het ook heel graag willen hebben. Aangezien je al hebt gezien hoe serieus ik ben, weet ik dat je dit niet licht op zult vatten. Beschouw het als een uitwisseling van geschenken: het zwaard voor Eliza.*

"'Alle aanwijzingen die je nodig hebt zitten in de inhoud van deze e-mail."

"Aanwijzingen?" Vroeg Julie. "Wil hij dat we op een speurtocht gaan?"

Ben haalde zijn schouders op. "Ja, dat is wat er staat. Verbatim."

"Het zwaard... voor Eliza?" vroeg Reggie, spottend. "Dat is toch absurd. Hij verwacht dat wij een zwaard voor hem zoeken? En het dan zomaar overhandigen? Hij laat Eliza echt niet gaan. Ze is zo goed als dood."

"Ze is *niet* dood," zei Julie. "Ze leeft, en ze is daar ergens. Wachtend op ons. Tennyson speelt met ons, en hij speelt een heel serieus spel - maar hij verzint niets. Als hij zegt dat er ergens een zwaard is, dan is het iets dat we kunnen vinden."

"Je overweegt dit toch niet echt?" vroeg Freddie. Hij keek de tafel rond. "Ik bedoel, dat *doen* we toch niet zomaar? De CSO wordt verondersteld dit soort dingen te vinden en aan *musea te geven*, niet seriemoordenaars met een flair voor puzzels die ons losgeld geven."

Iedereen keek naar Freddy, met een enorm stuk kabeljauw in zijn hand. Hij nam een gigantische hap, kauwde erop en slikte toen door. "Wat?"

"We doen wat we moeten doen," zei Reggie. "Soms zijn er consequenties."

Freddie knikte en keek toen weer naar zijn mand met vis.

"Is dat het?" vroeg Julie. "De e-mail. Is er nog meer?"

Ben knikte. 'Ja, nog één alinea. *De klus waar ik je hulp bij nodig heb, lijkt nogal op de missies die jij en je team uitvoeren. De jouwe is een bewonderenswaardige kleine inspanning, maar ik vind het niet nodig dat er twee nauw verwante groepen als de onze bestaan. Ik heb mijn eigen team opgericht, dus er zal geen behoefte meer zijn aan die van jullie. Ik hoop dat jij, Harvey, in plaats daarvan met mij wilt samenwerken.*

Julie schoot in de lach. "Dat kan hij niet menen. Hij wil dat je met hem werkt? Voor hem? Hij is gestoord."

"Je hebt gelijk - hij speelt een spel. Maar laat me eerst het lezen afmaken. Er is nog één regel." Ben schraapte zijn keel, en keek toen naar de anderen rond de tafel. "*Ik stuur een team naar u toe om u te overtuigen van mijn bedoelingen.*

"Dat klinkt... sinister," zei Reggie. "Wat heeft dat te betekenen? Hoe wil hij overhalen -"

De glazen wand die het restaurant scheidde van de rest van de hotellobby achter Ben explodeerde plotseling naar binnen. Geweerschoten en glas vulden de lucht en mensen begonnen te schreeuwen en op de grond te vallen.

7:35 PM | **March 10, 2021**

Kent, Engeland

Voor hem, liet hun ober een heel dienblad met eten vallen. Het viel op de grond en viel in een miljoen stukjes naar buiten. Ben merkte toen pas op dat de ober een groeiende kastanjebruine vlek op zijn witte overhemd had. Hij had een geschokte blik op zijn gezicht terwijl hij een ogenblik heen en weer strompelde. Hij keek Ben recht aan en viel toen op de grond.

Ben was al in beweging. Hij viel op de grond op hetzelfde moment als de dode jonge ober, en kroop toen onder de tafel. De anderen deden hetzelfde, Reggie en Sarah zochten een plekje onder een tafeltje vlakbij.

"Reggie!" riep Ben. "Heb je die geweren waar je naar op zoek was?"

"Ik haal ze morgen op."

"Had ze nu goed kunnen gebruiken, vermoed ik," zei Ben tegen zichzelf.

Hij keek om zich heen en zag andere hectische klanten zich

naar kraampjes en tafels begeven om zich achter te verschuilen. Een vrouw schreeuwde luid over haar zoon, maar Ben kon haar van hieruit niet zien. Hij wist niet waar de schutter was, hij wist niet of ze het restaurant waren binnengegaan of nog steeds in de lobby van het hotel stonden en daar schoten afvuurden. Hoe dan ook, Ben wist dat ze weg moesten. Hier stonden ze met hun rug tegen de muur.

"Net als op de dag dat we elkaar ontmoetten," zei Freddie tegen Ben, terwijl hij terugdacht aan de gebeurtenis vlak voor hun Antarctica-reis. Russische schutters waren de lobby van hun hotel binnengelopen en begonnen op hen te schieten, en doodden daarbij eters en hotelpersoneel. Het CSO-team had hen toen gedood, maar Ben wilde zijn geluk geen tweede keer beproeven.

Het leek er echter niet op dat hij een keus zou hebben. Hij keek naar de ruimte net voorbij de voeten van de dode ober en zag een paar benen het restaurant binnenstappen. Militaire gevechts-laarzen, zwarte cargo broek. Hij hoefde het bovenlichaam van de man niet te zien om te weten dat dit de schutter was.

Hij bracht zijn vinger naar zijn lippen en wees toen naar de man. Freddie keek al in die richting, en hij knikte. Hij draaide zich naar Ben en fluisterde: "Ik ren naar de andere kant van het restau-rant, trek zijn vuur die kant op. Als ik dat doe, haal hem dan neer."

Ben keek toe hoe Freddie stilletjes met zijn vingers getallen aftelde. Toen hij bij drie uitgestrekte vingers was aangekomen, schoot hij plotseling naar rechts en rende, half gehurkt, in de rich-ting van de overkant van het restaurant. Ben zag de laarzen omdraaien toen de man Freddie hoorde bewegen. Ben dook naar voren en kwam onder de tafel vandaan. Er was ongeveer tien voet ruimte tussen hem en de schutters, en hij sloot die in twee seconden.

Hij stond op zijn volle lengte, sprong de laatste stap naar voren en bracht zijn armen omhoog en omsloot de man net toen deze zijn geweer ophief om opnieuw te vuren. Ben stapelde de man op en omsloot hem, beiden vielen zijwaarts maar niet op de grond. De man liet het pistool vallen toen hij zijn evenwicht probeerde te bewaren, maar hij viel achterover tegen de bar en een barkruk. Ben liet hem toen los, maar trok zijn arm terug en bracht die naar het gezicht van de man, waardoor zijn neus werd verbrijzeld. De man reageerde niet met enig hoorbaar geluid, maar hij bracht zijn eigen vuist in de rondte en sloeg die in Bens rug.

Ben hapte naar lucht toen de klap op zijn nier aankwam. Het voelde alsof de man hem met een voorhamer had geslagen, en Ben kromp onwillekeurig ineen van de pijn. Hij hoorde nog drie schoten, twee van links en een van rechts, en besefte toen pas dat de schutter met wie hij het aan de stok had, niet de enige was.

Hij draaide zich om en zag het afgeworpen pistool van de eerste man liggen tussen hem en de tafel waar hij zich net onder had verstopt, en hij begon er naar toe te lopen. De man achter hem spuwde een hoop bloed op de vloer en greep toen Ben's shirt van achteren vast. Ben voelde dat hij achteruit werd getrokken, maar hij drukte zich naar voren en probeerde weg te komen. Hij voelde zijn shirt scheuren en met een laatste ruk kwam het helemaal los. Hij was vrij.

Ben greep het wapen en rolde zich in één beweging om en weer op zijn voeten. Hij voelde de kloppende pijn van waar de man hem had geslagen, maar het was verre van een wond. Hij ademde zwaar, maar dat mocht hem er niet van weerhouden terug te vechten.

De schutter kwam op Ben af met een stuk van zijn shirt nog in zijn hand. Ben schoot drie kogels af met zijn eigen wapen en liet hem op de grond vallen.

Hij draaide zich net op tijd om om de tweede schutter die was binnengekomen nog een schot te zien lossen op de tafels links van Ben.

Het was de tafel waar Julie en Sarah onder zaten.

7:36 PM | **March 10, 2021**

Kent, Engeland

Reggie had er ook moeten zijn, en Ben wist eerst niet waar de man was. Hij stond op het punt te schieten toen hij Reggie achter de man zag staan, een brandblusser boven zijn hoofd geheven. *Verdomme*, dacht Ben. *Hoe was hij daar zo snel gekomen?*

Om niet per ongeluk te missen en Reggie te raken, trok Ben in plaats daarvan het pistool naar rechts en begon te richten op de derde schutter. Terwijl hij dat deed, merkte hij dat Freddie er al was, op hem af rennend en met het doel hem op de grond te krijgen, net als Ben had gedaan. De man kon niet zien waar Freddie vandaan kwam, en was verrast toen de enorme beer van een man hem in de zij raakte en samen vlogen ze door de lucht en landden op een andere tafel.

De vrouw die over haar zoon schreeuwde, stond achter deze tafel, en werd er bijna door uitgeschakeld toen de twee mannen erop vlogen. Ze werd wonderbaarlijk gemist door de hoek van de wiebelende tafel toen die langs haar gleed, maar haar geschreeuw hervatte zodra ze zich realiseerde dat ze niet dood was.

Ben keek naar Julie en Sarah. "Ga weg! Nu!"

Julie en Sarah stonden allebei op en renden naar de uitgang, net toen Reggie de brandblusser op het hoofd van zijn doelwit liet neerkomen. De man verstijfde en viel op zijn knieën. Zijn mond bewoog een beetje, maar hij zweeg.

"Laten we gaan! Kom op!" schreeuwde Reggie, terwijl hij de brandblusser opzij gooide en op de harde tegelvloer liet kletteren voordat hij achter de bar wegrolde. Ben liep naar de uitgang, hopend dat Freddie in orde zou zijn. Hij hoefde niet lang te wachten - toen hij bij de deur kwam, zag hij Freddie naar hem toe rennen, met zijn hoofd omhoog en voorover gebogen als een linebacker.

"Bennett -" Freddie schreeuwde. "We moeten die kerels doden! We moeten ze uitschakelen en ervoor zorgen dat ze niet -"

Ben schudde zijn hoofd. "Nee, we hebben geen tijd. En we willen niet dat iemand denkt dat dit iets anders was dan zelfverdediging."

Freddie ging niet in discussie, maar Ben zag wel een dreigende blik in Reggie's ogen toen hij passeerde.

Zijn hart bonsde, de adrenaline die in zijn systeem werd gepompt schoot omhoog. Hij haalde een paar keer diep adem, en keek Julie aan terwijl hij dat deed.

"Iedereen in orde?" riep iemand. Ben keek om en zag de verwoede, geschrokken uitdrukkingen op de gezichten van drie hotelmedewerkers, gehurkt achter de balie van de lobby. Een oudere man, die een zwart vest droeg met een manager's tag erop, keek naar Ben. "Zijn jullie in orde?"

Ben knikte. "Ja, bedankt. Twee van hen leven nog, maar zijn bewusteloos. Als je de politie nog niet gebeld hebt, doe het dan."

"Al gedaan," zei de manager. "Waarom hebben ze..."

"Geen idee," zei Ben. "Gewoon een paar gekken, denk ik."

De oude man bevroor plotseling en knipperde een paar keer met zijn ogen, alsof de schok van dit alles hem net had overvallen. Hij draaide zich langzaam om en liep terug naar de balie om zijn werknemers opnieuw te controleren.

De schreeuwende vrouw van binnen was eindelijk gestopt, maar Ben kon gehuil en gejammer van pijn van binnenuit horen. Hij wist dat de schutter op zijn minst de ober had neergeschoten, maar hij kon niet tellen hoeveel anderen dood of gewond waren. *Onschuldige levens,* dacht hij. *Onnodige verspilling.*

En de waarheid was niet verloren voor Ben. Iemand had ze hierheen gestuurd om hem te vermoorden. Tennyson?

"Ze waren hier niet om je te doden," zei Reggie. "Dat weet je, toch?"

Ben draaide zich naar zijn vriend. "Waar heb je het over?" Vroeg Ben.

"Herinner je je de e-mail, Ben?"

Ben herinnerde zich de e-mail, maar hij had er niet aan gedacht dat het misschien letterlijk was.

"Tennyson zei dat hij een team stuurde om je te 'overtuigen', Ben. Om je over te halen voor hem te werken. Maar hij stuurde *ook* een team om *ons* te vermoorden. Om je team uit te schakelen en je opties uit te schakelen."

"Ze waren hier voor jou," zei Ben zacht.

"Dat waren ze. En ze zijn daarbinnen, nog steeds in leven. Waarschijnlijk worden ze nu wakker en vragen ze zich af waar we zijn. Freddie heeft gelijk. We moeten ze doden. We moeten er zeker van zijn dat het voorbij is."

"Het zal niet voorbij zijn met alleen hen!" schreeuwde Ben. Het was niet zijn bedoeling geweest zijn stem te verheffen, maar zijn emotionele toestand bereikte snel die gevaarlijke en brandbare mix van woede, frustratie, verwarring en doodsbang zijn. "Het gaat hier niet eindigen, Reggie. Drie kerels? Denk je dat dat alles is wat hij tot zijn beschikking heeft? Hij kan een heel leger van huurlingen sturen als hij wil. Hij probeert ons één voor één uit te schakelen, ons bang te maken en te laten vluchten, tot ik als enige over ben.

"Het werkt," zei Julie.

"Dus we moeten ze doden," zei Reggie weer. "Er is geen andere optie."

"Reggie, denk erover na," zei Ben. "*Dat kunnen* we niet. Hoe zal het eruitzien als we daar weer naar binnen lopen en een kogel door hun hoofd jagen, voor de ogen van al die onschuldige omstanders die *ook* proberen te herstellen van het trauma dat ze net hebben meegemaakt? De politie zal hier zijn, wat betekent dat *Interpol* niet ver achter zal zijn. Ze verdenken me al, dus we hebben geen keus. We moeten vertrekken."

Reggie leek iets anders te willen zeggen, maar hield zichzelf toen tegen. Ben was daar dankbaar voor; hij wilde geen ruzie meer maken. Hij wilde geen ruzie maken.

Helaas, Tennyson had het gevecht naar hen gebracht, en vechten was precies wat ze zouden moeten doen.

7:36 PM | March 10, 2021

Chelsea, Londen, Engeland

"Dat was alles? Is er niets anders dat je nodig hebt?" Galbraith vervloekte zichzelf stilletjes; het was niet zijn bedoeling om verontrust te klinken.

Er was een pauze, en een gekraak toen de stem terugkwam op de lijn. De gedigitaliseerde golfvorm werd door minstens een dozijn verschillende netwerken over de hele wereld gestuurd, en dan gecodeerd, gecomprimeerd, opnieuw gecodeerd, en weer ongecomprimeerd, allemaal voordat het via de telefoon weer in zijn oor werd gepompt, dus het was bijna onmogelijk om het duidelijk te verstaan zonder veel aandacht.

"Natuurlijk is er meer," zei de man van De Faction. *"Er is altijd meer. Dat is het werk, Galbraith."*

Galbraith slikte, en knikte toen snel. Hij knipperde een paar keer met zijn ogen, zijn geluk nog steeds niet gelovend. *Er is nog werk te doen,* dacht hij. *Nog steeds werk voor mij om te doen.* Hij kan zijn nut nog bewijzen.

Hij kon zijn waarde nog bewijzen. De Faction was een organisatie waar hij nog maar pas lid van was, maar hij kon nu al een doel dienen.

"Sorry," zei hij. "Ja, natuurlijk. Ik wilde alleen vragen of je nog meer van me nodig hebt. Voor deze missie."

"Overijverigheid is de oorzaak van menig ondergang, Galbraith."

Galbraith knikte weer. *Maar dit is zo opwindend,* dacht hij. *Dit is zoveel beter dan mijn* eigenlijke *baan.* "Natuurlijk, ik sta tot uw dienst."

"Jullie staan ten dienste van de Faction, niet meer en niet minder.

Er was weer een pauze, en Galbraith vroeg zich af of hij moest spreken. Voordat hij dat kon, keerde de stem terug.

"We willen dat je hem volgt."

"Bedoel je Harvey -"

"Niet over de telefoon, Galbraith. Geen namen. Maar ja, we willen dat je hem blijft volgen, en hem oppakt als je kunt. Gebruik alle middelen die Interpol tot hun beschikking heeft. Hij moet van het speelveld verwijderd worden."

Galbraith knikte nogmaals, en bevestigde toen. "Ja, natuurlijk. Het zal gedaan worden."

Zijn gedachten raasden al door de mogelijkheden. Hoe kon hij het doen? Wat kon hij gebruiken om een Amerikaanse burger binnen te brengen? Zou hij de man kunnen aanhouden, hem op een of andere beschuldiging kunnen vastzetten? Zou hij hem in de gevangenis kunnen laten gooien?

Terwijl hij luisterde naar meer instructies van zijn contactpersoon bij The Faction, scande hij het driedubbelbrede gebogen monitorscherm dat voor hem zat. Anders dan op kantoor, waar

Interpol hem had voorzien van de meest eenvoudige en kosteneffectieve machines en monitoren, had Galbraith zich thuis uitgesloofd aan de beste monitor en gaming-CPU uit de industrie, evenals aan toeters en bellen zoals een mechanisch ergonomisch toetsenbord en muis, een verhoogd monitorplatform en een watergekoeld chassis. Hij had een paar rollenspellen geïnstalleerd op de monstermachine, met het plan om goed te worden in de nieuwste en beste first-person shooters, maar hij vond zelden nog de tijd om te spelen.

Afgezien daarvan maakte de machine snel werk van alle onderzoekstaken of van het echte werk dat hij thuis moest doen.

Hij scande de koppen en zijn aandacht ging naar het scherm rechts, waar een transcriptie van de plaatselijke politiescanners in omgekeerd-chronologische volgorde over de pagina stroomde.

"De twee groepen zitten elkaar naar de keel," ging de stem verder. *"We zijn niet zeker van de details, maar het lijkt erop dat hun vete te maken heeft met wraak. Nogmaals, ik herinner u eraan zoals ik mijzelf eraan herinner - overijverigheid is de oorzaak geweest van vele ondergang, net zoals het de hunne is geweest. Uw rol is om de onrust te vergroten die beide partijen ervaren, maar uiteindelijk is het uw taak om ze uit het spel te halen. Begrijp je dat?"*

"Ik... wel," Galbraith slikte toen hij sprak, en de woorden kwamen er stotterend uit. "Dat doe ik," zei hij opnieuw, de tijd nemend om zijn keel te schrapen. Zijn ogen sprongen over twee transcripties op de rechter monitor, zijn geest niet volledig in staat om de codering te begrijpen. Het was iets wat hij nog nooit live had gezien. Hij probeerde zich de lijst met politiecodes van het Londense politiebureau voor de geest te halen die hij jaren geleden uit zijn hoofd had geleerd, maar misschien zou hij die later moeten opzoeken. Het was genoeg dat zijn geest een leegte trok en toch zijn aandacht erop vestigde - dat betekende dat ze belangrijk waren.

Het betekende dat er iets gebeurde.

"Is er nog iets anders dat je nodig hebt van de Faction op dit moment, Galbraith?"

Hij schudde zijn hoofd en dwong zijn geest helder te krijgen. "Is... is er een deadline voor deze fase van mijn project?"

"Ja," antwoordde de stem. *"De jouwe is morgenavond. We moeten minstens een van de groepen volledig uit beeld hebben, zo niet allebei. We begrijpen dat er onvoorziene variabelen in het spel zijn, dus als jullie falen, hebben we een noodplan klaarliggen."*

"Ik begrijp het, meneer."

"Geen behoefte aan formaliteiten, Galbraith. Wij waarderen uw dienst aan de Faction tot nu toe, en ik kijk uit naar uw verdere inzet. U krijgt een nieuw nummer voor noodgevallen. Beschouw dit als de laatste communicatie met deze actie tot u weer nodig bent.

Galbraith knikte, en realiseerde zich plotseling wat de code op het scherm betekende. Hij keek er nog eens naar en begreep het nu volledig. *Oh, mijn God.*

Er was inderdaad iets aan de hand. En hij twijfelde er niet aan dat het juist de partijen betrof die hij moest arresteren.

"Dank u," zei hij. "Dat zal perfect zijn. Het blijkt dat er zich een plan ontvouwt voor mijn ogen. Het lijkt erop dat de groepen plotseling in hun eigen val zijn gelopen."

"Heel goed, Galbraith. Ik wacht met spanning op de voltooiing van je taak."

Zonder aarzeling verbrak het gesprek en Galbraith hoorde de doodse stilte aan de andere kant van de lijn. Hij trok de telefoon naar beneden en legde hem op het bureau voor hem. Hij begon snel te ademen en werd met de seconde opgewondener. Meer transcripten kwamen binnen om zijn hypothese te bevestigen. *Blanke Amerikaanse man, blanke Amerikaanse vrouw, nog meer onopvallende personen* - meer politieradio's kwamen tot leven in Londen terwijl het incident zich ontvouwde. Hij las de transcripties door, zag het epicentrum in zijn geest, zag wat er gebeurde en wist dat deze fase net gemakkelijker was geworden.

Hij duwde zich terug van het bureau en stond op, rekte zich snel uit voordat hij zijn overjas pakte en naar de voordeur liep.

19:40 **uur: 10 maart 2021**
Kent, Engeland

Ben en de anderen liepen het hotel uit net toen de politieauto's de plaats van het ongeluk naderden. Hij hoorde de sirenes van een ambulance in de verte, die waarschijnlijk meekwam om zich op het ergste voor te bereiden. Het was donker buiten, maar er waren een miljoen lichten die alles om hen heen verlichtten, alles badend in daglicht-heldere kleuren. Hij wenste dat hij kon blijven om vragen te beantwoorden, om de politie te helpen met het onderzoek en ervoor te zorgen dat iedereen binnen werd verantwoord en de juiste medische hulp kreeg, maar hij wist dat het een slecht idee was. Wat hij Reggie had verteld was waar; ze hadden geen tijd te verliezen.

De anderen liepen achter hem het hotel uit, gevolgd door de man met het vest. Het was de manager van dienst, en kwam waarschijnlijk naar buiten om de agenten uit te zwaaien als ze aankwamen.

"Wat gaan we doen?" Vroeg Reggie.

"Proberen ervoor te zorgen dat er niet meer -"

Ben onderbrak zichzelf toen hij precies zag waar hij bang voor was geweest: een busje, ongemarkeerd en zonder ramen, geparkeerd aan de overkant van de straat en een straat verder. Terwijl hij ernaar staarde, begon het te bewegen, in hun richting.

"We moeten gaan," zei Ben. "We moeten gaan, nu!"

"Ben," zei Julie, terwijl ze naast hem kwam staan. "Wat is het probleem? Wat is er?"

Ben begon naar een van de geparkeerde auto's voor het hotel te lopen. Er waren vier parallelle parkeerplaatsen, en elke parkeerplaats had een meter op de stoep ernaast. Eén plaats was leeg, maar de plaats die zich het dichtst bij de voordeur van het hotel bevond, was zojuist ingenomen door een splinternieuwe luxe SUV. De eigenaar van het voertuig stapte uit, duidelijk totaal niet op de hoogte van wat zich zojuist in het hotel had afgespeeld, en Ben liep erheen en wuifde hem uit.

"Ben, je wordt gek," hoorde hij Reggie roepen. "Rustig aan, laten we dit uitzoeken."

Ben negeerde hem, en concentreerde zich alleen op het krijgen van de aandacht van de eigenaar van de auto.

"Excuseer me, meneer?" vroeg Ben. De man draaide zich om en keek Ben aan, gaf hem een blik en droeg plotseling een uitdrukking die in de ogen van Ben op afschuw leek. Blijkbaar had deze man meer geld dan hij en wilde hij dat hij dat wist.

Ben had geen geduld voor houding, zeker nu niet. "Meneer," zei hij, terwijl hij naar de man toe stapte. "Ik wil u om een gunst vragen."

De man maakte een ophef over het controleren van zijn onvermijdelijk dure horloge. "Ik ben laat, en ik zal niet langer dan een minuut geparkeerd staan."

"Eigenlijk, gaat het over je auto. Ik vroeg me af of...

Ben stopte. Hij had het busje gevolgd terwijl hij met de chauffeur praatte, en hij zag het links van hem naderen.

Een van de paneeldeuren begon open te schuiven. *Nee,* dacht hij. *Dit is niet goed.* Hij draaide zich om en riep naar de anderen.

"Jongens! Bukken!"

Ze staarden hem allemaal aan, zonder aandacht te besteden aan het busje. Hij wees ernaar en begon de woorden te vormen die zijn volgende zin zouden vormen.

Voordat hij iets kon zeggen, begonnen de twee mannen in het busje het vuur te openen. Kleine semiautomatische geweren begonnen het trottoir en de trappen van het hotel te besmeuren.

Freddie had gezien waar Ben zich zo druk over maakte, en hij duwde de anderen al opzij, mikkend op een van de geparkeerde auto's op de plaatsen aan de andere kant van de ingang van het hotel. Het schieten stopte even terwijl de mannen herlaadden, maar seconden later begon het weer.

Er klonk geschreeuw van ergens verderop in de straat en tegenover het hotel, en Ben zag de man die uit de auto naast hen was gestapt ineenkrimpen van angst. Ben hurkte naast de rijke man neer en draaide zich om, om er zeker van te zijn dat de anderen veilig waren. De schoten sprongen links en rechts en bestreken de hele voorkant van het hotel, waarbij Freddie ternauwernood werd gemist toen hij dekking zocht achter een van de geparkeerde auto's, zodat die zich tussen hem en de schutters bevond. De anderen zaten met hun rug naar Freddie toe op elkaar gestapeld achter de auto, zittend op de stoeprand.

En toen zag Ben de manager van het hotel, de oudere man met

het vest. Hij lag op de grond, zijn ogen priemend door Ben heen, een grote plas bloed groeide onder hem vandaan op de stoep. *Dood.*

"Verdorie," zei Ben. Hij draaide zich terug naar de rijke man die uit de SUV was gestapt en pakte zijn schouder vast. "Ik heb je auto nodig."

"Wat -" sputterde de man.

"Ik heb je auto nodig. En ik vraag het niet." Ben duwde hem achteruit tot zijn rug de zijkant van de SUV raakte en hij een kreet van verbazing slaakte. Hij greep naar de hand van de man, waar hij een paar seconden eerder de sleutels had gezien. De man hield ze stevig vast, wilde ze niet loslaten.

"Meneer, ik verzeker u dat ik het zal teruggeven. Ik wil alleen...

De man sloeg met zijn vuist naar Ben's gezicht. Het was een zwakke stoot, maar het verraste Ben. Hij liet de schouder van de man los en sprong achteruit de stoep op. Hij zag het busje aan de overkant van de straat stoppen en de twee mannen van binnenuit uitstappen. Beiden hielden de machinepistolen nog vast.

Shit, dacht hij. *Ze komen voor ons.*

Ben corrigeerde zichzelf onmiddellijk. *Nee, ze komen voor* hen.

Hij keek naar Freddie en de anderen en sloeg zijn handen voor zijn mond. "Freddie, we moeten hier weg! Kijk - het busje!"

Hij zag Freddie omhoog en over de achterkant van de auto gluren, net toen de eerste schutter het vuur opnieuw opende. Kogels suisden over het oppervlak van de auto en door het glas, splinters ervan scheurden af en vielen op de straat. Freddie dook weer naar beneden.

Ben wendde zich tot de rijke man. "Ik heb hier geen tijd voor. Geef me je sleutels." Ben stapte naar voren en hief zijn vuist op, maar de man voldeed al, een trillende hand bood Ben de sleutels van zijn SUV aan. Ben nam ze aan en sprong voorin het voertuig in de bestuurdersstoel, terwijl hij onderweg alle deuren opende.

Hij stak de sleutel in het contact en gaf gas zonder zijn gordel om te doen.

7:42 PM | **March 10, 2021**
Kent, Engeland

Twee politiewagens raasden op hem af, recht op het hotel af. Ze namen snel afstand, maar Ben trok het stuur hard naar rechts en zwenkte over beide rijbanen van de straat en richtte zich op de twee schutters, die nog steeds langzaam over de weg liepen. Beide mannen hadden hun wapens omhoog en naderden de auto waarachter zijn team zich verschool vanuit twee verschillende richtingen.

Ben mikte op de eerste en trapte het gaspedaal harder in. De auto gierde en piepte, maar versnelde en ramde de man, waardoor hij vloog. Hij draaide zich in de lucht en sloeg de andere schutter neer en uit de weg.

"Nou, dat werkte beter dan ik dacht,' zei Ben tegen zichzelf. Hij trapte op de rem en riep door de open deur naar Freddie en de anderen. "Stap in!"

Maar ze hadden de hele vertoning gezien, en waren al in beweging. Ze sprongen in de open achterdeur van het voertuig,

Freddie duwde ze er gemakkelijk allemaal in terwijl hij als laatste instapte. Ben wachtte tot de eerste voet van de man in de deur stond en begon toen weer. Hij negeerde de anderen die zich probeerden te installeren en keek recht vooruit.

Hij richtte de auto op dezelfde man die hij zojuist had geraakt en stuurde de rechter voorband over zijn hoofd. De auto sprong een meter de lucht in en wankelde op zijn kant toen hij over de schutter heen stuiterde, maar Ben dacht er niet aan om langzamer te gaan rijden.

De tweede man, degene die door de eerste schutter was neergeslagen, was bijgekomen en begon weg te kruipen en werd ternauwernood niet verpletterd onder de SUV toen Ben naar hem toe zwenkte.

"Kom terug," zei Reggie. "Neem hem ook mee."

Ben schudde zijn hoofd. "Nee, geen tijd. De politie is hier, en ze hebben me net iemands hoofd uit elkaar zien spatten met een gestolen voertuig."

"Ik denk dat ze het zouden begrijpen als -"

"Hou je kop!" schreeuwde Ben. Hij hield zijn ogen op de weg gericht, versnelde en ontweek andere voertuigen, maar hij richtte zijn stem op Reggie, die over de middenconsole was geklommen en op de voorstoel naast hem was beland. "Ik heb genoeg van je onzin, Reggie. We *zijn* een team, maar ik leid het. Ik wilde niet dat we in de problemen kwamen, maar ik heb je hulp nodig om eruit te komen. We werken samen aan dit of we werken helemaal niet? Begrepen?

Niemand sprak. Ben hoorde het omgespen van de veiligheidsgordels en hij trok de snelle rijstrook op, in de richting van de snelweg. Hij had nog maar een paar keer aan de linkerkant van de weg gereden, en hij hoopte dat hij er snel genoeg aan zou kunnen wennen. Hij navigeerde aan de hand van de borden die de weg naar de snelweg aangaven, en vond uiteindelijk een grotere weg die naar een oprit leek te leiden. Toen hij de snelweg naderde, zag hij in zijn achteruitkijkspiegel een politieauto.

"Verdomme," mompelde hij. "De politie zit achter ons aan. Een van hen moet zich afgesplitst hebben van het hotel na mijn capriolen daar."

"We kunnen niet eeuwig voor ze vluchten," zei Julie. "Kunnen we ze kwijt raken?"

Ben schudde zijn hoofd. "Niet in een compleet vreemd land. Ik ken de weg niet goed genoeg. Tenzij we geluk hebben, kunnen we hem niet afschudden door alleen maar rond te rijden."

Hij trapte het pedaal op de grond toen hij de snelweg opreed en de SUV met hoog vermogen vertrok als een raket. Hij ontweek andere voertuigen op de tweebaansweg en kon een behoorlijke afstand bewaren tussen hem en de politieagent die hem achtervolgde. Hij wist dat ze niet zouden opgeven, en dat als ze zonder benzine zouden komen te zitten, ze gewoon om meer versterking zouden vragen. Uiteindelijk zouden ze wegversperringen plaatsen en hen dwingen te stoppen.

Zo reden ze een kwartier lang, waarbij Ben voortdurend in de achteruitkijkspiegel keek om te zien of hun staart was verdwenen. Hoewel de agent hen nog niet had achtervolgd met hun lichten aan, hadden ze de achtervolging ook nog niet opgegeven. Ben nam aan dat dat betekende dat ze als verdachte doelen werden beschouwd, maar dat nog niet bevestigd was dat ze bij de aanslag betrokken waren.

"Wie waren die kerels in het hotel?" vroeg Freddie.

"Een paar van Tennyson's handlangers, wed ik," zei Reggie.

"Misschien," zei Ben. "Beide groepen hadden echter verschillende wapens, en ze zagen er een beetje anders uit dan de jongens die buiten het hotel waren."

"Twee verschillende partijen?" Vroeg Reggie. "Of gewoon Tennyson die twee verschillende groepen huurlingen inhuurt?"

"Geen idee," antwoordde Ben. "Maar de tweede groep heeft de manager van het hotel vermoord. Ik zag hoe ze op jullie schoten en daarna doorgingen met schieten toen jullie al ver uit de buurt waren. Ze mikten specifiek op hem."

"Klootzakken," zei Julie. "Je hebt gelijk - Tennyson zal een eindeloze stroom van deze jongens achter ons aan krijgen. Wie weet hoeveel nog?"

Ben knikte. "Daarom moeten we hem te pakken krijgen voordat hij jullie te pakken krijgt. Hij meende wat hij zei - dat hij het hele team zou uitschakelen, alleen om mij te pakken. Maar hij wil me levend, om wat voor reden dan ook."

Reggie had al een paar minuten niets gezegd, maar nu wendde hij zich tot Ben. "Hij martelt je."

Ben trok een wenkbrauw op en keek naar zijn vriend.

"Hij neemt alles weg waar je om geeft - je vrouw, je vrienden, en je professionele carrière. Alles wat iets betekent. Net zoals jij bij hem deed."

"Onzin," zei Ben. "*We* hebben een gestoorde wetenschapper ervan weerhouden een heleboel mensen pijn te doen en die apen te martelen. Als Tennyson niet wist wat zijn kleinzoon daar aan het doen was, dan ben ik *blij dat ik* het aan het licht heb gebracht. Maar zijn kleinzoon gebruikte *zijn* geld - *zijn* bedrijf - om het te doen. Het was niet mijn schuld, of die van Eliza."

"Maakt niet uit," zei Reggie. "Zulke kerels *hebben* dit soort dingen *nodig*. Ze zijn zo'n strak gewikkelde veer, klaar om te knappen. Hij wil waarschijnlijk gewoon van de CSO af, zodat we niet concurreren met wat hij ook aan het opstarten is. Het feit dat jij de leiding hebt, en iets te maken had met de dood van zijn kleinzoon is alleen maar een bonus."

Ben kon het niet oneens zijn, maar hij had nog steeds het gevoel dat er dingen niet klopten. Waarom al die moeite doen - deze uitgebreide zang en dans - alleen maar om onder zijn huid te kruipen? Als hij zijn vrienden wilde doden, waarom had hij dan niet gewoon een andere truck gestuurd om ze allemaal op te blazen?

"Ga hier aan de kant," zei Sarah, plotseling vanaf de achterbank. Ze wees naar links, van de snelweg af.

"Wat is er?"

"Ik ken Rochester vrij goed. Ik ging hier op vakantie toen ik een kind was."

"Wat is er hier?" Vroeg Reggie.

Sarah glimlachte. "Ik heb een idee."

20:00 **uur: 10 maart 2021**

Rochester, Engeland

"Er komt een hele strook autodealers aan," zei Sarah.

Ben was van de snelweg afgegaan op de afrit die ze aanwees. De politieauto achtervolgde hen nog steeds, maar had nu zijn lichten aan, duidelijk nu geïnteresseerd om hen op te pakken voor ondervraging. De politiewagen was kort na hen van de snelweg afgereden en begon vaart te maken. Er was enige afstand tussen de twee voertuigen, maar ze bevonden zich nog steeds binnen het gezichtsveld van de agent, en dat zou nog wel even duren.

Ze moesten van de weg af, en snel.

"Deze auto is een Lexus," zei ze. "Als ik het me goed herinner, is de Lexus dealer..."

"Precies daar!" riep Julie, wijzend vanaf de stoel naast haar. Ben keek in de richting die ze aanwees en zag de dealer, het Lexus-logo in lichtjes geblazoeneerd op een bord hoog boven de voorkant van het terrein.

Ben begreep het plan nu. Hij trok de auto het terrein op, de banden gierden toen ze het asfalt verlieten en de korte betonnen oprit opreden. Hij wist dat de politieman hen hier zou zien inleveren, maar het plan was niet om zich voor altijd in het voertuig te verstoppen.

Ze moesten alleen wat tijd winnen. Hij liep om de lange rijen kleinere auto's heen tot hij zag wat hij zocht: drie rijen SUV's op korte afstand van elkaar, die perfect pasten bij de vierdeurs versie waarin ze zich nu bevonden. De chauffeur van wie hij de auto had geleend, had de Lexus splinternieuw gekocht, en te oordelen naar de geur van het interieur en het lage aantal kilometers op de teller, gokte hij dat het ergens in de afgelopen maanden was geweest.

Hij reed rond de rijen geparkeerde auto's tot hij een lege plaats vond. Hij trok hun voertuig er snel in en parkeerde. Hij zette onmiddellijk de motor af toen de anderen eruit tuimelden. Hij keek om en zag Reggie de rijen geparkeerde SUV's oprennen, en zag hem toen hurken voor een voertuig aan het eind van de rij.

"Kom op," hoorde hij Julie zeggen. "Als we daar aan de rand van het terrein kunnen komen, kunnen we ons een weg terug banen en een van de zijuitgangen nemen."

Ben zag waar ze het over had - het terrein lag op een lichte heuvel, maar er waren geen permanente muren aan drie kanten. De omtrek was afgezet met een hek van kettingschakels, maar er waren veel openingen voor op- en afritten aan die drie kanten. Dat betekende dat er genoeg uitgangen voor hen beschikbaar waren, ze moesten alleen eerst een uitweg zoeken naar de rij auto's die geparkeerd stonden tegen het hek aan de westkant van het terrein.

Van daaruit konden ze waarschijnlijk lang genoeg verborgen blijven om een uitgang te vinden.

Reggie kwam terug, met twee rechthoekige frames van plastic. Hij hield ze omhoog en glimlachte. "Hier, neem een van deze en plak ze over de voorste nummerplaat. Ik heb ze van twee auto's gehaald die tegenover elkaar staan, dus de politie zal waarschijnlijk niet eens merken dat ze weg zijn."

Ben grijnsde en pakte de kentekenplaat en draaide hem om om hem te bekijken. Er was een valse nummerplaat van papier in gespannen, met het opzichtige logo van het dealership erop, evenals een telefoonnummer. Hij zag dat er genoeg ruimte was aan de achterkant van het ding om het gemakkelijk over de bestaande nummerplaat van het voertuig te klikken.

Hij liep naar de achterkant van de SUV toen hij de politielichten zag weerkaatsen op de voorruit van de autodealer.

"Hij is hier," zei Ben. "Laten we gaan."

Ze renden tussen de rijen auto's door, hurkten en hielden hun hoofd naar beneden, en trokken toen één voor één een korte sprint over het open parkeerterrein, om er zeker van te zijn dat de agent niet in de buurt was. De politieauto was de parkeerplaats opgedraaid en vertraagde, precies zoals ze hadden verwacht, nu gedwongen om naar elke auto in de rijen SUV's te kijken, om te proberen het gestolen voertuig te vinden.

Ze waren het bos nog niet uit - op een gegeven moment zou de agent zich realiseren dat de mensen in de auto waren uitgestapt en te voet verder gingen.

Terwijl hij erover nadacht, versnelde de agent en zette zijn lichten aan toen hij de hoek omging naar het einde van het terrein. Ben trok zich verder terug, biddend dat de agent niet per ongeluk recht in het gat zou kijken waar hij zich verstopte. Hij hield zijn adem in toen de agent nog een keer om het terrein heen reed, ongetwijfeld nu de omgeving in de gaten houdend om te zien of er iemand van de carjackers was ontsnapt.

Toen de kust veilig was, rende Ben naar buiten en ontmoette

de anderen aan de rand van het terrein, nog steeds op hem wachtend. Samen liepen ze verder en vonden een zijuitgang. Er was een leeg beveiligingshokje voor een op en neer gaande beveiligingsarm die op dat moment in de neergelaten stand stond. Ze konden er gemakkelijk onder hurken, maar er was ook een opening tussen het hekwerk en het beveiligingshokje zelf die breed genoeg was om er doorheen te klimmen.

Ze verlieten het terrein en liepen terug langs de andere kant van het hek, verborgen voor de agent dankzij de hoge heggen die daar waren geplant. Ze kwamen uit op de parkeerplaats van een kleine taverne.

Zonder aarzelen, kwam Reggie aangesneld en trok de deur open. Freddie en Julie renden naar binnen, gevolgd door Sarah, en tenslotte Ben.

Toen Ben over de drempel stapte en de donkere ruimte binnenging, pakte Reggie zijn arm en trok hem terug.

Ben fronste zijn wenkbrauwen, verwachtend dat Reggie zou vechten, om hun lopende ruzie te hervatten. In plaats daarvan omhelsde de man hem.

"Het spijt me," fluisterde Reggie. "Het spijt me heel erg."

Ben trok zich terug en keek naar Reggie. "Ik weet het, man. Ik ook. Laten we ons hier doorheen slaan, oké? Ik weet dat je wat problemen met me hebt, maar we kunnen..."

"Nee, man," zei Reggie, onderbrekend. Hij schudde zijn hoofd en keek naar de met sigaretten besmeurde betonnen plaat. "*Ik heb* problemen, maar die zijn niet met jou. Dat is iets voor mij om uit te zoeken, oké?"

Ben knikte eens en zag dat Reggie zijn hand had uitgestoken. Ben stak ook zijn hand uit. Reggie trok hem aan en ze schudden elkaar.

"Ik ben hier, en ik ga nergens heen. Ik beloof het. Ik volg je tot het einde van de wereld, naar de hel en terug, naar wat voor onzinnig plan je ook bedenkt, broeder."

"Dat waardeer ik," zei Ben glimlachend. "Dat doe ik echt. Ik heb je nodig. Weet je dat?"

"Oh, ik wist het vanaf de dag dat ik je ontmoette, maatje. Ik blijf je hachje redden, en ik zal het blijven doen."

"Heb het."

Reggie lachte. "Nu, laten we even ademhalen. We hebben geen tijd, maar we moeten tijd *maken*. We hebben een plan nodig."

"Mee eens," zei Ben.

"Laten we dan een biertje pakken en iets heel raars verzinnen."

CHAPTER 44

BEN

8:08 PM | **March 10, 2021**

Rochester, Engeland

"...De berichten over een terroristische aanslag in het Hilton Garden Inn in Kent komen nog steeds binnen. Onze correspondent ter plaatse houdt ons op de hoogte van de situatie."

Ben keek omhoog naar de flatscreen-tv die boven de bar in de voorste hoek van de kamer hing. De taverne was grotendeels leeg, alleen een paar mannen van middelbare leeftijd speelden pool achterin en de barman zelf waren de enige anderen binnen. Julie, Sarah en Freddie hadden elk een biertje besteld, maar Ben en Reggie hadden besloten voor iets sterkers te gaan.

Ben keek toe hoe de barman twee vingers whisky inschonk uit een fles achter hem.

"Het is hier goedkoper," zei Reggie.

"Ik heb het toch nooit lekker gevonden. Nu smaakt het naar goedkopere dingen die ik niet lust."

"Je moet gewoon wat haar op je borst laten groeien, man," zei Reggie.

"Ik ben het met Ben eens," zei Freddie. "Het spul smaakt naar vuil. We hebben ons biertje in het hotel toch nooit op kunnen drinken. Je wilde het niet nog eens proberen?"

Ben grinnikte. "Het lijkt erop dat wanneer ik een biertje begin te drinken, er iets ontploft of op me schiet," zei hij. "Dus ik dacht dat ik het een beetje moest veranderen."

Ben richtte zijn aandacht weer op de TV en keek naar het surrealistische tafereel. Het was moeilijk te geloven dat hij daar net nog was geweest. Er waren camerabeelden van binnenin het hotel, en ook van de voordeur, waar hij en de anderen een half uur geleden nog waren geweest. De voormuur was bedekt met kogelgaten en de deuren van de lobby zaten vol gebroken glas, en in één breed shot ving Ben een snelle glimp op van een grote deken die buiten over een heuvel op het terras was gelegd.

De hotelmanager, realiseerde hij zich.

Het beeld veranderde abrupt in een verslaggever met een microfoon, die op de plaats stond waar eerder de SUV had gestaan die ze hadden genomen. Ben herkende de rijke man die door de verslaggever werd geïnterviewd. *"Je zegt dat ze kwamen en je auto stalen?"* vroeg de verslaggever.

De rijke man knikte, zijn ogen wijd en paniekerig. *"Ja - ja, een van hen... hij sloeg me en toen... En toen stal hij mijn sleutels. Ik - er was niets wat ik kon doen. Het ging allemaal zo snel. Ze stapten allemaal in toen de mensen weer met geweren begonnen te schieten. Toen gingen ze gewoon... weg."*

"Hé, ze hebben het over ons," zei Reggie.

"De politie is nog steeds op zoek naar de autodieven, waarvan wordt aangenomen dat ze deel uitmaakten van de aanval op het hotel. Ambtenaren zijn niet zeker in hoeverre zij de terroristen geholpen hebben, maar -"

"Wat krijgen we nou?" Reggie schreeuwde naar het scherm. "We hebben geen terroristen geholpen!"

"Praat niet zo hard, man," zei Ben. "We willen niet dat de barman onze drankjes terugneemt en ons eruit schopt."

"Maakt voor hen niet uit," zei Julie. Ze nam een slok van haar bier. "Ze zagen ons de auto van die man stelen. Toen hebben ze een van de schutters geraakt en hem gedood."

"Dat was gewoon om ze te helpen!" Zei Reggie. "De politie zou ons moeten bedanken!"

"Autodiefstal, onvrijwillige doodslag - en hoe heet het als je de politie achtervolgt en ze uiteindelijk door elkaar schudt? vroeg Ben.

Reggie haalde zijn schouders op. "Geen idee, maar ik ben er vrij zeker van dat dat ook illegaal is."

"Zijn we er geweest?" vroeg Freddie.

"Overvallen?" vroeg Reggie als antwoord. "Nee, niet doorzeefd. Nog niet. We zijn in een wereld van pijn, maar waarschijnlijk nog niet klaar voor. We moeten uitzoeken waar Tennyson is, en waar hij Eliza vasthoudt."

"En vind dat stomme zwaard waar hij het over heeft. Als dat ons kan helpen haar terug te krijgen..."

"We moeten ons opsplitsen," zei Ben. "Hij wil mij - alleen - zodat hij jou op hetzelfde moment kan uitschakelen. Maar er is geen *kans dat* ik hem dat laat doen."

"Wat suggereer je?" vroeg Sarah. "Als je niet doet wat hij zegt, kan hij Eliza vermoorden."

Ben schudde zijn hoofd. "Hij zou het kunnen, maar ik denk niet dat hij het zal doen. Zoals we al zeiden, dit is allemaal een spel voor hem. Hij *test* me. Niet om er zeker van te zijn dat ik de dingen precies zo doe als hij zegt, maar zodat ik het op een *andere manier ga* doen. Mijn eigen manier."

"Hoe is dat?" vroeg Reggie.

"Hij zei dat hij een groep als de CSO gaat beginnen, toch? Dat betekent iets buiten de boeken, iets dat niet echt militaire betrokkenheid heeft, maar dingen doet die waarschijnlijk niet het soort dingen zijn waar normale burgers zich mee bezig zouden moeten houden. Dat zegt me dat hij iemand wil die buiten de gebaande paden denkt, iemand die niet bang is om zijn handen vuil te maken."

"Maar Eliza's leven staat op het spel, man."

Ben stak zijn hand op en schraapte zijn keel. "Ik weet het, ik weet het. Ik stel niet voor dat we haar *nog meer* in gevaar brengen, maar ik vind het ook niet goed om jullie alleen te laten en op dezelfde plek te laten terwijl ik ga kijken wat hij wil. Dat zou te gemakkelijk voor hem zijn."

"We zijn geen hulpeloze kleine katjes," zei Reggie.

"Nee, dat ben je niet. Maar je *bent* veel behulpzamer en veel veiliger als we ons opsplitsen en dit vanuit twee verschillende hoeken bekijken. Ik ga doen wat Tennyson wil dat ik doe - Ik ga proberen om het zwaard te vinden. Mijn gevoel zegt me dat het niet in Londen is, maar waarschijnlijk ergens in Europa. Dus ik moet op het vliegtuig stappen en naar Frankrijk gaan, op zijn minst. De originele smid die het maakte was in Parijs, toch?"

Sarah knikte. "Als we uit elkaar gaan, kan ik achterblijven en wat onderzoek doen."

"Dat is precies wat ik dacht," zei Ben. "Reggie, jij gaat met mij mee - als het er heftig aan toe gaat, wil ik me er niet alleen uit moeten vechten."

Reggie knikte.

"Julie, Sarah, Freddie - jullie blijven hier om de volgende stappen uit te zoeken. Omdat we geen laptops hebben behalve die van Freddie, en Tennyson's mannen zullen blijven komen, moeten jullie misschien wat rondlopen."

"We kunnen het op de ouderwetse manier doen," zei Sarah. "Bibliotheken, boekwinkels, alleen online via VPN's en nooit ingelogd op websites. Als het een speurtocht is naar zoiets belangrijks als het zwaard van Napoleon, zijn er waarschijnlijk stapels publicaties over."

"Goed idee," zei Ben. "Maar maak het je nergens gemakkelijk. We weten zeker dat die kerels niets geven om bijkomende schade, dus je bent niet veiliger in een café of een koffieshop met een stel andere mensen dan in een donker steegje alleen."

Ben keek weer naar de TV en zag dat ze nu een van de jonge mannen interviewden die tijdens de aanval achter de balie in de lobby had gewerkt. Hij was aan het snikken en veegde de tranen uit zijn ogen. De camera zoomde in op zijn gezicht en legde de emotionele intensiteit ervan vast.

Ben schudde zijn hoofd. Hij wist dat de persbureaus dit zouden uitmelken voor elke druppel reclame-inkomsten die ze konden krijgen. Natuurlijk was het belangrijk dat ze verslag deden van wat er gebeurd was, maar ze hadden er al een 'terroristische aanslag' van gemaakt in plaats van wat het was: een gerichte aanslag op specifieke mensen. Het was niet bedoeld om terreur te zaaien, maar om een vijand uit te roeien.

Niemand anders was in direct gevaar, behalve dat ze per ongeluk gewond raakten toen ze probeerden hem en zijn team te komen halen. Maar de media zou dat nooit toegeven, zelfs als ze de waarheid wisten. Misdaad loont veel minder dan landelijk terrorisme.

Reggie bewoog met zijn kin omhoog in de richting van de TV. "Gaat dit een probleem worden?"

"Wat? De media-aandacht?"

"Ik weet het niet," zei Reggie. "Als ze onze foto's of video's van ons hebben, kunnen ze die uitzenden en het publiek betrekken in een klopjacht."

"Ja," zei Ben. "Daar heb ik ook aan gedacht, maar er is niet echt veel wat we kunnen doen. Het zal moeilijker zijn om met iemand om te gaan, maar we hebben nog grotere problemen om ons zorgen over te maken."

"Zoals Interpol?"

Ben draaide zich om en keek naar Reggie. "Ja, dat is een *groot* probleem."

Hij voelde zijn telefoon zoemen in zijn zak, dus hij haalde hem eruit en keek op het scherm. Het was een onbekende beller, maar het netnummer gaf Londen aan.

Hij rolde met zijn ogen. *Over de duivel gesproken...*

8:23 PM | **March 10, 2021**

Rochester, Engeland

"Wil je me uitleggen waarom jij en je vrienden gevonden zijn op de plaats van een schietpartij 30 minuten geleden?"

Ben zuchtte. Het was de man die hij had ontmoet van Interpol, agent Galbraith.

"Nee," zei Ben. "Ik wil niet echt."

"Ik heb ongeveer twaalf agenten in het gebied - allemaal op zoek om je op te pakken. Bovendien zegt de plaatselijke politie dat ze ook naar jou op zoek zijn. Het lijkt erop dat je een auto leende zonder te vragen en hem een tijdje later dumpte."

"Ik vertelde de man dat ik het leende," zei Ben.

"Geleend of niet, het komt echt over als diefstal."

"Kijk, ik werd per ongeluk naar dat huis gestuurd; ik probeerde iemand te ontmoeten en ze gaven me de verkeerde -"

"Wie?" vroeg Galbraith. *"Wie moest je ontmoeten? En waar zou de ontmoeting over moeten gaan?"*

Er was geen kans dat Ben die vragen zou beantwoorden. Op

geen enkele manier zou hij Interpol vertellen over Tennyson. "Dat zijn mijn zaken."

"*Uw* zaken en *mijn* zaken worden snel *gedeelde* zaken, Mr. Bennett," zei Galbraith. Ben kon de irritatie in de stem van de man horen. "*Zeg me waar je bent, en ik zal iemand je laten ophalen. Alleen jij, en we laten je vrienden gaan. Je hebt mijn woord.*"

"Pas."

"*Mr. Bennett, dit is een lelijke situatie voor u. Hoe je het ook oplost, er zal gevangenisstraf volgen. Hoe langer we dit uitspelen, hoe langer die straf zal zijn. Dat garandeer ik u.*"

Ben zuchtte opnieuw, zich realiserend dat de anderen nu naar hem staarden, luisterend naar het gesprek. Hij had zijn stem laag gehouden zodat de barman het niet zou horen, maar de man was teruggegaan naar het toilet. Daarom sprak hij wat luider. "Ik begrijp het. Ik heb het een beetje druk nu, helaas. Ik ben er vrij zeker van dat we later wel iets kunnen regelen, maar ik moet...

"*Nee, Mr. Bennett. Je hebt helemaal niets nodig, alleen om me te vertellen waar je bent. Ik ben klaar met rond te pluizen. Geef me een locatie.*"

Ben dacht even na, zijn opties afwegend. Toen legde hij de telefoon neer en hing het gesprek op.

"Vriendin?" Vroeg Reggie.

De anderen grinnikten, maar Ben schudde zijn hoofd. "Interpol."

"Shit," fluisterde Freddie. "Is hij nog steeds achterdochtig?"

Ben keek naar Freddie. "Ik zou zeggen dat 'verdacht' het raam uitging toen hij onze gezichten in het hotel zag."

"*Hij* was in het hotel?" vroeg Julie.

"Nee, maar hij hoorde het van zijn politie vrienden of zoiets. Hoe dan ook, hij valt nu op me en niet op een goede manier."

"Verandert dat iets aan ons plan?" vroeg Reggie.

"Ja," zei Ben. "Het betekent dat we nog sneller moeten gaan dan we al van plan waren. Zoals, *nu meteen.*

Ben stond op van zijn barkruk en haalde zijn portefeuille tevoorschijn. Gelukkig had die nog in zijn zak gezeten tijdens de explosie, en er zaten nog een paar opgevouwen briefjes van vijftig dollar in. "Denk je dat ze Amerikaanse dollars accepteren?"

De barman was nog niet terug van het toilet, en Ben wilde niet wachten.

"Ik denk dat ze wel zullen moeten," zei Sarah.

Hij legde een van de vijftigjes op de toonbank en het team draaide zich om om te vertrekken. De twee mannen achter in de kroeg waren gestopt met biljarten en lachten nu luidkeels onder het genot van een paar biertjes, terwijl ze hen nog steeds negeerden. Geen van beiden keek in hun richting toen ze vertrokken.

We hebben geen tijd meer, dacht Ben. *Niet meer wegrennen van dit. Tijd om* naar *iets* toe te *rennen.*

CHAPTER 46

JULIE

9:34 PM | **March 10, 2021**

De Londense Bibliotheek, Londen, Engeland

Julie zat aan tafel tegenover Dr. Sarah Lindgren in de Londense bibliotheek in St. James. Dr. Lindgren was pas onlangs op de loonlijst van de CSO komen te staan als deeltijds en tijdelijk teamlid, aangezien zij zich aanvankelijk niet aan een voltijdse baan bij de groep had willen binden. Ze hoopte haar rol als professor en onderzoeksantropologe aan haar universiteit te kunnen voortzetten. De vrouw was briljant, in staat tot zowat alles waarvoor de groep haar nodig had, wat betekende dat ze perfect paste. Haar interesses en deskundigheid kwamen overeen met die welke de CSO vaak nodig had, en op de missies waaraan Dr. Lindgren had deelgenomen, had ze bewezen een ongelooflijke aanwinst voor het team te zijn.

Julie hoopte dat de chaos en de terreur die zij tijdens veel van hun expedities hadden meegemaakt voor haar zouden worden overschaduwd door de vreugde van het ontdekken en hun talent voor succes, en dat Sarah er uiteindelijk mee zou instemmen om op hun loonlijst te komen staan in een meer permanente positie. Tot dan moesten ze tevreden zijn met de tijd die ze aan hun groep kon besteden.

Sarah had haar e-mails gecontroleerd om er zeker van te zijn dat er niets dringends op de universiteit was waarvoor ze naar de Verenigde Staten zou moeten terugkeren, en wierp toen haar blik op Julie. "Klaar?" vroeg ze.

Julie knikte, de post-adrenaline crash verdrijvend. Ze had nog steeds een jetlag, en dat zou ze de volgende dag nog hebben. Op vorige reizen had ze haar best gedaan om bezig te blijven, om actief te blijven, want dat was de beste remedie tegen jetlag.

Na de gebeurtenissen in hun hotel in Kent, en daarna de bijna-vangst met de politie, was ze toe aan een dutje van twaalf uur. Helaas, Eliza was nog steeds daarbuiten, en Tennyson zat ook nog steeds achter hen aan. Ze hadden informatie nodig - ze moesten dit uitzoeken.

De groep was na de pub in Rochester in tweeën gesplitst om beter incognito te blijven terwijl ze op de vlucht waren voor Interpol, de plaatselijke Londense politie, en nu het grote publiek. Hoewel ze niet bang waren dat een burger hen aan hun gezicht zou herkennen, had het nieuws vermeld dat het team uit vijf leden bestond. Het leek een groter risico dan het waard was om als groep samen verder te reizen.

Ben en Reggie hadden besloten geld te gaan halen bij een geldautomaat, waarmee ze dan een vlucht naar Zwitserland zouden nemen en alles wat ze nodig zouden hebben zouden kopen. Julie had ermee ingestemd hetzelfde te doen. Omdat ze alleen met creditcards konden werken, was er het risico dat het geld dat ze met hun kaart konden opnemen een gemakkelijk te volgen spoor zou achterlaten, maar het was een noodzakelijk risico. Het alternatief - hun kredietkaarten gebruiken voor elke aankoop - was een veel riskantere keuze.

Freddie, Julie en Sarah hadden een openbare bus genomen, met het risico dat iemand hen zou herkennen, en waren naar het noorden gegaan om de Londense bibliotheek in het centrum te bereiken, in de hoop voldoende onderzoek te kunnen doen naar het tweede Napoleontische zwaard. Freddie, die zich aanvankelijk intellectueel overtroffen voelde, had zich in zijn rol als administratief assistent geschikt en was op het ogenblik koffie voor hen drieën aan het halen.

"Zo klaar als ik maar kan zijn. Ik heb al een stapel boeken besteld, dus ze zullen hier in een minuut zijn."

Terwijl Sarah een laptop had gehaald bij het bibliotheekpersoneel, had Julie een stapel boeken besteld over de Napoleontische oorlogen, biografieën over de man zelf, en alle interessante historische werken waarin Napoleons favoriete zwaard en de Parijse smid die het gemaakt had, ter sprake zouden kunnen komen.

"Oké," zei Sarah. "Het eerste wat we moeten doen is controleren of wat Tennyson beweert ook echt waar is. Ik heb nog nooit iets gehoord over een namaakzwaard, maar ik ben dan ook geen expert op het gebied van Napoleon Bonaparte."

"Heb je gehoord over het eerste zwaard? Die ene die in de video met Eliza zat?

Sarah knikte. "Zeker, misschien een kleinigheidje hier en daar. Ik wist dat er iets was dat mensen 'Napoleons zwaard' noemden, en dat, hoewel hij veel verschillende zwaarden had en gebruikte in de loop van zijn militaire carrière, er één was die hij *zijn* zwaard noemde. Een favoriet, een speciaal voor hem gemaakt zwaard dat hij in de strijd droeg.

"Wat was er speciaal aan?"

Sarah klikte wat op het schermpje voor haar en keek toen weer op naar Julie. "Blijkbaar was het gewoon een heel goed gemaakt zwaard; een geschenk van een van de goudsmeden in Parijs die hij vaak gebruikte. Verguld, gemaakt van de beste materialen..." ze klikte weer en las verder. "Het gaf het bijna een blauwachtige tint, perfect gecompenseerd door de gouden rijgpatronen en inzetstukken erop. Het moet toen een zeer duur stuk geweest zijn, en blijkbaar is het nog steeds in perfecte staat."

"En het was het laatst gezien hier in Londen?"

Ze knikte weer. "Ja, verkocht aan de vrouw die het voor haar man kocht. Op de veiling in Hever Castle in Kent. Het werd bij haar thuis afgeleverd - die plek waar Ben opdook - en daar werd ze vermoord."

Julie huiverde en probeerde zich niet voor te stellen hoe de jonge vrouw achter in haar nek gestoken zou worden met het zwaard dat ze die avond had gekocht. "Wie zou zoiets doen?"

Sarah haalde haar schouders op. "Gezien alle mensen die ik ontmoet heb toen ik de CSO hielp, zijn er vast wel een paar die alles zouden doen voor de juiste prijs."

"Ja, helaas heb je gelijk."

"Toch is het vrij duidelijk voor mij dat wie haar vermoordde, niet met de eer wilde strijken."

"Je bedoelt dat Tennyson niet wilde dat wij wisten dat hij haar vermoord heeft?" vroeg Julie.

Sarah schudde haar hoofd. "Nee, wat ik wil zeggen is dat het duidelijk is dat Tennyson de vrouw niet *zelf* heeft vermoord. Hij betaalde iemand - een huurmoordenaar of iets dergelijks - om de klus te klaren. Waarschijnlijk dezelfde jongens die ons aanvielen in het hotel. Maar hij liet ook wat aanwijzingen achter, doelbewust. En bovendien belde hij Ben naar Londen en zei hem naar de plek te gaan waar ze een paar uur eerder was vermoord. Hij heeft het allemaal opgezet."

9:35 PM **| March 10, 2021**

De Londense Bibliotheek, Londen, Engeland

Julie knikte mee en dacht aan de agent die Ben op de plaats van het misdrijf had geconfronteerd. "Je bedoelt Interpol. Het feit dat Ben geen idee had waar hij aan begon. Ben had het adres, dus hij wist precies waar hij heen ging. Iedereen die hem in de gaten houdt, zou hem - en ons allemaal - nu terecht wantrouwen."

"Het lijkt erop dat Tennyson ons dood wil, maar hij heeft meer in petto voor Ben. Om wat voor reden dan ook, heeft hij Ben de schuld gegeven van haar moord, althans vanuit het perspectief van Interpol en de lokale politie. Nu zitten ze allemaal achter ons aan, en zullen Ben of ons oppakken voor verhoor als ze ons pakken. Zelfs als hij kan bewijzen dat hij haar niet vermoord heeft, zal hij moeilijk kunnen uitleggen waarom hij daar was, en wat hij hoopte te bereiken."

Julie voelde haar huid tintelen. Ze wist dat Sarah gelijk had. Ook al was Ben onschuldig, als Interpol of de Londense politie een voorbeeld van hem wilden stellen, konden ze zeker iets uit zijn verleden bij de CSO naar boven halen dat er sinister genoeg uitzag om hem achter de tralies te krijgen. "Dus dat betekent dat we terug moeten naar de taak waar we mee bezig zijn: we moeten het zwaard vinden, als het bestaat."

"Niet alleen dat," antwoordde Sarah. "We moeten het zwaard vinden, en dan uitzoeken waar Tennyson het voor wil hebben. We moeten het volledige plaatje begrijpen, net zoveel als hij dat doet. Dat is de enige manier om Eliza en Ben veilig te houden."

Op dat moment kwamen er twee mensen van tegenovergestelde kanten de kamer binnen. Aan Julie's rechterzijde kwam Freddie terug met een kartonnen holster en drie kopjes koffie in meeneembekers met deksels. Aan de andere kant van de kamer, links van Julie, kwam een bibliothecaresse binnen met een kar vol boeken. Beiden bereikten de tafel op hetzelfde moment, en Julie kon het niet helpen dat ze elkaar extra lang aankeken. De bibliothecaresse, een jonge vrouw met een conservatief gebloemd hemd en een lange zwarte broek die haar slanke, korte lichaam accentueerde, lachte een sierlijke, schilderachtige glimlach.

"We zouden al gesloten moeten zijn," zei ze. Haar stem was net zo klein als haar figuur. "Maar ik denk dat ik het wel open kan houden voor jullie allemaal."

Julie glimlachte. "Sorry dat we je ophouden - we zullen echt niet lang wegblijven. En als we deze kunnen bekijken..."

"Natuurlijk." Ze draaide zich naar de kar en begon de boeken op de tafel te stapelen.

"Oh," zei Freddie. "Laat me... uh... je daarmee helpen."

Julie zag de bibliothecaresse blozen toen Freddie met een enorme berenklauw drie boeken ter grootte van een tekstboek greep en ze van de kar trok. Het was amusant om naar te kijken.

"Wow," zei Julie. "Je bent *zo* sterk."

Freddie trok een gezicht, maar Sarah deed mee voor hij iets kon zeggen. "Zoveel *boeken*, Freddie. Met maar één hand. Heel indrukwekkend."

Hierop schudde hij even zijn hoofd en deed alsof hij het niet gehoord had. Toen het tweetal klaar was met boeken op de tafel te dumpen, bedankte de bibliothecaresse hen. Ze draaide zich om en vertrok, terwijl ze de lege kar wegduwde.

Julie en Sarah staarden naar Freddie, die een stomverbaasde blik op zijn gezicht had. "Wat?" Vroeg hij. "Ik was gewoon aardig."

"Mooi. Natuurlijk."

Sarah's wenkbrauwen gingen omhoog, en Julie grijnsde van oor tot oor. Ze zette een nep zuidelijk accent op. "Ik wist niet dat je zo goed met die grote boeken overweg kon, Freddie."

Hierop liet Freddie zijn kin op zijn borst zakken en probeerde zijn rode wangen te verbergen. "Prima," zei hij. "Ze was... schattig. En ik heb wel iets met boekenmeisjes."

"Boeken wijven?" vroeg Sarah, met haar mond open. "*Boeken wijven?* Serieus?"

Hij haalde zijn schouders op.

Julie bedankte hem voor de koffie en wendde zich toen weer tot Sarah. "Denk je dat het zwaard nog ergens in Londen is?" Vroeg ze.

Sarah schudde onmiddellijk haar hoofd. "Nee, dat doe ik niet. Het is voor mij vrij duidelijk dat Tennyson probeert Ben op een soort wereldreis te sturen. Het feit dat het zwaard voor het laatst in Londen is gezien, en het huis van de vermoorde vrouw in Londen is, betekent dat Tennyson hem aan het lijntje probeert te houden. Ik denk dat er aanwijzingen zullen zijn die zich op bepaalde tijden openbaren, en Ben moet zich daar scherp van bewust zijn om de volgende plek te vinden waar Tennyson hem heen wil hebben."

Julie vond het niet leuk wat ze hoorde, maar het klonk logisch. "Zoals een speurtocht," zei ze.

Freddie legde zijn hand op de tafel. "Dat dacht ik ook zo'n beetje," zei hij. "Hij speelt met ons. Hij speelt met Ben. Een schertsvertoning, al die spelletjes. Het lijkt me niet de normale manier om iemand te laten vermoorden."

"Juist, maar we kunnen aannemen dat Tennyson Ben niet *wil* vermoorden. Tennyson wil net zo graag met hem rotzooien als hij *ons* wil vermoorden, maar Ben is veilig - voor nu. Tennyson wil iets van hem, weet je nog?"

"Hij wil dat hij een baan neemt," zei Freddie.

"Ja, maar er is meer aan de hand dan dat. Hij heeft iets nodig waarvan hij denkt dat alleen Ben het kan vinden. Dat moet het zijn, anders zou hij zijn tijd niet verspillen door dit allemaal op te zetten. Ik heb het gevoel dat het einddoel ook niet mooi zal zijn."

"Hoe dat zo?"

"Speel het uit tot het einde," antwoordde Julie. "Volgens mij is de kans heel klein dat Tennyson Eliza uitlevert en Ben vrijlaat als wij het zwaard vinden en aan hem afleveren. We weten al dat hij wil dat Ben voor hem werkt, en dat lijkt me geen vriendschappelijke samenwerking tussen werkgever en werknemer."

"Dus we vinden het zwaard, we vinden Eliza," zei Sarah. "Zoveel is duidelijk. Maar we moeten het doen zonder dat Tennyson *weet* dat we het doen."

Freddie knikte. "Je zei iets over aanwijzingen? Denk je dat Tennyson aanwijzingen aan Ben zal onthullen als hij ze nodig heeft, of zoiets?"

Julie haalde haar schouders op. "Geen idee, maar ik hoop het. Het lijkt het meest logisch tot nu toe in het spel."

"Nou, in dat geval," antwoordde Freddie, "denk ik dat we naar deze aanwijzingen moeten zoeken, toch?"

Julie knikte opnieuw. "Ja, dat is onze beste kans. Als we de volgende plek kunnen vinden waar Tennyson wil dat Ben heengaat, kunnen we misschien Tennyson zelf ook te pakken krijgen. Heb je iets in gedachten?

Freddie keek naar de laptop en toen naar beide vrouwen. "Heb je die video van Eliza nog?"

9:36 PM | **March 10, 2021**

De Londense Bibliotheek, Londen, Engeland

Freddie trok de laptop naar zich toe. Hij trok een stoel bij en ging naast Sarah zitten, tegenover Julie aan de bibliotheektafel.

Aangezien hij de enige was die een laptop had meegenomen, dacht hij dat het misschien slim zou zijn om een voorsprong op onderzoek te nemen. Op de vlucht naar Londen had hij wat tijd gehad om wat gegevens en de geschiedenis rond Napoleons zwaard door te nemen, en ook de video van Eliza een paar keer bekeken.

Hoewel hij geen professioneel onderzoeker was, had hij zich door middel van pure wilskracht een weg gebaand door vele universiteitsessays, waarin hij fragmenten uit de geschiedenis en de wetenschap op zodanige wijze aan elkaar knoopte dat het de professor tenminste duidelijk was dat hij een dappere poging tot wetenschap deed, ook al was de boodschap volledig verzonnen. In een ander leven dacht hij dat hij een goede fictieschrijver zou kunnen worden.

Op school had hij een aantal gewoonten en interesses ontwikkeld, en hij had altijd al aanleg gehad om nieuwe dingen te leren. Dat had van hem een groot soldaat gemaakt, die informatie sneller kon ontcijferen dan zijn collega's. Bovendien had hij een aantal nuttige talenten en vaardigheden die het oppikken van nieuwe dingen wat gemakkelijker maakten.

Een van die vaardigheden was dat hij een bijna fotografisch geheugen had. Hoewel hij het tijdens zijn schooljaren meestal nutteloos vond bij proefwerken, omdat hij zich meestal maar weinig herinnerde, had hij zich tijdens zijn opvoeding gerealiseerd dat als hij minstens tien seconden lang een beeld van iets zag, de kans groot was dat hij het zeer nauwkeurig kon beschrijven, zelfs jaren later.

Terwijl de anderen naar Eliza's gezicht op de video keken, haar angst probeerden te lezen en alles probeerden te ontcijferen over haar geestelijke toestand, had Freddie naar al het andere gekeken: hij wist dat de kamer zelf onmogelijk te begrijpen was, dat er niets was dat hen in een bepaalde richting kon sturen. Het was wazig, onscherp. Nondescript.

Haar torso was ook afgesneden door de omlijsting - alleen de bovenste helft van haar lichaam was zichtbaar, dus alles wat ze deed met haar handen of voeten was nutteloos voor hen.

Maar hij *had* het zwaard zelf heel goed kunnen bekijken. Hij had er een vrij goed model van kunnen maken in zijn hoofd, gebaseerd op de tijd die hij had gehad om het te onderzoeken.

Toen hij in het hotel was aangekomen en een paar minuten had kunnen rusten, had hij een zoekopdracht gegeven en begon te zoeken naar afbeeldingen van Napoleons favoriete zwaard, het Zwaard van Austerlitz.

Zeker, de beelden die hij had gezien toonden hetzelfde zwaard dat hij in Eliza's video had gezien, het zwaard dat Tennyson had laten stelen van de vrouw die het een paar dagen geleden op een veiling had gekocht, en hetzelfde zwaard dat was gebruikt om haar daarna te doden.

Het was hetzelfde zwaard waar Tennyson nu Eliza en de CSO mee bedreigde. Hij wilde een duplicaat van het zwaard vinden, een die precies op dit zwaard leek.

"Wat heb je gevonden?" vroeg Julie. Ze leunde over de tafel, in de richting van Freddie en de computer. Hij schoof de laptop naar achteren en schoof om de hoek van de tafel, zodat ze allemaal konden zien wat hij deed.

"Ik wilde er alleen een foto van maken," zei hij. "Heb je de video hier ook?"

Sarah knikte. "Ben heeft het op deze flashdrive geplakt," zei ze, terwijl ze iets uit haar zak haalde. Ze liet een miniatuurschijfje zien dat ze in een van de USB-poorten van de bibliotheekcomputer schoof. "Dat zou het enige moeten zijn dat erop staat."

Freddie knikte en dubbelklikte op het videobestand toen het de disk herkende. Hij liet de video een paar seconden spelen en zette hem toen op pauze. Hij gebruikte de scrub-balk onderin het venster om de video een paar frames vooruit en achteruit te schuiven, tot de glinsterende lichtbron ergens buiten het beeld het deel van het handvat van het zwaard precies goed verlichtte.

Daar.

"Het lijkt een video van hoge kwaliteit te zijn," zei hij. "Misschien zelfs 4K."

"Dat is goed," vroeg Julie. "Al is het een beetje overdreven. Proberen we ergens op in te zoomen?"

Freddie knikte weer. "Ik heb dit ding van dichtbij willen zien," zei hij. Hij trok het videovenster opzij en veranderde de grootte, daarna trok hij een browservenster naar de andere kant van het scherm en stelde de afmetingen zo in dat de video en de browser naast elkaar stonden. Toen vond hij in het browservenster een afbeelding van het zwaard van Austerlitz en vergrootte die, om precies hetzelfde deel van het handvat te krijgen dat hij in de video had gezien. Hij deed hetzelfde in het videovenster, en vond de beste grootte die de video toeliet om het handvat duidelijk te zien.

"Het is dezelfde," zei Sarah snel. "Dus Tennyson heeft *echt* het zwaard van Austerlitz gestolen. Hij loog niet tegen ons."

Freddie glimlachte. "Nee, dat deed hij niet. Kijk beter."

Beide vrouwen draaiden zich om en keken hem geschokt aan, toen weer naar het scherm. "Wacht eens even," zei Julie. "Zijn ze anders? Hoe?"

Freddie voelde een golf van energie. Dit was een nieuw gevoel voor hem - hij was nooit de slimste geweest aan tafel, meestal over-troffen door mensen met een meer cerebrale of intellectuele geest. Hij was niet dom, maar hij had zich nooit thuis gevoeld bij de grote breinen in zijn klassen. Dat was de reden waarom hij na de middelbare school in het leger was gegaan - zijn familie had een lange geschiedenis van militairen, maar het was eigenlijk het feit dat hij zich prettiger voelde bij het richten van een wapen en het ontruimen van een kamer, en als radertje in de commandostruc-tuur, dan bij het leiden van een strategiesessie.

"Ik zag dit laatst, maar ik wist niet dat ik er weer naar moest zoeken, totdat ik *deze* afbeelding van het web zag. "Hij leunde over de computer en sleepte de muis in een cirkel rond een gebied op het handvat. De gouden, gebogen boog die de buitenste sluiting vormde waar de knokkels van de houder op zouden rusten, was net zo ingewikkeld ontworpen als de rest van het zwaard.

Daarop zaten kleine, met goud bedekte roosjes, als glanzende lichtbollen op het handvat. De bloemen stonden ongeveer een centimeter uit elkaar, vijf in totaal. "Deze roosjes - ik zag ze in de video. Valt je iets op?"

Sarah en Julie leunden voorover en onderzochten de twee beelden. Het was niet moeilijk te zien, nu ze naast elkaar stonden en wisten waar ze naar moesten kijken.

Julie hijgde. "Oh mijn God, er zit een verschillend aantal op elk zwaard."

Sarah legde haar hand over haar mond. "Je hebt gelijk - Freddie, ik kan niet geloven dat je dit hebt opgepikt."

Hij haalde zijn schouders op en probeerde zijn blos weer in te houden. Hij dacht aan de leuke bibliothecaresse en vroeg zich plotseling af of ze in de buurt was. Hij wist dat het waarschijnlijk niet het beste moment was om indruk te maken op een alleenstaande vrouw.

Om nog maar te zwijgen over het feit dat hij niet eens zeker was dat ze vrijgezel was.

"Freddie, ben je er nog?"

Hij schudde zijn hoofd en duwde de gedachte weg. "Ja, sorry. Hoe dan ook, ik zag het zonder te beseffen wat er vreemd aan was. Het bleef in mijn hoofd hangen als iets om later te onderzoeken. Ik dacht niet dat het de moeite waard zou zijn om er nog eens naar te kijken totdat ik de andere afbeelding zag en het kon verduidelijken. Maar ja, je kunt zien dat een van de zwaarden - dat van Tennyson - maar *vier* rozen heeft. De roos die zou moeten zitten op de plek waar de gesp aan het handvat zit, ontbreekt, maar op de andere foto zit hij er wel."

"Juist, volgens deze website heeft het echte zwaard van Austerlitz vijf rozen. Daar op het handvat."

"Dus... wat betekent het?" vroeg Freddie.

"Om te beginnen," begon Sarah, "betekent het dat Tennyson de waarheid sprak - er zijn in feite *twee* zwaarden tegelijkertijd gemaakt, tenminste één ervan door die goudsmid in Parijs."

"Maar hij vertelde niet de *hele* waarheid,' zei Julie. "Misschien wist hij het niet - of misschien wist hij het wel en wilde hij Ben testen - maar de zwaarden zijn duidelijk *niet* identiek."

Freddie knikte. "Ja, ze liggen verdomd dicht bij elkaar, maar ik zou zeggen dat dit twee totaal verschillende zwaarden zijn. Ik denk niet dat Tennyson zomaar een van de rozen eraf zou knallen. Dat zou zeker een duidelijk spoor achterlaten."

"Goed," zei Julie. "Ik ga Ben een sms sturen en hem laten weten dat we informatie hebben. Ik zal discreet zijn en hem niets vertellen tot we kunnen uitzoeken hoe we een beveiligd bericht naar hen kunnen sturen. Ze moeten dit weten als ze in Parijs zijn."

Freddie herinnerde zich dat Ben en Reggie naar het vliegveld waren gevlogen met zeer weinig uitleg. Ben had blijkbaar een plan, maar hij had het nog niet met de anderen willen delen, met het argument dat het hen alleen maar meer in gevaar zou brengen als ze ervan wisten.

Hij vond het niet leuk, maar Ben was nu technisch gezien zijn baas. Julie had het zelfs door de vingers gezien, dus had hij zijn mond gehouden.

"Julie," zei Sarah, die plotseling opkeek en naar de andere kant van de tafel keek. "Ben en Reggie gaan pas *naar* Parijs als ze naar Zwitserland zijn geweest.

"Juist, maar wat bedoel je?" vroeg Julie.

"Het lijkt me in ons belang om niet te wachten tot ze klaar zijn met wat ze in Zwitserland aan het doen zijn, toch?

Julie dacht hier even over na. "Maar hij wilde niet dat we

ergens heen gingen - het is niet veilig om rond te lopen met Interpol en Tennyson's handlangers.

Freddie knikte, stond al op van de tafel en sloot de klep van de laptop. Hij wilde Julie Sarah niet laten overstemmen - hij voelde de druk ook, en wat belangrijker was, hij wilde niet blijven wachten en onderzoeksassistentje spelen.

Hij wilde actie ondernemen. "We kunnen teruglopen naar het hotel in Kent en ik kan naar binnen sluipen om mijn laptop te halen," zei hij. "Het is een beetje uit de weg, maar een meer kronkelige route nemen zal alleen maar helpen om iedereen op onze geur af te werpen."

"Waar heb je het over?" vroeg Julie, nog steeds verward.

"Ik zit op dezelfde golflengte als Sarah," zei Freddie. "We kunnen niet blijven wachten op Reggie en Ben. Eliza is daar ergens, en de klok tikt door. Ik stel voor dat we op een kleine excursie gaan. We nemen dit mee naar Parijs, zoeken iemand die iets weet over die oude goudsmid. Ik wed om een miljoen dollar dat ze *erg geïnteresseerd zijn* om dit te zien."

9:36 PM | **March 10, 2021**

London-Heathrow International Airport, Londen, Engeland

Ben voelde nog steeds de kick. De adrenaline was nog niet uitgewerkt. Nadat ze de taverne hadden verlaten en zich hadden opgesplitst met Freddie, Julie en Sarah, waren Ben en Reggie rechtstreeks naar het vliegveld aan de westkant van Londen gegaan om een retourvlucht naar Zwitserland te nemen. Onderweg hadden ze hun dagelijkse limiet aan contant geld opgenomen, het absurde bedrag betaald en gezworen dat ze dat de volgende dag weer zouden doen. Ze moesten uit het zicht blijven, om het zo moeilijk mogelijk te maken voor Tennyson - en iedereen die hen achterna kwam - om hun bewegingen door Europa te volgen.

Ben wist dat Tennyson de grunts had gestuurd om zijn team te vermoorden zodra ze in het restaurant van het hotel waren gaan zitten voor een maaltijd. Hij had gewacht tot Ben de e-mail had gelezen, en ze toen naar binnen gestuurd. Het busje dat op hen had geschoten en de hotelmanager had gedood, had ook op hen gewacht - een backup voor het geval hun teamgenoten binnen niet de hele CSO-bemanning hadden gedood.

Al deze feiten vertelden Ben één ding: Tennyson hield hen in de gaten, en hij had ogen op alle juiste plaatsen. Ze moesten allemaal uit het systeem, en snel.

Ben wist niet zeker wat dat betekende voor het gebruik van hun mobiele telefoons, maar hij zou wachten op Julie en haar deskundigheid op het gebied van telefoons en e-mail. Hij wist echter wel dat het voor iemand als Tennyson gemakkelijk genoeg zou zijn om hen op te sporen aan de hand van wat zij met hun credit card hadden gekocht, en waar de transactie had plaatsgevonden. Als Tennyson zijn vingers had in de databases van de credit card bedrijven, zou het eenvoudig genoeg zijn om hen te vinden.

Door geld mee te nemen hier in Londen, zou Tennyson weten dat ze in beweging waren - dat ze wisten hoe makkelijk het zou zijn om hen te vinden - maar het was nog steeds een risico waard. Ze hadden geld nodig, en er was echt geen andere manier om het te krijgen zonder een rode vlag te trekken. Trouwens, geen enkele bank die ze konden gebruiken was open op dit uur.

Ben wilde zich ook niet meer tot meneer E richten. Hij had het gevoel gekregen dat de man hoopte dat Ben zijn deel van de missie in stilte en afzondering zou uitvoeren, zonder inbreng of tegenspraak van de rest van het team, en zonder verdere communicatie van meneer E zelf. Wat er ook met de man aan de hand was - wat voor verwerkingmechanisme hij ook had met betrekking tot de dood van zijn vrouw - Ben zou hem met rust laten.

Ongeveer een uur na hun vertrek uit de taverne bereikten zij het vliegveld, en Ben was blij te ontdekken dat er in deze tijd van de week en op dit tijdstip van de dag betrekkelijk weinig reisverkeer was. Een half uur na aankomst hadden ze tickets geboekt voor een vlucht die over twintig minuten naar Bern vertrok.

Het was ook gemakkelijk genoeg geweest om door de beveiliging te komen - geen van beiden had een tas of handbagage bij zich - en het beveiligingspersoneel had er niet veel aan gedacht en had ook geen extra verdriet aan hun reis toegevoegd. Terwijl ze naar de gate liepen, voelde Ben zijn telefoon trillen en hoorde hij het gerinkel van een sms'je. Hij haalde hem uit zijn zak.

Het was van Julie.

>> *Update komt eraan. Ik vul de details nu in, maar ik moet met je praten als je landt.*

Geen noodgeval, besefte Ben. Misschien het eerste niet-spoedeisende bericht dat hij kreeg in de laatste drie dagen. Dat was een opluchting.

Maar het betekende ook dat Julie, Sarah en Freddie nieuwe informatie hadden opgegraven. Het betekende dat ze misschien vooruitgang boekten met het Napoleon probleem, of zelfs wisten waar ze het tweede zwaard konden vinden.

Hij wist ook dat Julie bezorgd was over Tennyson's vermogen om in hun technologische leven te gluren. Als de boodschap die ze moest afleveren iets alledaags was, zou ze het gewoon gezegd hebben. En als het iets belangrijks was, maar ze was niet bezorgd dat hun telefoongegevens zouden worden onderschept, zou ze het ook gewoon via sms hebben uitgelegd.

Het feit dat ze vaag en cryptisch was betekende dat zij ook bezorgd was. Ze wist dat Tennyson hen in de gaten hield, hen volgde.

Hij liet het aan Reggie zien, die alleen maar knikte en verder liep. Er was nog geen reden om haar te bellen, geen reden om door te draaien. Het was waarschijnlijk dat de drie andere leden van zijn team gewoon de stukjes van de puzzel bij elkaar aan het leggen waren, en dat ze een paar dingen met hen wilden bespreken, om hun verhaal op een rijtje te krijgen.

Toen ze bij de gate gingen zitten en wachtten op de boarding call, wendde Reggie zich tot Ben. "Ga je me eindelijk vertellen over dat dwaze idee van je?" vroeg hij met een grijns op zijn gezicht.

Ben haalde zijn schouders op. "Waarom zou ik? Wat zou daar leuk aan zijn?"

Reggie lachte, schoof in zijn stoel om het zich gemakkelijk te maken, en keek toen recht voor zich uit. "Het is iets *heel stoms*, is het niet? Je zou het niet eens tegen Julie zeggen."

Ben zuchtte. "Wat zou het anders zijn? Alles wat voor de hand ligt is iets waar Tennyson al aan gedacht heeft. Alles wat de meeste mensen zouden doen is iets wat hij al van tafel heeft gehaald."

"Zoals naar de politie of Interpol gaan?" vroeg Reggie.

Ben knikte. "Precies. Hij wil me laten opdraaien voor de dood van die vrouw, of op z'n minst de autoriteiten vragen laten stellen en op me laten inhakken. Dat neemt de optie om hen om hulp te vragen volledig weg. We kunnen niet naar ze toe gaan om te vertellen dat Eliza is ontvoerd, noch kunnen we ze om hulp vragen om hem op te sporen. Ze zullen me oppakken voor verhoor."

"Mij niet, hoor. Ze weten niet wie ik ben."

"Dat zou kunnen, en het zal niet moeilijk zijn om mijn bekende medeplichtigen op te sporen. Je zult ergens in het systeem zitten. En ik heb het niet aan Julie of iemand anders verteld, want hoe minder er weten, hoe veiliger."

Reggie schudde zijn hoofd en bleef lachen. Hij keek neer op het tapijt van de luchthaven, het bevlekte blauw van de platgetrapte draden. "Ik wist dat ik in Brazilië had moeten blijven. Helemaal uit het zicht, totaal onvindbaar tenzij ik gevonden wilde worden. Ik woonde in een bunker, man. Een letterlijke, ondergrondse bunker. Mijn muren waren gemaakt van beton!"

"Ja, nou, je vrouw vond dat niet zo geweldig, hè?" Ben wist dat Reggie de grap goed zou opvatten. Hij had het zelden over zijn overleden vrouw, en Ben had haar nooit ontmoet.

Reggie lachte nog harder. "Weet je, ze vond het niet erg. Ze vond het alleen niet leuk dat ze niet tegen de muren kon nieten."

"Is dat hoe je denkt dat mensen inrichten, Reggie? "Rotzooi aan de muren nieten? Heb je echt nog nooit een fotolijst opgehangen?"

"Kijk, ik weet hoe ik in leven moet blijven in zowat elke situatie waarin ik me bevind. Dat betekent niet dat ik een klusjesman ben. Ik weet dat soort dingen niet, en ik ben van plan om dat zo te houden."

"Eerlijk genoeg," zei Ben. "Hoe dan ook, als je echt wilt weten waarom we naar Zwitserland gaan, zal ik je inlichten over de details van wat ik van plan ben. Ik kan jullie input wel gebruiken."

"Natuurlijk moet je dat, man," zei Reggie. "Ik ben een professional in onbesuisde en onzinnige plannen."

9:42 PM | **March 10, 2021**

London-Heathrow International Airport, Londen, Engeland

Ben draaide zich om, keek Reggie aan en verlaagde zijn stem. "Kijk, dit is... een beetje onorthodox. Iets wat waarschijnlijk in de bovenste regionen staat van de stomme dingen die ik ooit heb geprobeerd."

"Dommer dan proberen te voorkomen dat een vulkaan uitbarst?" vroeg Reggie.

"Dat was een eenmalig iets, en ik had niet echt een keus."

"Je hebt geen idee of dat een eenmalig iets was, *en* er een hete meid aan de lijn was."

Ben haalde zijn schouders op en lachte. "Ik heb het meisje gekregen, is het niet?"

"Voorlopig," zei Reggie. "Tot ze beseft dat ze getrouwd is met een oude man, in een slap, aardappelvormig lichaam."

Ben rolde met zijn ogen. "Het is niet omdat je Kung Fu kent of zo, dat ik niet op je borst mag zitten en je gezicht mag inslaan met mijn aardappelvormige vuisten."

"Oké, oké," zei Reggie. "Waarom licht je me niet in over dat plan van je, voordat je te opgewonden raakt?"

"Juist," zei Ben. "Dus, Tennyson. Hij wil dat ik bij zijn team kom, en hij heeft invloed op ons. Eliza, dreigt haar te vermoorden."

Reggie knikte, stond toen op en begon te ijsberen. Voordat Ben zijn uitleg kon voortzetten, sprong Reggie in een monoloog. "Oke, dus je moet een pressiemiddel vinden op Tennyson, toch? Je moet iets van hem krijgen waar hij geen afstand van wil doen. Wat betekent dat we naar Zwitserland gaan omdat je daar iemand hebt gevonden waar hij nog steeds om geeft. Een geliefde, misschien? En je bent van plan om ze te ontvoeren en te gebruiken als aas om Tennyson te lokken. Of, je bent van plan om ze te gebruiken als pressiemiddel als we bij Tennyson komen."

Ben staarde omhoog naar Reggie, met zijn kaak op de grond. "Hoe - wat de hel, man? Heb je dat nu net in elkaar geflanst?"

Reggie gooide zijn hoofd achterover en bulderde van het lachen. Een paar passagiers in de buurt die op het eerste instapgesprek wachtten, keken hen geërgerd aan. "Ben, dit was letterlijk mijn eerste gedachte toen ik over Eliza hoorde. Misschien vind je dit moeilijk te geloven, maar ik ben niet zomaar een mooie, perfect gebeeldhouwde held die doet denken aan de Griekse mythologie, met perfecte, zuivere motieven."

Ben rolde nog harder met zijn ogen. "Alsjeblieft," zei hij.

"Nee," ging Reggie verder. "Dat ben ik niet. Binnen die gebeitelde, verbazingwekkende buitenkant zit een donkere, sinistere ziel. Toen ik hoorde dat iemand waar je om gaf was ontvoerd, was mijn eerste gedachte iets terug te doen."

"Heb je dit eigenlijk al overwogen?"

Reggie knikte. "Natuurlijk, man. Dat is wat ik doe. We moeten hem te pakken krijgen, net zoals hij ons te pakken kreeg. Hij speelde zijn hand toen hij haar nam. Het betekent dat hij het *menselijke* element in het spel begrijpt. Het betekent dat hij intuïtief de empathische reden erachter begreep. Het betekent dat hij geen sociopaat is, dat hij in staat is tot menselijke gevoelens. En het zegt me ook dat er een gelijkaardige en tegengestelde reactie is die ook op hem kan werken."

Ben knikte. "Naast Lars en zijn zus die in het lab zijn gestorven toen wij er waren, ben ik erachter gekomen dat Tennyson nog minstens één kleindochter heeft. Ze woont momenteel in Bern, bij haar ouders."

"Oké, dat kan werken," zei Reggie. Hij keek omhoog naar het plafond. "Ja, dat kan zeker werken. Maar hoe weten we of hij echt om haar geeft?"

"Dat is het risico dat we moeten nemen," zei Ben. "Zij is de enige die ik kan vinden die dicht genoeg bij de man staat dat het zou kunnen werken. Als hij nog enig menselijk fatsoen in zich heeft, hoop ik dat hij alles zal doen om haar te beschermen."

"Of hij weet dat we bluffen," antwoordde Reggie. "Hij gaat ervan uit dat we zijn kleindochter niet voor zijn neus gaan vermoorden."

Ben pauzeerde, en keek ook omhoog naar het plafond.

"Wacht, Ben - we overwegen toch *niet* echt zijn kleindochter te vermoorden?"

Ben trok een gezicht, trok zijn wenkbrauwen op en wierp zijn hoofd opzij terwijl hij wegkeek van Reggie.

"Oh, *kom op*. We kunnen niet..."

Ben draaide zich eindelijk om. "Nee, jij idioot. We gaan geen kind vermoorden. Dat is van de tafel - zal altijd zo zijn, altijd zo geweest. Dat weet je."

Reggie ademde opgelucht uit. "Verdomme, man. Je liet me schrikken. Ik dacht dat je ineens donker en gestoord was geworden, net als ik."

"Ik kan alleen maar wensen," zei Ben met een glimlach. "Maar, je hebt gelijk: hij kan onze bluf beantwoorden. Als hij me zo goed kent als hij denkt, weet hij dat ik niet iemand ben die zoiets kan doen. Niet bij een kind."

"Hoe zit het met het ontvoeren van een van *zijn* kinderen, dan? Ze zijn volwassen, dus dat kunnen we proberen. En als het erop aankomt, kunnen we vast wel iets slechts vinden zodat we ons niet slecht voelen als we de trekker overhalen."

Ben wuifde het weg. "Nee, dat zal niet werken. Er is nog steeds het probleem dat we iemand moeten vermoorden die onschuldig is, en het is veel waarschijnlijker dat er een ruzie is tussen Tennyson en zijn kind, in plaats van Tennyson en zijn kleinkind."

"Juist," zei Reggie. "Grote kans dat Tennyson ons gewoon zijn kind laat doden als ze al een tijdje afstandelijk zijn. Het zou zijn haat jegens jou alleen maar aanwakkeren, en mogelijk zijn hand forceren en Eliza ook laten doden. Maar er is een andere optie: we hoeven niemand te vermoorden."

Ben voelde opluchting over hem komen. "Doen we dat niet?"

Reggie schudde zijn hoofd. "Nee, we kunnen dit op een andere manier doen. We hoeven hen geen kwaad te doen, en we kunnen schoon schip maken met onze zuivere bedoelingen. We vertellen Tennyson dat we zijn kleindochter hebben, en we vertellen hem dat we het hart niet hebben om haar te doden. Maar we hebben wel het hart om haar bij hem weg te houden, zolang als nodig is om Eliza te bevrijden.

7:42 AM | **March 11, 2021**

Parijs, Frankrijk

Freddie's lichaam voelde geplet onder de veiligheidsgordel en de deur van de kleine mini sedan waarin hij zat. Julie en Sarah hadden zich op de stoel naast hem gepropt, terwijl de passagiersstoel voorin leeg bleef. Ze werden door de straten van Parijs gereden door een chauffeur die ze die ochtend hadden ingehuurd.

Ze hadden het risico genomen om twee hotelkamers te boeken toen ze gisteravond in de stad landden, omdat ze de rust nodig hadden en wisten dat niemand wakker zou zijn als ze laat in Parijs aankwamen. Ze hadden ook niets gehoord van Ben en Reggie, en Julie had hen verteld dat ze eerst wat meer informatie over het zwaard wilde hebben voordat ze iets zouden sturen.

Terwijl ze verder reden, begreep Freddie niet waarom niemand ervoor had gekozen om voorin te gaan zitten. Hij was beleefd geweest en had de achterbank gekozen, zodat een van de vrouwen met wie hij samen was voorin kon zitten, en toch hadden ze zich allebei gewoon een weg naar achteren gebaand en al zijn overgebleven beenruimte weggenomen.

Tot zover de zuidelijke gastvrijheid.

Hij mopperde ongemakkelijk maar deed zijn best om zich goed te houden. Met een beetje geluk was het maar een klein eindje rijden vanaf hun hotel.

"Vingt-cinq minutes," riep de chauffeur vanaf de voorstoel. Freddie sprak geen Frans, maar hij kende het woord *minuten* en hij wist dat het getal dat de chauffeur ervoor had gezegd een heleboel lettergrepen in zich had gehad, wat hem alles vertelde wat hij moest weten. *We zijn niet eens in de buurt.*

"Gaat het?" Vroeg Julie. Ze keek naar beneden en lachte toen ze zag dat zijn benen tegen elkaar gedrukt waren, zijn knieën recht naar voren gericht en zich ingroeven in de rugleuning van de passagiersstoel voor hem.

Hij knikte snel, wilde geen woorden verspillen. Elke extra inspanning zou hem in het zweet kunnen doen uitbreken. Hij was een soldaat, en toch was zitten met zijn knieën tegen elkaar een van de meest ongemakkelijke posities waarin hij zich kon bevinden. Hij had een hekel aan kleine ruimtes - niet uit claustrofobie, maar uit een algemene angst dat hij er niet meer uit zou komen als hij er eenmaal in vastzat. Hij was geen kleine man.

De auto slingerde door de straten van Parijs en Freddie keek naar de oude, mooie stad, terwijl hij probeerde het beste te maken van zijn huidige situatie. Ze bevonden zich op de linkeroever, wat blijkbaar betekende dat er een rivier of een strand of iets dergelijks in de buurt was, maar dat had hij niet van tevoren opgezocht. Het leek wel of er om de haverklap een gebouw stond dat ouder was dan het land waar hij geboren was, en hij was onder de indruk van de eeuwenoude uitstraling van sommige straten waar ze doorheen reden.

Het was hier eenvoudiger - alles leek net een beetje kleiner. De auto's, de mensen, de kleine winkeltjes, winkels en cafés. Sommige straten die van de hoofdweg afliepen waren geplaveid, zoals hij die in Londen had gezien, en hij wenste even dat ze niet op weg waren om een of ander dom oud zwaard op te sporen, maar dat ze in plaats daarvan een paar dagen en nachten door de stad konden zwerven.

Hij dacht terug aan de bibliothecaresse die hij in de bibliotheek had ontmoet. *Zij was ook klein,* dacht hij. *Ze zou er hier schattig uitzien. Ze zou goed passen bij de Parijzenaars. En ze zou in deze auto passen.* Hij begon zich voor te stellen dat zij het was, in plaats van Julie, die tegen hem opbotste in de zetel -

"We zijn er," zei de chauffeur. Hij sprak met een dik accent, maar zijn Engels was goed te verstaan.

Zijn het al meerdere Franse lettergrepen van minuten geweest? vroeg Freddie zich af. Hij keek uit het raam en zag hun bestemming, bevestigd. Een eenvoudige brownstone die eruitzag alsof hij goed zou passen in een blok in San Francisco of in een van de boroughs van New York. Het was eenvoudig en elegant, een perfecte mengeling van oude klasse en moderne flair, met gebogen smeedijzer in gelede ontwerpen die het voorhek en de poort vormen, de hekzuilen zelf gebouwd van steen. De poort stond open, en hij zag dat er achter de poort een pad naar het huis liep. De naburige huizen aan weerszijden van de straat waren eveneens goed onderhouden, allemaal schilderachtig en perfect Frans.

Ze stapten uit en bedankten de chauffeur, liepen toen het pad op en Julie klopte op de deur. Hij wist dat Madame Blanchet hen zou verwachten, en enkele seconden na de klop ging de deur open.

Zij begroette hen in het Frans, en Sarah gaf een soortgelijke begroeting terug die voor Freddie totaal onbegrijpelijk was, en toen wenkte de kleine vrouw hen haar huis binnen. Ze leek perfect te passen bij de sfeer en de uitstraling van het huis en de buurt. Alles aan de vrouw leek oud, maar toch verfijnd. Ze droeg zichzelf met waardigheid, ook al boog haar bovenlichaam zich een beetje voorover als ze schuifelde.

Ze schakelde over op Engels, ongetwijfeld voor hem. "Wilt u thee? Koffie?"

Freddie wilde net instemmen met een kop koffie toen Julie tussenbeide kwam. "Nee dank u, Madame. We moeten snel zijn."

Madame Blanchet scheen dit niet goed te keuren, fronste haar wenkbrauwen en wuifde met haar handen in de richting van Julie. "Je moet snel zijn! Snel zijn in een gesprek is niet Frans zijn. We hebben het over belangrijke zaken, neem zoveel tijd als je nodig hebt."

Julie glimlachte. "Ik waardeer uw gastvrijheid, Madame. En geloof me, we zouden niets liever doen dan de hele dag praten, maar ik ben bang dat we een beetje krap in de tijd zitten."

De kleine oude dame had wit, piekerig haar dat, in het juiste licht, grensde aan blauw. Ze keek op naar Julie toen ze haar een zitplaats aanbood op een pluchen sofa in de voorkamer. Ze wierp haar hoofd vragend opzij. "Inderdaad, en zeer intrigerend. Ik zal het toestaan. In wat voor soort plezier en spelletjes bent u terecht- gekomen, Mademoiselle?"

Julie dacht even na, maar Sarah antwoordde voor haar. "We hebben later nog een vergadering, dat is alles. We proberen iets op te sporen, en we dachten dat jij misschien kon helpen."

"Ik hoop dat ik dat mag," zei Madame Blanchet. "Alstublieft, jullie twee, gaat u zitten. De grote man kan hier gaan zitten als hij dat prettiger vindt."

Freddie slikte toen hij zich realiseerde wat ze dacht. *Als zijn dikke reet daar gaat zitten, zijn mijn stoelen kapot.* Hij boog zijn hoofd naar links en wierp een blik op de miniatuur fauteuil die in de hoek stond. Het leek wel een decorstuk uit een antieke film, het borduurwerk sierlijk en over de top, en de poten van het ding verguld in een soort van koper of goud.

Het leek alsof het gemaakt was van lucifershoutjes, klaar om elk moment te imploderen, om gewoon op te lossen onder zijn 'grote mannen' gewicht. Zelfs als het stevig was, leek het er niet op dat hij zijn hele *derrière* erin kon krijgen zonder een pijpklem op zijn heupen te gebruiken om ze samen te knijpen.

Hij stak snel de kamer over en nam plaats op de sofa naast Julie. Zelfs dan was het nog krap. Hij dacht aan de auto waarin ze net hadden gereden en besloot bijna om gewoon de hele tijd te blijven staan. In plaats daarvan schoof hij een paar keer op en keek toen weer op naar Sarah en de madame. "Dank u, mevrouw. Ik voel me hier prima op mijn gemak."

Madame keek hem aan, haar hoofd een beetje opzij. Hij vroeg zich af of ze nog een vraag voor hem had, maar als dat zo was hield ze die voor zich. Ze keek terug naar Julie toen Sarah in de leunstoel tegenover hen ging zitten. Toen ze allemaal zaten, begon ze. "Ik was de officiële historicus van het Museum van het Leger van Frankrijk voor het grootste deel van een decennium. Daarvoor gaf ik Franse geschiedenis aan een plaatselijke universiteit."

Julie knikte mee. "Ja, je CV is behoorlijk indrukwekkend. Wij geloven dat u de perfecte persoon bent om ons te helpen met het opsporen van deze -"

"Het *objet de désir*," zei ze met een kunstige zwaai en een zwaai van haar pols. "Wat is het, mijn liefste? Het voorwerp in kwestie?"

Freddie keek van opzij naar Julie terwijl ze slikte en toen antwoordde. "Nou... Het is - het is iets dat kan worden beschouwd als een beetje... *controversieel.*"

"En waarom is dat?"

"Misschien niet zozeer *controversieel* als wel iets waarvan de meesten niet geloven dat het *bestaat.*

Madame Blanchet trok een wenkbrauw op en keek hen alle drie beurtelings aan.

"U wilt iets vinden dat niet bestaat? Een zeer *merkwaardige* vraag."

"We hebben reden om te geloven dat het kan," zei Sarah. "Daarom zijn we hier - als er enige hoop is dat het bestaat, kunnen jullie dat misschien verifiëren."

"Wat is het object?"

"Een zwaard."

Ze nam dit in zich op en bleef er even bij zitten voor ze antwoordde. "Een zwaard... Ja, dat zijn dingen die zeker bestaan." Ze knipoogde naar Freddie, en hij glimlachte.

"Een zwaard gedragen door Napoleon," zei Julie.

"Van Austerlitz?"

"Ja, zoiets. Maar niet het *echte* zwaard van Austerlitz. Een kopie. Een replica."

Mevrouw schudde snel een paar keer haar hoofd, haar voorhoofd gegroefd en diep in gedachten. "Nee, ik ben bang dat ik nog nooit van zoiets gehoord heb. Het moet een moderne creatie zijn, misschien in opdracht van een museum voor een Napoleontische tentoonstelling?"

"Dat denken we niet,' zei Sarah. "We hebben redenen om aan

te nemen dat degene die het Zwaard van Austerlitz heeft gemaakt...

"Biennais," onderbrak Madame Blanchet.

"Ja, Biennais," ging Sarah verder. "Wij geloven dat Biennais het Zwaard van Austerlitz heeft gemaakt, maar misschien ook een andere versie van hetzelfde zwaard. Misschien niet ontworpen voor Napoleon, maar voor zijn zoon?"

"Maar Napoleon II was nog niet geboren toen het Zwaard van Austerlitz werd gesmeed... en hij was zelfs nog geen schim in het oog van zijn vader.

"Ik begrijp het," zei Julie. "En wat kun je ons vertellen over Biennais?"

"Wel, mijn liefste," zei de madame. "Alles. Je moet specifieker zijn."

7:45 uur: 11 maart 2021
Veyrier, Genève, Zwitserland

"Oké," zei Ben. "Vertel me nog eens wat ik voor je moet doen."

Nadat zij gisteravond op de luchthaven van Genève waren geland en een kamer hadden geboekt in het dichtstbijzijnde goedkope motel, hadden Reggie en Ben een kleine sedan gehuurd. Ze waren op dit moment aan het navigeren door de buitenwijken van een gemeente genaamd Veyrier, op zoek naar het huis van Baden Tennyson's kleindochter. Ze hadden geprobeerd de zaken te vereenvoudigen en een rideshare te nemen, maar blijkbaar was die dienst in dit land niet zo van de grond gekomen, en de wachttijd voor een rit zou ergens in de buurt van veertig minuten zijn geweest. Geen van beiden had daar geduld voor, dus gebruikten ze wat van het geld dat ze hadden opgenomen om een auto voor de dag te huren. Het zou hen opties geven, evenals een beetje meer vrijheid, dus Ben was blij om de concessie te doen.

De kaart app op Reggie's telefoon leidde hen dichter naar hun bestemming, maar Ben wilde heel duidelijk zijn over wat, precies, het plan van zijn vriend was.

"Rustig," antwoordde Reggie terwijl hij de auto door een andere bocht stuurde. "We zijn deur aan deur verkopers."

"Ik heb zoveel," zei Ben. "Maar wij worden verondersteld te *verkopen*? Camera's?"

"Telefoons, eigenlijk."

"Mensen kopen geen telefoons van deur-aan-deur verkopers, Reggie."

Reggie glimlachte en zette toen zijn knipperlicht aan terwijl hij van rijstrook veranderde en op weg ging naar de volgende afslag. "Natuurlijk doen ze dat niet - mensen kopen *niets* meer van colporteurs. Maar dat wil niet zeggen dat ze niet bestaan, toch? En je mist het punt. We hoeven haar geen telefoon te verkopen, we hoeven alleen...

"En waarom heeft een twaalfjarige een telefoon nodig?" vroeg Ben.

"Ze is *twaalf*, Ben," antwoordde Reggie. "Het zou me verbazen als ze er nog geen had."

Ze hadden een beetje onderzoek gedaan tijdens de vlucht, in de hoop dat door hun jacht te beperken tot een klein beetje onderzoek via een VPN via het Wi-Fi netwerk aan boord, Tennyson niet zou worden gealarmeerd door hun bewegingen, en hun plan zou kunnen raden.

Het onderzoek was vruchtbaar geweest. Het konijnenhol van het zoeken naar de naam van Tennyson's zoon - Bryson Tennyson - had hen naar een website van de plaatselijke gemeenschap geleid waar de naam van de man vermeld stond. Haar vader werkte in de buurt bij een plaatselijke chemische fabriek, en Reggie had op de website van het bedrijf een artikel gevonden waarin stond dat hij en zijn gezin in Veyrier woonden. Van daaruit was het gewoon een kwestie van het vinden van iemand met de naam Bryson Tennyson in een online witte pagina directory en het betalen van een paar dollar om toegang te krijgen tot de openbare registers voor dat graafschap.

Zij hadden uiteindelijk ontdekt dat het meisje Alexi heette, en dat zij met haar ouders - Tennyson's zoon en schoondochter - in een huis met drie slaapkamers in Veyrier woonde.

Alles bij elkaar had het minder dan een uur werk gekost, maar Ben had nog steeds het gevoel dat ze iets verkeerd deden. Hij vond het idee om iemand te ontvoeren maar niets - vooral niet een kind - en ook al waren ze nooit van plan haar iets aan te doen, het voelde toch smerig.

Ben's plan was uiteindelijk veranderd in het bedenken van een manier om haar ouders toestemming te vragen om hun kind te lenen. Het was een gok, en hij dacht dat er een grotere kans was dat het plan zou eindigen met de Zwitserse politie op hen af te roepen.

In plaats daarvan had Reggie een plan bedacht dat niets te maken had met ontvoering of ouders overhalen om hun tiener-dochter te laten rondlopen met twee Amerikaanse mannen. Ben was opgelucht, ook al leek Reggie's plan ook een gok.

Hij wist dat de druk hem te pakken had. Mr. E had hem een richtlijn gegeven, een die hij nog moest delen met de rest van zijn team. Hij wilde Tennyson vangen, wilde hem stoppen, en hij voelde dat hij *alles* zou doen om dat te doen.

Maar hij had zichzelf verrast door zelfs maar te overwegen een onschuldige familie te bedreigen. Hij voelde zich niet helemaal zichzelf, en hij haatte Tennyson des te meer omdat hij hem dat liet voelen.

"Kijk, we moeten haar gewoon zover krijgen dat ze een selfie met ons neemt," zei Reggie. "Ze is twaalf, dus mobieltjes zijn iets waar ze om zal geven. Toch?"

"Waarom vraag je dat aan mij? Ik kreeg pas een mobieltje nadat ik getrouwd was."

Reggie lachte. "Ik denk dat je er een iets eerder had, maar ik snap wat je bedoelt."

"Oké, dus we zorgen dat ze de deur opendoet, of in ieder geval dat ze naar de deur komt. Maar hoe doen we dat? Wat als haar vader of moeder de deur opendoet en het niet goed vindt dat twee Amerikaanse mannen hun dochter roepen?"

Reggie glimlachte. "Dat is makkelijk. Dat hebben we al bedacht: we moeten alleen zorgen dat het meisje thuis is met haar kindermeisje, of alleen."

Ben schudde zijn hoofd en haalde adem. "Dit gaat echt niet werken, man. Hoe weet je eigenlijk dat ze een kindermeisje had?"

Reggie haalde zijn schouders op toen hij door de smalle straten reed. Ze waren nu in de buitenwijken, dicht bij hun doel-wijk. "De school is nu uit. Dat was makkelijk genoeg te vinden. En dan het artikel waarin stond dat haar vader voor de chemische fabriek werkt, maar ook dat haar moeder verpleegster is en rare diensten draait. Dus als ze thuis is, slaapt ze waarschijnlijk. Ik denk dat er een nog grotere kans is dat ze weg is. Het meisje is twaalf, dus ze is waarschijnlijk oud genoeg om alleen thuis te zijn, maar misschien hebben ze een kindermeisje voor haar of zo."

"Of alleen bij een vriend thuis," voegde Ben eraan toe.

Reggie haalde zijn schouders op. "Nou en? We kunnen nog wel even wachten."

Toen ze het adres naderden, begon Ben zich steeds angstiger te voelen. Dit voelde niet langer aan als iets waar hij deel van wilde uitmaken. Hij had een fout gemaakt door zelfs maar over het idee te beginnen tegen Reggie. Reggie was een goede man, en Ben wist dat hij ook geen onschuldig iemand kwaad zou doen, maar hij was nog bekrompener dan Ben als het aankwam op wraak nemen voor degenen van wie hij hield. Mevrouw E was vermoord door de hand van Tennyson, en Ben wist dat Reggie tot het einde van de wereld zou gaan om te voorkomen dat dit nog eens zou gebeuren.

Hij wilde het afblazen, Reggie aan de kant zetten en terug laten gaan naar het vliegveld, een andere weg zoeken. Hij wilde overleggen met Julie - vaak zijn stem van de rede.

Maar ze waren zo dichtbij. Ze konden op zijn minst langs het huis gaan, kijken of er iemand thuis was...

Ze trokken Alexi's straat in.

Hij zag het huis nu, een schattig blauw ding met witte versiering. Twee verdiepingen, maar klein. Het was mooi maar niet luxueus, het paste qua stijl en grootte bij de meeste huizen in dat blok.

"Moet hier aan de linkerkant zijn," zei Reggie onder zijn adem.

"Reggie, ik..."

Uit zijn ooghoek zag Ben iets waardoor hij naar adem hapte. Hij richtte zijn blik erop en probeerde zich te concentreren op wat zijn onderbewustzijn had gealarmeerd.

Hij knipperde een paar keer, maar hij was zeker van wat hij nu zag, want het rolde langzaam in beeld.

Een vrachtwagen.

Een *witte* bakwagen.

"Reggie, dat is -"

"Ik zie het, man," zei Reggie zacht. "Er is geen manier om te weten of het iets is om je zorgen over te maken, dat wel. Waarschijnlijk gewoon iemand die een wasmachine en droger aflevert."

Ben knikte, maar hij voelde de onrust in zijn maag toenemen tot een brullen. Eerder had hij een algemeen onbehagen gevoeld, nu voelde hij gewoon ontzetting.

"We moeten hier weg," zei Ben. "Nu. We moeten daarheen, om op zijn minst op de deur te kloppen, om te proberen haar aandacht te krijgen en -"

De vrachtwagen versnelde, trapte toen op de rem en gierde voor het huis, net toen Reggie en Ben er aan kwamen rijden. Ben sloot de ogen met de chauffeur.

Voor een flitsende seconde ontmoetten hun ogen elkaar en Ben was verward. Het gezicht was bekend.

Toen wist hij het.

Dezelfde ogen. Hetzelfde, zwarte krullende haar. Een diepe teint, bijna piekerend.

Hoe in godsnaam?

En toen glimlachte de man.

De deur ging open, en de man sprong direct de straat op, opnieuw de deur wijd open latend. Deze keer was hij echter niet ongewapend gekomen. Hij haalde een subcompact machinegeweer tevoorschijn en haalde onmiddellijk de trekker over.

"Reggie! Ga liggen!"

Reggie was al in beweging. Ze doken beiden naar elkaar toe, de toppen van hun hoofden botsten bijna tegen elkaar toen ze de middenconsole raakten, hun armen en torso's nauwelijks onder het niveau van de voorruit.

Kogels sloegen door het glas, stukken plastic en glas vlogen in het rond.

Reggie brulde van woede, maar bewoog niet. Ben bleef roerloos liggen, zich afvragend of de man naar hen toe zou lopen of afstand zou houden.

De aanvaller bleef vuren, de kogels scheurden door de hoofd-steunen, zeilden door de achterruit en veranderden alles in de auto boven het stuur in poeder en stof. Hij hoorde het pingelen van de kogels op de motor en de metalen onderdelen onder de motorkap. De auto zou geroosterd worden, hun hoop om hem met een voertuig te achtervolgen was zo goed als verloren.

Nog een paar schoten werden afgevuurd, en toen stierven de schoten weg. Ben en Reggie zaten daar nog een ogenblik, zonder zich te durven bewegen. Tenslotte ging Ben weer rechtop zitten en tuurde door de nu wijd open ruimte waar eerst de voorruit had gezeten.

De man was weg.

"Reggie, ga weg. Ga weg, nu."

Reggie knikte, en opende de deur al. Hij stapte uit de bestuurderskant van het voertuig. Ben deed hetzelfde, en beide mannen huppelden naar de achterkant van de auto en hurkten toen weer neer. Ben wilde geen risico's nemen; de man was niet ver weg, waarschijnlijk aan het herladen en een nieuw schot aan het voorbereiden.

"Gaat het?" Vroeg Reggie.

Ben knarste met zijn tanden en knikte. "Ik voel me prima. Maar ik wil die klootzak *echt* pakken."

"Daar kan ik niets tegenin brengen," zei Reggie. "Klaar?"

Ben wist niet zeker waar hij klaar *voor* moest zijn - ze hadden hier geen wapens, geen plan. Hun enige ontsnappingsmogelijkheid was zojuist weggevaagd, en het was hoogst onwaarschijnlijk dat die ook maar weer zou starten. Zelfs als hij kon omkeren, zou hij nooit de hele weg terug naar het vliegveld kunnen afleggen.

"Zeker," zei Ben, wetend dat het een leugen was.

7:46 AM | **March 11, 2021**

Parijs, Frankrijk

Madame Blanchet stond op van haar stoel en liep met kleine, kletterende voetstappen naar de huiskamer. "Ik ga thee zetten," riep ze. "Weet je zeker dat ik niets voor je kan halen?"

Freddie weigerde en vroeg om een koffie, die Julie aannam, met melk en suiker. Terwijl ze wachtten, kwam Madame Blanchet terug naar de zitkamer. "Ik kan u alles vertellen over Martin Guillaume Biennais, geboren in 1764, maar u heeft gezegd dat u niet veel tijd heeft. U schijnt niet bij de politie te zijn, en u komt niet op mij over als privé-detectives - in dat geval zou er geen reden zijn om alle drie tegelijk hier te zijn - maar toch lijkt u *te* aarzelen om mij precies uit te leggen waarom u denkt dat er *twee* afzonderlijke Austerlitz-zwaarden zijn gemaakt. Mag ik vragen waarom?"

Julie schraapte haar keel. "We verontschuldigen ons voor onze aarzeling. Er is gewoon veel... gebeurd de laatste dagen. Reizen, hotel arrangementen, vluchten, dat soort dingen. We komen net uit Londen.

Ze knikte. "Ja, ik herinner me dat je me in je e-mail vertelde dat je in Londen was. Vreselijk wat daar gebeurd is - heb je gehoord van die andere terroristische aanslag?"

Freddie's ogen verwijdden zich een beetje, en hij wierp een blik op de twee vrouwen die bij hem zaten. Julie wankelde niet. "Ja, verschrikkelijk."

"En na de aanslagen in Rome en Mexico," zei Madame Blanchet hoofdschuddend. "Ze lijken inderdaad in frequentie toe te nemen, nietwaar?"

Julie had niets gehoord over een aanslag in Mexico, en ze maakte een aantekening dat ze dat zou nagaan wanneer ze Madame Blanchet's huis verlieten.

"Hoe dan ook," zei Sarah, terwijl ze de draad weer oppakte. "We wilden niet te veel van uw tijd in beslag nemen; we weten dat u het waarschijnlijk druk hebt -"

Madame Blanchet gooide haar hoofd achterover en lachte. "Jonge dame, ik ben negenenzeventig jaar oud. Ik heb het grootste deel van mijn leven besteed aan het bestuderen en onderzoeken van Napoleon en zijn invloed op mijn land. Ik ben gepensioneerd als leraar en doe vrijwilligerswerk wanneer ik wil. Ik heb nog maar weinig vrienden, en mijn man is vijf jaar geleden overleden. Als u zich zorgen maakt over tijd, ben ik bang dat uw zorgen aan mij verspild zijn."

Sarah glimlachte. "Dank u. Dat waarderen we. Om eerlijk te zijn, zitten we een beetje in de problemen omdat we de opdracht hebben gekregen dit zwaard te *vinden* en te produceren, en - net als u - geloofden we voor gisteren niet dat het bestond."

"Wat is er gisteren gebeurd dat je reden geeft om te geloven dat het zo is?"

"De persoon voor wie we het proberen te vinden stuurde ons

een video. Er is een vrouw op de video, maar er is ook een zwaard bij haar hoofd."

"Vlakbij haar hoofd? Dat is vreemd."

"Deze video is inderdaad vreemd," zei Sarah, er snel voor zorgend dat het gesprek op het goede spoor bleef en Madame Blanchet niet op een zijspoor terechtkwam door zich zorgen te maken over Eliza.

Freddie keurde haar aanpak goed. Het was niet nodig om iemand onnodig ongerust te maken, of zich af te vragen waarom Tennyson een privé guillotine had gemaakt met een van 's werelds meest populaire zwaarden.

Sarah ging verder. "Maar het is *vreemd* omdat het zwaard dat erin zit het Zwaard van Austerlitz lijkt te zijn."

"Zou het een replica kunnen zijn?"

"Natuurlijk - zijn er in het verleden replica's van gemaakt?"

Madame Blanchet dacht een ogenblik na en schudde toen haar hoofd. "Nee, niet dat ik weet. Het zou een moeilijke zaak zijn om een kopie van dit zwaard te maken die van enige echte waarde is. Tenzij de smid toegang had tot het zwaard zelf, en het kon gebruiken om de exacte afmetingen te kopiëren, zouden ze moeten werken vanaf een plaatje. Om nog maar te zwijgen van het feit dat het ongelooflijk duur zou zijn, en ik zie niet in dat een museum in zoiets zou willen investeren enkel en alleen om het tentoon te stellen."

Sarah knikte. Freddie wist dat dit precies haar plan was - om alle andere verklaringen voor het bestaan van het zwaard van tafel te halen, zodat Madame Blanchet het zwaard zou zien en dan zou toegeven dat het moest zijn wat zij zeiden dat het was. Hij haalde zijn telefoon tevoorschijn en overhandigde die aan Sarah.

"Freddie heeft een screenshot van de video, ingezoomd op het zwaard. Je kunt het meeste van het schild en handvat zien waar het detailwerk is gedaan. Ik neem aan dat je bekend bent met het zwaard?"

Madame Blanchet keek haar aan alsof ze een kind was dat haar net had gevraagd of ze kon lezen, maar ze knikte beleefd. "Ja, ik ben bekend."

Ze gaf de telefoon aan Madame Blanchet, die een kleine bril tevoorschijn haalde uit een onzichtbaar borstzakje. Ze zette hem op het puntje van haar neus en trok de telefoon een paar keer naar haar gezicht toe en er weer vanaf, om uiteindelijk de ideale afstand tot haar ogen te vinden, zodat haar zicht zich kon concentreren. Ze hield hem een paar seconden op zijn plaats en draaide toen het scherm van de telefoon een beetje.

Ze keek nog een paar seconden en hijgde toen. "Oh, hemel," fluisterde ze. "Oh, dit is inderdaad wonderbaarlijk."

"Zou je zeggen dat dat lijkt op het Zwaard van Austerlitz? vroeg Julie, na nog een paar seconden.

Madame Blanchet staarde nog een ogenblik naar de afbeelding en schudde toen haar hoofd. "Nee, ik zou niet zeggen dat het op het Zwaard van Austerlitz lijkt. Ik zou zeggen dat het, zonder twijfel, *het* Zwaard van Austerlitz is."

Freddie glimlachte. "Dat dachten wij ook."

"Zo, je hebt zojuist bewezen dat het zwaard echt is, een feit dat geen verificatie behoefde. Waarom denk je dan dat dit een kopie is?"

"Omdat het zwaard op deze foto niet het Zwaard van Austerlitz *is*."

Twaalf seconden lang werd er niet gesproken en tenslotte keek Madame Blanchet om zich heen naar ieder van hen. Freddie zag hoe haar ogen zich op ieder van hen vestigden en wist dat ze hen probeerde te lezen, om te zien of ze niet bespeeld werd. "Oké," zei ze uiteindelijk. "Ik zal toehappen. Ik heb Amerikanen altijd gemogen, en jullie drie lijken eerlijk genoeg te zijn. Wat is het dat jullie me niet vertellen?

Freddie hield de telefoon omhoog en liet hem aan haar zien. "Het handvat. De rozen, of bloem dingen. Valt je iets op?"

Madame Blanchet's ogen werden groot terwijl ze het beeld op het scherm bestudeerde. Hij kon het besef in haar ogen zien. Ze trok zich terug en keek toen op naar Freddie. "Je - je hebt gelijk, zoon," zei ze. "Dit is *zeker* niet het Zwaard van Austerlitz."

7:49 AM | **March 11, 2021**

Veyrier, Genève, Zwitserland

Ben keek omhoog over het opgeblazen dashboard en zag de bommenlegger de straat op rennen. Hij keek naar Reggie. "Laten we gaan!" schreeuwde hij.

"Ik ga achter hem aan," zei Reggie. "Bel jij de politie voor versterking."

Ben schudde zijn hoofd. "Er is geen tijd, Reggie. Ga hem achterna, maar ik moet bij die truck zien te komen. Als het is wat we denken dat het is..."

"Ben je gek?" schreeuwde Reggie. "Ben, het gaat *ontploffen*. Je kunt er nooit op tijd zijn, en hoe dichter je er bij bent, hoe groter de kans dat je mee de lucht in gaat."

"Niet als we er hier over zitten te discussiëren." Ben probeerde niet geïrriteerd of gefrustreerd te klinken, hij wilde alleen zijn punt duidelijk maken. "We zien elkaar over vijf minuten in het bos, wat er ook gebeurt."

Er stonden een paar dennenbomen boven het huis aan het

eind van het blok, dat tegen een dichtbegroeid bos aan leek te liggen. De chauffeur van de vrachtwagen was achter dat huis verdwenen, en Ben wist dat als er een kans was om hem te pakken te krijgen, dat was wanneer hij langzamer door het bos zou rijden.

Ben duwde Reggie, en zijn vriend schudde uiteindelijk zijn hoofd, draaide zich om en begon de weg op te sprinten. Ben kon rennen, maar hij had niet de snelheid die Reggie had. Als iemand de bommenlegger in het bos kon opsporen en vangen, was het Reggie wel.

Ben draaide zich om en richtte zich op het huis, de truck nog steeds geparkeerd en rijdend ervoor. Tot nu toe had hij nog niemand vanuit het huis naar buiten zien gluren, maar hij kon geen risico nemen. Hij had het gevoel dat Reggie gelijk had gehad, dat Tennyson's kleindochter thuis was, ook al stonden er geen auto's voor of op de oprit geparkeerd.

Hij begon naar de truck te rijden, hopend dat er genoeg tijd zou zijn om er te komen voordat...

Hij werd van de grond getild en vloog achterwaarts door de lucht voordat hij het geluid hoorde of de ontploffing zag. De vrachtwagen voor hem hield op te bestaan, net als het huis waar hij voor geparkeerd stond.

En delen van de twee huizen ernaast.

Ramen op en neer in de straat braken tegelijkertijd, naar binnen geblazen door de drukgolf die Ben had opgetild en hem naar achteren had geworpen.

Hij landde net toen hij de hitte van de explosie over zich heen voelde spoelen, en zijn gedachten werden teruggetrokken naar de aanval op zijn eigen hut.

Hij voelde zijn hoofd tegen het gras smakken en was dankbaar dat hij op een binnenplaats was terechtgekomen en niet op de stoep of de weg. Toch was hij minder bezorgd om zijn eigen veiligheid dan om de onschuldige mensen die in deze huizen woonden.

Het duurde een paar seconden voor hij weer rustig was, maar hij knipperde de vlinders weg en deed zijn best om op te staan. Op wankele voeten keek hij naar de ruimte een paar honderd meter verderop. Op de plaats van de weg lag een krater, die zich uitstrekte over het asfalt, over het trottoir, en tot halverwege de tuin voor het pittoreske huis dat tot puin was herleid.

Het huis zelf was net verdwenen, alleen een paar planken stonden nog overeind, met hun voet in de betonnen plaat eronder. De huizen links en rechts hadden soortgelijke schade opgelopen, hoewel er aan de uiterste rand nog enkele muren overeind stonden.

Hij schreeuwde, vloekte tegen de chauffeur die de bom had achtergelaten.

Had hij maar geen ruzie gemaakt met Reggie, had hij maar een paar seconden meer gehad.

Hij schudde zijn hoofd. *Wat dan, Bennett?*

Zou hij genoeg tijd hebben gehad om de bom onschadelijk te maken? Hij wist dat het hoogst onwaarschijnlijk was. Hij wist heel weinig over hoe je een bom onschadelijk maakt, en hij was er vrij zeker van dat het iets ingewikkelder was dan gewoon een draad doorknippen.

Wat had hij moeten doen? Had hij de truck weg kunnen rijden? Dat zou zeker zelfmoord zijn geweest, en bovendien stonden er huizen langs de hele straat - hij had hem nergens heen kunnen brengen waar het volkomen veilig zou zijn geweest voor de mensen die hier wonen.

Hij begon tranen in zijn ogen te krijgen, denkend aan Tennyson's kleindochter. De man had een bom naar haar voordeur gestuurd - zijn eigen familie opgeblazen - om Ben en Reggie tegen te houden.

De tranen werden snel vervangen door een gevoel van woede, een woede die zich intens in hem opbouwde, heter brandend dan alles wat hij ooit had gevoeld. Hij had mensen zien sterven - hij had zelfs de dood veroorzaakt, mensen gedood - hij was gemarteld, vastgebonden op een stoel en zinloos geslagen. Hij was tot het einde van de wereld geweest, had mannen en vrouwen neergehaald die niets beter verdienden, maar dit was anders.

Maar hij had *nog nooit* zoiets gezien. Hij had nog nooit iemand gezien die zo bereid was om zijn eigen familie te vernietigen om een punt te maken. Iemand die zo nonchalant iemand kon sturen om zijn eigen kleindochter te vermoorden, alleen maar om de controle over de situatie te behouden.

Hij wist toen dat Tennyson had geweten dat ze hier zouden komen. Hij had al die tijd geweten dat hij en Reggie - of tenminste Ben, alleen - hierheen zouden komen, om te proberen zijn kleindochter als pressiemiddel te gebruiken.

Ben wist dat hij dat moest doen, maar hij voelde zich niet langer schuldig. Hoe kon hij? Hij was van gedachten veranderd voordat ze een zet in het huis hadden gedaan. Het idee van ontvoering was iets veel tammer geworden - gewoon een foto maken met Tennyson's kleindochter. Een taak die bijna te verteren was.

En zelfs toen had Ben aan zichzelf getwijfeld. Hij had er niet mee door willen gaan, had de jonge vrouw geen kwaad, leed of zorgen willen bezorgen.

Nu was ze weg. Was dit eigenlijk zijn schuld? Was het omdat Ben en Reggie hier waren gekomen? Omdat Ben niet alleen was gekomen, of omdat Tennyson niet hield van het idee dat zij macht over hem zouden krijgen?

Nee. Hij weigerde die mogelijkheden te erkennen. Hij zette die vragen uit zijn hoofd. Er was geen verklaring, geen rechtvaardiging voor wat Tennyson had gedaan. Dit was zo ver over de lijn dat Ben wilde schreeuwen. Hij voelde zijn bloed koken, de woede in hem bouwen tot een niveau van intensiteit die hij nooit voor mogelijk had gehouden. Terwijl hij daar stond, voelde hij zijn ogen wazig worden, zijn ademhaling ging steeds sneller.

Hij vroeg zich af hoe het Reggie verging met zijn eigen jacht. Er was hier niets meer voor Ben, niets wat hij kon doen.

Als hij bleef staan kijken hoe alles brandde, zouden er vragen komen. De politie en de brandweer zouden hier elk moment zijn, en de buren zouden zeker naar buiten komen en hem daar nu zien staan. Er was geen reden om hem als verdachte te beschouwen, maar uiteindelijk zou Interpol van de aanslag horen - ze zouden Bens beschrijving van de buren horen. Uiteindelijk zouden ze alles op een rijtje zetten.

Hij moest weg. Hij moest weg, zichzelf en Reggie hier weghalen en verder gaan met hun missie.

Zoek Tennyson.

7:50 **uur: 11 maart 2021**

Veyrier, Genève, Zwitserland

Hij voelde ook zijn nek spannen, alsof zijn nek werd opgetrokken door een kracht die niet de zijne was. Het was vreemd, en hij fronste zijn wenkbrauwen terwijl hij zijn armen omhoog strekte om te proberen zichzelf los te maken. Toen hij dat deed, voelde hij ze ook strakker worden, bijna als het gevoel van te lang in één houding te zitten.

Hij wist niet zeker wat het betekende, maar toen verkrampten zijn rug en benen en verhardden. Hij probeerde een stap voorwaarts te zetten, maar struikelde bijna en viel terug op het gras. Zijn voet verliet de grond een centimeter en bevroor toen, waardoor hij bijna voorover viel. Hij kon nauwelijks zijn evenwicht hervinden voordat zijn hele lichaam het begaf.

Hij kon zich niet meer bewegen.

Hij kon ook nauwelijks ademen. Zijn ogen begonnen uit zijn hoofd te puilen, zo ver als ze konden gaan, alsof ze van binnenuit werden geduwd, toen bevroren ook zij op hun plaats. Het was de vreemdste gewaarwording, maar het was niet echt pijnlijk - de inspanning om te proberen te bewegen terwijl hij bevroren was, was dat echter wel.

Hij vroeg zich af wat er gebeurde, hoe dit *kon gebeuren*. Hij kon nog net snuiven voordat zijn neusgaten niet meer reageerden. Hij hield de zoete lucht even binnen, maar kon die niet uit zijn longen verdrijven.

Ben stond daar, bevroren op zijn plaats, en zag een paar mensen aan het eind van de straat in de richting van de plaats van de explosie rennen. Ze waren nog ver weg, ze hadden hem nog steeds niet gezien. Hij wilde hen roepen, vragen of ze hem een duw wilden geven, om te zien of hij gek werd of dat hij op een of andere wonderbaarlijke manier bevroren was door een onbekende kracht.

Misschien was dit een soort hersenspelletje dat hij met zichzelf had gespeeld - iets zo intens dat de angst had gewonnen en zijn geest gewoon alles had uitgeschakeld.

Uit zijn ooghoek zag hij een witte flits. Het stopte net buiten zijn gezichtsveld, maar hij meende het geluid te horen van een autodeur die openging, vlak voordat zijn oren begonnen te suizen en de geluiden wazig werden, alsof ze onder water waren. Hij zag iets voor zich, maar zijn ogen konden niet goed focussen, ze konden zich niet aanpassen. Hij wist dat het een persoon was.

Donker haar. Een donkere huidskleur.

De chauffeur? Was dit de man die de vrachtwagen bestuurde? Hij leek precies op de man die Mrs. E had neergeschoten, maar hoe was dat mogelijk? Ben had het lichaam van die man gezien, dood, met een kogel in zijn schedel. Hij was op dit moment begraven buiten Bens huis in Alaska.

Voordat hij een goed antwoord op die vragen kon krijgen,

voelde hij het gevoel van vallen. Er was geen actief mechanisme dat hem dit vertelde - het voelde gewoon alsof zijn hele lichaam een vaas was geworden, en die vaas was omgevallen. Hij kon het vallen niet helemaal voelen, maar hij voelde de stijfheid nu, een duisternis voor zijn ogen. Hij keek omhoog naar iets, misschien lag hij op zijn rug? Hij voelde een tinteling in zijn vingers, en een deel van de dofheid in zijn oren veranderde terug in hoorbaar geluid.

Een andere autodeur ging dicht, gevolgd door nog een.

Hij was er nu zeker van. Hij lag achter in een busje, op iets hards. Waarschijnlijk de vloer van het busje, die was vrijgemaakt en de stoelen waren verwijderd. Zijn ogen begonnen zich een beetje te focussen, en hij voelde een beetje adem uit zijn mond ontsnappen.

Hij perste de lucht naar buiten en kon eindelijk weer ademhalen, ook al was het gespannen en deed het pijn en wist hij niet zeker of het genoeg zou zijn.

Toen hij voelde dat zijn handen en armen weer warm begonnen te worden, hapte hij naar lucht en trok zich met een krampachtige ademhaling op zijn zij. Hij had geen idee wat er zojuist gebeurd was, maar hij lag nu achterin het busje. De deuren waren gesloten, en hij voelde de versnellingsbak onder hem tot leven komen toen het busje versnelde en wegreed.

Waar ga ik nu heen?

Zijn lichaam was nog steeds niet van hem, niet helemaal, en de gedachten leken van iemand anders te komen. Het was alsof hij toekeek hoe dit alles zich afspeelde, niet in staat om te spreken of te helpen of tussenbeide te komen.

Hij realiseerde zich dat Reggie niet in staat was geweest de bommenlegger te pakken. Hij zat achter in het busje dat bestuurd werd door diezelfde man, de man die hen beiden had overvallen.

Maar dat liet een knagende vraag achter in Ben's hoofd.

Hoe heeft hij in godsnaam mijn lichaam bevroren en me in het busje gekregen?

Hij verschoof zich, en bereidde een aanval voor. Hij moest vrij zijn, uit dit busje komen en Reggie vinden. De chauffeur was bezig met de weg, wat betekende dat Ben het voordeel had. Hij moest...

Een klein voorwerp viel op Ben's zij. Het was rond, zo groot als een duimnagel. Een rooksliert of nevel begon er vanaf te vallen.

"Een te sterke dosis en je zou niet meer kunnen ademen," zei de stem van de bestuurder. Hij sprak kalm, alsof hij de regels van een kaartspel beschreef. "Maar als je het afzwakt, duurt het niet lang."

Ben trilde, was woedend en klaar om de man aan te vallen. Hij draaide zijn hoofd en keek om zich heen. Er was een klein raampje in de muur tussen hem en de chauffeur, mogelijk groot genoeg om er doorheen te komen.

Ik heb alleen een arm nodig. Ik zal hem wurgen.

Hij stapte naar voren, maar de man praatte verder. "Mijn broer waarschuwde jullie in Alaska. Jullie zullen allemaal sterven. Gelukkig voor jullie, hebben we iets meer van jullie nodig, dus vandaag is niet het einde voor jullie. Maar binnenkort. Heel snel."

Nu.

Ben haastte zich naar voren, hopend dat de chauffeur niet oplette. Hij bereikte het kleine raampje net toen hij de achterkant van zijn nek weer voelde spannen.

Nee.

Zijn armen vertraagden en zijn benen voelden aan als brij, toen verstevigden ze en begonnen ook te vertragen. Hij verloor de controle.

Bijna. Daar.

De hand van de bestuurder van het busje reikte omhoog en duwde het raam dicht.

Shit.

Voordat de kloof helemaal was verdwenen, sprak de bestuurder van het busje weer. "De Faction heeft me veel product gegeven, want ze zijn volledig van plan u in leven te houden gedurende de proeven. Overweeg alstublieft op de grond te blijven, zodat u niet valt en uzelf bezeert als het zuur toeslaat."

Ben was daar niet klaar voor geweest. Hij was halverwege het raam toen het dichtgleed, een arm uitgestrekt, onzeker leunend uit balans.

Toen het zuur weer door zijn systeem werkte, viel hij. Hard.

Zijn ogen waren star, open, en hij lag met zijn gezicht naar beneden op de bodem van het busje, starend naar de koude metalen ondervloer.

Helemaal niet in staat om te bewegen, alweer.

7:50 uur: 11 maart 2021

Parijs, Frankrijk

Madame Blanchet keek de kamer rond, nog steeds vol ongeloof. Julie keek naar haar gezicht en probeerde te lezen wat de vrouw zou denken. Het enige wat ze kon zien was shock en verwarring.

"Weet... weet je zeker dat dit klopt?"

Freddie schraapte zijn keel. "Mevrouw, als u suggereert dat de video vervalst is, dan kan ik u verzekeren dat dat niet zo is. Ik heb die thumbnail zelf gemaakt, en geloof me - ik heb geen Photoshop vaardigheden."

Madame Blanchet glimlachte en knikte snel. "Nee, natuurlijk niet. Ik zou *u* niet van zoiets beschuldigen. Ik bedoel alleen... deze vrouw..."

"Wij kennen haar ook," zei Julie. "Ze is een vriendin van ons. En wij zijn op zoek naar haar - zoals we al zeiden, we moeten het *tweede* Zwaard van Austerlitz vinden om *haar te* vinden. We denken dat het zwaard de sleutel is tot waar ze is."

"En waarom denk je dat?"

Julie keek naar Freddie en toen naar Sarah, maar geen van beiden gaf antwoord. Julie was niet van plan uit te leggen dat hun vriendin Eliza ontvoerd was en dat er losgeld voor het Zwaard van Austerlitz werd gevraagd. En ze was niet echt bereid om aan deze vriendelijke oude vrouw toe te geven dat ze van plan waren het zwaard te stelen als ze het vonden, om het dan te ruilen voor Eliza's leven. "Wel, we hebben niets anders om mee verder te gaan," zei Julie uiteindelijk, terwijl ze het over een andere boeg gooide. Ze had ervoor gekozen om de vrouw letterlijk te antwoorden - om uit te leggen waarom ze het zwaard zochten op basis van het enige wat ze hadden: aanwijzingen in de video.

"Maar het *zwaard* is niet de enige aanwijzing op de foto," zei Madame Blanchet.

Julie wierp haar blik op de vrouw, die eindelijk plaats had genomen in de laatste beschikbare leunstoel, tegenover Sarah in de kleine eetkamer. Ze was bezig met een slok thee en Julie wachtte tot ze klaar was.

"Wel," zei Madame Blanchet, "dit hemd dat ze draagt... een trui, misschien? Het is moeilijk om er helemaal zeker van te zijn zonder meer van uw video te bekijken, maar er staat een moerbeiboom op."

"Een moerbeiboom?"

Madame Blanchet knikte krachtig. "Ja - natuurlijk. Het is een boom die al eeuwenlang wordt gebruikt voor het oogsten van zijderupsen, die op hun beurt worden geoogst voor hun zijde. Het is een oude traditie, een die al millennia wordt gebruikt, van Azië en het Midden-Oosten tot plaatsen zo ver westelijk als Spanje."

Sarah verschoof in haar stoel en ging rechtop zitten, terwijl ze naar Madame Blanchet leunde. "Madame, vertel ons - is de moerbeiboom op een of andere manier verbonden met Napoleon of zijn zwaard?"

De madame glimlachte, haar warme grijns uitnodigend en geruststellend. "Het is een van mijn favoriete onderwerpen," begon ze. "Napoleon Bonaparte werd geboren uit een familie die op Corsica woonde, een eiland voor de kust van Italië."

Julie knikte. "Ja, ik ben daar eerder geweest, eigenlijk."

Madame Blanchet vervolgde. "Zijn familie was niet bijzonder rijk, maar ze hadden wel banden met de koninklijke familie, waardoor ze een wat hogere status en zakelijke mogelijkheden hadden. Een van deze kansen waar Napoleons vader bij betrokken raakte was het investeren in een moerbeiboomkwekerij, in de hoop zijn familie voor tientallen jaren van een consistente inkomstenstroom te voorzien. Deze investering liep uiteindelijk op een mislukking uit en veroorzaakte veel verdriet en stress - en niet te vergeten schulden - voor de familie Bonaparte. Uiteindelijk moest Napoleon terug naar huis van de militaire academie in Parijs om hen te helpen het faillissement af te wenden."

"Dus de moerbeiboom staat symbool voor Napoleon's jonge volwassenheid?" vroeg Julie.

"Ik beschouw het Mulberry incident als iets dat Napoleon gevormd heeft, iets dat hem zijn sluwe humor en bijzondere aanleg voor het kiezen van zijn gevechten heeft gegeven. Er was geen reden voor een jongen van zijn leeftijd om thuis ergens mee te helpen, maar in dit geval wist Napoleon dat hij daar moest zijn. De meeste historici zien dit als een sterke familieband, wat niet onwaar is, maar ik ben geneigd iets meer in het verhaal te zien. Het moerbei-incident maakte Napoleon tot de man die hij was. Het gaf hem zijn eerste gevoel van rechtvaardigheid, zijn eerste *overwinning*, zo je wilt. Hij zou net zo'n sluwe zakenman zijn geweest als militair commandant en leider van Frankrijk."

"Ik begrijp het," zei Julie. "Ik begrijp echter niet helemaal hoe dit nuttig is voor ons als een aanwijzing. Moeten we naar Corsica gaan?"

Julie zocht naar de waarheid, probeerde meer informatie uit dit prachtige dametje te krijgen dan ze kon.

"Ik wou dat ik wist hoe ik u raad kon geven," zei Madame Blanchet. "Ik begrijp ook niet hoe dit direct in verband kan worden gebracht met uw zoektocht naar het zwaard. Hoewel het me doet geloven dat Corsica inderdaad een goede plaats is om te zoeken - het was tenslotte Napoleons ouderlijk huis - denk ik alleen dat dat helpt om het een beetje te beperken, maar niet genoeg. Er zijn genoeg plaatsen voor een klein zwaard om zich te verbergen op een groot eiland."

"U hebt ons meer dan genoeg gegeven, Madame," zei Julie. "Hierheen komen was een gok, en een deel van mij hoopte dat u de kopie van het Zwaard van Austerlitz ergens in een kast had verstopt.

Madame Blanchet lachte. "Oh, wat *zou* ik graag in zo'n avontuur betrokken zijn. Maar helaas, als ik zoiets waardevols had, ben ik bang dat ik de mogelijkheid van avontuur zou verspillen aan iets alledaags als het aan een museum schenken." Ze pauzeerde, draaide haar hoofd om even naar het plafond te kijken en keek toen terug naar de rest. "Er is echter... één ding. Iets dat meer nuttig zou kunnen zijn."

Julie voelde haar hartslag stijgen. "Alles, alsjeblieft," zei ze. "Alles wat ons kan helpen - we zouden zeer dankbaar zijn."

"Ja. Ik heb het altijd interessant gevonden dat Biennais niet de *enige* smid van zijn tijd was die voor Napoleon werkte. Hij was

een briljant zakenman, maar niet de meest begaafde ambachts-
man. Hij was zonder twijfel de ontwerper en maker van het originele Zwaard van Austerlitz, maar als iemand er een *kopie* van
maakte, was hij het waarschijnlijk niet."

"Over welke andere goudsmeden uit Parijs kunt u ons
vertellen?"

"Er waren anderen, met name een andere smid die een respectabele en professionele vete had met Biennais, vooral als het ging
om overheidsprojecten."

"Dat is interessant," zei Sarah. "Dus Biennais was niet de enige
smid die Napoleon opdracht gaf?"

"O, hemeltje nee," zei Madame Blanchet. "Napoleon had een
beurs van duizend francs per jaar voor goudstukken op bestelling,
maar hij gebruikte vaak een veelvoud daarvan met goud uit eigen
zak. Hij gaf dit uit aan Biennais en aan een paar kleine handelaars
en ambachtslieden. Maar, vooral later, was er één man aan wie
Napoleon zijn privé-opdrachten toevertrouwde. Een bedrijf dat
tot op de dag van vandaag in bedrijf is, opgericht door de familie
van de goudsmid zelf in 1690. Een man genaamd Jean Baptiste
Claude Odiot."

7:51 AM | **March 11, 2021**

Veyrier, Genève, Zwitserland

Het bos sloot zich om hem heen, drukte hem aan alle kanten, vernauwde hem. Reggie hield ervan in het bos te zijn, de natuurlijke aanwezigheid om hem heen te voelen. Onaangetast door menselijke beschaving, onaangetast door menselijke hebzucht en gulzigheid.

Maar op dit moment wenste hij dat alles met de grond gelijk was gemaakt en was veranderd in een lang, vlak parkeerterrein.

Hij wilde geen kat en muis spelen - hij wilde niemand achtervolgen. Hij wilde de klootzak pakken die op hen had geschoten, degene die hij al had gedood bij Bens hut, vlak voordat die ontplofte.

Deze man moet een lookalike zijn, een tweelingbroer van de man die mevrouw E. had vermoord. Maar hij was net zo'n terrorist als die uit Alaska - deze had het huis van een klein meisje opgeblazen.

Hij had het Ben niet verteld, maar hij had een reden om Tennyson te willen pakken.

Hij wilde de man doden.

Persoonlijk. Hij wilde hem zien lijden. Langzaam het leven uit hem zuigen, het eruit trekken. Hij stelde zich voor dat hij een mes tegen z'n oogleden zou zetten, z'n vingernagels los zou wrikken van z'n vingers, hem duizend keer zou snijden en hem een kwellende dood zou laten bloeden...

Ben zou het niet goedkeuren, maar hij zei het tegen Reggie zelf: hij was niet het soort man om bevelen te geven. De CSO was niet het leger. Ze waren een groep individuen. Zeker, ze werkten samen om problemen op te lossen, maar er waren geen geschreven regels over zoiets.

Het deed er toch niet toe. Ben kon proberen hem te stoppen, maar hij zou falen. Reggie zou zelfs tegen zijn beste vriend vechten om wraak te nemen voor de dood van mevrouw E.

Hij draaide in een strakke cirkel en voelde zijn hart sneller slaan. Zijn lichaam was stijf, het enige deel van hem dat geen adrenalinestoot kreeg was zijn armprothese. Hij moest kalmeren, de dopamine afremmen die door hem heen stroomde. Hij was te opgewonden om zich goed te kunnen concentreren, en misschien had hij al een cruciale aanwijzing gemist.

De man had zijn sporen in het bos goed verborgen, iets wat niet erg moeilijk zou zijn als je bedenkt dat de bosbodem uit dennennaalden en kreupelhout bestond. Een gebroken stok of vertrappeld blad zou niet erg misstaan.

Toch had Reggie voor veel meer getraind dan alleen het opsporen van een mens door het bos. Hij had ook anderen getraind hoe ze dat moesten doen. Hij was een professionele en deskundige spoorzoeker in elke zin van het woord, zijn vaardig-heden verfijnd gedurende jaren in het leger en daarna in Brazilië, expedities leidend in het Amazone regenwoud.

Als iemand de bastaard kan vinden, ben ik het.

Maar het leek erop dat de man beter uitgerust was dan hij had gedacht, of in ieder geval goed getraind was. Tot nu toe had Reggie geen enkele voetstap gezien in het bos, noch in de achtertuin die er naar toe leidde. Hij had gezien in welke richting de man liep, maar hij had hem niet het bos zien ingaan achter het huis aan het eind van het blok.

Hij vroeg zich af of hij misschien was beetgenomen, of de man was omgedraaid en via hun achtertuinen langs de huizen liep.

Hij draaide zich om en richtte zijn aandacht op de rand van het bos. Hij kon nog steeds de truck zien die voor het huis gepar-keerd stond

Zonder waarschuwing, ontplofte de truck. Hij zag het als eerste, het geluid bereikte hem een seconde later en de drukgolf schoot er omheen. Hij zag het huis - dat van Tennyson's klein-dochter - en de twee ernaast plotseling platgegooid worden. Hij zag de vrachtwagen zelf uiteenvallen in een kolkende bal van oranje vlammen die omhoog sprongen in de lucht, zag de overge-bleven rookwolk die omhoog en naar buiten golft.

Toen zag hij Ben ook, achterover geworpen en in een voortuin ongeveer acht huizen verder dan Reggie's eigen plek in het bos.

Reggie brulde van woede en rende toen naar de rand van het bos. Hij moest controleren of er nog iemand in leven was in het huis, hoewel hij wist dat het een kleine kans was. Ben zou waar-schijnlijk in orde zijn - hij was niet dichter bij de truck gekomen en Reggie had hem door de lucht zien zwaaien toen hij achteruit werd geslingerd. Hij was in orde, maar hij zou een beetje versuft zijn.

Terwijl hij rende, zag hij een ouder echtpaar uit het nabijgelegen huis komen. Hij sloeg linksaf, in de hoop achter hen te komen en uit het zicht te blijven - het had geen zin zichzelf op de plaats delict te laten beschuldigen - dus dook hij achter een vuilnisbak en wachtte op een gelegenheid.

Hij hoorde het echtpaar in het Duits met elkaar spreken, maar zij leken te observeren en nog niet bereid om naar de overkant te gaan en te helpen.

Reggie vloekte in zijn adem, wetende dat hij ofwel door deze twee gezien moest worden, ofwel zich hier moest blijven verstoppen, zodat de chauffeur verder weg kon komen.

Hij zat daar nog een paar seconden, probeerde zijn opties af te wegen, en nam toen een beslissing. Hij stond op, liep om de vuilnisbak heen en achter het stel aan, en begon te rennen. Hij draaide zich niet om naar hen, in de hoop dat ze hem later niet aan de politie zouden kunnen beschrijven omdat ze zijn gezicht niet hadden gezien. Hij richtte zich op een plek aan de overkant van de straat en remde niet af toen de man iets in zijn richting schreeuwde. Hij sloeg linksaf en rende de stoep af in de richting van de krater in de straat. Hij ging op weg naar het platgetrapte huis ernaast, maar toen viel zijn oog op een vreemde beweging.

Of, liever, een *gebrek* aan beweging.

Aan het andere eind van de straat, nog vier huizen verder, zag hij Ben staan, zijn arm half opgeheven, niet bewegend. Er stond een busje, ongemarkeerd, net als het busje dat ze in de straat voor het hotel in Londen hadden gezien, van hetzelfde merk en model als dat waar de schutters uit waren gesprongen.

En toen ving hij een glimp op van de chauffeur - de man die hij dacht dat hij door het bos had achtervolgd. Hij moet het busje ergens in de buurt hebben geparkeerd, precies voor dit moment. Reggie voelde zweet langs zijn voorhoofd stromen, voelde zijn handen zich vastklemmen. Hij wilde schreeuwen, maar elke verrassing, elke aanval die hij zou kunnen bedenken, zou teniet worden gedaan.

In plaats daarvan begon hij weer te rennen, en richtte zich direct op de krater. Als hij erin kon komen, kon hij misschien uit het zicht blijven en zijn nadering afschermen. Hopelijk brandde er niet nog iets in, en hij vroeg zich af of het verhitte asfalt eromheen gesmolten was en nog vloeibaar genoeg was voor hem om erin vast te komen zitten.

Hij deed geen moeite om erachter te komen. Hij naderde de zijkant van de krater en sprong er in. Het was ongeveer een meter diep aan de basis, net genoeg om zijn hoofd naar beneden te buigen en toch het busje een paar huizen verderop te kunnen zien. Hij keek toe hoe de chauffeur het busje achteruit reed tot waar Ben nog steeds stond.

Vooruit, maatje. Maak dat je wegkomt. Reggie was geschokt. Ben probeerde niet eens te bewegen, zelfs niet om terug te vechten. Het was alsof hij bevroren was op zijn plaats, zijn ogen nog open maar niet in staat om te reageren.

Waar kijk ik in godsnaam naar? vroeg Reggie zich af.

De chauffeur stapte uit, en kwam toen rustig op Ben af. Reggie wist dat hij maar weinig tijd had. Hij moest bij Ben zien te komen, om dit tegen te houden...

Wat krijgen we nou? dacht hij opeens weer. Hij keek toe hoe de chauffeur Ben gewoon een duw gaf. Ben kantelde gemakkelijk en viel toen achterover op de lege vloer van de achterbak van het busje.

De chauffeur gooide de dubbele deuren dicht en ging weer op de bestuurdersstoel zitten, net toen Reggie zichzelf uit de krater trok. Reggie ging in volle sprint nog voor zijn tweede voet uit de krater de grond had geraakt, recht op het busje af.

Of de chauffeur had hem gezien of had gewoon haast, want het busje schoof naar voren, de banden gierden, en reed toen de weg op.

Reggie wist dat hij hem niet zou inhalen, maar hij deed zijn best om elke letter en elk nummer op het nummerbord te onthouden, in volgorde. Het was niet moeilijk, en hij wist dat het in zijn geheugen gegrift zou staan voor zolang het nodig was.

Ben was weg, maar het gevecht was nog lang niet voorbij.

Reggie had nu informatie - het was maar een kleinigheid, maar dat zou genoeg moeten zijn.

Nee - hij zou ervoor *zorgen dat* het genoeg was, en maakte een stille belofte aan zijn vriend.

Hij stopte nu met sprinten, wetende dat het zinloos was. Hij wist dat de politie hier snel zou zijn, kort daarna gevolgd door wat Zwitserland hun SWAT-teams noemde, en - bijna zonder twijfel - Interpol. Zodra de politie het in hun systemen had geregistreerd en de kwestie van internationaal terrorisme aan de orde was gesteld, zou Interpol aankloppen. Uiteindelijk zou iemand op straat hem of Ben kunnen beschrijven en Interpol zou nog meer geïnteresseerd zijn,

Hij dacht dat ze minstens twee dagen hadden voor die informatie boven water kwam. Hij had nu tijd, maar niet veel. De auto die ze gehuurd hadden was volledig vernield, maar met een beetje geluk kon hij iemand vinden die hem een auto wilde lenen.

Hij sloeg rechtsaf en liep de oprit op van het huis helemaal aan het eind van de straat.

Maak je geen zorgen, broer, dacht Reggie. *We krijgen je wel terug. We maken dit goed.*

Je hebt mijn woord.

7:54 AM | **March 11, 2021**

Parijs, Frankrijk

Madame Blanchet glimlachte. "Als u meer informatie over Odiot wilt, moet u met een goede oude vriendin van mij spreken. Het is al vele jaren geleden dat ik nog iets van haar heb gehoord, maar twee decennia geleden deelden we nog brieven. Zij was toen nog maar een kind, geïnteresseerd - zoals u nu bent - in de geschiedenis van Napoleon, en ook in zijn eigenaardigheden."

"En ze weet van Odiot?"

Madame Blanchet ging door, maar knikte. "Deze vriendin van mij geloofde een aantal zeer fantasierijke dingen over de man, maar het is haar eigen familielijn die suggereert dat zij u van dienst zou kunnen zijn."

"Is ze familie van Napoleon?" vroeg Freddie.

"Ze is familie van *Odiot*. Vandaar haar interesse in het opsporen van alle eigenaardige Napoleontische informatie."

Julie stond op en begon door de kamer te ijsberen. "Ik zou haar graag spreken," zei ze. "Als ze ook maar enige informatie heeft, zou dat de moeite waard zijn. We hebben niet veel tijd, en ik wil niet elke historicus in het land opsporen."

Madame Blanchet knipoogde. "Wel, mijn liefste, je hebt je al veel moeite bespaard en de beste Napoleon-geleerde opgespoord die er is. Maar ik denk dat een gesprek met Lady Catherine uw beslissing om Corsica te bezoeken kan helpen verduidelijken, en misschien nog meer."

"Je hebt me overtuigd," zei Julie. Sarah en Freddie knikten ook mee. "Waar is Catherine?"

"Ik kan u haar exacte adres geven," zei Madame Blanchet. "Ze is in..."

Voordat ze haar zin kon afmaken, klonk er geklop op de deur. Julie keek even om en zag dat het nachtslot op slot zat, en wendde zich toen weer tot Madame Blanchet. "Verwacht je iemand?" vroeg ze.

"Nee, maar deze straat zit vol met kleine oude vrouwtjes zoals ik. We komen vaak bij elkaar langs. Misschien heeft Greta weer van die vreselijke koekjes voor me gemaakt, die met oude rozijnen erin."

Madame Blanchet was uit haar stoel opgestaan en stond halverwege de kamer. Julie zag Freddie ook opstaan, ongetwijfeld geïntrigeerd door de bezoeker. Het was waarschijnlijk niets, maar Julie wilde niet te voorzichtig zijn. Ze was blij dat Freddie ook achterdochtig was. Met alles wat er met hen gebeurd was...

Madame Blanchet ontgrendelde het nachtslot en bewoog haar hand om de knop om te draaien toen de deur openbarstte en de tengere oude dame bijna achteruit de gang in werd gestuurd.

Sarah gilde, en Freddie liep naar de deur toen Julie schoten hoorde. Drie, snel achter elkaar, die Madame Blanchet in haar borst en maag raakten. Deze keer sloeg de impact van de kogels haar achterover en op haar kont, waar ze op de grond ging zitten en naar de wond greep die het dichtst bij haar hart was.

Julie zag het leven uit haar ogen wegvloeien. Het duurde maar een paar seconden.

Zij had daar in shock staan toekijken hoe Madame Blanchet op de grond stierf, dus had zij de rest van de actie gemist.

De man die Madame Blanchet vanaf de stoep had neergeschoten, richtte nu zijn wapen op de rest van hen. Sarah was aan de kant gedoken, zodat de man van richting veranderde en zich nu opmaakte om op Julie te schieten.

Hij had echter Freddie niet gezien, die nog steeds op hem af stormde aan de andere kant van de deur. De arm en een been van de man bevonden zich net binnen de deuropening, zijn hand om de deur gedraaid, de deur gebruikend als een geïmproviseerd schild. Om die reden kon hij Freddie helemaal niet zien.

Julie zag hoe Freddie met zijn rechtervoet zo hard als hij kon tegen de deur trapte, waardoor de deur dichtsloeg. Die beweging sloeg het pistool uit de hand van de man en stootte tegen zijn knie. De man brulde van de pijn en trok zijn voet terug uit de deuropening. De deur sloot zich achter hem.

Freddie stond daar en wilde de deur openmaken. Julie liep achter hem aan toen hij de deur weer open kreeg en samen keken ze naar buiten.

De man was weg.

Binnen enkele seconden lag Madame Blanchet dood op de grond, en de aanvaller was al verdwenen. Julie was ervan overtuigd dat als Freddie zijn plannen niet had verijdeld, hij een kogel of drie in ieder van hen zou hebben geschoten.

Wie was het?

Julie was ziedend, haar gedachten raceten. Wie heeft dit

gedaan? *Waarom* hebben ze dit gedaan? Als ze informatie wilden, iets van ons wilden, dan hadden ze dat kunnen krijgen zonder een onschuldige vrouw te vermoorden.

Het leek te veel, zelfs voor een man als Tennyson. Voor zover zij wist, had hij weliswaar geïnvesteerd in een bedrijf dat er geen moeite mee had zich bezig te houden met onderzoek dat - op zijn best - sadistisch was, maar zij vroeg zich af of hij zich had kunnen laten overhalen tot regelrechte *moord*.

Zeker, hij had de vrouw die het zwaard had gekocht laten vermoorden, net zoals hij dreigde te doen met Eliza, maar iets aan die gebeurtenissen leek te passen in Tennyson's spel. Ze leken in lijn te zijn met wie zij geloofde dat Tennyson was.

Maar deze was anders. Berekend, koud. Ze kon het gevoel niet van zich afschudden dat sommige van de eerdere aanvallen en deze niet door Tennyson waren gedaan.

Maar dan, van wie? Wiens hand had de trekker overgehaald? Wiens stem had het geregisseerd? Ze wilde alle betrokkenen vinden, wilde hen laten boeten, hen aandoen wat ze deze arme, onschuldige historica hadden aangedaan, met haar levenloze hand nog in haar borst geklemd op de grond.

Sarah en Freddie stonden aan haar zijde. Sarah's hand reikte naar haar en haar vingers hielden haar even vast, toen lieten ze los. Sarah sprak niet, maar de lichte kneep in Julies pols vertelde haar dat ze er niet alleen voor stond.

Ze wist dat dat waar was, maar dat veranderde niets aan haar gevoelens. Ze verlangde naar Ben. Ze wilde hem bellen, haar angst negeren dat Tennyson hen zou volgen via hun telefoons.

Ben zou weten wat te doen, dacht ze. *Hij zou weten hoe hij hieruit moest komen.*

Maar ze hadden nog steeds een plan. Ze wist dat het het enige was wat ze op dit moment konden doen.

Plan het werk, werk het plan. Iets wat ze lang geleden op school had geleerd. *En vooral als je geen beter plan kunt bedenken.*

"Wat doen we nu?" vroeg Freddie. "Er komt zo politie hier, en ook al haat ik het om haar zo achter te laten..."

Julie knikte. "Je hebt gelijk. We hebben niet echt een keus. We kunnen het ons niet veroorloven om twintig vragen te spelen, zeker niet als Interpol er lucht van krijgt en opduikt."

"Dus waar gaan we heen?" Klaar.

"De enige plek waar we heen *kunnen*," zei Julie. "We gaan Lady Catherine zoeken."

7:55 **am | 11 maart, 2021**

Veyrier, Genève, Zwitserland

Reggie trok de telefoon naar zijn oor. Hij had gevreesd voor dit telefoontje, om redenen die hij nog steeds niet wist. Als hij moest raden, was het waarschijnlijk omdat hij bang was het verlies van mevrouw E. echt te accepteren.

Dit telefoontje zou hem daaraan herinneren.

Aan de andere kant, nam Mr. E na drie keer bellen op. *"Gareth, ben jij dat?"*

"Ja... Het spijt me dat ik bel, maar - ik heb je hulp nodig."

"Ik ben blij dat je belt," zei Mr. E. *"Het is moeilijk geweest de laatste dagen zonder contact van iemand. Zoals u weet, ben ik een eenzame man. Maar na mijn vrouw..."*

Mr. E maakte de verklaring niet af, en dat hoefde hij ook niet. Reggie knikte, in stilte bereid zichzelf voor om door te gaan.

"Ze hebben Ben meegenomen."

"Zij wat? Wie zijn zij?"

"Ik - ik weet het niet. Wie er ook achter ons aan zit; Tennyson, misschien, maar we beginnen te denken dat het een derde partij is. Ik weet niet zeker wat er gebeurd is - eerst ontplofte het huis, en we probeerden de klootzak te pakken die het gedaan had. Het was net als - het was net als terug in de cabine, en - "

Reggie moest zichzelf betrappen. Hij wist niet zeker of hij op deze weg verder wilde gaan. "Hoe dan ook, ik rende het bos in om hem te achtervolgen - dat dacht ik tenminste - maar hij moet zijn omgedraaid en Ben hebben gegrepen."

"*Rustig aan. Ik weet niet zeker of ik het begrijp. Hoe precies heeft hij Harvey gepakt? Harvey is zeker geen kleine man.*"

Reggie schudde zijn hoofd en voelde opnieuw de woede onder de oppervlakte borrelen. "Ik heb geen idee. Het was een soort chemisch middel, denk ik. Het is alsof ze hem bewusteloos sloegen, maar hij stond daar nog steeds. Bevroren op zijn plaats, alsof hij niet kon bewegen of zoiets. Wat ze ook met hem gedaan hebben, ik maak me zorgen over wat er nu gaat gebeuren."

Er was een lange pauze, en Reggie trok de telefoon weg en onderzocht hem, om te zien of de verbinding verbroken was. Dat was niet zo, dus hield hij de telefoon weer tegen zijn oor en wachtte.

Eindelijk, Mr. E sprak. "*Gareth, ik weet wie dit gedaan heeft. Ik weet waar ze mee bezig zijn, en je hebt niet veel tijd meer.*"

"Wacht, weet je - wie ze zijn? Wie was het in godsnaam? Vertel me waar ze zijn en -"

"*Zoals ik al zei, je hebt niet veel tijd.*"

"Ik heb het nummerbord." Reggie las het voor uit het hoofd.

"*Onnodig,*" antwoordde Mr. E. "*Ik ga je een routebeschrijving sturen via een sms. Het zal van een gecodeerde bron komen en eruit zien alsof het van een korte code komt in plaats van een telefoon-*

nummer. Ze gaan hoogstwaarschijnlijk proberen Ben het land uit te krijgen, dus je moet hem voor die tijd bereiken."

Reggie knikte mee. "Ik heb het. Ik heb dit. Oké." Hij trok de telefoon weg en haalde diep adem. "Je zei dat je wist wie ze waren. Wie?"

"Het is niet echt een kwestie van wie, maar wat. Gareth, dit is een groep waar we niets mee te maken willen hebben. Vertrouw me. Vind Harvey, en vind hem snel."

Voordat Reggie bezwaar kon maken, verbrak het gesprek. Hij stond daar in shock, starend naar het scherm voor een handvol seconden. Hij wou het terug in zijn zak steken maar voelde het trillen. Het scherm lichtte op.

Een sms-bericht. Het nummer van de afzender was inderdaad een korte code, maar hij zag de instructies van meneer E eronder staan. Hij las ze door, om er zeker van te zijn dat hij het allemaal begreep. Als hij vragen had, moest hij die nu beantwoord krijgen, voor hij er te ver in kwam.

Hij opende de rideshare app op zijn telefoon en begon te joggen. Hij wilde een paar straten verder zijn dan de plaats van de explosie voordat hij de chauffeur zijn locatie doorgaf, gewoon om meer afstand te houden tussen het groeiende aantal politie- en ambulances dat nog steeds arriveerde. Het laatste wat hij wilde was dat de chauffeur hem vragen zou stellen over waarom hij op een plaats delict rondhing. Twee brandweerwagens stonden nu voor het huis, hun slangen aan te sluiten en op hun plaats te brengen om wat er nog over was van de vlammen te doven.

Ik kom voor jou, Ben.

Hij versnelde zijn pas. Als Mr. E gelijk had, moest hij zijn vriend zien te bereiken voordat ze hem het land uit brachten. Het adres dat Mr. E hem had gestuurd leek dicht bij het vliegveld te liggen, dus misschien waren ze dat inderdaad van plan.

Ik kom voor jou, Ben.

Hij herhaalde de mantra op het ritme van zijn stappen en ging steeds sneller lopen tot hij helemaal op was.

8:26 AM | **March 11, 2021**

Veyrier, Genève, Zwitserland

Reggie kwam zevenentwintig minuten later aan op de bestemming die meneer E hem had gestuurd. "Weet je zeker dat dit de juiste plaats is?" Vroeg de chauffeur in gestotterd, gebroken Engels.

Reggie knikte terwijl hij de deur opende en eruit sprong, geen tijd te verliezen. "Zeker weten. Bedankt." Hij had geen tijd voor beleefdheden. Hij zou zijn rit afsluiten en de chauffeur later een fooi geven via de app, maar voor nu wilde hij naar binnen.

De chauffeur mompelde iets onder zijn adem, en reed toen weg.

Reggie draaide zich om naar het gebouw. Het was onopvallend, geen logo's of belettering op een van de drie zijden die hij kon zien toen ze naderden. Er was ook geen dak te zien, alleen een brede, platte bovenkant zoals de meeste industriële gebouwen die hij onderweg had gezien.

Er was een stoep die leidde naar een stel metalen dubbele deuren, maar hij kon er niet doorheen kijken. Hij ging naar rechts en besloot te zoeken naar een zij- of achteringang. Tot nu toe had hij geen beveiliging gezien.

Het gebouw stond in een straat in een verborgen hoek van de stad, verscholen in de buurt van de luchthaven. Zijn beste gok was dat dit soort gebouwen pakhuizen waren waar vracht werd opgeslagen voordat die naar zijn eindbestemming werd vervoerd. Dit was een van de vele gelijksoortig uitziende gebouwen langs de straat.

Er waren heel weinig auto's, en hij gokte erop dat de meeste ruimte in deze gebouwen ofwel helemaal leeg was, ofwel alleen voor opslag werd gebruikt. Des te *beter*, dacht hij. Als Ben ergens binnen was, wilde hij de grote man er niet uit moeten slepen en tegelijkertijd een stel bewakers afweren.

Hij dacht aan Mr. E's woorden. *Ze gaan proberen hem het land uit te krijgen, en tegen die tijd kan het te laat zijn.*

Hij huiverde bij de gedachte wat dat zou betekenen. Als ze Ben dood wilden, hadden ze dat al gedaan. Dat betekende dat ze iets anders met hem van plan waren.

Iets veel ergers, daar was Reggie zeker van.

En wie was het eigenlijk? Niet Tennyson - daar was hij zeker van. Wie probeerde Ben te ontvoeren en de rest van zijn team te vermoorden?

Maar toch, ze waren hier vanwege Tennyson. Dit was Tennyson's gevecht - een die hij had uitgezocht met hen.

Reggie vervloekte Tennyson's naam toen hij de achterkant van het gebouw naderde en eindelijk zag waar hij naar op zoek was.

Er was een enkel raam, gemonteerd op de tweede verdieping boven een deur. Hij testte de deurknop, wetende dat die op slot zou zijn. Het raam zou ook verboden terrein zijn. Het glas breken zou onmiddellijk iedereen binnen alarmeren, en zou gemakkelijk het alarm doen afgaan als er een was.

Maar het betekende wel dat één ding in zijn voordeel kon zijn: het raam impliceerde dat er een soort kantoor of vergaderzaal in dit gebouw was, en als dat het geval was, was het zeer waarschijnlijk dat wie daar ook werkte, het klimaat gecontroleerd wilde hebben.

Perfect.

Reggie keek hoger en zag een ingeschoven ladder die aan de zijkant van het gebouw was vastgeschroefd, rechts onder het raam, net buiten bereik. Het was waarschijnlijk tien voet boven de grond, maar hij wist dat het zijn beste kans was om binnen te geraken.

Hij deed een paar passen achteruit en sprong toen naar voren, sprintte naar de muur. Op het laatste moment sprong hij naar voren, zijn been omhoog en zijn voet plat en parallel aan het gebouw. Tegelijkertijd schopte hij met zijn achterste voet naar boven, waardoor hij nog een paar meter verder de muur op kwam. Hij sprong naar voren en ving de ladder met zijn handen op, drie sporten hoger.

Mooi, dacht hij. *Ruimte te over.*

Hij trok zich volledig op aan de ladder en kon al snel normaal klimmen toen zijn voeten de onderste sport bereikten. Hij hoopte dat het binnen geen lawaai had gemaakt, maar het gebouw leek van beton te zijn - het was onwaarschijnlijk dat iemand in het gebouw iets van buiten zou horen dat stiller was dan een trein.

Toen hij de top van het gebouw bereikte, zwaaide hij zijn benen over de richel. Het dak was precies zoals hij zich had voorgesteld - een vlakke, open vlakte van panelen met een richel van een halve meter rondom.

En rechts van hem, een airconditioner. De unit was klein, waarschijnlijk een miniatuur industriële versie bedoeld om een enkele ruimte te koelen, net zoals hij had voorspeld.

Het betekende ook dat er een toegangspaneel zou zijn voor de luchtstroom. Hij ging naar het apparaat toe en boog zich op handen en knieën voorover. Met zijn duimnagel draaide hij een van de twee schroeven eruit. Gelukkig was degene die het luik had geïnstalleerd niet bezig geweest met veiligheid en had hij de schroeven bijna losgelaten, zodat ze na verloop van tijd steeds losser kwamen te zitten. Hij schroefde de eerste en tweede schroef los, legde ze opzij en tilde het luik voorzichtig omhoog.

Een stortvloed van stof omhulde hem onmiddellijk. Hij leunde achterover en hoestte over de richel, voorzichtig om zijn mond onder zijn elleboog te houden. Toen hij weer bijgekomen was, keek hij naar het luik en dankte God dat hij niet claustrofobisch was. Hij wist niet eens zeker of hij wel helemaal door het luik zou passen, of wat hij zou doen als hij bij een hoek kwam. Hij hoopte dat de HVAC aannemer gewoon een rechte goot had geïnstalleerd in plaats van te besluiten om de leidingen om de rand van de kamer te laten lopen.

Er was maar één manier om daar achter te komen, dacht hij. Hij haalde adem, zette zich schrap boven het open gat, hief toen zijn armen recht boven zijn hoofd en dook met zijn voeten naar beneden.

Het bleek een recht schot te zijn, zo'n drie meter naar beneden naar het stoffige kantoor op de tweede verdieping. Zijn voeten sloegen tegen de klep van de ventilator aan de andere kant van de stortkoker en die scheurde van zijn behuizing en viel luid op de linoleum vloer.

Zijn voeten raakten de grond er bovenop en hij gebruikte zijn handen om zijn evenwicht te herwinnen. Het was een hels lawaai, maar hij was binnen.

Alles bij elkaar, had hij slechtere ingangen gemaakt.

Hij was echter nog steeds bezorgd dat het teveel lawaai had gemaakt - iedereen in het gebouw zou nu weten dat hij hier was. Gelukkig was er op dit moment niemand in de kamer.

Hij keek om zich heen. Het was duidelijk een kantoor, snel en haastig ingericht en daarna helemaal vergeten. Een archiefkast stond rechts van hem tegen een muur, twee van de deuren open en leeg. Een zwaar stalen bureau stond in een hoek van de kamer, zonder stoel erachter. Er waren geen decoraties, geen notitieboekjes of prullaria of foto's van familie die rondslingerden. Het bureau was helemaal leeggehaald.

Degene die hier werkt, houdt de dingen graag eenvoudig, dacht hij.

Hij hoorde voetstappen in een trappenhuis, en Reggie stelde zich voor hoe de buitenkant van de kantoorruimte in het gebouw eruitzag. Hij vermoedde dat dit het enige kantoor was, en dat het boven de rest van de ruimte uitstak, te oordelen naar de rij kleine rechthoekige raampjes tegen één muur. Ze waren allemaal verduisterd met een slechte verflaag, dus hij kon ze niet gebruiken om te zien wie de trap opliep.

Ze stampten zwaar en doelgericht de trap op. *Dat betekent dat ze gewapend zijn,* besefte Reggie. *Niemand die ongewapend is en bang voor indringers loopt met zo'n zelfvertrouwen de trap op.*

Hij hurkte neer bij de deur en wachtte. Hij ging open, langzaam. Na een pauze, opende het een paar centimeter meer. Reggie wachtte een seconde langer tot de gedaante volledig in de deuropening stond, toen viel Reggie aan.

Hij sprong vanuit zijn hurk naar voren en bracht zijn hoofd

omhoog, zijn voorhoofd tegen de kin van de persoon slaand. Het verraste hen volkomen, en de man wankelde en struikelde achteruit, tegen de open deur aan.

En toch vielen ze niet om. Ze herstelden zich bijna onmiddellijk, en hij voelde een stoot tegen de zijkant van zijn hoofd, die langs zijn oor glipte. Het deed pijn, maar het was geen directe klap geweest. De aanvaller volgde met een slag in Reggie's zij die hij kon ontwijken en gebruikte de verdedigende beweging om dichter bij de man te komen. Hij wikkelde hem in een berenknuffel. Hij probeerde positie te kiezen en bracht zijn been rond de achterste voet van de man, trok hem toen omhoog. Beide mannen vielen op de grond.

Reggie hoorde een grom, maar verder was de man stil. In de duisternis kon hij geen bijzondere kenmerken zien, maar dat kon hem niet schelen. Hij wist dat het Ben niet was, wat betekende dat deze man zou sterven.

De man was echter *niet van* plan gemakkelijk te sterven. Hij rolde opzij en haalde een voet onder Reggie vandaan, wat hem genoeg hefboomwerking gaf om hem over Reggie's rug te zwaaien en hen beiden van de grond te tillen. Hij maakte de beweging af door zich om zijn middel te draaien en Reggie weer neer te gooien, waarbij hij zijn hoofd hard tegen de grond smakte.

Reggie zag sterretjes en realiseerde zich dat de man nu boven op hem zat. Zijn handen baanden zich een weg naar Reggie's keel.

Als de hel ga je me vermoorden, dacht hij. Hij strekte zijn rechterhand uit en voelde iets - het enige beschikbare - dichtbij. Hij trok het omhoog en greep het stevig vast, wetend dat hij maar één kans zou hebben.

Met een zwaai van zijn pols en een zwaai van zijn arm gooide hij het deksel van het ventilatierooster tegen de zijkant van het hoofd van de man. Hij had het goed gericht en getimed, en de scherpe hoek van het rechthoekige metalen voorwerp doorboorde de slaap van de man en nestelde zich ergens in zijn schedel.

Het was geen dodelijk schot, maar dat was voor Reggie ook niet nodig. De man huilde van de pijn en hief zijn handen weg van Reggie's keel, onwillekeurig reagerend op het nieuwe aanhangsel dat Reggie hem had gegeven.

Het was genoeg om Reggie de hefboomwerking te geven die hij nodig had. Hij bracht zijn bovenlichaam omhoog en gaf drie stoten tegen de kaak van de man, de laatste maakte een krakend geluid. Hij hoopte dat het de kaak van de man was en niet zijn eigen vuist die zojuist was gebroken, maar er gierde te veel adrenaline door hem heen om dat te kunnen zeggen.

De man verslapte zijn greep die zijn benen om Reggie's middel hadden, en Reggie trok zich op en weg, zich naar achteren wringend en buiten het bereik van de man. Hij probeerde Reggie's shirt te pakken terwijl hij bewoog, maar hij had te veel pijn. Reggie ontweek de greep, draaide zich om en gaf de man een trap in zijn gezicht, gericht op zijn reeds verbrijzelde kaak.

Dit deed de truc. De man zeilde achteruit en sloeg met zijn schedel op de harde vloer, buiten westen. Reggie wilde geen risico's nemen, en hij wist dat hij de klus moest klaren. De borstkas van de man ging omhoog en omlaag, maar hij ging niet weer rechtop zitten.

Reggie keek om zich heen, niet wetend hoe hij hem precies moest afmaken. Hij wilde niet zijn lichaam optillen en hem in zijn schoot wiegen om zijn nek te breken, en dat was toch al geen gemakkelijke taak. Hij kon hem wurgen, maar dan zou hij niet weten hoe lang het zou duren voor hij zou sterven. Hij had ook geen zin om hem naar het raam te brengen en hem eruit te gooien -

met Reggie's geluk zou de val hem niet doden, en de politie zou het lichaam vinden vijf minuten nadat hij het had gedaan.

Terwijl Reggie het kantoor rondkeek, keken zijn ogen toevallig naar de man die hij had neergehaald. Hij kreeg een glimp van zijn gezicht te zien.

Reggie deinsde geschokt terug.

Hij kende het gezicht onmiddellijk. Het korte, Caesar-kapsel, de donkere, diepliggende gelaatstrekken.

Dit was de man die Ben's hut had opgeblazen.

Dit was de man die Mrs. E. had vermoord.

Of beter gezegd, het was een evenbeeld. Hij had zich niet vergist - deze man leek *precies* op de man die hij had vermoord in Ben's hut. Het moet een tweelingbroer geweest zijn.

Klootzak, fluisterde Reggie.

Vervuld van een nieuwe behoefte om de wereld te bevrijden van de look-alike versie van de man die hen al zoveel verdriet had gedaan, liep Reggie naar het zware metalen bureau terwijl het plan zich in zijn hoofd vormde. Hij pakte de twee korte randen van het bureau op, grommend onder de inspanning, en kantelde het toen zodat hij het bij de poten kon pakken. Hij nam een been in elke hand en liet het blad tegen zijn buik rusten terwijl hij het naar de bewusteloze aanvaller op de grond droeg.

Hij trok het bureau hoger en richtte even, zijn greep op het onmogelijk zware voorwerp al verliezend. Hij wilde niet dat het weggleed, maar hij wilde ook niet missen. Hij plaatste de rand van het bureau boven de keel van de man en hief het toen nog hoger, grommend bij de inspanning.

Reggie voelde geen enkele wroeging. Dit was niet de enige die hij had gedood, en hij had het gevoel dat het niet de laatste zou zijn. Maar hij wist dat deze man - net als een paar anderen die hij was tegengekomen - het verdiende.

Reggie liet het bureau vallen, en stuurde het de drie meter recht naar beneden op de man zijn luchtpijp, wetende dat het de klus zou klaren.

8:29 AM | **March 11, 2021**

Veyrier, Genève, Zwitserland

Ben was groggy maar kwam weer bij zijn positieven. Hij kneep zijn ogen dicht en opende ze toen weer, merkend dat zijn zicht niet veel beter was met zijn ogen open. Als hij weer zou gaan zien, zou hij willen dat het zo snel mogelijk zou gebeuren. Hij wist niet waar de man was die hem gedrogeerd had, maar hij zou waarschijnlijk snel terugkomen en Ben terugsturen in die vreemde verbijstering.

Hij rekte zich uit en voelde de spieren in zijn nek en rug losser worden. De spanning van daarnet was verdwenen. Hij slikte en voelde zijn tong tegen zijn keel schuren. Die was droog, en hij probeerde hem met speeksel weer vochtig te maken.

Wat het ook was, hij wilde het niet nog eens meemaken.

Hij herinnerde zich de manier waarop de vreemde nevel om hem heen zweefde en hem had doen verstijven, zijn adem had doen stokken in zijn keel. Met genoeg druk, genoeg kracht, kon hij nog ademen, maar het was moeizaam en pijnlijk. Hij was de hele tijd zo gebleven, terwijl hij zijn lichaam op de harde vloer van de lege bestelwagen voelde vallen. Hij voelde hoe de man hem uit het busje droeg en hem in deze hoek rolde. Alsof hij een standbeeld was.

Misschien is dat de reden waarom mijn rug en schouder me pijn doen.

Hij hoorde een geluid van ergens boven hem, en hij draaide zijn nek om te proberen te zien wat het was. Toen hij dat deed, voelde hij handboeien om zijn polsen en enkels die strak tegen zijn ledematen trokken. *Heeft die klootzak mij ook vastgebonden?*

Hij keek nog eens rond, maar kon niet zeggen waar hij was. Een soort opslagruimte, een grotendeels leeg magazijn. Het was er ook donker, het enige licht kwam vanachter verduisterde glazen deuren, zo'n drie meter verderop. Er waren niet genoeg visuele prikkels om een goed gevoel voor de ruimte te krijgen, maar hij dacht dat hij stapels dozen tegenover zich zag. Hij zat met zijn rug tegen de harde metalen muur.

Het voelt zeker als een opslagruimte, dacht hij.

Het geluid dat hij had gehoord werd vervangen door voetstappen, en hij werkte zich op tot een knielende positie, dan een staande. De handboeien aan zijn polsen verhinderden hem zijn armen te gebruiken voor zijn evenwicht, maar hij was tenminste niet vastgemaakt aan een paal of zo. Hij moest in een staande positie komen zodat hij een betere kans had om in een gevechtspositie te komen.

Als die klootzak zijn gezicht laat zien, is hij dood. Hij twijfelde er niet aan dat hij iedereen op dit niveau kon pakken, zelfs met alleen zijn voeten en handen. Hij zou een beetje strompelen, maar een goed geplaatste kopstoot zou het moeten doen. Zo niet, dan waren zijn handen voor zijn middel geboeid, zodat hij zijn vuisten kon balanceren en zijn kidnapper een pak slaag kon geven.

Hij hoopte alleen dat hij niet gedrogeerd zou worden met een of andere krachtige chemische stof die hem eerder had uitgeschakeld. Er was iets schokkends en angstaanjagends aan ontvoerd worden terwijl je volledig bevroren bent, niet in staat om te spreken of te bewegen. Hij stelde zich voor dat het was als verdrinken - weten wat er gebeurde, maar niet in staat om terug te vechten. Uiteindelijk gedwongen worden om diep in te ademen met zeewater.

Hij schuifelde naar een positie onder de trap, voelde de zware voetstappen toen ze naar beneden denderden en op de betonnen vloer terechtkwamen. Hij was nu volledig verborgen, in het donker en hopelijk op een plek waar hij om de persoon heen kon. Hij hoefde ze alleen maar voorbij te laten lopen, zodat hij zijn handen om hun nek kon leggen...

Ze stapten dichterbij. Een man, groot en donker, nog steeds verborgen door schaduwen. Hij kon ze voelen, maar zag alleen een donkere aanwezigheid, een flikkering van beweging.

Hij werkte zich naar voren, hief zijn handen op en maakte zich klaar om ze over het hoofd van de man te laten glijden.

Nog drie centimeter.

De man draaide zich om.

"Ben?"

Bens mond viel open en zijn handen vielen terug op zijn middel. "Reggie?"

"Jezus, Ben," zei Reggie. Een brede glimlach verscheen op het gezicht van zijn vriend en Ben kon zijn perfect witte tanden naar hem zien glimmen, zelfs in het donker.

"Verdomme, waarom duurde het zo lang?" vroeg Ben.

Reggie lachte. "Ik dacht dat je je gastheer wel wat beter zou willen leren kennen. De tijd is om - voor hem en voor jou."

"Dood?" Vroeg hij.

"Alleen het beste voor hem."

Ben sloeg dicht. "Opgeruimd staat netjes. Herken je hem?"

Reggie knikte. "Hij moet een tweelingbroer zijn van de man die de hut heeft vernield. Vermoordde Mrs. E."

"Ja," antwoordde Ben.

"Jammer dat we hem niet meer konden ondervragen."

Ben schudde zijn hoofd. "Hij was niet van plan om te praten. Voor wie hij ook werkt, het is niet Tennyson. Maar ze zitten zeker nog achter ons aan."

Reggie's grijns verdween en zijn gezicht werd somberder toen ze naar de achterdeur van het gebouw liepen. "We moeten de anderen vinden," zei Reggie. "Ze hebben jou en mij vrij gemakkelijk opgespoord, wat betekent dat ze de meisjes en Freddie ook zullen kunnen opsporen."

Ben had dit al overwogen. Hij was al tot dezelfde conclusie gekomen. Het was niet Tennyson die nu achter hen aanzat - in ieder geval niet *alleen* Tennyson. Wie deze nieuwkomers ook waren, ze waren goed - goed genoeg om Ben te besluipen en goed genoeg om hen helemaal naar Zwitserland te volgen. Ben en Reggie waren voorzichtig geweest om alleen Julie en de anderen te vertellen waar ze heen gingen.

En het wapen dat ze gebruikten, het was angstaanjagend. Wat als ze er grotere hoeveelheden van hadden? Wat als ze het konden gebruiken voor...

"Reggie," zei Ben, met een bijna fluisterende stem.

"Wat is er?"

"Dat spul dat ze op me gebruikten... het is als een nevel. Een spuitbus of zoiets, en het legde me volledig stil. Alsof ik dood was en rigor mortis begon."

"Ja, ik zag het," zei Reggie. "Wat is ermee?"

"Ik zat net te denken... wat als ze er grotere hoeveelheden van hadden? Of een *sterkere* versie ervan? Zouden ze het niet kunnen gebruiken om niet één man uit te schakelen, maar een heleboel?"

"Zoals een terroristische aanval," antwoordde Reggie.

Precies. Ben knikte. Hij dacht aan de aanval op het plein in Rome. Over hoe de nieuwslezers het probeerden op te lossen, en hoe ze verward waren over waarom niemand probeerde te vluchten.

Als de aanvallers daar iets te maken hadden met wat er met Ben gebeurd was...

Het betekende dat ze in de problemen zaten, heel veel problemen.

8:46 AM | **March 11, 2021**

Veyrier, Genève, Zwitserland

"Enig geluk?" vroeg Reggie.

Ben schudde gefrustreerd zijn hoofd. Hij had drie keer geprobeerd te bellen, naar elk van hun nummers. Noch Freddie, Julie, noch Sarah hadden hun telefoon beantwoord. Hij wist dat het te vroeg was om zich zorgen te maken, maar hij kon het gevoel niet helpen dat hij de controle over de situatie aan het verliezen was. Als geen van hen opnam, betekende het dat Julie zich zorgen maakte over iemand die mogelijk meeluisterde, of het betekende dat ze op reis waren.

Maar het betekende dat Ben niet dichter bij het vinden van Eliza of het zwaard was dat Tennyson hen had opgedragen te vinden, en hij wist dat hij niet dichter bij het vinden van Tennyson zelf was en het voltooien van de taak die meneer E hem had gegeven. Elke hoop om informatie te krijgen van de bommenlegger buiten het huis van Tennyson's kleindochter was gestorven toen Reggie de man van het leven had beroofd, maar Ben geloofde nog steeds dat het ondervragen van de terrorist ook alleen maar een dood spoor zou zijn geweest.

Ben kon zien dat Reggie ook gefrustreerd was. Hij kende zijn vriend bijna net zo goed als hij zichzelf kende - Reggie wilde in beweging blijven, actie ondernemen. Op dit moment waren ze op het vliegveld, probeerden in contact te komen met de rest van hun team om uit te zoeken waar ze nu heen moesten.

Na de gebeurtenissen in de opslagplaats hadden Reggie en Ben besloten de halve mijl naar de vooringang van het kleine vliegveld te lopen, omdat ze al zo dichtbij waren. Daar zouden ze tenminste klaar zijn om een vlucht te nemen als ze hun volgende bestemming hadden gevonden.

"Enig idee wat we nu moeten doen?" vroeg Reggie. "Waarheen te gaan?"

Ben haalde zijn schouders op. "We moeten Interpol natuurlijk voorblijven, en wie die nieuwe gasten ook zijn, we moeten ze voorblijven. We weten nu tenminste dat er een derde partij bij betrokken is."

"Ja, maar we weten helemaal niets over hen. Waarom zitten ze achter ons aan? Wat willen ze specifiek van jullie, en hoe hebben ze ons gevolgd?"

"Ik heb geen idee. Wat ze ook aan het doen zijn, ze gebruiken een of andere nieuwe techniek. Ik heb nog nooit van mijn leven zoiets gezien." Ben herinnerde zich het vreemde gevoel dat zijn lichaam van binnenuit werd afgesloten. "Het was net een soort spuitbus. Hij spoot iets om me heen dat op poeder leek, licht en luchtig en het regende overal om me heen. Ik denk dat ik mijn adem had kunnen inhouden, maar ik weet niet of dat geholpen zou hebben. Het spul leek me vast te zetten bij contact."

"Ja, dat is wat ik ook zag," zei Reggie. Hij slaakte een lange zucht. "Ik probeerde er op tijd te zijn, maar -"

"Het maakt nu niet meer uit," zei Ben. "Niet jouw schuld."

Ben voelde zijn telefoon trillen in zijn hand en hij keek er angstig op neer. Hij voelde een sprankje hoop; hij wilde dat het een sms was van Julie of een van de anderen. Wat dat betreft zou hij zelfs blij zijn als het een sms was van de Interpol-agent, die voor de zoveelste keer Ben's locatie opeiste. Dan zou het Ben tenminste iets geven om over na te denken, iets om op te kauwen, om hem het gevoel te geven dat ze nog steeds in beweging waren.

Op dit moment voelde hij zich dood in het water. Ze hadden geen aanwijzingen en geen contact met iemand van de buitenwereld.

In plaats daarvan was het een e-mail.

Ben opende de app en controleerde dubbel de afzender.

"Wat is er?" vroeg Reggie.

"Een e-mail," zei hij. "Van Tennyson."

Reggie spotte. "Geen shit? Wat staat er deze keer?"

Ben kon de intensiteit in de stem van zijn vriend horen. Hij voelde zich net zo - hij stelde zich voor wat er in de e-mail van Tennyson zou staan: *Je hebt het huis van mijn kleindochter opgeblazen.*

Ben schudde zijn hoofd terwijl hij de tekst van het bericht hardop las. "'*Ontmoet me in Elba. Je zult wel weten waar.*"

"Is dat alles?" Vroeg Reggie weer.

"Dat is het," zei Ben. "Hij wil alleen dat we hem in Elba ontmoeten."

"Wat is Elba in godsnaam?"

Ben was al in beweging. Wat ze ook gingen doen, Ben had het gevoel dat er een vlucht bij zou komen kijken.

Het bleek dat hij gelijk had. Hij ging op weg naar de kassa.

"Elba is een eiland, voor de kust van Italië. Als we geluk hebben, kunnen we een directe vlucht van hier krijgen."

"Goed," zei Reggie. "Maar *waarom* Elba?"

Ben glimlachte. "Het is het eiland waar Napoleon verbannen werd."

CHAPTER 63

JULIE

10:23 AM | **March 11, 2021**

Lyon, Frankrijk

Madame Blanchet's contact bleek gemakkelijk te vinden. De vrouw die Madame Blanchet "Lady Catherine" had genoemd woonde buiten Lyon, Frankrijk, in een oud, vervallen kasteel. Na een snelle zoektocht op internet vond Sarah een vrouw met de naam Catherine Beaulieu die overeenkwam met de leeftijdsgroep die Madame Blanchet had beschreven. Zij stond inderdaad te boek als een afstammelinge van de goudsmid Odiot uit Parijs, en had in de omgeving enige bekendheid verworven door te beweren dat sommige van Napoleons veldslagen waren gewonnen door een soort goddelijke tussenkomst. In sommige artikelen werd zij - denigrerend - *Dame* genoemd, omdat zij een vervallen kasteel buiten de stad had gekocht en bekend stond als een soort kluizenares.

Ze klinkt als een kwakzalver, dacht Julie. *Maar als ze informatie heeft, moeten we met haar praten.*

Zij hadden een trein gevonden die Lyon in iets meer dan twee uur kon bereiken, dus hadden zij elk een kaartje gekocht en stapten kort na het vertrek uit het huis van Madame Blanchet in.

Gewapend met een missie en een beetje kennis om verder te gaan, hadden ze de reis naar Lyon gebruikt om uit te rusten en hun gedachten en vragen te verzamelen. Julie probeerde zich voor te bereiden op wat ze daar ook zouden aantreffen.

Ze moest zich neerleggen bij het feit dat het misschien allemaal voor niets was geweest - Catherine zou in feite gewoon een of andere gek kunnen zijn die in een vervallen kasteel woonde. Volgens het artikel dat hij had gelezen, was Catherine nooit getrouwd of had ze nooit kinderen gehad.

Nadat zij uit de trein waren gestapt, namen zij een ritje met een andere auto en bereikten uiteindelijk de buitenste omtrek van wat vroeger de grensmuur van het kasteel was. Het land was leeg hier, voornamelijk prairies en landbouwgrond in alle richtingen. Zij passeerden een oude vier voet hoge stenen muur die eens de uiterste grens van het kasteel markeerde.

Julie wist dat degene die het kasteel oorspronkelijk bezat, ook alle steden in de buurt en het land waar ze op stonden, bezat. Met andere woorden, alles wat in zicht was. De weg naar het hoofdgebouw was even oud als het kasteel zelf, het grootste deel van het grindpad was nu volledig overwoekerd door hoog gras dat in jaren niet was bijgehouden. Bomen, duidelijk op hun laatste benen, bogen voorover en hingen over de weg, vermoeide overblijfselen van een langverloren tuiniersdroom voor een verfraaide oprijlaan.

Hun taxichauffeur zette hen af op een ronde oprit voor een stenen huis van drie verdiepingen, en toen Julie uitstapte en omhoog keek, kreeg ze een goed idee van wat ze binnen zou kunnen aantreffen.

Dat was omdat het meeste van *de buitenkant* zijn weg *naar binnen* had gevonden.

De bovenste verdieping van het huis had geen enkel dak, ofwel was het lang geleden in verval geraakt, of gewoon afgebroken en nooit vervangen. Stenen torentjes aan weerszijden van het heren-huis eindigden abrupt, ook hun toppen waren om een of andere vreemde reden afgesneden. Vanuit een raam op de tweede verdie-ping kon Julie door een gebroken glas-in-loodraam een boomstam zien die door de eerste verdieping heen was gegroeid.

"Interessante plek," zei Freddie. "Iets zegt me dat het er waar-schijnlijk spookt." Hij schopte een stok uit de weg en liep toen naar de trap van het huis.

Julie zag links van haar een auto geparkeerd staan in een vrij-staande garage, wat haar geruststelde. Ze kon niet weten of Catherine thuis zou zijn als ze aankwamen, en nergens op internet kon ze een telefoonnummer of e-mailadres vinden om de vrouw te bereiken. Het was het risico waard geweest, en ze was blij te zien dat er iemand thuis leek te zijn. Het gaf haar ook opluchting dat de auto een normale sedan was - Lady Catherine had misschien haar eigenaardigheden, maar ze had tenminste een voertuig.

Freddie bereikte eerst de voordeur en draaide zich toen naar Julie, wachtend op haar teken om te kloppen. Zij knikte, en hij hief zijn hand op en maakte zich klaar om op de zware, dikke houten deur te bonzen. Julie onderzocht de deur. Ergens in het verleden had iemand veel tijd en moeite gestoken in het snijden van sierlijke bloemmotieven in het hout, maar naarmate het hout ouder en harder was geworden, had de organische aard ervan sommige van de structuren weggedrukt, waardoor het dof en vlak was geworden.

Freddie's hand landde precies één keer voordat de deur

kraakte. Hij trok zijn hand terug en deed een stap achteruit.

"Bonjour?" vroeg een stem. Er volgde een vraag in het Frans. Julie had al vele jaren geen Frans meer gestudeerd, maar ze meende het Franse woord voor reporter te horen: *Journaliste.*

Julie haastte zich naar voren en glimlachte. "Bent - bent u Lady Catherine?" Vroeg ze.

De deur ging nog een paar centimeter open, en Julie zag het gezicht van de spreekster. Ze was misschien tien jaar ouder dan Julie zelf, en haar haar was lang en zat in een paardenstaart. Het was spierwit en het leek alsof er een eigen gloed vanaf straalde. Ze droeg een T-shirt en een spijkerbroek.

Niet zo vreemd als ik me had voorgesteld, dacht Julie.

"Niemand heeft me zo genoemd sinds lange tijd," zei de vrouw, terwijl ze zich in onberispelijk Engels begaf. "Waar heb je dat gehoord?"

Julie wist dat het nu niet het moment was voor bedrog. "Madame Blanchet, in Parijs. Ze raadde ons aan om met u te komen praten."

De ogen van de vrouw knepen samen en werden toen snel wijder. Een blik van vreugde kwam over haar gezicht. "Madame Blanchet! Ik heb al zoveel jaren niets meer van haar gehoord! Hoe is het met haar?"

Julie slikte. *Misschien* is *het nu tijd voor een beetje misleiding.* "Het... uh, gaat goed met haar, en ze had erg aardige dingen over je te zeggen."

De deur ging verder open en de vrouw maakte een beweging om hen binnen te laten. "Ik weet niet waarom ze goede dingen te zeggen had," zei Catherine lachend. "Ik was toen zo'n lastpost. Brief na brief, frivole vragen stellend. Proberen alles te begrijpen wat mogelijk was over Napoleon."

"Van wat ik weet van de oude dame," zei Freddie, "zou dat je alleen maar meer geliefd hebben gemaakt bij haar."

"Ik veronderstel dat dat waar *is*," zei Catherine. "Alstublieft, kom binnen. Let niet op de rommel - ik leef een beetje een *eclectische* levensstijl."

Julie draaide zich om en nam de ruimte in zich op. De foyer van het kasteel was nog steeds grotendeels in dezelfde vorm als altijd, met links en rechts van haar en recht voor haar booggewelven die naar diepere zalen leidden. Die voor haar was veel groter dan de andere en leidde naar een lobby of een grote, open zitruimte.

Er waren echter geen stoelen in deze zithoek. In plaats daarvan zag Julie een matras op de grond liggen, met een laken eroverheen. Naast het bed stonden twee kartonnen dozen, beide open en zonder etiket. Uit de bovenkant van een van de dozen staken stapels kleren. Aan de andere kant van het bed stond een rij schoenen, in functie variërend van elegante platte tot meer utilitaire laarzen.

Er hingen geen schilderijen of schilderijen meer aan de muren, maar Julie kon rechthoeken van lichtere steen zien waar ze tientallen, of zelfs honderden jaren gehangen moeten hebben. In de ruimte links van haar zag ze de boom die ze van buitenaf had gezien. Hij was niet alleen uit de vloer gegroeid, maar er was ook een keurige stapel stenen in een cirkel rond zijn basis gelegd, en aarde in de ring gestort. De eerste takken schoten door een gebroken raam aan het eind van de gang, en ze kon een gat in het plafond boven de stam zien waar de boom doorheen was geschoten tijdens zijn vlucht naar buiten.

Ze hoorde geschuifel van rechts, en voelde Freddie tegen zich aan botsen. "Jongens..." zei hij zacht.

10:25 AM | **March 11, 2021**

Lyon, Frankrijk

Julie draaide zich om, om te zien wat Freddie zo dwars zat. Aan het eind van de gang stonden drie kleine wezentjes met een kap. Ze staarden hen allemaal recht aan, zonder te bewegen. De linkse wreef met zijn voorste hoef over de steen.

"Geiten?" fluisterde Sarah.

"Huey, Dewey, en Louie," zei Catherine nonchalant. "Ze zullen geen problemen geven, ze willen waarschijnlijk alleen weten of iemand van jullie crackers heeft meegenomen."

"Hadden we crackers mee moeten nemen?" vroeg Freddie.

"Ik heb er een paar in de keuken die ik binnen kan brengen. Ze vinden het geweldig om nieuwe mensen te ontmoeten. Helaas voor hen ben ik niet zo'n socialist, dus ze ontmoeten niet zo vaak mensen."

"Ik begrijp het," zei Sarah, zonder haar ogen van de geiten af te wenden.

Julie glimlachte en liep naar de grote slaapkamer die voor haar lag, in de hoop meer van de mysterieuze ruimtes te kunnen zien. Ze had het gevoel dat elke kamer schatten herbergde die even vreemd en tegenstrijdig waren als wat ze al gezien had. Ze kreeg ook het gevoel dat Catherine een vrouw was die kunst niet waardeerde vanuit het perspectief van een buitenstaander - ze had besloten om van haar hele leven een kunstwerk te maken. Alles wat Julie tot nu toe had gezien, voelde aan als een minder surrealistische versie van *Alice in Wonderland*.

Catherine kwam even later terug met een dienblad met theekopjes, een dampende pot thee in het midden. Ernaast lag een stapeltje kleine Graham crackers.

Ze zette het dienblad neer op een soort verwrongen houten krukje dat gemaakt was van versteende takken, en gaf toen de stapel crackers aan Freddie. "Fluit maar, dan komen ze er zo aan."

Freddie keek verward naar de drie vrouwen om hem heen, maar tuitte toen zijn lippen en liet een laag, zacht gefluit horen.

Het effect was onmiddellijk en chaotisch. Alle drie de kleine geitjes begonnen wild met hun hoeven te stampen, in een poging om grip te krijgen op de gladde stenen vloer van het kasteel. Het linkse geitje kreeg eindelijk genoeg grip om te bewegen en begon naar hen toe te galopperen. De twee anderen bliezen hun teleurstelling uit over hun tweede en derde plaats, maar kwamen ook snel op hen af. Freddie ging op zijn knieën, maar stond snel weer op toen hij besefte wat er gebeurde.

De geiten waren niet van plan het rustiger aan te doen. Julie hield een hand voor haar mond, niet in staat haar lachen te bedwingen.

De drie kleine zoogdieren botsten tegen Freddies knieën en benen met een kracht die hem bijna weer in Julie duwde.

"Deze kleine jongens spelen geen spelletje," zei hij.

Catherine gooide haar hoofd achterover en lachte. "Natuurlijk niet - ze houden echt van hun crackers."

Freddie hield de graham crackers in zijn rechterhand en maakte zich klaar om er een van de bovenkant af te pellen. Voordat hij dat kon, stak een van de geiten zijn nek omhoog, opende zijn bek wijder dan Julie voor mogelijk had gehouden, en griste een stuk crackers ter grootte van een golfbal van de zijkant van de stapel, een even grote klodder achterlatend.

"Hé, rustig aan kleine man," zei Freddie, terwijl hij de stapel buiten bereik trok. Hij ging verder met het voeren van alle drie de vraatzuchtige dieren, terwijl Julie haar aandacht weer op Catherine richtte.

"Ik wou dat we hier onder andere omstandigheden waren, maar ik ben bang dat onze tijd kort is. We hebben hulp nodig met iets, en Madame Blanchet was ervan overtuigd dat u de persoon was om het te vragen."

"Iets over Napoleon, vermoed ik?"

"Eigenlijk, gaat het over iemand in jouw stamboom. Een man genaamd Odiot."

Catherine's ogen werden weer groot en een brede glimlach verscheen op haar gezicht. "Natuurlijk, dat is mijn over-over-overgrootvader... of misschien nog een paar *overgrootvaders*. En, zou ik kunnen toevoegen, een veel beter onderwerp van gesprek."

"Waarom is dat?" vroeg Julie.

"Wel," begon ze, "ik was als kind al gefascineerd door Napoleon. Ik bestudeerde hem op school, besteedde al mijn vrije tijd aan onderzoek naar zijn leven en zijn leiderschap. Toen ik ontdekte dat ik een afstammeling was van Odiot, bestudeerde ik hem ook. Ik begon een afkeer van Bonaparte zelf te ontwikkelen -

hij behandelde Odiot niet goed, althans naar mijn mening. En ik geloof dat Napoleon ook een beetje een charlatan was."

"Dat is heel interessant," zei Sarah. "Waarom zegt u dat hij een charlatan was?"

Catherine grinnikte. "Het lijkt dubieus om hem zo te noemen, vind je niet? Een man als Napoleon mag toch wel een beetje egoïstisch zijn na wat hij bereikt heeft. Hij was, zonder twijfel, een belangrijk figuur, een fantastische leider. Ik heb alleen reden om te geloven dat hij niet *helemaal* openhartig was over sommige van zijn overwinningen."

"Kun je ons een voorbeeld geven?" vroeg Julie.

"Het - het is niet belangrijk meer," zei ze, haar stem stokt. "Je hebt misschien bepaalde dingen over me gelezen, waarvan sommige waar zijn. Ik geef toe dat ik een beetje een vreemde levensstijl heb, en ik weet dat ik daardoor op een soort moderne heks lijk."

"Nee, helemaal niet," zei Julie. Ze had er bijna meteen spijt van dat ze dat gezegd had. Als ze eerlijk was, leek deze vrouw *precies* de levensstijl te hebben die ze zich van een hedendaagse heks had voorgesteld. Ook al droeg ze een spijkerbroek en een T-shirt, het was geen geheim dat deze vrouw in de marge van de samenleving leefde.

"Je hoeft niet aardig te zijn, liefje," zei Catherine met een oprechte glimlach. "Ik ben niet onwetend. Dat interesseert me toch allemaal niet. Maar ik geloof nog steeds dat het meeste wat ze in die artikelen zeiden, alleen maar gezegd is om mij in diskrediet te brengen."

Sarah kwam ertussen. "Je bedoelt dat Napoleon zijn gevechten kon winnen door goddelijke interventie?

Catherine knikte snel. "Goddelijke interventie, de hand van

God, magische spreuken, tovenarij, wat dan ook. Ik weet niet precies wat het was, maar ik geloof dat het iets was dat Napoleon's vermogen om te vechten in zijn gevechten versterkte."

Julie kwam terug in de hoop het gesprek in de richting van haar einddoel te houden. "Catherine, we hebben een vriendin die in de problemen zit. We moeten iets vinden en het naar haar toe brengen, anders zijn we bang dat er iets ergs met haar zal gebeuren."

Catherine stond daar zwijgend en nam het in zich op. "Wat is er? Waar ben je naar op zoek?"

Julie voelde een sprankje hoop in zich opkomen. "Een zwaard. Een replica van het zwaard van..."

"Het Zwaard van Austerlitz," zei Catherine. "Een ogenblikje, alstublieft.

10:30 uur: 11 maart 2021

Lyon, Frankrijk

Julie verwachtte half dat Lady Catherine terug zou komen met het echte Zwaard van Austerlitz, en ze voelde zich een beetje teleurgesteld toen de vrouw de kamer weer binnenkwam met een eenvoudig dagboek. Ze had het ergens dieper in het huis vandaan gehaald, en Julie kon zien dat het vol zat met gekopieerde artikelen, krantenknipsels, foto's en handgeschreven notities.

"Je vroeg me waarom ik geloof dat Napoleon een beetje hulp had bij zijn veldslagen. De slag bij Austerlitz is daar een goed voorbeeld van," ging Catherine verder. Ze bladerde even door het in leer gebonden dagboek en trok toen een katern open met bovenaan de titel *Austerlitz*. Julie en de anderen leunden voorover, nieuwsgierig naar wat ze zou gaan zeggen.

"Hij was hierachter," zei Catherine, wijzend op een stuk van een met de hand getekende kaart. Julie kon de handgeschreven Franse etiketten niet lezen. "Maar de meeste hevige gevechten vonden hier plaats, en Napoleon zelf besloot daarheen te gaan om te helpen.

"Is dit een historisch feit?" vroeg Sarah.

Catherine knikte. "Oh, ja. Heel erg zelfs. Deze veldslag - zoals zo'n beetje alle veldslagen waar Napoleon de hand in had - wordt al twee eeuwen lang door historici en militair strategen uit elkaar geplukt. Grote geesten hebben zich over deze reeks gebeurtenissen gebogen en zo'n beetje elk detail dat erover bekend kan zijn, *is* bekend."

"Dan," ging Sarah verder, "met alle respect, waarom heb je al die moeite gedaan? Veel hiervan is handgeschreven, de kaart zelf getekend. Kon je niet gewoon een bestaande kaart gebruiken?"

"Goede vraag, een met een eenvoudig antwoord: Ik moest het zelf weten. Ik moest verifiëren - om er zeker van te zijn dat er niets over het hoofd was gezien. Ik wilde zeker weten dat er geen voor de hand liggende verklaring was."

"Een voor de hand liggende verklaring voor wat?" vroeg Freddie.

Catherine bladerde nog een paar bladzijden om en onthulde toen een andere kaart. Deze was gedetailleerder en toonde een deel van de Slag bij Austerlitz dat zij had uitvergroot. Julie zag een etiket in het midden van de getekende afbeelding.

"Dit is Napoleon," ging Catherine verder, bevestigend wat Julie las. "Hij reed de strijd in - met zijn favoriete zwaard om - en voegde zich bij de strijd. Begrijp dat op dit punt in de strijd de overwinning nog niet beslist was. De Geallieerden hadden de heuvel bij Pratzen Heights ingenomen en zetten Napoleons troepen onder druk. Elke goede bevelhebber zou zich teruggetrokken hebben om zijn eigen veiligheid te verzekeren."

"Een goede commandant zou zich niet haasten in de strijd?" vroeg Freddie.

"Misschien, binnen redelijke grenzen. Maar uiteindelijk is het doel van een slagveldcommandant, vooral in deze tijd, te leven om nog een dag te vechten, niet? Wie zou er verder marcheren na een overwinning of nederlaag als de commandant was gesneuveld? Hoe dan ook, een veldslag als deze - en waar alle historici het over eens zijn - is iets heel anders. Napoleon was met een ander deel van zijn leger elders geweest, op een heuvel die hem een behoorlijk uitkijkpunt bood over de gevechten die zich om hem heen ontvouwden. Toch koos hij *deze* veldslag om zich aan te wagen. Waarom?"

Julie wist het antwoord; ze had dit stukje van de slag bij Austerlitz de vorige dag in de bibliotheek opgezocht. "Omdat het het keerpunt van de slag was," zei ze snel. "Napoleon moest deze heuvel voor de geallieerden verborgen houden, anders had hij geen manier gehad om zich van de overwinning te verzekeren."

"Ja, inderdaad. Dat is precies juist. Er is echter een nuance, die u - en elke andere historicus - heeft gemist."

Julie was geïntrigeerd, maar ze voelde dat ze op het punt stonden de ware reden te horen waarom deze anders zo intelligente en geleerde historica uit haar professionele gemeenschap was verbannen.

"Door de strijd in te rijden, heeft Napoleon zijn team, zijn mannen, misschien een beetje extra moreel gegeven. Maar dat alleen zou niet genoeg zijn geweest om het tij te keren van een hevige strijd als deze. Elk verslag beweert dat de Geallieerden hier aan de winnende hand waren, en Napoleon's troepen met harde hand tot onderwerping sloegen. In films weten we allemaal dat de commandant op een stralend wit paard met een vlag in de lucht grote dingen kan roepen en dat is alles wat er voor nodig is om de mannen zich te laten herinneren hoe ze beter moeten vechten."

Julie glimlachte, en Freddie lachte. Daar kon ze niets tegenin brengen: de meeste gevechten in historische Hollywood-films bevatten een scène waarin precies dat werd uitgebeeld.

"Hij had ook niet genoeg manschappen bij zich om veel verschil te maken. Drie, misschien vier bemande paarden op zijn minst, mogelijk het dubbele. Dit zullen capabele officieren en loyale soldaten zijn geweest, maar ik denk niet dat ze veel zouden hebben geholpen om dit te keren."

Freddie verschoof terwijl hij stond en keek neer op het dagboek. "Maar dat deden ze," zei hij. "Ze *hebben* het tij van de strijd doen keren. Ze wonnen uiteindelijk de Slag bij Austerlitz. Wat zie ik over het hoofd?

De witharige vrouw stak een vinger op en stak die voor zich uit. "Precies," zei ze. "*Wat* missen we?"

Julie wist dat dit het punt was waarop de vrouw zou moeten beweren dat een of andere goddelijke interventie op Napoleon Bonaparte was neergedaald en hem had geholpen deze slag te winnen. Als ze doorging, zou ze waarschijnlijk dezelfde tussenkomst claimen voor andere beslissende overwinningen van Napoleon. "Het spijt me zo," zei Julie. "Dit is uiterst fascinerend, maar ik ben bang dat we niet veel tijd hebben. Hoe past het Zwaard van Austerlitz precies in dit geheel?" vroeg ze.

Catherine leek er helemaal niet van onder de indruk, maar ze bladerde niet langer door en sloeg het boek dicht. Ze legde het neer op het dienblad, waardoor de porseleinen theepot bijna tegen de zijkant van de scheve tafel knalde. De geiten die rond hun voeten liepen, schrokken op van het gekletter.

"Ik ben zo terug," zei Catherine.

Julie voelde haar ergernis groeien, na al een Napoleontische lezing van een vrouw te hebben doorstaan. Hoe meer tijd ze hier verspilden, hoe meer gevaar Eliza liep.

Ze dacht aan Madame Blanchet. *Hoe meer gevaar* we *lopen.*

Catherine kwam een minuut later terug met een ander boek - dit was ook een klein, in leer gebonden dagboek - in haar hand. "Dit is Odiot's dagboek," zei ze. Ze opende de omslag en las de inscriptie op de eerste pagina. *"Het dagboek van de goudsmid Odiot, van Parijs."*

Julie's ogen werden groot van verbazing. Ze staarde neer op een onbetaalbaar stuk geschiedenis. Ze was stomverbaasd dat het niet in een museum werd bewaard, maar ze vermoedde dat Catherine veel moeite had gedaan om het te verwerven en dat ze dit relikwie uit het verleden van haar familie gewoon in een persoonlijke, private ruimte wilde bewaren. Dat kon ze de vrouw niet kwalijk nemen.

Catherine opende het dagboek naar een plek in het midden en Julie zag een tekening van een zwaard. Het was op al zijn assen weergegeven in twee kleinere tekeningen eronder. Ze sloeg de bladzijde om en aan de andere kant stonden nog meer tekeningen van het zwaard.

"Het Zwaard van Austerlitz," fluisterde Freddie.

"Nou, een *kopie* van het Zwaard van Austerlitz," zei Catherine. "Odiot kreeg deze opdracht - dat staat hier op de bladzijden ervoor. Ik heb ze vele malen gelezen en in mijn geheugen gegrift. '''Onze Grootcommandant heeft mij deze dag een bijzonder voorrecht verleend,' begon ze. "Nou, dat is in feite wat er in het Frans staat.

"Maar ik dacht dat Napoleon de opdracht voor zijn zwaard aan Biennais had gegeven?" vroeg Sarah.

"Dat deed hij. En Biennais produceerde dat zwaard. Misschien wel het zwaard dat in de strijd aan de zijde van Napoleon verscheen."

"Maar jij denkt van niet?" vroeg Julie.

Catherine schudde haar hoofd. "Nee, ik vermoed iets anders. Ik vermoed dat het zwaard dat we op Napoleons zijde geschilderd zien op het beroemde portret, eigenlijk deze versie is. Het Odiotzwaard van Austerlitz."

"Waarom denk je dat hij echt was?" vroeg Freddie.

Catherine leunde voorover en keek even naar haar gewillige onderdanen voor ze verder ging. "Nou, technisch gezien zijn ze allebei *echt*. Maar," zei ze terwijl ze langzaam door de pagina's met tekeningen bladerde. "Na deze foto's ziet u een beschrijving van het zwaard, door Odiot overgeschreven uit Napoleons instructies."

Ze bladerde naar deze bladzijde en Julie zag de fantasievolle, sierlijke kalligrafie van Odiot's pen over de bladzijde dansen. Ze begreep de Franse letters niet, en ze begreep al helemaal niets van de hoge cursieve letters, dus was ze opgelucht toen Catherine verder las.

"De laatste zin op deze pagina luidt: *'en op het heft.'*" Ze bladerde naar de volgende bladzijde en Julie zag een enkel woord er overheen geschreven. *Avril.* Ze wist dat dat *April* betekende in het Frans.

Het leek erop dat Odiot de vorige zin nooit had afgemaakt.

"Er ontbreekt een bladzijde," flapte Catherine eruit. "Kijk, hier. Als je de band een klein stukje terugtrekt, kun je zien waar het van de rest van het boek is gescheurd." Lady Catherine rekte het dagboek uit en hield het omhoog zodat de anderen het konden zien. Julie zag inderdaad de kleine, gekartelde rand van een stuk papier dat was losgescheurd.

"En op het handvat..." zei Freddie.

Julie voelde een rilling. "Je denkt dat Odiot speciale instructies heeft gekregen om iets op het gevest te zetten. Iets dat niet in Biennais' versie van het zwaard zat. En iets dat Napoleon in de strijd had kunnen gebruiken om zijn overwinningen te behalen."

"Absoluut," zei Catherine. "Het is het *enige* dat logisch is. En waarom deze specifieke pagina zou zijn gescheurd, weggerukt en gestolen, misschien door Odiot zelf...."

"Omdat hij niet wil dat iemand anders het vindt,' zei Sarah. "Als het waar is wat je zegt, is er een ander wapen op dat zwaard gebouwd - een wapen dat controversieel was of geheim werd gehouden.

"Het was helemaal geen goddelijke interventie," zei Julie. "Dat is wat ze over jou schreven, beweren dat Napoleon goddelijke interventie gebruikte of een of andere buitenwereldse spirituele steun aanriep in zijn veldslagen. Maar jij gelooft eigenlijk dat er een veel simpeler - een veel *wetenschappelijker* - reden was voor Napoleon's succes."

Catherine knikte en keek in Julie's ogen. Julie kon zien dat de vrouw de waarheid sprak. Zij geloofde dat haar voorvader een zwaard voor Napoleon had gebouwd, en het de rest van zijn leven geheim had gehouden.

Een geheim dat zij ook had bewaard.

10:35 AM | **March 11, 2021**
Lyon, Frankrijk

Freddie gaapte, maar luisterde verder naar Catherine's gesprek met Julie en Sarah.

"Ik denk dat hij daar een soort explosief had opgeslagen," zei ze.

Julie en Sarah knikten mee.

"Ik geloof dat hij ze gebruikte als kleine granaten. Maar voor wat hij had kunnen bereiken, moeten ze zeer krachtig en effectief zijn geweest."

Freddie was niet ongeïnteresseerd, hij voelde alleen de druk van te lang op één plek te zijn. Er was ergens iemand die hun hulp nodig had, en er waren mensen die hen wilden vermoorden. Die combinatie was voor Freddie een serieuze motiverende factor om op te staan en *in beweging te komen*, en staan praten over een oude dode Fransman gaf hem het gevoel dat ze tijd aan het verspillen waren.

Hij gaapte nog eens, aaide een van de geiten die hem aardig

scheen te vinden en stapte toen weer naar de drie vrouwen die aan het praten waren. Hij onderbrak. "Het zijn de kleine roosjes op het handvat. De tinnen, met goud bedekte, die ik op de foto aanwees. Zoiets als waar jullie het over hebben, kan daarin opgeslagen zijn geweest."

Julie knikte uitbundig. "Dat is precies goed. Het *moet wel*. We zagen in Tennyson's video..."

"Tennyson?" vroeg Catherine. "Wie is dat?"

Freddie voelde de lucht in de kamer weggezogen worden. Hij wist dat het tijd was om schoon schip te maken; ze hadden Lady Catherine aan het lijntje gehouden met stukjes en beetjes informatie. Het was vooral om haar geïnteresseerd te houden, om haar te laten praten en delen wat ze wist. Maar hij had het ook gevoeld. Het gesprek begon te veranderen en Catherine zou heel snel willen weten wat ze wisten.

Het leek erop dat het nu tijd was.

Hij zag een frons op het gezicht van de vrouw verschijnen en ze stapte achteruit, haar lange witte paardenstaart omwervelend terwijl ze dat deed. Ze klapte het journaal dicht en richtte zich toen tot het drietal. "Ik praat graag over geschiedenis, maar u zinspeelde er meer dan eens op dat u geen tijd meer had. Nu zegt u dat er *nog* iemand is die een foto van dit zwaard heeft? Odiot's zwaard?"

Freddie keek naar Julie. Sarah wachtte ook op haar antwoord. Julie zuchtte. "Ja. Catherine," zei ze. "Het spijt me dat we niet openhartiger tegen je konden zijn, maar de waarheid is dat we gewoon niet weten wie we kunnen vertrouwen. We hebben een vriendin, en ze is meegenomen door een man genaamd Baden Tennyson. We denken dat hij haar kwaad wil doen."

Catherine's gezicht betrok, en ze deed weer een halve stap

achteruit. Freddie sprong in, probeerde het moment te redden en deze vrouw weer aan hun kant te krijgen. "Heb je gelezen dat het Zwaard van Austerlitz een paar dagen geleden op een veiling is verkocht?"

Catherine knikte en liet toen haar hoofd zakken. "En dan de verschrikkelijke moord en diefstal erna."

"Wie dat ook gedaan heeft, hij is gestuurd door deze man," zei Julie. "Tennyson. En hij heeft ons sindsdien laten volgen, om ons als team uit elkaar te drijven."

Catherine slikte en keek naar haar voordeur.

"We zijn veilig," zei Freddie. "Voorlopig wel. Niemand weet dat we hier zijn."

"Met hoeveel zijn jullie?"

"Ons, plus nog twee. Ze zijn nu in Zwitserland, proberen banden met Tennyson op te sporen die ons kunnen vertellen waar hij is."

"Mag ik de foto zien?" vroeg Catherine. "Van het zwaard?"

Freddie keek naar Julie's gezicht, keek hoe ze dit overwoog. Hij dacht niet dat het kwaad kon om de vrouw volledig op de hoogte te brengen, maar hij wist dat Julie en de anderen meer dan hij in dit soort situaties hadden gezeten. Hij vertrouwde op hun oordeel. Hij zou hun voorbeeld volgen. Als zij nog steeds vonden dat er een reden was om Catherine niet te vertrouwen, zou hij zich daarbij aansluiten.

Julie gaf toe. "Natuurlijk," zei ze en haalde haar telefoon tevoorschijn. Ze bladerde wat op het scherm en stak hem toen uit naar Catherine. Catherine's ogen verwijdden zich en ze sloeg haar hand voor haar mond. "Dit... dit is wonderbaarlijk," zei ze. "*Echt ongelooflijk*. Dit is niet het Zwaard van Austerlitz, maar een kopie van een zwaard dat door mijn voorvader is gemaakt.

"Hoe weet je dat het zo is?" vroeg Freddie. "Hoe weet je dat dit niet het *echte* Zwaard van Austerlitz is en dat de vermiste - die we proberen op te sporen - niet Odiot's versie is?

Ze schudde haar hoofd. "Nee, dit is beslist van Odiot. Je hebt het verschil waarschijnlijk al opgemerkt, maar ik heb je er in dit dagboek op gewezen. Ze bladerde door de bladzijden en kwam bij het blad waarop het zwaard van drie verschillende kanten te zien was, allemaal met de hand getekend, maar met onberispelijke precisie. "Kijk," zei ze. "Precies daar op het handvat. De pagina die ontbreekt in het dagboek en die precies beschrijft waar deze rozen van gemaakt zijn, en wat erin zit. We kunnen dat antwoord niet weten zonder de ontbrekende bladzijde, maar mijn voorouder tekende de rozen nog in op de vorige bladzijden.

Ze leunden allemaal over het dagboek. Meteen zag Freddie waar ze het over had. Het handgetekende handvat van dit zwaard had inderdaad maar vier rozen. Er was een vijfde roos getekend, maar die zweefde boven het uiteinde van het handvat.

Alsof het verwijderbaar is.

"Interessant," mompelde Freddie.

"Het is ongelooflijk," zei Julie. "Het betekent dat sinds het Zwaard van Austerlitz in een museum is geplaatst, we allemaal zijn misleid door te denken dat het de echte was. Het zwaard dat een paar dagen geleden is gestolen - het zwaard dat zich in een particuliere verzameling bevond nadat het door het museum was verkocht - was Odiot's versie van het zwaard van Austerlitz, niet dat van Biennais."

Sarah knikte. "Dus dat bevestigt dat er *twee* zwaarden zijn, en we weten nu welk het echte Zwaard van Austerlitz is, gedragen door Napoleon in de strijd. Maar ik ben nog steeds een beetje in de war over welke nu welke is - welke is bij Tennyson, en welke is nog steeds vermist?"

"Ze zijn *allebei* bij Tennyson," zei Freddie.

Alle ogen waren op hem gericht.

"Ja, natuurlijk zijn ze dat," zei hij. "Weet je nog? Hij heeft een video met *één* zwaard, en hij vroeg Ben om het andere te vinden. Maar hij vroeg hem om het te vinden als een *test*, weet je nog? Hij wil dat Ben hem met iets helpt, dus stuurt hij hem de wereld rond om het *tweede* zwaard te vinden."

Julie knikte. "Dus dat betekent dat hij al weet waar het is."

"Natuurlijk," zei Freddie. "Hij heeft Ben aanwijzingen gegeven, weet je nog? Dat betekent dat hij *precies* weet waar het tweede zwaard is."

"En een man als Tennyson kennende," ging Julie verder, "kan ik me niet voorstellen dat hij het uit zijn zicht zou willen laten."

"Dat denk ik ook," zei Freddie, terwijl hij weer knikte. "Wat me doet geloven dat het tweede zwaard bij hem is. Vind het zwaard, vind Tennyson."

"En Eliza vinden," voegde Sarah eraan toe.

Catherine keek even verward, maar Freddie was blij dat ze daar geen vragen over stelde. Ze kwamen een beetje dichter bij hun volgende stap, en hij wilde in beweging blijven.

Hij rukte plotseling zijn hoofd op en voelde zijn maag omdraaien van het besef. "Catherine," begon hij. "Jij bent een van de enigen in de wereld die wist dat jouw voorvader een soortgelijk zwaard had gemaakt, en jij bent een van de enigen die het geheim dat het bevatte heeft geraden.

Hij zag Catherine's gezicht wit worden.

"Wie heb je het verteld?" ging hij verder. "In de loop van het schrijven over hem - van het bestuderen van Napoleon en zijn gevechten en zijn favoriete zwaard - wie zou nog meer kunnen weten dat u denkt dat er meerdere zwaarden bestaan?"

Julie knikte. "Ja, Freddie heeft gelijk. Daar had ik niet eens aan gedacht. Je hebt ons net een oud familiegeheim verklapt. Zeg me *alsjeblieft* dat je het aan niemand anders hebt verteld."

Ze dacht even na, haar ogen rolden omhoog naar het stenen plafond van de foyer. "Er... er was er een," zei ze langzaam. "Een man, lang geleden. Het moet nu dertig jaar geleden zijn. Hij was tenger, zag er bleek uit. Ik dacht dat hij misschien een albino was, maar ik heb er toen niet goed genoeg op gelet."

"Wat vroeg hij over het zwaard?" vroeg Sarah.

"Niet veel, eigenlijk. Hij had een van mijn artikelen gelezen - ik moet op de middelbare school of universiteit hebben gezeten - en hij kwam naar mijn huis, waar ik toen bij mijn tante woonde. Zij was niet thuis. Ik liet hem binnen, geen reden hebbend om bang te zijn voor een mager mannetje dat me vriendelijk leek. Hij vroeg naar mijn studie over Napoleon, vroeg waarom ik geïnteresseerd was, en ik vertelde hem over mijn familiebanden met Odiot."

"Heeft hij daar op gedrukt?"

"Een beetje, als ik me goed herinner. Maar hij was zeker meer geïnteresseerd in het zwaard zelf. Hij stelde me een paar vragen, en ik kon zien dat hij opgewonden raakte. Ik voelde me niet bedreigd, maar ik begon me ook ongemakkelijk te voelen bij dit alles. Ik vertelde hem dat ik geloofde dat er iets bijzonders was met Napoleons zwaard, en dat ik dacht dat het niet één zwaard was, maar twee. Ik vertelde hem dat ik vermoedde dat mijn voorvader, de goudsmid, een look-alike had gemaakt die alleen hij en Napoleon kenden."

"Heb je hem over het dagboek verteld?"

"Nee, ik dacht dat dat te riskant zou zijn. De bladzijde ontbrak altijd al, dus ik vermoedde dat zo iemand een immense waarde in het dagboek zou zien, en ik wilde hem niet laten weten dat ik het had."

"Dat was slim. Zei hij nog iets anders?" vroeg Sarah.

Ze schudde haar hoofd en fronste haar wenkbrauwen. "Het is zo lang geleden. Nee, ik denk het niet. Hij bedankte me en schudde me de hand. Ik zei hem dat zijn Frans onberispelijk was, en hij lachte en complimenteerde me met mijn Engels. Toen ging hij weg."

"Hoe zit het met zijn naam? Kunnen we hem opsporen?" vroeg Freddie.

Ze dacht even na en schudde toen weer haar hoofd. "Nee, nogmaals. Het spijt me. Ik weet niet of hij zich wel heeft voorgesteld. Ik weet zeker dat ik het op een gegeven moment gevraagd heb, omdat hij zo geïnteresseerd was in een onderwerp dat mij na aan het hart lag, maar hij gaf me alleen een voorletter."

Freddies maag maakte een salto en hij knipperde een paar keer met zijn ogen. *Dat kan niet waar zijn.*

Hij zag Julie zwijgend naar adem snakken en toen Catherine's arm grijpen. "Een initiaal?" Vroeg ze.

Catherine knikte, ongetwijfeld geschrokken van hoe intens ze nu allemaal naar haar keken. "Ja, slechts een enkele initiaal. Zoiets als 'Mr. E.'"

10:41 AM | **March 11, 2021**

Lyon, Frankrijk

"Jullie gaan allemaal naar Corsica, toch?" vroeg Catherine.

Julie stopte in haar sporen. Ze waren al begonnen te vertrekken, Freddie was buiten bezig een taxi chauffeur te bellen. De kosten waren exorbitant hoog, maar ze waren niet echt in een positic om tc ondcrhandclcn.

En mensenlevens stonden op het spel - kosten waren niet echt een probleem.

Julie draaide zich langzaam om en keek Catherine aan. "En hoe... heb je dat geraden?"

"De moerbeiboom," zei Catherine, lachend. "Van de foto die je me liet zien. De trui van die vrouw - het was een moerbeiboom, nietwaar?"

Julie knikte en glimlachte. "Heel intuïtief. Ja. Madame Blanchet heeft ons ingelicht over Napoleons verleden en de relatie van zijn familie met moerbeibomen."

"Het is perfecte symboliek," zei Catherine. "Deze Tennyson

man die haar bedreigt - dat is een vreselijk gestoord ding om te doen - maar je moet zijn slimheid en gevatheid bewonderen."

"Nee, dat doe ik niet."

Catherine's glimlach vervaagde.

Julie haalde nog eens adem. "Het spijt me, ik wilde niet beledigend zijn."

Catherine zwaaide met haar pols. "Nee, dat was ongevoelig van me. Ik wilde alleen maar zeggen dat hij goed werk heeft geleverd door aanwijzingen te geven aan je vriend - Ben, was het toch? Voor Ben om te vinden."

"Mijn man, eigenlijk."

"Oh!" zei Catherine. "In dat geval, ja, je bent een vrouw met een missie. Vind je het erg als ik mee ga?"

Julie was verbaasd. Het was een vreemd verzoek, en het was zo plotseling gekomen. "Jij - jij wilt met ons mee naar Corsica?"

"Ja, en ik heb een paspoort. Hoewel iets me zegt dat jullie allemaal manieren hebben om dat soort dingen te omzeilen." Ze lachte een beetje nerveus en richtte zich toen weer op. "Luister, ik ben waarschijnlijk 's werelds grootste expert op het gebied van Napoleons vroege carrière, zo niet zijn hele leven. Toch neemt niemand me serieus vanwege een paar artikelen die ik tientallen jaren geleden heb geschreven, maar ik geloof dat jullie nu wel weten dat ik ben wie ik zeg dat ik ben."

"Catherine, je kennis en expertise staat buiten kijf. Het is alleen..."

"Is het gevaarlijk?" vroeg ze. "Dat is prima. Ik heb er geen problemen mee. Trouwens, waarom is het *niet gevaarlijk* voor mij om hier te blijven? Ik wil jullie niet beledigen, maar jullie strompelen mijn huis binnen en beweren dat er mensen zijn die jullie willen vermoorden, die jullie achterna zitten... dat geeft me niet veel vertrouwen dat ik hier in mijn eentje kan blijven."

Julie dacht precies hetzelfde, ze kon de aanblik van het lijk van Madame Blanchet op de vloer van haar ingang niet vergeten. *En dat was gebeurd terwijl wij er waren. Terwijl wij bij haar waren.* Ze huiverde en schudde toen haar hoofd. "Nee, je hebt gelijk. Je hebt helemaal gelijk. Het spijt me zo dat ik je in gevaar heb gebracht, maar we..."

"Je had geen keus," zei Catherine. "Trouwens - ik heb een auto. Het zal minstens een half uur duren voor er een taxi komt opdagen. Tegen die tijd kunnen we op het vliegveld zijn."

Julie knikte. "Wat denken jullie ervan?"

Freddie antwoordde onmiddellijk, haar verassend. "Absoluut. Ze doet mee. We kunnen de hulp gebruiken."

"Mee eens," zei Sarah. "Zij weet alles wat wij niet weten over dit zwaard en Napoleon, en als Tennyson erop staat dat we het vinden, is zij waarschijnlijk de beste hoop die we op dit moment hebben."

Julie stak haar hand uit en Catherine schudde hem. "Gefeliciteerd," zei ze. "Je bent nu een officiële contractant voor de Civilian Special Operations. Het is niet veel van een titel. "

"En ik kan je verzekeren," zei Freddie met een grijns, "het echte werk is *veel* erger."

11:32 am | 11 maart, 2021

Frankrijk

Freddie zat met zijn knieën bijna tegen zijn borst, het krappe, piepkleine vliegtuig werd hem bijna te veel. Eerst was het de taxi in Parijs geweest, geplet tussen een hard raam en twee vrouwen, maar in zijn gedachten, als het aankwam op ongemakkelijke en *onmogelijk* stomme zitplaatsen, waren commerciële vluchten het allerbelangrijkst.

De vlucht die ze namen leek niet eens echt voor hem - waar hadden ze zo'n klein vliegtuig vandaan gehaald? Hoe was het eigenlijk opgestegen? Zaten er motoren aan de vleugels of was het een piepklein propellortje voorin? Moest de piloot op een ladder staan en springen en de propeller naar beneden duwen om het te starten?

Freddie was niet bang om te vliegen, maar hij genoot er zeker niet van. Hij beschouwde het als een middel om een doel te bereiken - dat was het.

Hoewel hij moest toegeven dat zijn interesse in het gebruik

van dat middel voor een *bepaald* doel exponentieel was afgenomen na het vliegtuigongeluk in Antarctica.

"Gaat het?" vroeg Catherine vanaf de stoel naast hem. Ze had, onmogelijk, om een stoel aan het raam gevraagd.

Hij knikte, nog steeds ongelovig dat een volwassen mens tegen het raam kon passen. Hij kon zich niet voorstellen hoe het zou voelen als zijn geraamte tegen de gebogen muur en het raam werd gesmakt. Hij vroeg zich af of het zo zou blijven als hij het zou proberen, of je dan voortdurend een bolle rechterkant zou hebben. "Ik voel me goed," zei hij. "Alleen een beetje krap."

"Nou, je bent minstens zo groot als twee mannen," zei ze.

"Dat is... dat is waarschijnlijk de meest vooruitstrevende manier waarop ik ooit dik ben genoemd," zei Freddie.

Ze lachte en haalde toen haar schouders op. "Niet dik. Alleen... groot. Gespierd, gebouwd als een tank. En ik heb nooit veel interesse gehad in meanderen. Ik geef de voorkeur aan direct. To the point."

Freddie glimlachte. "Ja, het is wel verfrissend."

Hij keek naar Julie en Sarah aan de overkant van het gangpad, die met hun telefoons in de aanslag iets aan het onderzoeken en bestuderen waren waar hij naar zijn gevoel niets meer aan bij te dragen had. Hij wilde wel helpen, en er waren nog steeds een paar puzzels in verband met het Zwaard van Austerlitz en de speurtocht van Tennyson die aan hem knaagden, maar hij wist niet zeker of er tijdens deze vlucht genoeg tijd zou zijn om zelfs maar aan een nieuwe richting te beginnen. Ze maakten zich klaar voor vertrek uit Lyon voor een korte vlucht naar Noord-Italië, waar ze aan boord zouden gaan van een - hopelijk - groter vliegtuig richting Corsica. Dit deel van de reis zou slechts vijfendertig minuten duren.

In een vlaag van activiteit haastten de stewardessen zich op en neer door het smalle gangpad en de gezagvoerder begon het vliegtuig te taxiën. Binnen enkele minuten waren ze in de lucht. Freddie was onder de indruk van de efficiëntie van overzeese vluchten, die veel sneller konden verlopen omdat ze niet elke mogelijke beweging hoefden uit te leggen aan een bezorgd Amerikaans publiek. Ze hadden ook niet met zoveel strenge regels te maken.

Omdat hij zich al verveelde, en niet meer op zijn gemak was dan voordat ze waren vertrokken, haalde hij zijn telefoon tevoorschijn en opende de doorgestuurde e-mail die Ben van Tennyson had ontvangen.

Toen hij het voor de derde keer doorlas, moest hij toegeven dat het een raadsel was. Dat was Tennyson's bedoeling geweest, natuurlijk. Het was heel vreemd geformuleerd, en het hele ding leek hem vreemd, alsof het was geschreven door iemand aan de drugs, of op zijn minst een beetje beschonken. Hij wist dat Tennyson hen aanwijzingen had gestuurd in het videobestand, dus vroeg hij zich af welke andere aanwijzingen er ook in de e-mail zouden kunnen staan.

"Wat is dat?" vroeg Catherine, haar witte haren plotseling zwaaiend over zijn gezicht. Hij trok zich een beetje terug, maar merkte dat het hem niet meer bood om zijn persoonlijke bubbel in stand te houden. Hij zuchtte en draaide toen het telefoonscherm zodat ze het kon zien. "Het is van die jongen, Tennyson. Dit is hoe hij Ben heeft bereikt om hem te vertellen dat hij het zwaard moest vinden."

"Het is... erg vreemd geformuleerd."

"Ja, het is een deel van de puzzel. We weten niet precies hoe, maar het is zeker een aanwijzing. Zoals, kijk naar deze hoofdletters

- ze zijn schijnbaar willekeurig. Hij gaf geen hoofdletters aan het begin van zinnen, of sommige zelfstandige naamwoorden. Ik heb geprobeerd de hoofdletters eruit te halen en te kijken of ze een woord of anagram vormden, maar ik kom er niet uit."

Catherine greep de telefoon en nam hem uit Freddie's hand. Het was als een klein vogeltje dat een worm greep - te snel voor hem om te reageren, dus legde hij zich er maar bij neer dat hij geen puzzel meer had om aan te werken en keek haar aan.

"Het is op een heel klein schermpje," mompelde ze. Hij wist niet zeker of ze het tegen zichzelf of tegen hem had, maar hij negeerde het, terwijl ze verder mompelde. "Ik vraag me af of het er anders uit zou zien op een computerscherm."

Hij dacht erover na en knikte toen. "Ik ben er zeker van dat het er een beetje anders uit zou zien. De tekst zou er anders uitzien, toch? Is dat wat je bedoelt? Ik heb mijn laptop; ik kan hem pakken als je -"

Ze knikte en onderbrak hem toen. "Precies. Ik vraag me af..." ze stopte met praten en bladerde door zijn mail app, om uiteindelijk de tekst instellingen te vinden. Hij keek toe hoe ze het lettertype zo klein mogelijk maakte en bladerde toen terug naar de e-mail. "Daar," zei ze. "Als we kunnen doen alsof het scherm van je telefoon net zo groot is als dat van je laptop, dan zou de tekst veel kleiner zijn, zoals dit. Maar het zou -"

"Laat de tekst zo lopen en verschijnen als op een laptopscherm of monitor," zei Freddie, terwijl ze haar gedachte afmaakte.

"Ik... ik herken dit," zei ze. Haar stem was een paar decibel gedaald, en Freddie moest dichter naar haar toe leunen om het geronk van de motor te overstemmen.

Ik denk dat er motoren zijn, realiseerde hij zich.

"Waar heb je het over?"

Zij wees met haar vinger naar de eerste rij miniatuurletters op het scherm. Hij kon van deze afstand niet zien wat het waren, maar hij wist dat het dezelfde hoofdletters waren die hij eerder had aangewezen. "Dit zijn je hoofdletters," bevestigde ze. "Maar nu ziet het er een beetje anders uit. Ze staan elk aan het begin van een nieuwe regel. Komt het je bekend voor?"

Hij trok de telefoon weer naar zijn ogen en stootte bijna tegen zijn oogbol voordat hij iets kon lezen. Hij knipperde een paar keer, zodat zijn ogen zich konden aanpassen en scherpstellen, en las toen de e-mail opnieuw, dit keer terwijl hij zijn ogen op natuurlijke wijze over de letters en woorden liet dansen, zachtjes optillend voor het einde van elke regel, waarbij hij de nadruk legde op de eerste hoofdletter van elke nieuwe regel. "Ja," zei hij. "Het is net een gedicht."

Freddie las het scherm nog eens.

>> *Echt waar! Het lijkt erop dat je mijn boodschap hebt gekregen.*

>> *Helaas, dank u dat u zo goed op mijn verzoek heeft gereageerd*

>> *Tijdige mode. Laat het waar zijn dat,*

>> *Inderdaad, we zullen goed samenwerken.*

>> *Op die nota, hoor dit:*

>> *Ik heb een klusje voor je,*

>> *Dit heeft te maken met het werk dat je al doet.*

>> *Er is een bepaald zwaard dat wil*

>> *Om zijn weg te vinden in mijn collectie.*

"Het *is* een gedicht," zei Catherine. "Zij het een verschrikkelijk gedicht. Niets rijmt, en het is zelfs geen correcte jambische pentameter, wat de structuur zou zijn die het dichtst komt bij wat ik hier zie."

"Dus... Tennyson is een vreselijke dichter?"

Ze lachte en wierp haar hoofd achterover. "Dat kan wel zijn, maar dat is niet mijn punt. Ik herken de eerste letters van de regel. Als in, ik weet waar ze *eigenlijk* van zijn."

Freddie fronste zijn wenkbrauwen. "Oké," zei hij. "Je bent me kwijt."

Ze sloot de mail app op zijn telefoon en ging toen naar zijn web browser, blijkbaar had ze geen enkele moeite met het navigeren door het apparaat van de man. Of ze had precies hetzelfde model of ze was iets intuïtiever dan hij als het op telefoons en computers aankwam.

"Moet een van de top zijn..." begon ze, haar stem viel weg. "Daar!"

Catherine wees naar het scherm en klikte op het tweede resultaat.

Hij las het hardop voor. *"Lord George Byron: Napoleon."*

Het was een gedicht - een lang gedicht, met wat wel honderden strofen leek te zijn. De pagina rolde over het scherm toen hij zijn duim bewoog, en hij las zwijgend een paar regels.

Het is gebeurd. Maar gisteren een Koning!

En bewapend met koningen om te strijden...

Freddie had nooit van poëzie gehouden. Hij begreep het niet. Het was te verheven, te pretentieus.

"Tennyson verwijst naar een gedicht in zijn e-mail," zei Catherine. "Hij vertelt ons de dichter, zie je? *Door George.* "

"George Byron," zei Freddie met een stem die nauwelijks hoorbaar was. "Maar hoe weet je zeker dat het dit gedicht was -"

"Omdat er evenveel regels in elke strofe van dit gedicht staan als in het verschrikkelijke gedicht van Tennyson dat hij e-mailde. Hij wilde geen gedicht schrijven, maar gewoon naar dit gedicht verwijzen. Hij gebruikte de eerste letter van elke regel van zijn gedicht om ons te vertellen over welke strofe hij het heeft."

Catherine trok de telefoon terug en scrolde naar beneden tot ze de telefoon vond die ze zocht. Ze liet het aan Freddie zien. Elke regel van de strofe die ze had gevonden begon met dezelfde eerste letter in elk van de strofen die Tennyson had geschreven.

"Nou, ik zal..." Freddie glimlachte. "Je hebt het gekraakt." *Lady Catherine had het door.* Wat Tennyson ook wilde dat ze zouden vinden, ze zouden in staat moeten zijn een andere aanwijzing - of het antwoord zelf - in deze strofe te vinden.

"Ga je gang," zei hij tegen Catherine. "Lees het."

Hij keek hoe de regels voorbij dansten terwijl zij het hardop voorlas, en merkte de eerste letters op en hoe die overeenkwamen met Tennysons eigen gedicht:

Haast u dan naar uw nors eiland,

En staren naar de zee;

Dat element kan voldoen aan uw glimlach...

Het werd nooit door u geregeerd!

Of spoor met uw ijdele hand

In rondhangende stemming op het zand,

Die Aarde is nu net zo vrij!

Dat Corinth's pedagoog nu

Zijn bij-woord overgebracht naar uw voorhoofd.

"Oh, shit," zei Freddie. "Dit is niet goed."

Catherine's grijze hoofd zakte ook toen ze de implicaties begreep. "Nee, ik denk het niet."

Freddie reikte naar de overkant van het gangpad en tikte op Sarah's schouder. Ze keek fronsend op en boog zich toen voorover. "Wat is er?" Vroeg ze. "Julie en ik waren net -"

"We kunnen niet naar Corsica," zei Freddie snel. Zijn stem was bijna in paniek.

"Wat? Waar heb je het over?"

"Ze heeft het uitgevogeld," zei Freddie. "Lady Catherine. Ze zag het in Ben's e-mail van Tennyson. Al die rare hoofdletters? Ze staan op een bepaalde manier in een rij omdat het een *gedicht is*. Of eigenlijk, Tennyson vertelde ons om een gedicht te gaan *zoeken*."

Julie leunde nu over Sarah's stoel zodat ze het beter kon horen. "Wat bedoel je? Welk gedicht?"

"*Napoleon*, door Lord George Byron," zei hij. "Het is hier. Lees het zelf maar."

Hij keek toe hoe de vrouwen dat deden, scannend over de telefoon en het scherm terwijl ze de regels lazen. Toen ze bij de laatste regel van de strofe kwamen, zag hij het onmiddellijk aan hun gezichten.

Ze zouden niet naar Corsica gaan.

"Somber eiland," zei Freddie. "Het werd nooit door u geregeerd. Byron heeft het over waar Napoleon verbannen werd."

Catherine viel in. "Lord Byron schreef veel over Napoleon, eigenlijk. Hij wist veel over de man, omdat ze tijdgenoten waren."

"Op het volgende vliegveld," zei Julie, "moeten we uitstappen en een ander ticket nemen. We moeten een vlucht boeken naar een ander eiland."

Sarah knikte. "We moeten naar Elba gaan."

11:32 **am | 11 maart, 2021**

Marina di Campo Luchthaven, Isola d'Elba, Italië

Freddie had het op zich genomen om een SUV te reserveren op weg naar Elba. Julie glimlachte toen ze hem zag staan op de parkeerplaats nadat ze uit het vliegtuig gestapt was - hij was absoluut gigantisch, en ze wist dat hij het met opzet gedaan had. Hij was het beu om in een zetel te moeten proppen en overgeleverd te zijn aan de genade van een chauffeur. Plus, ze hadden nu een vierde lid aan hun bemanning toegevoegd.

Lady Catherine had reeds bewezen een belangrijke troef te zijn in hun zoektocht, door de code in Tennyson's gedicht te vinden die Elba aanwees als Napoleon's *nukkige eiland*. Zonder haar zouden Julie en de anderen nog steeds op weg zijn naar Corsica, een naburig eiland ten zuidwesten van Elba, maar dan wel het verkeerde eiland.

Tennyson wilde Ben in Elba, om wat voor reden dan ook. Of Tennyson was hier zelf, of dit is waar ze het zwaard zouden vinden. Of, zoals Freddie had voorspeld, ze zouden Tennyson en beide zwaarden hier vinden.

Julie stelde zich het zwaard voor en toen de grootte van het eiland. Ongeveer 90 vierkante mijl, en een bevolking van rond de dertigduizend.

De spreekwoordelijke naald in een hooiberg situatie.

Julie vroeg zich af of de moerbeiboom op Eliza's trui werkelijk iets te maken had met het vinden van het zwaard. Gebaseerd op Madame Blanchet's uitleg, leek het alsof de moerbeiboom direct naar Corsica wees, niet naar Elba. Waarom gingen ze dan naar het kleinere eiland?

Ze doorliep scenario's en probeerde de stukjes in elkaar te passen terwijl ze zich allemaal in de SUV installeerden. Aangezien niemand koffers of tassen had om te claimen - en Julie er zelf geen meer had - was de uitgang van het vliegveld na de landing in Elba snel en vlot verlopen. Het was een kleine overwinning, maar Julie apprecieerde het dat ze niet aangehouden werden door de veiligheidsdienst of ondervraagd werden over de reden waarom ze nu in Elba waren. Internationaal reizen leek haar altijd relatief eenvoudig als ze eenmaal buiten de Verenigde Staten waren. Niemand had zelfs de moeite genomen om hun paspoorten te controleren.

"Waarheen, baas?" vroeg Freddie. Hij leek in een goede bui, of hij voelde dat ze op de goede weg waren, of hij was gewoon blij dat hij niet meer op een achterbank hoefde te zitten.

Julie was op de passagiersstoel gaan zitten, maar ze dacht nog na over de missie, probeerde de puzzelstukjes in elkaar te passen die Tennyson voor hen had gelegd. Ze hoorde zijn vraag bijna niet. Freddie begon hem te herhalen. "Oh," zei ze. "Ik heb geen idee. Ik heb het gevoel dat Tennyson wilde dat we hier kwamen. Zoveel is duidelijk. Maar ik kan er niet achter komen *waar precies*, weet je? En ik heb zitten denken aan de moerbeiboom op Eliza's trui..."

"Ik zie nog steeds niet in hoe dat *niet* naar Corsica verwijst," zei Sarah. "Maar hij maakte in de e-mail duidelijk dat hij verwees naar het Napoleon-gedicht van Lord Byron, en heel specifiek naar het *naargeestige eiland*, waarmee alleen Elba bedoeld kan zijn."

"Juist," antwoordde Julie. "Dus er is duidelijk meer aan de hand. Ik bedoel, hij maakte er een punt van om haar een trui aan te trekken met een moerbeiboom erop, toch? Dus misschien is er nog iets anders aan haar..."

"Haar kleding!" Zei Sarah vanaf de achterbank.

"Zou kunnen," zei Julie. "Maar wat? De video was in 4K, en Freddie zei dat dat overkill leek te zijn. Ik bedoel, zeker, de meeste telefoons kunnen tegenwoordig in 4K filmen, maar voor zoiets simpels als zo'n videoboodschap - zeker als hij het gaat e-mailen - waarom zou hij dan moeite hebben gedaan met zo'n grote bestandsgrootte?"

Freddie knikte vanaf de bestuurdersplaats toen ze de parkeerplaats van de kleine huurauto opreden, in de richting van de hoofdweg die van het miniatuurvliegveld leidde naar wat de dichtstbijzijnde stad leek. Ze hadden afgesproken te stoppen bij de eerste de beste winkel die op een winkel op de hoek of een kruideniersswinkel leek, om daar hygiënische artikelen, schone kleren of iets anders te kopen dat ze wilden of nodig hadden. Julie had hen eraan herinnerd dat ze geen tijd hadden voor een volledige shopping trip. Ze waren zelfs niet van plan een hotel te boeken tot ze meer antwoorden hadden - namelijk tot ze hadden uitgezocht waarom ze naar Elba waren ontboden door de aanwijzingen van Tennyson - maar ze had deze kleine pitstop toegestaan.

"Misschien wilde hij ons iets anders laten zien," zei Freddie. "Iets kleins. Misschien is er nog een aanwijzing ergens anders in de video."

"Haar ketting?" vroeg Catherine van achter Julie. "Droeg ze niet een klein gouden kettinkje of zo?"

Julie's ogen werden groot. "Ja, dat moet het zijn. Hij maakte er een punt van om haar in specifieke kleding te steken, dus waarom niet ook een specifiek sieraad? Ik vraag me af of die ketting niet van haar was, maar iets dat Tennyson haar dwong te dragen."

"Ik denk dat we allemaal de video op onze telefoons hebben," zei Sarah, "maar ik kan Freddie's laptop gebruiken om een groter beeld te krijgen."

Sarah overhandigde Julie de laptop nadat ze de video had gevonden. Julie schoof de scrub tool frame per frame naar voren tot Eliza in haar stoel op het scherm verschoof, waardoor haar nek en de gouden ketting eromheen wat dichter bij de camera kwamen. Daarna sleepte ze de hoek van het venster breder om het scherm te vullen en gebruikte haar duim en wijsvinger op het trackpad om in te zoomen. Zoals ze hadden voorspeld, was de resolutie van de video gemakkelijk hoog genoeg om duidelijk te zien wat er om Eliza's hals hing.

Het was een hanger, rustend aan het eind van een gouden ketting. De hanger was klein, onregelmatig van vorm, met een of ander juweel in de rechterbovenhoek.

Ze fronste, niet begrijpend waar ze naar keek.

Catherine leunde over haar schouder en keek naar beneden naar het scherm. "Dat is Elba," zei Catherine met een vleugje opwinding in haar stem.

"Wat bedoel je?"

"Ik bedoel, de hanger beeldt het eiland Elba uit. De hanger heeft precies de vorm van dit eiland."

Natuurlijk. Julie haalde haar telefoon tevoorschijn, maar liet de video op het scherm van Freddie's laptop op pauze staan. Ze navigeerde naar haar kaart app en liet haar telefoon even haar locatie pingen. Toen dat gebeurd was, zoomde ze uit en bekeek het beeld dat haar scherm vulde. Lichtblauw bedekte alle randen, maar het eiland waar ze zich op dat moment bevonden vulde het centrum.

Het was het eiland Elba, en het kwam inderdaad perfect overeen met de vorm van Eliza's hanger.

"Dat is het dan," zei Julie. "Dat is de aanwijzing die bevestigt dat we naar Elba moesten gaan. Dat betekent..."

"Het juweel vertegenwoordigt waar we *precies* heen moeten."

Julie knikte. Ze maakte de kaart wat kleiner om te proberen de grootte van het eiland op haar telefoon af te stemmen op de vorm van de hanger op Freddies scherm. Toen ze klaar was, hield ze haar telefoon boven het scherm.

Terwijl Freddie reed, keken de drie vrouwen een paar seconden naar beide beelden, toen wees Julie naar een plek op de kaart van haar telefoon. "Daar," zei ze. "Dat is waar het juweel zou moeten zijn op deze kaart."

"Is er iets?" vroeg Freddie. "Iets opmerkelijks - misschien iets uit de tijd van Napoleon?"

Julie zag Catherine in haar perifere gezichtsveld, snel knikkend. "Ja," zei ze. "Ja, ik ken dit gebied. Het is de Cavo regio van Elba. Hoog, bergachtig gebied met scherpe kliffen. Stranden die zich kilometers langs de kust uitstrekken."

"Daar gaan we dan," zei Freddie. "Het lijkt erop dat hier rechts een winkel op de hoek is of zoiets, dus we zullen eerst stoppen.

Maar ik denk dat we onze bestemming hebben. Het is een uur rijden, dus haal wat te eten. "

Catherine knikte nog steeds. "Ja, dat is het zeker. Het moet onze bestemming zijn. En ja, er is daar iets uit de tijd van Napoleon. Een kasteel, in feite."

12:43 PM | **March 11, 2021**

Cavo, Isola d'Elba, Italië

De torenspitsen van het kasteel schoten in de verte omhoog, priemden door laaghangende wolken en verborgen hun toppen. Het kasteel leek oud genoeg om van voor Napoleons tijd te zijn, maar daar hield de gelijkenis tussen dit kasteel en Lady Catherine's huis op. Dit kasteel bleek niet alleen door de eeuwen heen goed te zijn onderhouden, het leek ook alsof er recentere, modernere verbeteringen waren aangebracht.

Op weg naar de plek had Catherine hen op de hoogte gebracht van enkele details die ze online had gevonden. Hoewel het kasteel niet de werkelijke plaats was waar Napoleon was verbannen, was het zeker aanwezig geweest op het eiland toen hij hier was, hoewel het niet bewoond was. Ze vond een artikel van drie jaar geleden waarin stond dat een rijke investeerder het hele gebied en de grond had gekocht, inclusief het kasteel en het terrein. Die investeerder had nog eens vele miljoenen uitgegeven aan structurele en architectonische verbeteringen aan het kasteel, met behoud van het 16e-eeuwse ontwerp. Het was een stimulans voor de plaatselijke economie, en hoewel de eigenaar teruggetrokken was, leek niemand een probleem met hem te hebben.

In het artikel werd de naam van de investeerder niet vermeld, maar zij hadden een plaatselijke winkelier op de hoek om meer informatie gevraagd en de aanwijzing gekregen die zij nodig hadden: de eigenaar was Zwitser, als zij zich goed herinnerden.

Dat had hun vermoeden bevestigd dat het Tennyson zelf was die het huis had gekocht.

Freddie navigeerde de SUV over het goed onderhouden grindpad dat naar het hoofdgebouw leidde. Het was een kilometerslange oprijlaan, en hoewel ze nog geen hindernissen en hekken waren tegengekomen, meende Julie een paar lichtvlekken te zien die weerkaatsten op glas van een klein bouwsel dat tussen de bomen verscholen lag. Ze staarde er een paar seconden naar terwijl ze langsreden, niet goed in staat om te zien wat het was, maar toen zag ze er nog een aan de andere kant van de weg.

Bewakers buitenposten, dacht ze. Tennyson wilde de visuele integriteit van het oude kasteel terrein en binnenplaats behouden, maar hij wilde waarschijnlijk wat moderne beveiliging hier.

Ze wees ze aan Freddie, die knikte. "Verborgen bewaking is niet ongewoon op plaatsen als deze. Rijke mensen willen een oogje houden op mensen die hen komen bezoeken, maar ze willen niet dat ze weten dat ze in de gaten worden gehouden."

"Het feit dat er meer beveiliging is dan alleen camera's op zonne-energie die aan bomen hangen, betekent dat het waarschijnlijk bemande cabines zijn. Dat betekent bewakers."

"En wapens," voegde Freddie eraan toe. "Weet je zeker dat dit een goed idee is?"

Julie schudde haar hoofd. "Nee, ik kan je bijna garanderen dat het geen goed idee is."

Freddie grinnikte, maar hij hield vaart. "Wat we hier ook vinden, het is een stap dichter bij Eliza."

"Precies. En ik hoop dat Tennyson van gedachten is veranderd en ons probeert te vermoorden.

"We weten nu dat er een derde partij bij betrokken is," zei Sarah rustig. "Dat zou een deel van de verklaring kunnen zijn waarom we steeds gebombardeerd worden met mensen die ons proberen te stoppen. Misschien willen ze Tennyson ook. Vijand van mijn vijand is mijn vriend', of zoiets.

"En toch was Tennyson's e-mail volkomen duidelijk. Ik stuur een team om je over te halen alleen te komen'.

Julie en Sarah maakten geen ruzie. Freddie had gelijk, natuurlijk. En het was een feit dat ze in haar gedachten had gehad sinds ze waren vertrokken uit Lyon. Tennyson was duidelijk geweest dat hij niet wilde dat de rest van Ben's CSO team hielp bij de zoektocht naar Napoleon's zwaard.

Zo opzettelijk zelfs, dat hij had geprobeerd hen te doden in het restaurant van het hotel.

Waar dit ook over gaat, het wordt waarschijnlijk een zooitje.

Een paar minuten later kwam het volledige kasteel in zicht. Aan weerszijden van de oprijlaan zag Julie twee gewapende bewakers. Beiden hielden aanvalsgeweren vast.

"Wow," zei Freddie, fluitend. "Tennyson is serieus over zijn veiligheid."

Toen ze de bewakers passeerden, hief de bewaker die het dichtst bij Julie's raam stond zijn pols op en ze zag zijn mond bewegen. Hij *waarschuwde Tennyson dat we hier waren,* realiseerde ze zich.

Dat was zowel goed als slecht nieuws. Tennyson wist nu dat ze hier waren - dat betekende dat er geen verrassingselement zou zijn, geen manier om de plaats binnen te sluipen zonder gezien te worden. Ze wist dat dat schip toch al lang vertrokken was, wist dat ze het met diplomatie zouden moeten proberen in plaats van actie te ondernemen.

Maar het goede nieuws was dat ze nog leefden. Tennyson had zijn bewakers nog niet hun auto en lichamen met kogels laten bestoken.

Ze zag verderop nog twee bewakers, die allebei aan Freddies kant van de weg stonden, en zag twee van dezelfde glazen hokjes die ze in het bos had gezien, aan weerszijden van een massief versierd smeedijzeren toegangshek, dat op dit moment gesloten was. Freddie zette de auto voor de poort en stopte, terwijl hij zijn raampje omlaag draaide. Een bewaker kwam aangelopen, maar kwam niet te dichtbij.

En, Julie kon het niet helpen, hij hield zijn vinger boven de trekker van zijn pistool.

"We zijn hier voor een vergadering," zei Freddie, zijn zuidelijke accent dik aangezet.

"Italiano?" blafte de man als antwoord.

"Sorry, bub, ik spreek alleen goed 'Merikaans Engels."

Julie wilde hem een klap geven. *Waarom maak je hem zo kwaad?*

Als de bewaker gefrustreerd of geërgerd was, liet hij dat niet aan zijn gezicht zien. Hij richtte zich weer op en knikte met zijn hoofd. Vanachter het hokje aan weerszijden van de weg liepen nog twee bewakers naar buiten en begonnen de poortdeuren open te trekken. Toen ze klaar waren, knikte Freddie en bedankte de eerste bewaker met een zwaai en een glimlach, waarna hij de auto langzaam het terrein opreed.

En *compound* was waarschijnlijk het beste woord om het te beschrijven - terwijl de bovenste niveaus van de kasteelstructuur, vanaf de tweede verdieping - er helemaal uitzagen als het 16e-eeuwse kasteel dat oorspronkelijk was gebouwd, was het eerste niveau van het gebouw gemaakt van puur beton. Een enkele metalen toegangsdeur stond voor hen, twee treden hoger, en twee andere lage, platte, betonnen gebouwen van één verdieping rechts en links van haar vormden een driezijdig vierkant, waarvan de wachthuisjes en de poort zelf de voormuur vormden. Het midden van het plein - het deel waar ze nu overheen reden - was niets anders dan een open ruimte bedekt met steenslag. Er stonden twee auto's geparkeerd aan de linkerkant en één aan haar rechterkant. Ze zag dat de auto rechts ook een huurauto was.

"Het lijkt er niet op dat ze de middeleeuwse sjeik hier in ere hebben gehouden," zei Freddie.

"Het is zeker utilitair," zei Sarah. "Tennyson heeft het waarschijnlijk gedaan omdat hij het nodig had, niet omdat hij een prijs wilde winnen voor architectonisch ontwerp.

"Dat roept de vraag op," zei Julie. "*Waarom* had hij dat nodig? Wat doet hij hier dat hem verplichtte een lelijke, industriële, goed beschermde faciliteit te bouwen?"

De deur ging open, en Julie had het gevoel dat ze nu zouden ontdekken waar al die charade, al die angstaanjagende, doodsverachtende landverhuizingen, allemaal voor nodig waren geweest.

Ze verwachtte dat er meer bewakers uit het kasteel zouden komen, of op zijn minst Tennyson zelf.

Ze had het mis.

Wat ze zag was bij lange na niet wat ze verwacht had. Haar ogen sprongen bijna uit haar hoofd toen ze de figuur zag die zojuist in de deuropening was verschenen.

Eliza.

12:45 **uur: 11 maart 2021**

Cavo, Isola d'Elba, Italië

"Ik ben blij dat je gekomen bent," zei Eliza, haar felrode haar golvend naar links en rechts terwijl ze sprak. Ze leek verrassend vrolijk. "Ik hoop dat de aanwijzingen goed genoeg waren om je weg hierheen te vinden."

Julie en de anderen waren binnengekomen, en ze probeerde haar schok in het kasteel te bedwingen. De bewakers hadden hen alle vier naar binnen gedreven, waar ze een korte kennismaking hadden gehad. Geen van hen had Eliza persoonlijk ontmoet, maar Julie en de anderen herkenden haar onmiddellijk van de video.

"Ja," zei Julie aarzelend. "Ze waren... Goed genoeg, denk ik." Ze stond op scherp. Ze waren nog niet dood, maar dat maakte haar alleen maar achterdochtiger over wat Tennyson van plan was.

"Waar gaat dit allemaal over?" vroeg Freddie. "Probeer je een spelletje met ons te spelen?"

Eliza zoog haar adem in. "Hemel, nee," zei ze. "Als... als het aan mij lag, had ik het nooit zo gedaan."

"Op deze manier? Je bedoelt ontvoerd en bedreigd worden door een egomaniak?"

Haar hoofd ging naar beneden. "Ja. Tennyson *heeft* me ontvoerd, en hij *heeft* me bedreigd. Maar...

"Waar is hij?" vroeg Freddie. "Die klootzak en ik moeten even praten."

Ze hield een hand op. "Nee, nee. Dat is gewoon... Dat is het gewoon. Ik bedoel, ik denk dat de situatie veranderd is. Ik weet niet precies hoe of waarom, maar ongeveer vier uur geleden liet hij me uit de kamer waar hij me vasthield en zei dat ik me moest omkleden en hem dan in zijn kantoor moest ontmoeten. Er waren de hele tijd bewakers om me heen, net als nu. Ik ben niet vrij, maar ik ben tenminste niet meer vastgebonden aan een stoel in een kamer en word niet meer vastgehouden in een geïmproviseerde gevangeniscel."

Julie stak onwillekeurig haar hand uit en raakte Eliza's schouder aan. "Het spijt ons dat we niet eerder zijn gekomen. We hebben het geprobeerd. Ik ben blij dat je in orde bent, maar ik ben het met Freddie eens - dit is allemaal heel vreemd. Is Tennyson hier?"

Eliza knikte. "Ja, mij was verteld u te verwelkomen." Ze grinnikte, alsof ze zich realiseerde hoe absoluut bizar dat klonk. "Ik geloof dat hij van plan *was* jullie allemaal te doden, maar iets heeft hem van gedachten doen veranderen. Waarschijnlijk..." Haar stem viel weg voor ze kon uitpraten, en Julie zag hoe ze haar hoofd omdraaide en naar een deur in de gang links van hen staarde.

"Waarschijnlijk wat?" vroeg Sarah.

Eliza verplaatste haar blik terug naar hen. "Het is... het is waarschijnlijk het beste voor jullie om zelf te komen kijken."

Julie had het koud, niet alleen vanwege de lage temperatuur in het betonnen gebouw, maar ook vanwege de groeiende angst die door haar systeem sijpelde. Alles veranderde snel - de status quo en haar verwachtingen over wat ze zou aantreffen. Nooit in een miljoen jaar had ze zich kunnen voorstellen dat Tennyson hen met open armen zou ontvangen via Eliza - en haar zou gebruiken als hetzelfde aas dat hij oorspronkelijk had gebruikt om hen hierheen te lokken.

Het was allemaal te veel. Ze voelde de neiging om te gaan zitten, maar weerstond het.

Ze haalde haar telefoon tevoorschijn en zag dat er hier geen bereik was. *Geweldig*, dacht ze. *Nog een onwelkome verrassing.* Ze moest in contact komen met Ben en Reggie, ze moest hen vertellen

-

"Kom op. Deze kant op," zei Eliza, Julie's gedachten onderbrekend. Eliza zette haar hielen op en begon door de gang te lopen in de richting van de deur waar ze naar had gekeken, haar zachte pumps maakten nauwelijks geluid terwijl ze bewoog.

De anderen volgden in een rij, en Julie was achter Eliza en de tweede die de deur bereikte. Eliza klopte en draaide toen aan de klink.

Julie merkte dat Freddie zich achter haar vermande, en ze volgde zijn stille teken om zich mentaal voor te bereiden op wat ze aan de andere kant van deze deur zou kunnen aantreffen. Als dit een valstrik was, was er niet veel wat ze konden doen. Ze waren ongewapend en werden nog steeds gevolgd door twee van de bewakers met het aanvalsgeweer. Zelfs als ze wapens hadden, wat zouden ze hier kunnen doen? Catherine en Eliza liepen alleen het gevaar om bijkomende schade te worden.

Als Tennyson hen allemaal hier had willen brengen voor hun

executie, was ze er niet zeker van dat ze veel kans op een gevecht zouden hebben.

De deur zwaaide open en het felle gele licht uit de ruimte daarachter dwong haar ogen zich aan te passen. Ze knipperde een paar keer met haar ogen en stapte toen zelfverzekerd de kamer in. Het heeft *geen zin om nu verlegen te zijn,* dacht ze.

"Jules?"

Niet mogelijk, dacht ze. Ze kende de stem - ze zou hem overal herkennen. *Er is geen manier -*

Haar ogen pasten zich eindelijk aan en ze trok haar hoofd naar links, in een poging alle details van de kamer in zich op te nemen. Haar hersenen haperden, ze kon geen andere details invullen dan de twee enorme, duidelijke details die links van haar stonden.

Twee mannen, zij aan zij, een van hen beweegt zich nu snel naar haar toe.

"Ben?" Vroeg ze.

De anderen kwamen de kamer binnen. "Wat? Wat krijgen we nou, man?" vroeg Freddie, terwijl hij zijn ogen naar links en rechts liet glijden. "Dit ding is net een *heel stuk* vreemder geworden."

Ben greep haar en wikkelde haar in een beerachtige omhelzing. Ze bewoog niet, dat kon ze niet. Ze wist niet zeker wat er gebeurde.

"Dit is... Ik weet niet wat..." Freddie kon er niet eens een zin uit krijgen.

Julie voelde zich zoals Freddie klonk. Verward, bang, boos, opgelucht.

Reggie glimlachte, stapte naar voren en stak zijn hand uit naar Freddie. Ze schudden elkaar. "Vertrouw me," zei Reggie. "Je hebt geen idee hoe vreemd dit is. Kom op, we zitten nog steeds in de tijd. Tennyson wil jullie allemaal ontmoeten, en er is niet veel tijd meer."

Julie herwon eindelijk haar kracht en omhelsde Ben terug. Ze fluisterde in zijn oor. "Ben... wat is dit? En Mr. E..."

Hij fluisterde terug. "Maak je geen zorgen, Jules. Ik weet niet helemaal zeker wat dit is, om eerlijk te zijn. Maar de situatie is zeker veranderd. De status quo is veranderd. We moeten gewoon een beetje meespelen."

Hij trok zich terug toen de anderen zich verzamelden.

Reggie trok Sarah mee terwijl hij sprak. "Kom binnen. We zullen ons best doen om je op snelheid te krijgen."

12:50 PM | **March 11, 2021**

Cavo, Isola d'Elba, Italië

Hoe saai de rest van het betonnen fort op de eerste verdieping ook leek, het kantoor waar Freddie binnenstapte was precies het tegenovergestelde. Het was niet overdadig, maar het was zeker luxueus. Gladde betonnen muren strekten zich uit tot een onmogelijk hoog plafond, en decoratieve meubels - fauteuils en een bank - waren geplaatst op een massief vloerkleed in het midden van de kamer. Aan de andere kant van de kamer dan de deur waardoor ze waren binnengekomen, stond een eenvoudig, modern bureau.

Een man met een baard stond erachter en kwam naar hen toe toen ze de kamer binnenkwamen.

Baden Tennyson.

Hij kende de man van de foto die de anderen hem lieten zien. Lang, bijna een meter tachtig, met een wat oudere blik op zijn gezicht. Rimpels, maar veel minder dan iemand van zijn leeftijd zou moeten hebben. Wit haar, kort en zijwaarts gekamd, met een witte, goed verzorgde baard.

Ook hij droeg een net pak, donkerbruin, met een witte Oxford eronder. Hij liep naar hen toe op knapperige leren schoenen die over de betonnen vloer klapperden.

Freddie voelde de woede in hem weer groeien. Deze man had niet alleen een vriend van Ben ontvoerd, hij had ook geprobeerd hen te vermoorden. Hij kon zich de mentale marteling die Eliza had doorstaan niet voorstellen, maar hij wist dat het waarschijnlijk tien keer zoveel was als wat hij de rest van hen had aangedaan.

Dat is genoeg voor mij, dacht hij. *Er zijn betere mannen voor minder gedood.*

Om het nog erger te maken, Tennyson had het allemaal via een volmacht gedaan. Freddie had geen probleem met een gevecht. Hij had een probleem met een man die te laf was om zelf te komen vechten. Het was iets dat Freddie stoorde om anderen toe te staan voor hem te vechten. Het was een deel van de reden dat hij gedesillusioneerd was door de militaire dienst - en er vervolgens mee stopte. Alles kwam er op een bepaald moment op neer dat jongens en meisjes moesten vechten en sterven voor een oorlog die zij niet eens begonnen waren, voor oudere jongens en meisjes die dachten dat zij het goed deden voor God of hun land of welke godheid dan ook waartoe zij baden.

Hij balde zijn vuisten, maar hield ze naast zich.

"Welkom, jullie allemaal," zei Tennyson met een krachtige dreunende stem. De man was no-nonsense, geen glimlach of luchthartigheid, en Freddie voelde zich daar dankbaar voor. *We hoeven tenminste niet te doen alsof we allemaal vrienden zijn,* dacht hij. *We kunnen ophouden met die onzin en meteen ter zake komen.*

"We hebben wat zaken op te lossen," ging Tennyson verder. "Ik zal uw vragen beantwoorden, maar ik heb uw hulp nodig."

"Onzin," zei Freddie. "Waarom zouden wij helpen -"

"Geef hem een minuut om het uit te leggen," zei Reggie, onderbrekend. "Geloof ons, wij waren ook kwaad. Hij probeerde ons te vermoorden. Maar om eerlijk te zijn, wilden we hem eerst allemaal vermoorden."

"Dat betekent niet dat hij het niet verdient om te sterven," zei Freddie onder zijn adem.

Tennyson nam het lichte in zich op, en ging verder naar hen toe. Toen hij een meter of tien bij hen vandaan was, stopte hij. Hij gaf geen hand of andere beleefdheden. "Ik zal meteen ter zake komen. We mogen elkaar niet, en dat is niet veranderd. Ik meende wat ik zei toen ik Ben de eerste keer e-mailde. Ik heb zijn hulp nodig. Op dat moment dacht ik niet dat ik die van jou nodig had. Het is me nu duidelijk geworden dat jullie het beste samenwerken als een team." Hij wendde zich tot Julie. "Je bent hier, wat genoeg bewijs is dat je in staat bent puzzelstukjes in elkaar te passen."

"Hoe heb je deze plek gevonden, Ben?" vroeg Julie.

Ben glimlachte schaapachtig. "Ik wou dat we het hadden uitgevonden, zoals jullie deden. Het was daar in de video. Eliza's ketting, toch? Helaas zijn we een beetje... op een zijspoor geraakt in Zwitserland. Nadat Tennyson's kleindochter's huis ontplofte, we -"

"Wacht, *wat*?" Vroeg Sarah.

"Ik weet het, ik weet het," zei Ben, terwijl hij zijn handen omhoog hield. "Vertrouw me, we nemen dat later allemaal door. Tennyson dacht dat wij het hadden gedaan - intussen waren wij bezorgd dat Tennyson dacht dat wij degenen waren die het hadden gedaan... Degenen die zijn kleindochter en haar familie bedreigden. We waren daar, tenslotte, maar dat was niet ons plan, nooit in een miljoen jaar. "

Reggie sprong in. "Ze zijn oké, trouwens. Er was niemand thuis. Maar Tennyson wist al wie het gedaan had. Het waren dezelfde mensen die ons de afgelopen dagen van de kaart probeerden te vegen."

"Degenen die een vrachtwagen vol explosieven naar je hut stuurden," zei Freddie.

Ben knikte, zijn gezicht en plechtig. "Precies, net als de aanval in Zwitserland. Nogmaals, ik nam aan dat het Tennyson was."

"Was het niet?" vroeg Sarah. "Ik bedoel, zijn eerste e-mail was direct na de aanval op de hut. Het begon zelfs met, *'nu dat ik je aandacht heb,'* weet je nog?"

Tennyson's wenkbrauw fronste. "Een onvergeeflijke inschattingsfout," zei hij. "En ik heb Harvey mijn excuses aangeboden. Ik verwees alleen maar naar de rechtszaak die momenteel door mijn juridische team tegen jullie groep wordt voorbereid."

Freddie knikte. Hij herinnerde zich dat Julie daar iets over had gezegd, een rechtszaak waar het team het over had gehad voordat hij bij Ben's hut was aangekomen.

"Hoe dan ook," zei Tennyson, "ik had pas van de vernieling in uw huis gehoord nadat ik die e-mail had gestuurd. Nogmaals gecondoleerd met uw verlies."

Freddie reageerde niet. Het leek erop dat deze man de waarheid sprak, maar er moest nog veel meer van die waarheid verteld worden voordat hij deze man ook maar een beetje kon gaan vertrouwen.

Tennyson vervolgde. "Zoals u zich kunt voorstellen, is het vinden van het tweede Zwaard van Austerlitz, de kopie, nooit een kwestie van plezier en spelletjes geweest. Ik ben een verzamelaar van *mensen* - een verbinder, zo je wilt. Dat is wat me in de loop der jaren succesvol heeft gemaakt. Ik bezit vele bedrijven." Hij pauzeerde. "Sommige daarvan zijn, toegegeven, illegitiem en in sectoren die, zoals je weet, in een beetje een morele grijze zone opereren." Zijn ogen landden op Eliza, maar ze reageerde niet. "Ik geloof niet dat ik een *slecht* mens ben, maar ik ben een man die bereid is dingen te doen die anderen onsmakelijk vinden, om wetenschap en technologie te bevorderen. Dat is het. Als zodanig heb ik geen tijd of belangstelling voor kleinigheden als het verzamelen van artefacten en antiquiteiten."

"Dus iets aan dit zwaard is belangrijk voor je om andere redenen dan het nageslacht?" vroeg Sarah.

Tennyson's stem daalde. "Ja, absoluut. Kom hierheen, en ik zal je precies laten zien wat ik bedoel."

Zij volgden Tennyson naar de zithoek, en Freddie zag een stapel documenten die op de lage salontafel in het midden van het tapijt waren gelegd. Er lagen ook geopende schriften en mappen te wachten. Tennyson trok een van de mappen uit de stapel en bladerde door de losse pagina's. Hij vond wat hij zocht en haalde er een fotokopie van een ander stuk papier uit.

Achter hem, hijgde Catherine. "Het is de ontbrekende pagina!" Zei ze.

12:53 PM | **March 11, 2021**
Cavo, Isola d'Elba, Italië

Tennyson keek Lady Catherine aan, leek haar voor het eerst op te merken, maar knikte toen een keer. "Inderdaad, overgenomen uit het dagboek van Odiot, die een kopie maakte van Napoleons Austerlitz-zwaard. Het was destijds een uiterst geheim project, en alle verslagen ervan zijn zo goed als verloren gegaan, als ze al bestaan hebben."

Hij stak de fotokopie uit en Catherine sprong naar voren om hem te pakken, hield hem omhoog en bestudeerde elk woord dat erop stond. De anderen wachtten om haar heen, en na een paar seconden hield ze haar hand voor haar mond. "Het is... het is precies zoals ik gevreesd had. Het is precies wat ik had voorspeld."

"Een soort chemische verbinding," zei Tennyson, terwijl hij het uitlegde voor Freddie en de rest van hen. "Napoleon kreeg op een of andere manier een speciaal zuur in handen dat, wanneer het door de lucht verspreid werd, onderdanen volledig onbekwaam kon maken om te bewegen."

"Acid?" vroeg Julie.

Tennyson knikte. "In poedervorm of in vloeibare vorm heeft het intrigerend sterke effecten.

"Het werkt ook," zei Ben. Freddie en de rest van het CSO-team in de kamer keken hem allemaal snel aan, maar hij bood verder niets aan.

"Napoleon wilde een ander zwaard - een exacte kopie van zijn favoriete Zwaard van Austerlitz, het zwaard dat door Biennais was gemaakt - om dit zuur op te slaan voor gebruik op het slagveld. Voor dit project, moest hij er zeker van zijn dat niemand anders ooit verdacht zou zijn. Dat niemand er ooit van zou weten, in feite. Zijn plan was om het Zwaard van Austerlitz na te maken, zij het met een kleine wijziging."

"Op het heft," zei Julie. "Hij verving de rozen door kleine versies van wat voor chemische stof dit ook is."

"Precies," zei Tennyson. "Ze waren als kleine zakjes, in wezen. In staat om het zure poeder vast te houden tot hij ze nodig had."

"Zo heeft hij bij Austerlitz gewonnen," fluisterde Catherine, nog steeds vol ontzag over de bladzijde die zij in haar handen hield.

"Dat was het inderdaad," zei Tennyson. "Om nog maar te zwijgen van een paar andere beslissende overwinningen van hem. Hij was een even bekwaam en succesvol leider als de geschiedenis heeft bewezen," zei Tennyson. "Toch heeft de geschiedenis uitgewist wat hem zo succesvol maakte in de strijd."

Freddie herinnerde zich Catherine's uitleg in haar eigen kasteel. "Dus, wat betekent dit allemaal?" vroeg hij. "Jij hebt dit als een soort spel aan Ben voorgesteld - 'vind het zwaard en je laat Eliza gaan.' Wat is er nu veranderd? Waarom is het spel uit?"

Tennyson reageerde onmiddellijk. "Jouw vrienden Harvey en

Eliza hebben iemand vermoord die veel voor mij betekende, iemand van mijn eigen familie. Daarom was ik van plan wraak te nemen door iemand te nemen om wie hij gaf. Door zijn professionele leven van hem af te nemen. Nu, echter, is de status quo veranderd."

Eliza's ogen verwijdden zich een beetje, maar ze hield zich beheerst.

"In zekere zin was het allemaal een spel voor mij. Nu realiseer ik me dat Ben gewoon deed wat hij dacht dat het beste was - en ik moet toegeven dat hij mijn kleinzoon ervan weerhield door te gaan met dat vreselijke onderzoek in de EKG-faciliteit."

"De faciliteit die u bezit en financiert," flapte Eliza eruit.

Tennyson schoot donkere ogen in haar richting. "Zoals ik al zei, mijn onderzoek ligt in gebieden die bestaan in de grijze ruimte van moraliteit."

Freddie verschoof zich en keek naar de reacties van Ben en Reggie. Ze waren vreemd genoeg stil gebleven gedurende het grootste deel van Tennysons uitleg, en hij dacht dat dat kwam omdat ze het meeste al wisten. Hij besloot hun voorbeeld te volgen: als zij zich er niet druk over maakten, zou hij dat ook niet doen.

"Deze derde partij die in het spel is," zei Tennyson. "Zij zijn de reden dat ik je hulp nodig heb. Ik wil het zwaard uit hun handen houden."

"Maar je moet toch al weten waar het is?" vroeg Sarah. "Je moet het al hebben, toch? Waarom zou je anders Ben op deze wilde ganzenjacht over de hele wereld sturen? Waarom al die moeite doen? Je hebt zelfs aanwijzingen laten vallen die bedoeld waren om ons er naar te laten zoeken - dus je moet weten waar het is."

"Ja," zei Tennyson. "Het tweede zwaard is hier. Het is al enige tijd in mijn bezit. In het begin heb ik een soort spel opgezet - een soort speurtocht - voor Ben om op te lossen, maar het was alleen maar zodat ik mijn vermoedens over hem kon bevestigen. Het was een test. Een test om te zien of hij goed genoeg was om zoiets te vinden, met een paar onheilspellende aanwijzingen."

"Omdat je hem nodig had om die andere mensen te vinden?" vroeg Julie. "Die derde groep die nu achter ons aan zit? Ze willen het om het kamp te bewapenen. Ze proberen ons te vermoorden - ze denken dat we het zwaard zoeken omdat we wisten van het complex en het geheim dat het bevatte."

Tennyson knikte. Zijn stem was ernstig. "Ja, precies. Ik dacht dat Ben me kon helpen voorkomen dat ze hun volgende aanval zouden afmaken. Ik dacht dat als hij het zwaard kon vinden dat ik had verborgen, hij zou begrijpen hoe belangrijk het is om met mij samen te werken om te voorkomen dat deze groep hun vierde en laatste aanval afmaakt."

"Hun laatste aanval?"

12:57 PM | **March 11, 2021**
Cavo, Isola d'Elba, Italië

"Ja," zei Tennyson. "Wat heb je gemerkt van die terreuraanslagen over de hele wereld?"

De groep keek naar elkaar, en toen weer naar Tennyson. Ben schraapte zijn keel en sprak. "Nou, ik herinner me dat er berichten waren dat iedereen gewoon leek te blijven staan toen die kerels het plein opkwamen en ze allemaal in brand begonnen te steken. Iemand zei op het nieuws dat het was alsof ze allemaal 'te bang waren om te bewegen'."

"Bevroren op zijn plaats," voegde Reggie eraan toe.

Ben realiseerde zich onmiddellijk de implicatie. Tennyson moet iets weten wat zij niet wisten: dat deze terreur aanslagen allemaal gerelateerd waren. Van het plein in Italië tot het vreemde duikincident voor de kust van Mexico tot het mijnongeluk - bij al deze aanslagen stierven mensen op dezelfde manier: bevroren op hun plaats, niet in staat zich te bewegen, vlak voor hun dood.

"Precies," zei Tennyson. "De piazza aanval in Rome is de meest sprekende. Minstens drie schutters, allemaal aan hun eigen kant van het plein aan het werk. Hoe zorgden ze ervoor dat iedereen op zijn plaats zou blijven terwijl ze het plein beschoten? Hoe konden ze ervoor zorgen dat niemand zich zou omdraaien en wegrennen? Bij dit soort dingen heb je meestal overlevenden die wegkomen net als de aanval begint. In dit geval *waren* er weliswaar overlevenden, maar alle direct betrokkenen zijn gedood of ernstig gewond geraakt, en er zijn inderdaad berichten dat niemand zich omdraaide om weg te rennen."

"Denk je dat ze iedereen eerst gedrogeerd hebben met dit zuur?" vroeg Julie.

"Bijna zonder twijfel. Ze waren het aan het testen," zei Tennyson. "Het beste wat we kunnen zeggen is dat het hetzelfde soort effect veroorzaakt als rigor mortis, nadat het lichaam is gestorven - een ernstige opeenhoping van melkzuur, waardoor het lichaam in wezen op zijn plaats wordt vergrendeld. Alleen is het in dit geval omkeerbaar - het lichaam is snel in staat het melkzuur weg te spoelen, dat uiteindelijk als urine of zweet of zelfs als gas via de longen het systeem verlaat. We weten het nog niet. Maar ze waren *aan het oefenen*, ze bereidden zich voor op iets veel, *veel* groters."

"Dat heb je al eerder gezegd," zei Reggie. "Een laatste aanval. Waarom denk je dat er nog een komt?"

Tennyson liep naar de laag gedekte tafel en ging in een van de leunstoelen zitten. "Niet de vierde en laatste aanval," zei hij kalm. "Dat is te laat om nu te stoppen, ben ik bang. Maar zelfs daarna zullen ze nog niet klaar zijn. Er zullen er meer komen. Er zullen er *altijd meer komen.*"

"Iets *veel groters,*" fluisterde Ben.

Tennyson haalde een andere map dichter bij hem op de rand van de tafel en opende die. "Ik heb alles verzameld wat ik kan over deze aanvallen, en volg ze al vanaf de eerste. Aanvankelijk dacht ik niet dat ze met elkaar te maken hadden, maar een van mijn onderzoekers vond een oude webpagina van twee jaar geleden. Een jonge radicaal met de naam Raoul schreef een soort manifest waarin hij beweerde dat hij de wereld bedreigde met 'vier aanslagen'. Het manifest was een *beetje* poëtisch, dat geef ik toe, maar er zaten intelligente elementen en concrete details in."

Hij haalde een afdruk van de webpagina uit de map. "Dit is het," zei hij. "Dit is het soort dingen dat ik volg bij een van mijn bedrijven. Op dit moment is het slechts een kleine tak van een onderzoeksbedrijf, maar dit is uiteindelijk het begin van de organisatie waarvan ik hoopte dat Harvey met mij zou willen beginnen. Een groep die tot taak heeft dit soort informatie te vinden en op een zinvolle manier samen te brengen. Om patronen te vinden rond samenzweerderige of gewoon *interessante* gebeurtenissen - zodat we dit soort dingen kunnen voorkomen. "

Ben verstijfde. Hij had dit deel van de uitleg van Tennyson nog niet gehoord. *Dus het was waar,* dacht hij. *Tennyson wil mijn hulp voor een project dat vergelijkbaar is met wat de CSO probeert te doen.*

"Dit manifest refereerde aan twee dingen die in mijn achterhoofd waren blijven hangen. Het duurde even - te lang, als ik eerlijk ben - maar uiteindelijk begon het allemaal duidelijk te worden. Ten eerste riep de schrijver van het manifest aan het begin van het document de nagedachtenis van Aristoteles in. Vreemde God om voor te bidden, niet?"

Op dat moment verscheen er een kale man in de deuropening van Tennyson's enorme kantoor. "Ze zijn hier," zei de man. Hij was net zo snel weer weg als hij verschenen was.

Tennyson draaide zich terug naar Ben. "We zullen dit later moeten afmaken - als er tijd voor is."

"Wie is hier?" vroeg Ben.

"De Faction," zei Tennyson. "*Zij* zijn de reden dat ik dit allemaal heb opgezet. Ik moest een bericht naar jou sturen zonder dat de Faction het kon onderscheppen. De waarheid is dat ik je hulp nodig heb, Harvey. Ik heb *ieders hulp nodig*. De Faction wil me dood hebben. Zij hebben ook geprobeerd jou te vermoorden. Ik ben bang dat ze gebruik hebben gemaakt van onze kleine vete, en ons beiden hebben verrast.

Het besef drong tot Ben door op dat moment. *De Faction was de naam van de groep die ons probeerde te doden buiten het hotel.*

"Maar *je* stuurde mannen om op ons te schieten in het restaurant,' zei Reggie. "En *toen wachtte* The Faction ons buiten op. Je bent niet onschuldig in deze, Tennyson.

"Ik hoopte je alleen bang te maken om je bij mijn zaak aan te sluiten," zei Tennyson, die zich nog steeds rechtstreeks tot Ben richtte. "Ze waren nooit van plan je team kwaad te doen."

"Ja?" Vroeg Freddie. "*Het leek* wel of ze ons kwaad wilden doen. Ik denk niet dat ik je dat zal kunnen vergeven, oude man."

Tennyson's stoïcijnse gezicht brak en hij staarde naar Freddie. "Nogmaals, ik verontschuldig me voor mijn onbezonnen acties. Ik was boos, wilde wraak voor de dood van mijn kleinzoon. En nu wil ik wraak voor de aanval op het huis van mijn kleindochter. Je vrienden en ik hebben dit al uitvoerig besproken. Als je wrok wilt blijven koesteren, prima. Maar *nu*, op dit moment, hebben we grotere problemen."

"Wat willen ze?" vroeg Sarah. "Waarom zijn ze echt hier?"

"Ja," voegde Reggie eraan toe. "Ik snap dat ze ons willen doden, maar wat willen ze *echt*? Hoe ben je erbij betrokken geraakt, en wat willen ze specifiek van je?"

Tennyson slikte, en keek toen op zijn horloge. Hij mompelde iets, maar antwoordde toen. "Ik heb iets van hen gestolen, vele jaren geleden. Een bladzijde uit een dagboek, waarin Napoleons plannen voor het wapen in zijn Odiot-zwaard stonden beschreven."

Ben zag Catherine's ogen wijd opengaan. "*Mijn* dagboek," fluisterde ze. "De ontbrekende pagina. *Jij* hebt het meegenomen."

Tennyson knikte. "Ja, inderdaad. Het dagboek van je voorvader, Odiot. De man die het duplicaat van het Zwaard van Austerlitz maakte met het nieuwe chemische wapen gebaseerd op het zuur waar Napoleon onderzoek naar deed."

"Wacht eens even," zei Julie. "Heeft *Napoleon* dit zelf ontwikkeld?"

"Voor zover we weten, was Napoleon betrokken bij een vroege vorm van dezelfde groep. De Faction. Hij had toegang tot de grootste chemici ter wereld, en door zijn macht in Frankrijk en Europa was niets voor hem verboden."

"En jij hebt de pagina gestolen..." Zei Ben.

"Ik was destijds betrokken bij The Faction, toen we voor het eerst over het zwaard en zijn duplicaat te weten kwamen. Men begrijpt nu dat Napoleon dit onderzoek heeft gevonden of gekregen en dat zijn team het heeft kunnen namaken. De Faction heeft nu blijkbaar geen idee waar het zuur vandaan kwam, maar ze *hebben* het in een laboratorium kunnen synthetiseren om er meer te maken."

"Geweldig," zei Reggie.

"Het is hoe ze hun vorige drie aanvallen hebben gelanceerd," zei Tennyson. "Nogmaals, we hebben geen tijd om het allemaal te bespreken, maar je zult me gewoon moeten vertrouwen."

Freddie spotte.

Tennyson negeerde hem. "Alsjeblieft, ik heb een volledige wapenkamer. Een persoonlijke collectie, als je wilt. Ik heb je hulp nodig. Alles wat je daar wilt gebruiken, mag je houden. Beschouw het als een olijftak."

"Jouw versie van een olijftak uitsteken is ons inlijven in je privé-leger?"

Reggie glimlachte om Freddy's opmerking, maar Tennyson's gezicht stond weer stoïcijns en onleesbaar. "Ze zijn hier niet alleen om *me* te doden, mag ik je eraan herinneren."

Ben stapte naar voren, keek naar de anderen in de kamer, en toen weer naar Tennyson. "We zijn een zooitje, maar als we kunnen helpen, doen we dat. We houden er niet van als vreemden ons proberen neer te schieten. Ik vind het niet leuk dat jullie arte-facten stelen, en ik walg van jullie onderzoek bij EKG, maar nu lijkt het alsof we een gemeenschappelijke vijand hebben.

Tennyson knikte. "De man die net binnenkwam heet Saul. Hij is het hoofd van mijn beveiliging. Je zult hem een zeer capabele bondgenoot vinden. Ga met hem mee en installeer je." Hij stopte en keek op zijn horloge. "Volgens mijn schatting, hebben we minder dan een minuut voordat ze arriveren.

1:04 PM | **March 11, 2021**

Cavo, Isola d'Elba, Italië

Julie kwam de helder verlichte kamer binnen en hapte naar adem. Aan elke muur, opgestapeld van vloer tot plafond, hingen wapens. Links van haar zag ze aanvalsgeweren van elk merk en model, en recht voor haar was een muur van sidearms. Ze herkende hetzelfde model Glock dat ze thuis had, waarmee ze het grootste deel van haar training had gedaan op de geïmproviseerde schietbaan die ze achter de hut hadden opgezet.

Ze voelde een gevoel van spijt toen ze dacht aan de hut en Mrs. E. *Recht schieten*, zei Mrs. E altijd tegen haar. *En om recht te schieten, kun je niet anticiperen.*

Rechts van haar waren nog meer wapens, maar deze waren van een veel eclectischer en obscuurder soort. Ze zag een kruisboog uit het middeleeuwse tijdperk naast een meer traditioneel uitziende boog en een pijlenkoker die recht uit de filmset van *Lord of the Rings leek te* komen.

"Tennyson is een verwoed verzamelaar," zei de kale man die

hen de kamer had binnengeleid. "En voor het geval hij het niet gezegd heeft, mijn naam is Saul. Ik ben zijn directeur van beveiliging. Zoals alle *verzamelingen* van Tennyson, verzamelt hij alleen wat nuttig kan zijn, op een praktische manier."

Dat betekent dat dit allemaal werkende wapens zijn, realiseerde Julie zich.

Saul ging verder. "We rusten ons team uit met standaard infanteriewapens en munitie, maar dit is een beetje een unieke situatie. Doe alsjeblieft je best om voor deze stukken te zorgen, maar omdat ze uiteindelijk bedoeld zijn voor bescherming, moet alles waar je je prettig bij voelt hier in perfecte, werkende staat te vinden zijn."

Reggie en Freddie liepen onmiddellijk naar de linkermuur en zochten hoog en laag naar hun favoriete geweer. Ben volgde achter hen, terwijl Julie achterbleef bij Sarah en Catherine.

"Ik moet zeggen," begon Catherine, haar hand over haar borst. "Ik *ben* een beetje een pacifist."

Julie glimlachte. "Ik begrijp het. Niemand verwacht dat je een pistool pakt en op boeven begint te schieten. Misschien is er een plek waar je kunt blijven zodat je geen gevaar loopt?"

Ze merkte dat de vrouw begon te beven, dus Julie pakte haar pols vast. "Ben meende wat hij in het kantoor van Tennyson zei: we *zijn* een lappendeken, maar we hebben een gave om dingen levend te doorstaan. Als je gewoon rustig wilt blijven zitten, dit zal allemaal snel voorbij zijn, hoe het ook -"

"Als het u niet uitmaakt," zei ze, onderbrekend, "blijf ik liever aan uw zijde."

Julie staarde naar de kale man in het midden van de kamer en knikte toen. "Dat is perfect in orde voor mij."

Eliza kwam de kamer binnen en liep naast de drie vrouwen.

"Ik heb een tijdje met je man in Zwitserland doorgebracht," zei ze. "Hij was een goede schutter."

"Ik *ben* een goede schutter," zei Ben, duidelijk hun gesprek afluisterend. "Maar zij is een *verdomd goede schutter*, en niemand van ons komt in de buurt van Reggie. Blijf bij een van hen en het komt wel goed."

Eliza glimlachte en knikte, maar Julie kon de angst in haar ogen zien.

Ze draaide haar hoofd om bij een nieuw geluid dat haar concentratie doorbrak. Het was het geluid van geweerschoten, laag en diep, het geluid van schoten die werden uitgewisseld door meerdere strijdkrachten buiten.

Ze zijn hier.

De anderen in de kamer wisselden soortgelijke blikken. Zij wist dat het team van de Faction waarschijnlijk met hun grootste troepenmacht over de hoofdweg zou komen, om de aandacht van Tennyson's veiligheidsmacht te trekken, maar ook kleinere eenheden ergens in de buurt van Tennyson's land zou droppen. Dat was de tactische zet die ze zou doen - proberen hun flanken te bereiken, terwijl de hoofdmacht bezig was. Ze vroeg zich af met hoeveel ze waren, wat voor wapens ze zouden gebruiken om aan te vallen.

Met andere woorden, wat voor soort wapens zouden ze nodig hebben om *zich te verdedigen?*

"Hoe dan ook," zei Eliza snel. "Is dat waar?"

Julie was eerst verward, maar herinnerde zich toen wat Ben had gezegd. "Ik ben een *geluksvogel*, zeker. Laten we hopen dat we vandaag een beetje geluk aan onze kant hebben. Het is nooit mijn favoriete bezigheid geweest om mensen te overvallen, maar deze jongens verdienen het."

"Ben je klaar?" riep Reggie vanuit zijn hoek van de kamer. Saul, achter hem, was druk bezig met het laden en klaarmaken van een massief aanvalsgeweer.

Julie knikte en probeerde haar tegenzin te verbergen. Van alle dingen die ze met deze groep had gedaan, was vrijwillig een slagveld oprennen en proberen zich in een vuurgevecht te verschansen nooit een van haar favorieten geweest. Ze was niet militair getraind - ze kende nauwelijks de weg met een geweer, ook al was ze een uitstekend schutter. Ze keek naar Reggie en daarna naar Freddie, die beiden hun magazijnen controleerden en zich ervan vergewisten dat hun wapens geladen waren en klaar voor de strijd.

Ben draaide zich om en pakte een aanvalsgeweer van de muur naast de plek waar hij zijn eigen geweer vandaan had, en liep ermee naar Julie.

Hij leunde naar haar toe en kuste haar. "Ik weet niet of dit een goed idee is, Jules," zei hij.

"Niets wat we *ooit hebben* gedaan was een goed idee, Ben," zei ze. Snel voegde ze eraan toe, "behalve met jou trouwen. *Dat* was een goed idee."

Hij glimlachte naar haar en overhandigde haar het geweer.

Ze nam het aan en voelde het gewicht en de kracht in haar handen. "En als dit de wereld ook maar een beetje beter maakt, moeten we het doen. We moeten dit beëindigen, hier en nu."

De blik op Bens gezicht was veelzijdig. Hij was diep, alsof hij vele gedachten tegelijk probeerde over te brengen.

Ze pikte er twee op. Geruststelling - hij wilde haar laten weten dat hij er was, aan haar zijde. Dat ze hier doorheen zouden komen.

En ze kon het gevoel *niet* helpen dat hij haar probeerde te vertellen dat dit *nog lang niet* het einde was.

CHAPTER 76

BEN

1:12 PM | **March 11, 2021**
Cavo, Isola d'Elba, Italië

Ben hoorde een explosie van ergens heel dichtbij. Saul rende de kamer uit en hij volgde, zijn nieuwe aanvalsgeweer klaar en wachtend op een doelwit. Hij wist niet zeker of hij Tennyson geloofde - dat als ze dit nu afmaakten het allemaal voorbij zou zijn - maar als ze het hier niet afmaakten betekende dat een zekere dood.

Hij wist ook dat de factie, wie ze ook waren, meer mannen had waarop ze een beroep konden doen. Meer soldaten dan ze vandaag hadden gestuurd, maar nu moesten ze in leven blijven. Er was geen andere optie, geen andere keuze.

In de gang zag Ben uit op het voorste atrium. De deur waardoor ze het kasteel waren binnengekomen en delen van de betonnen muur eromheen waren volledig verwoest in de explosie. Rook en stof vulden de lucht, en twee van Tennyson's bewakers, hoestend, strompelden de ruimte binnen op zoek naar dekking.

Zodra ze binnen waren, werden beiden neergeschoten door schoten van ergens buiten.

Saul brulde iets en sprong naar zijn neergehaalde kameraden. Hij stopte aan de rand van de gapende muil aan de voorkant van het kasteel en leunde naar voren. "Kom op!" riep hij naar Ben en de anderen.

Ben rende naar de plaats waar Saul was gehurkt. Hij wilde hier geen deel van uitmaken; hij dacht niet dat dit zijn gevecht was. Maar hij was nooit het type man geweest om een gevecht uit de weg te gaan, zeker niet als het gevecht naar hem kwam. De Faction klopte op Tennyson's deur, en hij wist dat ze geen onderscheid zouden maken tussen de oude man, zijn bewakers, en zijn gasten.

Hij draaide zich terug naar Freddie en Reggie. "Jullie twee, met mij mee."

Hij hoefde zijn redenering niet uit te leggen. Hij wist dat Reggie Sarah net zo buiten het gevecht wilde houden als Ben Julie buiten het gevecht wilde houden. De andere vrouw, Catherine, was een beetje een wildcard voor Ben, maar hij had alles gezien wat hij moest weten over haar bereidheid om te vechten toen ze de kamer uit was gerend zonder wapen in haar handen. *Zij is de enige verstandige onder ons*, had hij gedacht.

Reggie en Freddie stonden aan zijn zijde en Ben wierp een blik op Saul. "Ik ga met hen naar de andere kant van de opening. Geef ons wat dekkingsvuur."

Saul knikte en begon toen links en rechts te schieten. Ben haalde adem en sprong toen zo ver mogelijk over de open ruimte. Het geweervuur spatte onmiddellijk over de trap en de muur links van hem en miste ternauwernood zijn voeten en benen. Hij sprintte door de rest van de ruimte en kwam aan de andere kant aan, glijdend alsof hij het derde honk probeerde te bereiken. Hij verplaatste onmiddellijk zijn gewicht en ging in buikligging liggen, alleen het uiteinde van zijn geweer stak nog uit de ruimte. Reggie en Freddie volgden, en kwamen een paar meter van Ben vandaan tot stilstand.

Saul's ondersteunende vuur stopte en Ben zag een soldaat zijn hoofd boven een van de barrièremuren voor Tennyson's plein steken. Ben zag dat hij zich in een goede positie bevond, de lianen en begroeiing bedekten bijna zijn bovenlichaam.

Ben trok zich terug en sprak zachtjes tegen Reggie. "Ik heb er een op ongeveer 2 uur. Een beetje buiten bereik voor mij, tenzij ik geluk heb, maar jij moet het aankunnen."

Reggie grijnsde en hield het geweer omhoog dat hij had meegenomen uit Tennyson's wapendepot.

"Met dit ding," zei Reggie, "kan ik alles aan van hier tot de rand van Tennyson's land. Laat mij maar."

Ben gaf zijn vriend een glimlach terug en stapte uit de opening om Reggie zijn plaats te laten innemen. Reggie nam Bens eerdere positie over en kwam op de vloer van de ingang te liggen, met het uiteinde van zijn geweer naar buiten gestoken. In het wapenarsenaal, toen hij zich bij Ben had gevoegd tegen de muur van aanvalsgeweren, had Reggie iets gevonden dat nog verleidelijker was dan een aanvalsgeweer. Het was een Brügger & Thomet APR338 sluipschuttersgeweer, geladen met NATO kogels, in staat om een vijand van bijna een mijl afstand uit te schakelen.

En de rand van het plein rond Tennyson's oprit was veel minder dan een mijl weg.

Reggie haalde een paar keer adem en Ben zag hem volledig tot stilstand komen. Hij zag hoe Reggie's prothetische vingers de knop op de zijkant van het vizier van de sluipschutter bedienden.

Eindelijk, Reggie loste een enkel schot. Ben sprong op. Hij had geen idee dat Reggie op het punt stond te schieten. Het geluid was oorverdovend, en Ben voelde zijn oren suizen. Hij keek naar de andere kant van de ruimte en zag Saul met open mond naar Reggie staren.

"Mooi schot," zei Saul. "Is hij dood?"

"Nou," zei Reggie. "Laten we zeggen dat als hij nog leeft, ik zijn hersenen een beetje heb herbedraad. Hij zal een iets andere persoonlijkheid hebben na dit."

Saul wierp zijn ogen terug door de opening. "Daar is er nog een, aan jouw kant deze keer. Ik denk dat ze deze twee vooruit hebben gestuurd om ons bezig te houden terwijl de rest van hun mannen ons flankeren."

"Is er een manier dat ze van de zijkant of achterkant binnen kunnen komen?" vroeg Ben.

"Niet gemakkelijk, nee. Er zijn geen andere wegen naar het kasteel dan de weg er recht voor, en mijn team heeft posities rondom het hoofdgebouw. Dat gezegd hebbende, ik denk niet dat ze op deuren zullen kloppen en beleefd vragen om binnen te komen. Te oordelen naar wat we al gezien hebben, is inbreken meer hun MO."

Reggie verschoof zijn positie een beetje terwijl Saul dekkingsvuur bleef geven. Ben merkte op dat Saul lichtjes rond de aanvaller mikte, en Ben realiseerde zich de strategie: de slechterik laten denken dat ze niet precies wisten waar hij was terwijl Reggie zijn schot afstemde.

Nog eens drie seconden gingen voorbij, en het was voorbij. Het uiteinde van Reggie's sluipschuttersgeweer rookte, en hij trok het terug en sloeg de schouderriem over zijn armprothese. "Hij gaat ook niet naar huis," zei Reggie.

"Het lijkt erop dat je het nog steeds hebt, broer," zei Ben.

"*Nog steeds*? Verdomme, ik ben nu beter dan ik ooit in het leger was. Iets met het kiezen van mijn eigen doelen maakt me een betere schutter."

Saul liep over de open wond in de voormuur van het kasteel en voegde zich bij de drie mannen. Achter hem zag Ben Julie buiten de wapenkamer ineengedoken met Sarah, Eliza en Catherine aan de andere kant van de gang. Ze waren iets aan het bespreken, diep in gedachten.

"We kunnen niet achterover leunen en wachten tot ze ons weer aanvallen," zei Saul. "We weten dat ze de vuurkracht hebben om hier door elke muur heen te breken, en er is geen reden om te vermoeden dat ze niet genoeg munitie hebben om het te doen."

"Wat is dan de strategie?" vroeg Reggie.

Voordat hij kon antwoorden, hoorden ze het geluid van een andere explosie, deze was gedempt en rechts van Ben. Hij was diep en dreunde door de stenen en betonnen muren van het kasteel, liet alles trillen en deed wat stof uit de scheuren in de muren vallen.

Het kwam van de *achterkant* van het kasteel.

"We zijn te laat!" schreeuwde Saul. "Ze gaan naar de achterkant van het gebouw"

"Jullie drie, ga met Saul mee," zei Ben. "Probeer te voorkomen dat ze in het kasteel komen. Ik ga met de meisjes mee en probeer een plek te vinden om ze uit het zicht te houden."

Ben hoopte dat De Faction niet precies wist hoeveel mensen er in Tennyson's kasteel waren. Hij nam aan dat Tennyson hun hoofddoel zou zijn, gevolgd door de mannen die zijn beveiliging vormden. Misschien had het Factionleger vernomen dat een of twee leden van een ander team zich bij Tennyson hadden gevoegd, maar hij dacht dat ze niet zouden weten hoeveel. Alles bij elkaar betekende het dat Tennyson's troepen - hoeveel beveiligers er op dit moment ook nog in leven waren en nog in de buurt waren - en nog een paar man meer, zouden zijn wat De Faction zou verwachten. Als er een kans was dat Ben de rest van zijn team veilig en uit het zicht kon krijgen, zou hij het proberen.

"Je hebt het," zei Reggie. Hij wierp een blik op Saul. "Vind je dat goed?"

Saul knikte en richtte zich toen tot Ben. "Er is een kelder, en de enige ingang is de deur tegenover Tennyson's kantoor. Dat zou waarschijnlijk de beste plaats voor hen zijn."

Ben knikte. "Bedankt," zei hij. Hij stak meteen de opening in de voorwand over en liep naar Julie en de anderen aan de andere kant van de gang.

Reggie, Freddie, en Saul renden de andere kant op, op weg naar een plek dieper in het kasteel.

13:15 uur 11 maart 2021

Cavo, Isola d'Elba, Italië

"Hoe gaat het hier?" vroeg Ben toen hij Julie en de andere vrouwen bereikte.

Julie draaide zich naar hem toe. "We hebben het over het zuur - Tennyson zei dat het was ontwikkeld door Napoleon."

"Goed," zei Ben. "Heb je nog iets nuttigs ontdekt?" Hij wilde het niet zeggen, maar over geschiedenis praten terwijl er kogels om hen heen vlogen leek hem geen goed gebruik van de tijd. Hopelijk probeerden ze een manier te vinden om De Faction te stoppen.

Catherine nam het woord. "Ik heb me in Napoleons leven verdiept sinds ik een meisje was. Er is niet veel over de man dat publiekelijk bekend is, waar ik niet van op de hoogte ben. En toch lijkt dit alles op iets wat ik had moeten weten."

"Dit allemaal?" vroeg Ben. "Wat bedoel je?"

"De zwaarden, het bewapende zuur, De Faction - als Napoleon aan zo'n mysterieuze samenstelling had gewerkt, had ik daar toch wel iets over moeten vinden. Een dagboekaantekening, een brief aan een van zijn wetenschappers, een cryptische notitie ergens."

"Soms is het *gebrek* aan bewijs nog veelzeggender dan de *aanwezigheid* ervan," voegde Sarah eraan toe.

Catherine knikte. "Ja, dat is waar. En dat zou heel goed kunnen. Misschien heeft hij alles gewist toen hij hier in ballingschap was. Hij zou genoeg tijd hebben gehad om die brieven en referenties op te zoeken en dat te doen."

"Was er nog iets anders in zijn leven dat verdacht was?" Vroeg Ben. "Ik bedoel, had hij vreemde trekjes of deed hij iets vreemds?"

Catherine dacht even na. "Dat was precies de draad die ik eerder probeerde te volgen. Het enige wat ik me kan bedenken is zijn bezoek aan Corsica tijdens zijn militaire studie. Het was abrupt, zo onnatuurlijk voor een jongeman als hij. Napoleon was erg leergierig, erg geconcentreerd, en hij vond het heerlijk om een van de jongste kinderen van de school te zijn. Hij was ook een familieman, maar zoiets alledaags als zijn vader helpen in het familiebedrijf zou niet genoeg zijn geweest om hem naar huis te roepen."

"Je zei dat het een zakendeal was die verkeerd afliep," zei Sarah. "Kun je wat specifieker zijn?"

"Voor zover iemand weet, was dat echt de kern ervan. Charles Bonaparte had plannen om een moerbeiboerderij te beginnen, in de hoop zijderupsen te kweken en hun zijde te verkopen. Het was niet iets onbekends, maar voor iemand met zijn relatief hoge status in Corsica en een totaal gebrek aan ondernemers- en zakelijke vaardigheden, leek het gewoon uit het niets te komen."

Ben dacht na over Catherine's woorden, maar buiten hoorde hij dringender zaken. Er klonken geweerschoten en hij meende de dichte inslagen te horen toen ze tegen een nabijgelegen buitenmuur sloegen. Hij riep Julie, Sarah, Eliza en Catherine bij elkaar in de richting van de deur die Saul had aangewezen.

"Waar gaan we heen?" vroeg Julie.

"Saul zei dat er een kelder was waar we ons kunnen verbergen," zei Ben. "Ik heb veel liever dat we daar beneden blijven en afwachten."

Eliza en Catherine leken op te vrolijken bij het horen van dit nieuws, maar Julie fronste haar wenkbrauwen naar hem. "Moeten we ons dan in een hoekje verstoppen?" vroeg ze.

"Ik ben bij haar," zei Sarah. "Reggie is met Freddie aan het vechten om ons in leven te houden. Het minste wat we kunnen doen is een handje helpen."

"Maar ze zijn in orde, ze houden het fort achterin de -"

"Ben, luister naar jezelf," zei Julie. "Het is nu niet het moment om bang te zijn. We weten niet waar de Faction toe in staat is, en ik wil me niet verstoppen terwijl Reggie en Freddie het voor ons moeten uitzoeken."

Ben opende zijn mond om weer tegen te spreken, maar Sarah stopte hem. "We doen dit samen, en we gaan niet ten onder zonder een gevecht." Om haar verklaring te onderstrepen, hield ze haar geweer omhoog en schudde het met één hand. Er gebeurde niets, dus probeerde ze het opnieuw.

Ben en de andere vrouwen staarden haar aan. Ben trok een wenkbrauw op.

Sarah bloosde. "Ik... ik dacht dat als ik het zo'n cool klikkend geluid kon laten maken dat jullie zouden weten dat ik serieus ben."

Ben greep haar geweer en zette de veiligheidsschakelaar uit en weer aan. Het maakte een minuscuul klikkend geluid. Hij gaf het aan haar terug en glimlachte. "Zo, dat was een klik. *Nu* weten we hoe serieus je bent."

Iedereen lachte, en Ben was blij voor de korte onderbreking. Even plotseling vielen ieders ogen op de vloer. "Zo, wat doen we nu?" vroeg Eliza.

"Kijk," antwoordde Ben. "Ik begrijp dat jullie niet willen vechten. Wij ook niet, eerlijk gezegd, maar je hebt de dame gehoord, en ze heeft met haar pistool geklikt, wat betekent dat ze het meent. We doen dit samen. Maar als jullie twee in de kelder willen wachten..."

"We staan achter je," zei Catherine. "Ik haat wapens en ik wil niet dat er op elkaar wordt geschoten, maar als dat wel gebeurt, ben ik liever bij de mensen die terugschieten."

Ben krulde zijn lippen langs zijn kin. "Oké," zei hij. "Daar kan ik niets tegenin brengen." Hij draaide zich net op tijd om om twee in het zwart geklede soldaten de open ruimte in te zien duiken.

Shit. "Neer, nu!" schreeuwde hij. Hij had geen tijd om te zien of de vrouwen hadden toegegeven. Hij hief zijn eigen geweer en begon te schieten, net toen de schoten van de soldaten door de gang schalden.

Hij dook naar links, in de hoop hun aandacht van de anderen af te leiden, schoot toen nog een keer. Hij raakte de voorste man in de schouder en liet hem ronddraaien, maar de tweede soldaat was al begonnen met een sprint door de hal. Hij bereikte een gesloten deur halverwege tussen Ben en de eerste schutter voordat Ben zijn doel kon bijstellen. De soldaat draaide zich om en greep naar de klink, waarna hij de deur opengooide.

Ben probeerde te reageren, maar de eerste soldaat had zijn wapen al terug en begon het plafond en de muur boven Ben's hoofd te bestoken met wilde, eenhandige schoten. Ben wachtte op een onderbreking in het spervuur en nam zijn tijd om zijn volgende schot te richten. Hij vuurde en stuurde twee kogels in de zij van de man. De arm van de man viel, zijn geweer kletterde op de stenen vloer, dood.

Ben stond op, rende naar voren en hield zich stevig tegen de muur. Hij hoorde nog een vuurstoot van binnenuit de kamer. Nog een paar seconden en de soldaat kwam tevoorschijn, sprong uit de deuropening en stak de hal over terwijl hij blindelings in de richting van Ben's vorige positie schoot.

De kogels misten, maar de verrassingsaanval zorgde ervoor dat Ben op zijn hurken ging zitten en zijn hoofd bedekte. Toen hij zijn handen weer van zijn gezicht liet zakken en zich klaarmaakte om terug te schieten, merkte hij dat de soldaat al terug op hem richtte. En zijn wapen was gericht op Bens hoofd, op slechts drie meter afstand.

Niet goed.

Hij haalde zijn eigen trekker over, nog niet eens opgesteld voor een goed schot, maar hoorde het geluid van een geweerschot. Onwillekeurig deinsde hij achteruit, maar toen Ben weer opkeek zag hij het wapen van de soldaat uit zijn handen vallen, en de man strompelde achteruit.

Ben wierp een blik over zijn schouder en zag Julie staan, haar eigen wapen opgeheven en gericht op de dode soldaat.

Ben gaf haar een knikje en een snelle glimlach, en zij knipoogde terug naar hem.

Hij stond weer op en riep naar haar. "Bewaak de gang," zei hij. "Gebruik het trappenhuis naar de kelder als je moet, maar ik ga daar naar binnen, waar die Faction soldaat net uit kwam."

Julie fronste haar wenkbrauwen. "Wat zit daar in?" vroeg ze.

Ben pauzeerde. "Tennyson's kantoor."

1:21 PM | **March 11, 2021**

Cavo, Isola d'Elba, Italië

Niets in het kantoor van de man was veranderd - er lagen nog steeds stapels papieren en manila mappen op de lage tafel in het midden van de kamer, en al het andere in de ruimte was nog steeds onberispelijk geplaatst en gepoetst tot een glans.

Het enige verschil dat Ben kon zien was de man die op het tapijt aan de andere kant van de kamer lag, vlak voor zijn bureau.

Ben haastte zich naar Tennyson toe net toen de oudere man zich op zijn rug rolde en probeerde recht te zitten, happend naar lucht.

"Nee, nee. Blijf daar. Ik ga hulp halen. We zullen..."

Tennyson's hand trilde, maar hij hief zich op en hield Ben op afstand. "Nee," fluisterde hij. "Er is niets wat je kunt doen. Zoek Saul - hij kan je hier weg krijgen."

"We gaan de Faction uitschakelen," zei Ben.

Tennyson hoestte, en Ben dacht dat hij de man hoorde proberen te grinniken. Bloed verscheen op zijn lippenhoeken.

"Je zei dat je wist van de laatste aanval," zei Ben. "Iets over Aristoteles en wat De Faction van plan was. Vertel het me, alsjeblieft. Als we ze willen stoppen, stop dan wat het ook is dat ze..."

Tennyson schudde langzaam zijn hoofd. "Er... er is nu geen houden meer aan. Het is veel te laat."

"Waarom zeg je dat?"

Tennyson hapte weer naar lucht en Ben legde zijn hand over de schotwond van de man. Hij wist dat het tevergeefs was; Tennyson verloor snel bloed, en zijn verwonding was fataal. *Maar als het me nog tien seconden informatie oplevert, dan zij het zo.*

"Ik dacht dat ze hier voor *mij* kwamen," zei Tennyson. "Dat ze geloofden dat ik een tegengif had, een vaccin. Iets om tegen het zuur te vechten. Maar dat heb ik niet."

Ben fronste, niet alles op een rijtje zettend. "Bedoel je dat je dacht dat ze hierheen zouden komen om je te ontvoeren?"

Een lichte knik.

"Dat betekent dat ze weten dat je geen bescherming hebt tegen het zuur, of het kan ze niet schelen."

Tennyson liet zijn hand weer in zijn zij vallen en Ben zag zijn borstkas omhoog gaan toen zijn longen hun laatste strijd voerden. Na nog een paar seconden, keek hij Ben in de ogen en een kalmte viel over de stervende man. "Het zwaard was niet alleen een wapen voor Napoleon," zei Tennyson. "Het was bedoeld als een geschenk. Een geschenk voor zijn zoon."

Ben sloot zijn ogen en schudde zijn hoofd. "Nee," antwoordde hij. "Catherine heeft het aan Julie en de anderen uitgelegd. In die tijd hadden Napoleon en Josephine nog geen kind gekregen. Hij zou nooit een kind met haar krijgen."

"Niet Josephine," zei Tennyson. "Je moet naar Corsica gaan."

Ben fronste zijn wenkbrauwen. "Een minnares, dan? Iemand waar niemand van wist?"

"Niet ongewoon," antwoordde Tennyson. "Josephine hield niet van hem, en nam in plaats daarvan vele andere mannen in haar bed. Het zou als een teken van zwakte zijn gezien als Napoleon niet hetzelfde had gedaan."

Ben schudde zijn hoofd. *We verspillen tijd door hierover te praten.* "Waarom - waarom doet dat er nu toe? Vertel me meer over wat De Faction van plan is."

"Wat *Napoleon* van plan was,"

"Waar heb je het over?" Vroeg Ben. "De Faction heeft nog één aanval - je zei toch dat er vier zouden komen? Er zijn er tot nu toe nog maar drie geweest, dus we moeten -"

"Rustig aan, Bennett." Tennyson hoestte weer, glimlachte toen. "Je komt er wel uit, zoals je altijd doet. Je hebt alle stukjes nu. Je kunt erachter komen waarom ik jou nodig had - *specifiek* jou - en niemand anders. Jij moest het zijn, en je zult te weten komen waarom. Je moet naar Corsica gaan, na dit. Je zult begrijpen waarom ik deed wat ik deed, en de manier waarop ik het deed. Ik kon het spel dat ik begon niet afmaken. De Faction kwam mijn familie halen voor we het konden afmaken. Maar volg de draden die ze door de geschiedenis hebben achtergelaten. Ze leiden allemaal terug naar Napoleon zelf."

Ben's mond viel open.

Maar Tennyson was nog niet klaar. "U zult ook ontdekken dat die draad verder gaat dan Napoleon, naar een tijd lang voor hij was geboren. Een plan dat was opgezet door de grote filosoof zelf."

"Aristoteles," fluisterde Ben. "Je hebt het eerder over Aristoteles gehad, en de schrijver van het manifest heeft Aristoteles' naam genoemd. Waarom?"

Tennyson vervaagde nu sneller. Ben had zoveel meer vragen. Hij was niet langer boos op deze man, wilde hem niet langer doden. Niet langer wilde hij doen wat Mr. E hem had verteld.

Ben leunde achterover terwijl hij dacht aan Mr. E. *Waarom die vreemde reactie van Julie en Sarah over hem?*

"Aarde," fluisterde Tennyson. "Aarde, water, vuur..."

Hij heeft de zin nooit kunnen afmaken, maar Ben wist de rest. *Aarde, vuur, water, lucht.*

Hij begreep de betekenis er niet van. Waren dit gewoon de onsamenhangende praatjes van een stervende oude man? Iets zei Ben dat dat niet het geval was, dat Tennyson hem nog een laatste ding wilde vertellen, hem nog een laatste stukje van de puzzel wilde geven.

Wat dat stuk ook was, Ben zou het niet krijgen.

Ben hoorde plotseling geweerschoten van alle kanten, evenals een laag, diep dreunend geluid uit de achterwand van Tennyson's kantoor, en daarna het hogere, ratelende geluid van aanvalsgeweren in de gang.

Hij raapte zijn eigen wapen op dat hij op Tennyson's tapijt had gelegd toen hij binnenkwam en draaide zich om. Hij rende naar de deur.

Er moest nog gevochten worden, en zijn vrouw leidde dat gevecht. Hij zou haar echt niet alleen laten.

CHAPTER 79

BEN

1:32 PM **| March 11, 2021**

Cavo, Isola d'Elba, Italië

Ben haalde Julie en Sarah weer in. Ze vochten aan de open rand van de oprijlaan, het smeedijzeren hek nog open. Eliza en Catherine stonden aan de zijkant van het hek, ineengedoken achter een van de betonnen muren. De SUV waarop ze waren binnengereden stond nog steeds rechts van hen geparkeerd.

Ben rende erheen en kreeg een status update. "We houden ze tegen bij de boomgrens," zei Julie. "Het lijkt erop dat er nog steeds een paar bewakers van Tennyson daarbuiten zijn, verborgen in het bos, dus het is een soort schermutseling."

"Goed," zei Ben. "Dat houdt ze wel even bezig. We moeten naar de SUV, proberen de achterkant te nemen en Reggie en Freddie op te pikken."

Julie schudde haar hoofd. "Nog niet. Ik hoor nog steeds scho-ten, dus we weten dat ze nog aan het vechten zijn. Ik denk dat ze het nog wel een paar minuten volhouden, maar als we een doelwit zo groot als de SUV naar hen toe brengen, trekken we teveel aandacht naar onszelf."

"Wat?" vroeg Ben ongelovig. "Waarom wachten? We moeten hier weg."

riep Sarah naar Ben vanaf haar eigen plek tegen de betonnen muur. "Daar!" zei ze, terwijl ze met haar geweer wees. "Kijk eens - komt het je bekend voor?"

Ben richtte zijn ogen op de richting van haar geweer en probeerde iets abnormaals op te merken. Ze leek te wijzen naar een veld een paar honderd meter verderop. Het lag op een lichte verhoging naar het veld, een kleine heuvel die net hoger lag dan de grond waar het kasteel op stond. Maar er was niemand te zien, geen bouwsels of auto's die hun aandacht zouden moeten trekken.

Het duurde even, maar toen merkte hij waar hij naar moest kijken.

Er stond een boom op de top van de heuvel - een boom waarvan de vorm en de structuur bijna precies overeenkwamen met de boom die Eliza op haar hemd had gedragen.

"Mulberry," zei hij.

Julie knikte. "Ik denk dat we nu veilig zijn. Ik wil het gaan controleren. Ik denk dat dit Tennyson's laatste aanwijzing was in de video - hij had het tweede zwaard al die tijd, zoals we al weten. Hij is degene die het verborg en wilde dat jij het zou vinden, toch?"

Ben glimlachte. "Waarom verstop je het dan niet in het zicht? Waarom niet ergens waar hij het de hele tijd in de gaten kan houden?"

"Precies," zei Julie. Ze herlaadde haar geweer en trok weg van de muur en langs het kasteelterrein, terwijl ze al begon te joggen. Ben kon niet anders dan haar volgen, terwijl hij naar links en rechts keek om er zeker van te zijn dat ze het bij het rechte eind had met haar veronderstelling dat ze, voorlopig althans, alleen waren.

De anderen volgden Ben, en de vier bereikten de moerbeiboom binnen een minuut.

Ben kon het niet helpen, maar voelde de opwinding. Tennyson had zijn spelletje dan wel moeten onderbreken vanwege de interesse van The Faction in hem, maar hij had toch woord gehouden. Het zwaard was hier - het moest zijn.

Ben voelde zijn hart uit zijn borst bonzen toen hij naar Sarah toe stapte.

"Daar," zei Sarah. Ze liep naar een plek aan de andere kant van de boom en hurkte neer. Ben volgde met zijn ogen en zag wat haar aandacht had getrokken. Het was een lange, platte steen die op de grond lag, rechthoekig van vorm en met een gladgestreken oppervlak. Hij leek te zijn gebeiteld uit een groter stuk, want de hoeken waren afgevlakt, maar betrekkelijk vierkant.

Hij liep erheen en hurkte neer aan de andere kant van de steen, en samen drongen ze hun vingers in het vuil en onder de steen en trokken. Het kostte wat geschuif en gewiebel, maar uiteindelijk voelde Ben de steen wijken. Hij kwam los van de aarde en onthulde een holte van ongeveer 15 cm diep.

En in die holte, bovenop een andere steen van dezelfde vorm, lag een voorwerp gewikkeld in een stuk zijde. De zijde was als een deken, strak om de inhoud gewikkeld, een doffe kastanjebruine kleur, dezelfde tint als bloed.

Julie hijgde van over Bens schouder. "Dat is het," zei ze. "We hebben het gevonden."

Ben stond op. "*Je* hebt het gevonden," zei hij. "Ik had het te druk met opgeblazen en vastgevroren worden in Zwitserland.

Daarna had Tennyson blijkbaar geen tijd meer. Hij belde gewoon en nodigde me direct hier uit."

Julie en Sarah keken Ben vreemd aan. "Waar heb je het over? Bevroren op zijn plaats?"

Ben haalde zijn schouders op. "Geloof me, er zit een goed verhaal in, maar dat moet wachten tot later. Het volstaat te zeggen dat ik *precies* weet hoe het is aan de andere kant van dat rare zure spul dat Napoleon had."

"Nu we het er toch over hebben, zit er iets dergelijks op dit zwaard?" vroeg Eliza.

Ben zette zijn aanvalsgeweer neer, hurkte toen en pakte het voorwerp op. Hij kon voelen dat het inderdaad een zwaard was, en hij liet de zijden sjaal uitwaaieren naar het gat terwijl hij het zwaard vasthield. Het was extreem zwaar, zwaarder dan hij zich had voorgesteld. Ongetwijfeld was het zwaard ontworpen om te worden getoond en niet om te vechten, wat de vraag waarom Napoleon het in bepaalde gevechten had gedragen alleen maar groter maakte - een antwoord dat ze nu hadden.

Hij draaide het zwaard om in zijn handen en bekeek het gevest en de tinnen rozen erop. Elk van de rozen was verguld met goudvlokken, waardoor de illusie werd gewekt dat de hele roos uit één stuk goud was gebeiteld.

"Ik denk het niet," zei hij. "Ze zitten goed vast en ik zie geen uitsteeksels waarmee ze aangezet kunnen worden of zo."

"Dat betekent -" Catherine zei, en onderbrak zichzelf. "Dit zwaard is..."

"Het *echte* Zwaard van Austerlitz," zei Ben. "Niet de replica, niet degene die de Faction gebruikte als basis voor hun chemische wapen.

Op dat moment hoorde Ben schoten uit het noorden. Hij viel

onmiddellijk op de grond, en hoorde de anderen op de grond vallen toen zij hetzelfde deden. Hij raapte zijn geweer weer op en richtte het op de bomenrij. Hij zag een van de soldaten van de Faction, helemaal in het zwart gekleed en met een kwaadaardig uitziend, massief aanvalsgeweer, uit het bos op een open plek stappen. Ben vuurde drie schoten in die richting, en de man dook terug de bomen in.

"Ik heb er ook een in het oosten," zei Julie. Ze vuurde haar geweer af en keerde zich toen naar Ben. "Ben, ze zijn overal om ons heen. Ze proberen ons te omsingelen."

Ben knikte. Hij had hetzelfde gemerkt, hij zag drie andere soldaten uit de bomen kruipen in het westen. Vanuit zijn ooghoeken zag hij ook beweging in het zuiden, en hij draaide zijn hoofd in die richting. Het gebied was in de buurt van het kasteel, en hij zag drie figuren langs het kasteel lopen.

Freddie, Reggie, en Saul. Reggie hield nog steeds het enorme sluipschuttersgeweer vast, maar Freddie was aan het rennen terwijl hij ronddraaide en probeerde schoten af te vuren direct achter hem - ongetwijfeld werd hij van daaruit achtervolgd door meer soldaten van de Faction.

"Niet schieten," zei Ben. "Ze komen recht op ons af."

"Ik denk dat dit onze laatste stand is," zei Sarah.

CHAPTER 80

BEN

1:42 PM | **March 11, 2021**

Cavo, Isola d'Elba, Italië

Ben zag hoe de drie mannen vanuit het zuiden naderden, tegen de muur van de betonnen eerste verdieping van het kasteel. Terwijl ze renden, wild schietend over hun schouders, riepen Ben en de anderen naar hen.

Saul, in het midden van de groep, stak zijn hoofd naar beneden en pompte zijn benen op, om Reggie in te halen. Toen hij ongeveer een meter achter de leider was, struikelde hij.

Shit.

Saul viel op de grond, een spetter bloed benevelde de lucht achter hem. Ben hoorde de vertraagde geweerschoten, drie op een rij. Een moet Tennyson's veiligheidschef hebben geraakt, en Saul lag op de grond, onbeweeglijk.

Freddie struikelde bijna over hem toen hij rende, maar hij begon te bewegen in een serpentine patroon toen hij een pauze nam voor de laatste afstand naar de heuvel.

"Wacht tot ze dicht genoeg bij onze heuvel zijn," zei Ben, "en dan kunnen we over hun hoofden heen beginnen te schieten. Er komen minstens zes mannen uit het bos aan de zuidkant van het kasteel, maar we kunnen niet riskeren dat we Reggie en Freddie raken."

"Hoe zit het met de andere richtingen?" vroeg Julie.

"We kiezen elk een kant. Jij hebt 't meeste kans, dus jij houdt Reggie en Freddie uit de buurt. Sarah, jij concentreert je op het oosten, en ik probeer het noorden en het westen te pakken."

Ben zag nog een tiental soldaten van de Faction uit het bos komen. Het leek alsof ze helemaal niet bang waren voor hun groep. Ze waren nog ver weg, maar Ben wist dat hij er minstens twee of drie van hen kon uitschakelen vanaf zijn hoge positie op de open plek.

Tenzij ze iets anders van plan zijn.

"Op drie," zei hij. "Een... twee..." Hij zette zijn schot klaar.

Voordat hij bij drie was, hoorde hij een dreun en zag hij iets over de kop vliegen, recht op de boom af die ze als dekking gebruikten.

Reggie en Freddie waren halverwege de heuvel toen het object de top van zijn boog bereikte. "Reggie!" schreeuwde Ben. "Blijf daar! Er is iets..."

Maar het was te laat. Reggie haalde de heuvel en bereikte de moerbeiboom net toen de bus naar beneden kwam.

Ben rolde opzij toen de bus de boom raakte en door de takken naar beneden stuiterde. Hij landde ongeveer een meter van hem vandaan en kwam tot stilstand.

Ben fronste zijn wenkbrauwen. Hij had een explosie verwacht - het leek er tenslotte op dat bommen en explosieven de laatste tijd nogal vaak hun weg naar hem vonden.

Maar dit was geen bom. Tot nu toe was er helemaal niets gebeurd.

De soldaten van de Faction rukten nog steeds op, maar geen van hen vuurde. *Vreemd.* Freddie was nu ook op de top van de heuvel, beiden stonden bij Ben en de anderen, proberend op adem te komen. Freddie strekte zijn arm uit en legde hem hijgend op de moerbeiboom.

Op dat moment hoorde Ben een klik en de bus vloog de lucht in. Het was alsof er een rotje was afgegaan in de bus, en er siste nu lucht uit.

"Oh, *shit,*" zei Reggie.

Ben wist op dat moment wat het was. Maar dit was een veel grotere versie van het kleine blikje dat hem in Zwitserland had bevroren. Hij keek toe hoe een witachtige rook uit de houder begon te komen.

Bens ogen werden groot. Hij schoot overeind en ging zitten. Toen stond hij op en duwde zich in de richting van het blik. Hij moest het schoppen, om het de heuvel af te sturen, terug naar de soldaten van de Faction die nog steeds op hen afkwamen.

Maar hij kon het niet. Ook al was het blikje nog een halve meter weg, zijn lichaam vertraagde. Het bewoog niet meer, en deze keer wist hij waarom.

Hij zag Julie en Sarah in zijn ooghoeken, ook worstelend tegen de effecten van de beginnende rigor mortis. Hij stelde zich voor dat hun lichamen, net als het zijne, zich volpompten met het nieuw ontstane melkzuur, veroorzaakt door de zuurdeeltjes die uit de bus vrijkwamen.

Er was niets dat Ben kon doen. De soldaten rukten nog steeds op, de bus spuwde nog steeds zijn witachtige inhoud uit. Ben wist dat dit een veel hogere dosis was dan hij in Zwitserland had gekregen - genoeg om zijn hele team gemakkelijk uit te schakelen.

En hij was de persoon die er het dichtst bij was. Dat betekende dat hij of langer bevroren zou zijn, of misschien hard genoeg dat hij niet eens meer zou kunnen bewegen.

Wat de factie ook van plan was, het leek erop dat ze hun wapen hadden geperfectioneerd. Het leek erop dat ze zoveel van het zuurpoeder in een voorwerp konden doen als nodig was, en het dan gewoon van op afstand laten ontploffen, als een op afstand bediende explosieve.

Ben stond binnen enkele seconden verstijfd op zijn plaats, en hij wist dat de anderen dat ook waren.

De nevel omhulde hem volledig, niet afnemend of lichter wordend. Zijn zicht werd wazig, zowel door de rigor mortis die zijn oogleden op hun plaats hield, als door de dikke mist om hem heen.

Hij zag de silhouetten van de soldaten steeds dichterbij komen, nu nog maar een paar meter van hen vandaan. Ze stopten. Ze hadden allemaal de voet van de heuvel bereikt en begonnen naar boven te marcheren toen de nevel ook hen op hun plaats had bevroren.

Vreemd, dacht Ben. Wisten ze van de effecten af? Was het voor hen ook een verrassing? Wat was het plan hier?

Hij vroeg zich af of hij in staat zou zijn om er doorheen te ademen, of dat hij een grote hap adem had moeten nemen voordat de effecten hem troffen. Hij herinnerde zich dat een kleinere dosis van het spul zijn longen had vertraagd, had doen vechten tegen de stijfheid van de rest van zijn lichaam. Zou een sterkere dosis een sterker effect veroorzaken, of zou het gewoon langer duren?

Hij dacht dat hij er zo achter zou komen.

1:46 PM | **March 11, 2021**
Cavo, Isola d'Elba, Italië

Reggie probeerde te knipperen, maar zijn ogen werkten hem tegen. Elk bot in zijn lichaam was stijf, zo hard als steen. Hij herkende het effect onmiddellijk - hij had Ben opgesloten zien raken door hetzelfde mechanisme - in Zwitserland, maar hij had het zelf nog niet gevoeld.

Blijkt dat het intens was. Hij had nooit gedacht dat zoiets mogelijk was, maar Tennyson had de wetenschap kort beschreven. Het was in feite een tijdelijke vorm van rigor mortis, een honderd-voudige toename van melkzuur in de bloedsomloop die er gewoon voor zorgde dat het lichaam afsloeg, zelfs verhardde door de stress. Elke ledemaat voelde aan alsof het in brand stond, en dan voelde het gewoon helemaal niet meer als iets.

Alleen, niet *al* zijn ledematen voelden zo aan.

Reggie had maar *drie* ledematen. Hij had een jaar geleden een arm verloren in Peru, dankzij een andere gestoorde psychopaat die een punt wilde maken. Nu had hij twee benen en een biologische arm.

Reggie was opgegroeid in een buurt waar een eenarmige man woonde. Op de lagere school had hij de draak gestoken met zijn neppe plastic prothese. Het was niet iets waar Reggie aan had meegedaan, en hij had medelijden gehad met de oude man. Het ledemaat leek meer een last dan een hulpmiddel, en hij vroeg zich wel eens af waarom de man er überhaupt een had laten aanmeten.

Maar dat was dertig jaar geleden, en blijkbaar heeft de prothese technologie een lange weg afgelegd.

Dat was Reggie's positieve kant. De meeste zenuwuiteinden waar zijn arm was afgescheurd, waren vervangen door chirurgisch geïmplanteerde elektrische impulsmachines die volledig werden bestuurd door hetzelfde wat eerder al zijn ledematen had bestuurd: zijn geest.

Hij hoefde alleen maar hetzelfde signaal uit te zenden dat hij altijd had uitgezonden - een vinger bewegen, met de pols wiebelen - en zijn prothesearm en -hand bewogen. Het had wat oefening gekost, maar het was veel gemakkelijker geweest dan Reggie zich had voorgesteld, en binnen enkele maanden na de operatie was hij er helemaal aan gewend geraakt.

Tegenwoordig kon hij zijn rechterarm gebruiken alsof het dezelfde arm was die hij altijd had gehad.

Dus dat is precies wat hij deed. De titanium legering prothese had geen bloedstroom die er doorheen liep. En dus geen melkzuur dat hem kon blokkeren, zodat zijn arm even vrij bewoog als altijd. Het scherpschuttersgeweer zou nu nutteloos voor hem zijn - hij had nog steeds twee werkende armen en handen nodig om dat te bedienen - dus trok hij het andere wapen dat hij van de muur van Tennysons wapenkamer had gehaald: een sidearm.

Meer bepaald, een massief, dodelijk uitziend pistool waarvan Reggie uit ervaring wist dat het een gat door een betonnen muur kon slaan.

En geen van deze klootzakken is van beton, dacht hij.

Hij bracht het pistool omhoog met zijn prothese-arm en plaatste het voor zijn lichaam, waarna hij zijn titanium ledemaat op zijn plaats vergrendelde. Hij wilde de aandacht niet op zich vestigen, niet zo vroeg. Het was beter om bevroren te lijken, net als de anderen, tot zijn moment kwam.

Hij voelde beweging, maar kon zijn hoofd niet draaien om te zien wat het was. Gelukkig kwam de persoon een paar seconden later in zijn gezichtsveld.

Het was iemand van de Faction, te oordelen naar het zwarte militaire tenue dat hij droeg, maar de onderste helft van zijn gezicht was verborgen achter een gasmasker. De man liep door de bevroren linies van zijn eigen mannen de heuvel op in de richting van Reggie en de anderen. Hoewel hij net zo gekleed was als de rest van zijn mannen, had hij niets in zijn handen - geen enkel wapen, voor zover Reggie kon zien.

Reggie moest moeite doen om adem te halen, maar door het rigor mortis effect konden zijn longen nog wel kleine, hijgende ademteugen halen. Terwijl zijn borstkas niet kon bewegen, konden zijn longen nog net genoeg uitzetten en samentrekken om hem de zuurstof te geven die hij nodig had om in leven te blijven.

De Faction-man wist waar hij heen ging. Hij liep naar Ben en bleef daar staan, zijn handen voor zich geklemd. Na een paar seconden, sprak hij.

"Harvey Bennett," zei de man. "Nooit in al mijn jaren bij Interpol had ik gedacht dat zoiets als dit mogelijk zou zijn. Kijk, dat is waarom ik in dienst ging, oorspronkelijk. Ik dacht dat het de wereld redden zou zijn. Mensen zoals jij tegenhouden."

Die klootzak van Interpol, besefte Reggie. Hij moet ook lid van de Faction zijn geweest.

"Het zal u waarschijnlijk niet verbazen dat Interpol - net als de meeste andere door de overheid gesteunde organisaties met te veel bureaucratie en administratieve rompslomp - meestal nutteloos is. Zeker, we zijn goed in het vinden van slechteriken en het achter de tralies zetten van mensen, maar dat is geen *echte* verandering, toch? Het *voorkomt* niet echt dat zulke mensen - mensen zoals *jij* - überhaupt bestaan. En waarom zou het? Interpol wordt gefinancierd door dezelfde regeringen die de huidige machtsstructuur financieren. Ze hebben die macht, en ze zijn te bang om hem te verliezen, dus wat doen ze? Ze blijven dezelfde leugens en onzin verkondigen, zoals ze altijd gedaan hebben. Ze richten organisaties op als Interpol, de CIA en MI6 om de wereld te vertellen dat ze veilig zijn.

"Maar *ik* weet wel beter', ging Galbraith verder. "De Faction vond me, en voor één keer hadden ze een doel dat niet alleen overeenkwam met het mijne, maar het leek ook aannemelijk. Eigenlijk *uitvoerbaar*. Ik kon mijn leven niet snel genoeg weggeven. En dat is het verschil tussen jou en mij, Harvey: jij weet niet aan wie je loyaal bent. Je weet niet voor wie je vecht. Maar *ik* wel. En ik zal *blijven* vechten, zolang er jongens zoals jij rondlopen."

Reggie keek toe hoe de man nog een paar seconden in Bens bevroren ogen keek en toen langzaam zijn hoofd schudde. Hij hurkte neer en verdween voor een seconde uit beeld.

Toen hij weer opstond, begon Reggie in stilte te schreeuwen in zijn hoofd.

Hij hield het Zwaard van Austerlitz vast. De man van Interpol, Galbraith, hield het zwaard in zijn handen alsof hij het zorgvuldig woog, greep toen het gevest van het zwaard en trok de metalen schacht uit de schede.

"Wat een zinvolle en poëtische manier om te sterven, Harvey," zei Galbraith. Zijn stem was gedempt door het masker, en het klonk alsof hij aan de andere kant van een telefoon stond te praten. "Ik weet niet of je zo'n poëtische dood *verdient*, maar ik zal proberen het snel en pijnloos voor je te maken.

Hij hield het zwaard omhoog en bekeek het wat beter voordat hij weer sprak. "Maar ik ga dat fatsoen niet uitbreiden naar je vrienden hier."

Galbraith draaide zich om en onderzocht Julie, die vlak bij Ben stond. Reggie zag de Interpol-agent haar ziekelijk op en neer kijken.

Nu of nooit, dacht Reggie. Hij draaide met zijn arm en bracht het pistool naar buiten en omhoog, voorzichtig om langzaam te bewegen zodat hij niet te veel aandacht op zich zou vestigen. Hij wilde het niet helemaal naar zijn oog trekken om te richten, want hij was bang dat de man het zou zien, dus hield hij het gewoon voor zich uit, als een revolverheld uit het Oude Westen. Hij zou de kogels gewoon moeten afvuren en de pan in moeten slaan, omdat hij zijn lichaam niet zou kunnen bewegen om in een betere positie te komen.

Het voelde ongemakkelijk, maar hij wist dat hij niet zou missen. Hij stond maar een meter of tien van Galbraith vandaan, en hij was nog ver genoeg van Julie vandaan dat als hij miste -

Er klonken schoten, de oorverdovende geluiden schoten in Reggie's stijve oren. Hij kon niet zien wie er vuurde, maar hij zag zeker wat ze hadden geraakt.

Galbraith strompelde achteruit en liet het zwaard meteen

vallen. Het Zwaard van Austerlitz zakte door de aarde vlak bij Bens voeten. De man viel achterover toen er nog meer schoten klonken, en Reggie wist dat hij dood zou zijn voor hij de grond raakte.

Wat krijgen we nou?

Iemand was niet bevroren zoals het had moeten zijn. Iemand had geschoten van vlak achter Reggie.

Maar Reggie wist wie er achter hem stond: Freddie.

Hij wenste wanhopig dat hij zich kon omdraaien om te zien wie het was geweest die over zijn schouder had geschoten, maar dat kon hij niet.

Alsof hij zijn gedachten las, kwam een figuur in zicht en sloot zich aan Reggie's gezicht.

1:50 PM | **March 11, 2021**
Cavo, Isola d'Elba, Italië

Freddie grijnsde en gaf zijn nieuwe vriend een klap op zijn schouder. "Hé broer," zei Freddie. "Geen idee wat er gebeurd is, maar wat die troep ook is, ik denk niet dat het op mij werkt."

Freddie wist niet zeker of Reggie nog helemaal bevroren was of niet, maar hij merkte dat Reggie het pistool met zijn prothesearm wriemelde.

Goed genoeg voor mij, dacht hij. Freddie wachtte even en lachte toen. "Oh, ja, dat was ik vergeten. Zeg maar niets - ik weet dat je helemaal bevroren bent en zo. Maar ik zie je daar met je spinnenarmpje wiebelen, en ik hoopte dat je me zou helpen een paar van die schurken uit te schakelen voordat jullie allemaal ontdooien. Arrogant van die Interpol om ons *en* hen allemaal te bevriezen, niet?

Omdat hij geen antwoord van Reggie verwachtte, draaide Freddie zich om en rende om de boom heen de heuvel af om in positie te komen.

Toen hij de bevroren soldaten van de Faction halverwege zag, begon Freddie te vuren, de tijd nemend om enkele schoten rechtstreeks op hun borst te richten. Het voelde verkeerd, vies. Het was als schieten op vis in een ton, of - zoals hij en zijn broer zoveel zomers hadden gedaan toen ze opgroeiden - als het vullen van een ton met vis die ze in het meer hadden gevangen, en er dan een paar M-80's in te gooien.

Te gemakkelijk.

Wat hij ook vond van de brute slachtpartij, hij wist dat deze mannen - of in ieder geval hun leider, Galbraith - op het punt hadden gestaan zijn eigen team hetzelfde aan te doen. Bovendien had hij de toespraak van de Interpol-man gehoord en wist hij *precies* met wat voor soort mensen ze te maken hadden.

Dit zijn van die mafkezen die het diepe zuiden een slechte naam geven, dacht hij. Het soort mensen dat niet verder kan kijken dan hun neus lang is en doen wat op dat moment het beste voelt.

Inclusief het doden van onschuldige burgers.

Zijn gedachten gingen terug naar de terroristische aanslagen van de afgelopen week. Hij wist nu dat die aanslagen van de Faction waren geweest - om een vreemd punt te maken dat hij nog niet helemaal begreep. Hij dacht aan de onschuldige hotelmanager, leeggebloed op de stoep van zijn eigen zaak. Al die onschuldige mensen die ze in de straten hadden neergeschoten.

Hij dacht aan mevrouw E en het lot dat de rest van zijn nieuwe team ten deel zou zijn gevallen als hij niet een beetje te laat bij Ben thuis was gekomen.

Die motivatie hield hem rond de heuvel gaande, de ene soldaat na de andere uitschakelend. Het was vooral vreemd dat de meesten van hen niet vielen. In plaats daarvan bleven ze gewoon staan, de kracht van de inslag opvangend en een beetje achteruit deinend, alsof hij gewoon op een rechtopstaande boomstam had geschoten. Hij zag de ingangswonden en wist dat ze allemaal fataal zouden zijn, maar hij vroeg zich af of en wanneer de inhoud van de bus zou slijten.

Hij hoorde Reggie's pistool ook vuren, maar de man kon alleen schieten op de paar soldaten die hij door de nevel kon onderscheiden, zonder Julie en Catherine te raken, die nog steeds voor hem stonden en ook bevroren waren. Omdat Reggie zijn lichaam niet kon omdraaien, kon hij alleen richten op wat zich recht voor zijn gezicht bevond.

Na nog vijftien seconden en bijna een volledige cirkel rond de bovenste helft van de kleine heuvel, hoorde Freddie een kreun, gevolgd door een hijgen.

Ze worden wakker.

Hij draaide zich om en keek de heuvel op toen Ben zijn nek opzij dwong en naar Freddy staarde, de onderste helft van zijn lichaam nog steeds stijf op zijn plaats.

Hij hoorde een paar kreten, een schreeuw van pijn toen een van de soldaten wakker werd en ontdekte dat hij nog maar een paar seconden te leven had.

Hij vuurde nog drie schoten af op de laatste drie soldaten en keerde toen terug naar de anderen op de top van de heuvel.

"Dat was... Dat was iets anders."

Hij keek naar Ben en probeerde te glimlachen, maar het voelde niet goed. Hij stopte en liet toen zijn hoofd hangen. "Ik ben gewoon blij dat het voorbij is."

Ben wachtte tot hij zijn hoofd weer ophief en Freddie zag de intense ernst in het gezicht van de man. "Nee," zei Ben. "Het is nog *niet* voorbij."

1:53 PM | **March 11, 2021**

Cavo, Isola d'Elba, Italië

"Hoe heb je dat in godsnaam gedaan?" vroeg Reggie, terwijl hij naar Freddie's zijde kwam en hem op de rug sloeg.

Freddie haalde zijn schouders op. "Eerlijk gezegd? Geen idee, man. Misschien ben ik er immuun voor of zo. Ik heb als kind nooit waterpokken gehad. Dat zou het kunnen zijn."

Reggie keek toe hoe Freddie zijn handpalm opende en sloot, en merkte op dat het plakkerig leek te zijn. "Zit je ergens in vast?"

"Ik leunde tegen de boom, probeerde op adem te komen. Ik denk dat ik wat sap op me kreeg."

Reggie's gezicht schoot omhoog en staarde naar Sarah. Hij had nog geen tijd gehad om zich ervan te vergewissen dat alles goed met haar was, maar ze konden later nog wel wat bijpraten. Voordat hij haar iets kon vragen, liep ze naar hem toe.

"Het sap," zei ze.

"Denk je dat het een mogelijkheid is?" vroeg Reggie.

Ze liep naar de boom en leunde er dicht tegenaan, snuffelde er aan. Toen haalde ze haar vinger over de bovenste laag schors en trok hem terug, terwijl ze haar vinger en duim samenkneep. Ook die was nu kleverig. "Dat moet *wel*," zei ze. "Dat is de enige plausibele oplossing."

"Willen jullie me inlichten over wat er aan de hand is?" vroeg Ben. "Ik verwachtte dat Reggie zijn arm zou kunnen bewegen, maar Freddie... ik bedoel, dat was krankzinnig."

"Het sap," zei Reggie. Het moet een soort magische eigenschappen hebben dat..."

"Het is helemaal *geen magie*," zei Sarah. "Het is een soort verdedigingsmechanisme. Iets dat de boom heeft ontwikkeld om roofdieren af te weren en zichzelf gezond te houden."

"En alleen het aanraken van het sap voorkwam dat het zuur een effect op je had?" vroeg Julie.

Sarah schudde haar hoofd. "Ik weet het niet precies, ik zou een laboratorium nodig hebben en waarschijnlijk een chemicus om het allemaal te verifiëren, maar mijn gedachte is dat het sap en het zuur hetzelfde ding zijn. Verschillende vormen ervan, zeker, maar dezelfde chemische samenstelling. Sap als dit heeft een bepaalde pH-waarde die de interne structuur van de boom helpt ziektes af te weren, zoals bacterievuur of wormen die zich kunnen ingraven."

"Zoals een zijderups?"

Sarah knikte. "Ja, precies. In een zwakkere boom kan de zijderups misschien naar binnen en de boom blijvende schade toebrengen. Hoewel de relatie waarschijnlijk een wederzijds voordelige, symbiotische is, durf ik te wedden dat wanneer een oudere moerbeiboom zwakker begint te worden, de zijderupsen naar binnen gaan en hun voordeel doen. Dit sap is waarschijnlijk een laatste wanhopige poging. Iets dat de boom produceert om hem te helpen vechten. Alsof het kan voorkomen dat iets in de boom komt door hun lichaam letterlijk vast te *zetten.*"

"Het jongere sap is veilig en heeft zelfs het averechtse effect dat het oudere, drogere sap geen effect kan hebben." Julie glimlachte. "Ik zie hoe dat wederzijds voordelig zou zijn voor een boomsoort die - voor een tijdje, in ieder geval - de zijderupsen in de buurt nodig heeft."

Reggie knikte mee. Hij wilde dit verifiëren, maar op dit moment leek het een perfecte oplossing voor een elegant probleem. En - besefte hij nu - het was ook de perfecte oplossing voor *een ander* probleem.

"Corsica," zei hij.

Ben liep naar hem toe en glimlachte. "Corsica. Precies. Dat is waar Tennyson me vertelde dat we de volgende keer heen moesten gaan. Hij zei dat er iemand was met wie ik moest praten. Maar ik begreep niet waarom Napoleon terug wilde naar Corsica, alleen maar om te helpen met zijn vaders failliete moerbeiboom bedrijf."

Reggie fronste haar wenkbrauwen, maar Julie antwoordde toch. "De zaak ging failliet, maar Napoleons ondernemende geest zat op een heel andere plaats," zei ze. "Hij ging terug om zijn vader te helpen, volgens de geschiedenisboeken, maar toen hij daar aankwam ontdekte hij iets heel anders."

"De moerbeibomen begonnen iets veel waardevollers te produceren dan zijde," zei Catherine. "Iets waar mensen een moord voor zouden *doen.*"

"Daarom was het altijd zo vaag, gewoon verdoezeld in de geschiedenisboeken," eindigde Ben. "Hij wilde niet dat iemand wist waarom hij echt terugging, en het bedrijf van zijn vader was eigenlijk aan het mislukken. Hij verliet de school om bij zijn familie te zijn, maar hij werkte ook aan iets dat zeer nuttig zou blijken voor zijn toekomst als soldaat en commandant."

Reggie glimlachte naar de rest van hen. Het leek erop dat Tennyson's puzzel eindelijk duidelijk werd, en dat een *andere* puzzel - een veel grotere puzzel waarvan ze pas de randen begonnen te zien - zich begon te openbaren.

En een belangrijk deel van die puzzel leek nog in Corsica te liggen.

"Terug naar de SUV?" Vroeg hij.

Freddie lachte. "Ja, maar ik mag weer rijden. Ik ben het zat om met jou in een kleine auto te proppen, en nu zijn we met nog meer."

14:45 uur: 11 maart 2021

London-Heathrow International Airport, Londen, Engeland

Kapitein Jonathan Edwards wierp zijn ogen op zijn copiloot. "Zie je dit?" Vroeg hij aan zijn tweede-in-bevel.

Ralph Stevenson knikte lichtjes en slikte een brok in zijn keel weg. "George is offline."

George' was de bijnaam van de commerciële piloot voor het softwarepakket dat het vliegtuig bestuurde zodra de piloot het inschakelde, meestal nadat het vliegtuig op kruishoogte was gekomen. Vandaag leek het er echter op dat George had besloten niet te komen werken.

"Hé, geen probleem, oké?" Zei kapitein Edwards, de man rustig geruststellend. Hij glimlachte, in een poging de jongere piloot in een goed humeur te houden. Het *was* echt niet erg, in het hele schema van de dingen. Hij had dit soort dingen in het verleden zien gebeuren - een last-minute hot-fix aan het automatische piloot systeem dat onmiddellijk geïnstalleerd moest worden.

Gewoonlijk zou zo'n update offline gebeuren, ruim na de laatste vlucht van het vliegtuig van de week. Op langeafstandsvluchten zoals deze, moest de update echter gebeuren terwijl het vliegtuig in de lucht was. Aangezien vliegtuig- en vluchtsystemen met WiFi- en internetaansluitingen de update konden downloaden en patchen van overal ter wereld waar ze een fatsoenlijke satellietverbinding hadden, vond hij het een ingenieuze oplossing om vliegtuigen up-to-date te houden met de nieuwste software en firmware, ongeacht hoe druk hun agenda's ook zijn.

Toch was het een beetje vreemd dat dit midden op de dag plaatsvond voor de meeste vluchten die uit Londen vertrokken. Elke piloot in de lucht was goed genoeg getraind om het vliegtuig op kruishoogte te besturen in hun slaap, maar hij wist dat de pakken die deze bedrijven runden de zaken altijd zo veilig mogelijk wilden houden.

Hij vroeg zich af wat hij zijn jonge copiloot moest vertellen. Omdat hij niets geestigs of grappigs kon verzinnen, nam hij zijn toevlucht tot de waarheid. "Luister," zei hij, "deze updates duren hooguit een half uur. Het patch zichzelf en komt dan weer online als het klaar is." Hij vond eindelijk iets geestigs om te zeggen. "En als dat niet zo is, heb ik *honderden* uren training achter de rug - en ik ben met z'n tweeën.

Stevenson glimlachte, maar kapitein Edwards wist dat het geforceerd was. De arme man was waarschijnlijk doodsbang. Nergens in hun training was hen verteld dat ze tijdens de vlucht een update van de automatische piloot konden *verwachten*, maar er was maar zoveel wat hij kon doen.

Zijn headset zoemde en de luchtverkeersleiding kwam door zijn oor. "*United negen-boom-golf grond. Koers oh-niner-fife voor onmiddellijke landing.*"

Kapitein Edwards tuurde uit het voorraam van de 737-800. *Wat krijgen we nou?*

Hij voelde Stevenson naar de zijkant van zijn hoofd staren, maar hij wilde de kinderen niet nog ongeruster maken. Hij zette de schakelaar op zijn stok om en sprak in de microfoon. "Pan pan... grond, eh - toren - United niner-tree-golf. George is op dit moment neer. Herhaal alstublieft de instructie - onduidelijk."

De luchtverkeersleiding herhaalde de instructies woord voor woord, en hij controleerde hun koers dubbel met zijn eigen vlucht-plan. *Ze willen dat we omkeren en teruggaan,* dacht hij.

Hij moest weer omschakelen en sprak, een beetje de formali-teit verliezend. "United niner-tree-golf, gelieve instructie uit te leggen. Dat gaat de verkeerde kant op, wat is daar aan de hand? We hebben George hier beneden -"

Er was een pauze, dan een gekraak van elektrostatische activi-teit, toen een andere stem opnam. *"Kapitein Edwards, ATC dispat-cher nummer acht-één tango. Sorry voor de verwarring, maar het is een chaos hier beneden. Het lijkt erop dat er iets mis is gegaan met onze systemen."*

Haywire. Systemen.

"Heeft dit iets te maken met George die neergaat?"

Nog een pauze. *"Ja, ik ben bang van wel."*

Hij wachtte nog een paar seconden, toen haalde Stevenson zelf de trekker over. "Wilt u dat uitleggen, ATC? We vliegen hier blind en zouden graag willen weten waarom we omgeleid zijn."

"Ik wou dat ik je meer kon vertellen," kwam het antwoord, *"maar ons systeem is gecompromitteerd. We proberen nu weer toegang te krijgen. Zoals ik al zei, we haten het om u om te leiden, maar er zijn nu veel vliegtuigen in de lucht en we moeten u in een wachtpatroon brengen dat niet te veel brandstof verbruikt. Dit is het*

dichtste dat we hebben, maar het is tenminste hetzelfde vliegveld. We zullen een hoop boze klanten hebben, maar we maken het goed."

Kapitein Edwards zuchtte. Dit was iets wat hij nog nooit was tegengekomen. Gewoonlijk was de luchtverkeersleiding een bolwerk van vertrouwen voor piloten in de lucht. Het naadloos overschakelen van het ene torengebied naar het andere verliep altijd soepel en snel, en waar ter wereld hij zich op dat moment ook bevond, Captain Edwards kon op een knop klikken en onmiddellijk in contact worden gebracht met een levend persoon die elke beweging van zijn vliegtuig volgde. Het voegde een extra veiligheidslaag toe aan de toch al hoge veiligheidsnormen van de luchtvaartmaatschappij van zijn werkgever.

"Dit zal een goede oefening zijn," zei hij tegen Stevenson. "Jij hebt de stuurknuppel, laten we haar voorzichtig rondbrengen en veertig kilometer vasthouden, en zorgen dat we haar goed hebben opgelijnd voordat we aan onze afdaling moeten beginnen."

Stevenson deed wat hem was opgedragen en kapitein Edwards kon zich een beetje ontspannen toen de jongere piloot zijn training en deskundigheid bewees. Nog eens tien minuten later zag hij de landingsbaan recht voor zich en binnen nog eens vijf minuten had Stevenson hun hoogte teruggebracht tot minder dan duizend voet toen ze de landingsbaan naderden. "Wil je de besturing?" vroeg Stevenson.

"Negatief, je hebt de stick. Lichte wind uit het noordoosten, zon achter ons - kon niet vragen om een betere dag om te joysticking in."

Kapitein Edwards genoot van de meeste aspecten van het werk, maar hij wist dat elke piloot er dol op was, en *dat* is niet verwonderlijk, vliegtuigen besturen. Landen was meestal een handmatig proces, maar zonder de hulp van hun online instrument landingssysteem, was er vandaag een extra bonus. Stevenson zou elk beetje tocht kunnen voelen, elk beetje wind dat tegen de vleugelkleppen opsteekt en tegen de spoilers vecht. Het indicatielampje van het baken ging aan en de lage toon klonk in zijn koptelefoon toen ze de laatste afwijking naderden.

Kapitein Edward haalde zijn handen van de besturing en stak ze boven zijn hoofd. "Misschien moet ik vandaag de neus een paar graden omhoog brengen op deze landingsbaan," zei Edwards. "Ik geloof dat we bergopwaarts gaan zodra we landen."

Stevenson knikte maar antwoordde niet.

Hij wreef met zijn hand over zijn nekspieren en masseerde een paar pijnlijke plekken. Hij gaf het niet graag toe, maar hij zou opgelucht zijn weer op de grond te staan. Hij had een vierdaags weekend voor de boeg, en Londen was net zo'n goede stad als elke andere om dat door te brengen. Hij wist dat er in de enorme stad genoeg plaatsen waren om vertier te vinden.

Terwijl hij zijn spieren loswerkte van de kramp van de afgelopen dagen, voelde hij dat zijn vingers begonnen te tintelen, en toen verhardden. Hij probeerde zijn hand van zijn nek weg te trekken om zijn knokkels te kraken, maar ze wilden niet wijken.

Wat krijgen we nou?

Zijn rechterhand lag nog steeds op zijn achterhoofd, dus probeerde hij die naar beneden te schuiven om aan zijn linkerhand te voelen om te zien wat er aan de hand was. Ook die was helemaal bevroren. Zijn ogen verwijdden zich, maar hij merkte dat het moeilijk was om ze weer samen te trekken. Hij voelde dat zijn ademhaling langzamer werd, en hij merkte dat hij bij elke ademhaling steeds meer lucht moest inzuigen. Het leek alsof zijn hele lichaam langzaam dichtviel. Hij probeerde Stephenson aan te kijken, maar zijn nek bewoog niet. Ook zijn ogen leken nu moeite te hebben om hun blik op zijn copiloot te richten.

Vanuit zijn ooghoek zag hij een witachtige nevel die van achter de cockpit naar hen toe begon te sijpelen.

Hij voelde zijn zintuigen op scherp staan. Alle extra training die hij had gedaan was tot nu toe zinloos en frivool geweest. Terrorisme leek elke dag een kleinere en kleinere realiteit. Maar nu had hij maar één ding aan zijn hoofd: iemand had iets in de lucht gebracht.

Maar waarom? En wat was hun plan? Als ze het vliegtuig wilden kapen, waarom wachtten ze dan tot ze zouden landen?

Hij zag hoe de neus van het grote vliegtuig omhoog kroop, teruggetrokken door Stevensons handen. Toen de neuskegel de horizon bereikte, wachtte Edwards op Stevenson om de stuurknuppel weer naar voren te duwen en de neus op gelijke hoogte te brengen toen het vliegtuig de laatste honderd voet naar de landingsbaan zakte.

Dat deed het niet.

Hij zag de horizon overgaan in de toppen van gebouwen in de verte, die vervolgens overgingen in een lege blauwe lucht, en tenslotte in wolken.

Hij wilde schreeuwen. *Stevenson we gaan overtrekken.* Op deze lage hoogte, zou een overtrek een onherstelbare overtreding zijn. Er is geen manier om een vliegtuig van die grootte uit een overtrek te halen op deze lage hoogte, wat betekent...

Kapitein Edwards wist op dat moment dat Stevenson ook uitgeschakeld was. Hoe? En nogmaals, waarom?

Hij staarde omhoog naar de stralend blauwe hemel, doorspekt met witte wolken die door zijn zicht gierden. Plotseling voelde hij zijn maag schokken. Het voelde vreemd aan, alsof alleen de binnenkant van zijn maag bewoog, het zuur dat erin zat klotste tegen de stijve wanden van zijn opperhuid. Het was onwerkelijk, alsof hij het lichaam van iemand anders beleefde, van binnen en van buiten.

Ze stopten. De neus van het vliegtuig zwaaide snel naar beneden over de horizon, en won aan snelheid terwijl het naar de aarde dook.

Hij hoorde geschreeuw van de passagiers door de verstevigde dikke cockpitdeur, tot in zijn oren klinkend vanuit de achterkant van het vliegtuig.

Hij voelde een tinteling in zijn handen en toen voelde hij zijn wijsvinger licht trillen. *Eindelijk.* Wat er ook gebeurd was, het had ervoor gezorgd dat beide piloten zich een halve minuut niet konden bewegen.

De neus van het vliegtuig sloeg recht naar beneden en ging op weg naar het asfalt, maar deze keer was het landingsgestel niet het eerste dat geraakt werd.

En ze gingen steeds sneller.

Hij zag Stevenson aan het juk trekken, wanhopig proberend om hun positie te bepalen. Stevenson had moeten weten dat het niets zou uithalen. Hij was beter getraind dan dat, maar het leek erop dat zijn instincten hem de baas waren geworden. Hij probeerde te herstellen van de lage hoogte overtrek, trok zich terug in plaats van vooruit te duwen om de controle terug te krijgen. Het maakte niet uit hoe - kapitein Edwards wist dat het hopeloos was.

Eindelijk, met zijn nek weer in staat om van links naar rechts te bewegen, draaide hij zich om en keek naar zijn copiloot. Hij had geen tijd voor nog meer geestige plagerijen, geen afscheidsge-dachten.

Hij knikte een keer net voordat het vliegtuig tegen de grond knalde.

2:57 PM | **March 11, 2021**

Marina di Campo Luchthaven, Elba, Italië

Ben hoorde van het eerste ongeluk terwijl hij op de luchthaven van Elba stond te wachten. Ze hadden een kwartier geleden tickets gekocht om over te stappen naar het naburige eiland Corsica. Het zou een korte vlucht zijn, maar het zou nog een uur duren voor het instappen begon.

Hij staarde naar de TV-monitor, de kleur verdween uit zijn gezicht.

"Hou vol," zei Julie. "Het was een ongeluk. Het is zo zeldzaam, en over het algemeen zijn vliegtuigen veiliger dan..."

"*Over het algemeen* kan het me niet schelen," snauwde Ben. "En *over het algemeen* gaat het niet op als ik al een vliegtuigongeluk aan den lijve heb ondervonden."

"Ik was erbij," zei Julie. Hij hoorde de zachtheid in haar stem, wist dat ze hem probeerde te kalmeren. De waarheid was dat hij vliegen haatte - altijd al, zolang hij zich kon herinneren. Hij kon zijn ogen echter niet van de televisie afhouden. Het vliegtuig - een 737 van London-Heathrow had het helemaal tot aan de startbaan gered zonder hun automatische piloot, maar toen, schijnbaar zonder enige reden, sloeg het af en smakte op het asfalt.

Iedereen aan boord was omgekomen.

"Dat zijn meer dan tweehonderd mensen," fluisterde Reggie. "Verdomme."

De groep zat in een rij aan een smalle, hoge tafel in het enige restaurant van de luchthaven. De tafel was opgesteld als een bar, met krukken in een rij die uitkeek op de stille toegangspoort van de luchthaven. Omdat er zo weinig mensen rondliepen, had Ben zich verbaasd over het grote aantal flatscreen televisies dat was opgesteld, met naar alle kanten een veelvoud aan Italiaanse en internationale nieuwszenders.

En op elk van die TV's was nu hetzelfde nieuwsonderdeel te zien. De nieuwslezer deed verslag in het Italiaans, maar onderaan de schermen waren Engelse bijschriften te zien. De dichtstbij-zijnde televisie was te ver weg voor Ben om het te kunnen lezen, dus keek hij gewoon naar de beelden.

Hij zag de nieuwslezeres een hand tegen haar oor houden en fronsen. Ze stopte met praten, iets wat Ben nog nooit een nieuws-lezeres op live televisie had zien doen. Er viel een ongemakkelijke stilte van ongeveer vijf volle seconden - een eeuwigheid - en zelfs enkele andere reizigers in de buurt verstomden, aanvoelend dat er iets niet in orde was.

"Ik denk dat ze nog meer slecht nieuws heeft gekregen," zei Reggie. "Al die mensen toch, man. Tweehonderd-iets? Veel slechter nieuws dan dat kan je niet krijgen."

Ben zag hoe het beeld op het scherm veranderde van een

opname van de nieuwslezer naar een vliegtuig, waarvan de neus op de landingsbaan in brand stond.

"Wacht -" zei Freddie geschrokken. Hij leunde voorover en keek scheel. "Is dat - is dat *een ander* vliegtuig?"

"Het moet wel," zei Sarah. "Die andere leek er niet zo op, die was... groter."

En volledig vernietigd, dacht Ben.

Ben zag een drone rond het vliegtuig cirkelen terwijl passagiers uit de achterkant van het vliegtuig schoten en van een enorme gele opblaasbare glijbaan gleden. "Ze halen er mensen af," zei hij. "Mensen van de achterkant, tenminste."

Van dichterbij zag hij dat de voorkant van het vliegtuig was neergestort en in elkaar was gekukeld, waarschijnlijk met de dood voor de piloten en de ongelukkigen die voorin hadden gezeten. Hij huiverde, en voelde hoe Julie's hand in de zijne kneep, haar vingers verstrengelden zich met de zijne.

"Verdorie," zei Reggie. "Twee crashes? Lijkt een beetje verdacht."

Aarde, wind, water, lucht.

Lucht.

"Lucht!" Zei Ben plotseling. Zijn stem was bijna een schreeuw, bijna in paniek.

De anderen leunden voorover en keken naar hem langs de lijn.

"Lucht," zei hij weer. "Tennyson zei dat het van Aristoteles was, toch? Aarde, water, vuur, lucht. Jongens, de vlammenwerper op de piazza in Italië? Dat vreemde incident voor de kust van Mexico met de duikers?"

"En de mijnafgraving die vorige week honderdvijftig mensen doodde," zei Reggie.

"Dit is het," zei Reggie, met een fluisterende stem. "*Dit* is de laatste aanval. Het laatste plan van de Faction."

"Denk je dat de Faction dit doet?" vroeg Julie.

Ben knikte en stond toen op. "Dat *moet het* zijn, toch? Aarde, water, vuur, lucht. Tennyson zei iets over het vinden van verwijzingen naar die vier elementen op elk van de aanvalslocaties. Hij zei dat de aanvallen op de een of andere manier op hen gebaseerd zouden zijn, dat ze allemaal iets uit Aristoteles' tijd zouden vertegenwoordigen. Ze proberen een punt te maken, maar het is iets meer dan alleen 'we haten de wereld, en we willen het zien branden'.

"Ja," zei Freddie, knikkend. "Zoals die vent die op het punt stond jou te doorboren met het zwaard van Napoleon. Hij was hoog te paard over iets, over de wereld ten goede veranderen."

"Dit zou hun manier kunnen zijn om te zeggen dat Aristoteles hun God is of zoiets," zei Ben. "Alsof ze zijn nagedachtenis oproepen door het op deze manier te doen."

"Ik ben meer geïnteresseerd in hoe we het kunnen stoppen," zei Julie.

"Het is te laat," zei Ben. "Tennyson vertelde me dat voordat hij stierf. Hij zei dat het te laat is, dat De Faction te ver vooruit was, al in beweging."

Terwijl hij sprak, was er opnieuw een uitzending met een vliegtuig dat ondersteboven op de landingsbaan lag. Rook stroomde uit alle vier de motoren, en één stond al in brand. Een vleugel was volledig afgebroken en lag vlakbij.

Er waren ook geen passagiers die uitstapten.

"Nee," zei Ben, terwijl hij op de tafel sloeg. "*Nee!* We *moeten* proberen het te stoppen. Wat we ook kunnen doen - welke informatie we ook aan hen kunnen geven - misschien kunnen we iets doen."

De anderen gingen staan, maar Ben was al in beweging. Hij reed bijna een paar reizigers omver toen hij op snelheid kwam en naar de enige kamer in het hele gebouw rende waarvan hij dacht dat die zou kunnen helpen.

3:04 PM | **March 11, 2021**

Marina di Campo Luchthaven, Elba, Italië

Ben schreeuwde bijna, en hij nam even de tijd om zichzelf te kalmeren voor hij weer sprak.

Het werkte niet.

"Ik - ik moet met iemand van de luchtverkeersleiding spreken," zei hij. "ATC. Heb je dat?" Hij deed alsof hij een radio aan zijn mond hield en op de knop drukte.

De bewaker - de enige persoon in de luchthaven die blijkbaar wilde luisteren - gaf geen krimp.

Hij zuchtte. *Wat kan ik doen? Hoe kan ik in hemelsnaam...*

"Meneer?" vroeg een nieuwe stem. Hij wierp zijn ogen naar boven en zag een vrouw de hoek om komen achter het bureau in het kantoor waar hij was binnengekomen. "Kan ik u helpen?"

"Het gaat over de aanslagen," zei Ben. "Terrorisme."

De bewaker verstijfde. *Blijkbaar is dat een woord dat de taalbarrière doorbreekt.*

"Ik kan helpen," ging hij verder. "*Alstublieft*. Ik wil dat je naar me luistert. Wat je ook kunt doen, je moet contact opnemen met de ATC stations, de communicatie mensen, wat dan ook."

De vrouw sprak niet. Ze liep ook niet weg, dus Ben zag dat als een goed teken.

De anderen waren er nu, en Julie kwam de kamer binnen. Hij keek haar niet eens aan, in de hoop dat als hij zijn blik op de vrouw voor hem gericht hield, zij het belang ervan zou inzien.

"Ik smeek je," zei hij. "Die vliegtuigen die neerstorten - ze worden aangevallen."

"Hoe is dat mogelijk?"

"De lucht, of zoiets. Ik weet het niet echt. Maar ze hebben iets in de lucht losgelaten, en het op het juiste moment gepland. Het maakt mensen compleet stijf, alsof ze bevroren zijn op hun plaats."

"Bevroren lucht?" vroeg de vrouw, haar gezicht vertelde Ben alles wat hij moest weten over wat ze van hem dacht. Het gezicht van de bewaker zelf was niet veel vriendelijker.

Ben haalde adem, en Julie sprong in. "Hij vertelt de waarheid," zei ze. "Als je iemand - *wie dan ook* - kunt vertellen om de ventilatiegaten in de cockpit te sluiten, of om de luchtstroom op de een of andere manier te stoppen..."

Hij hoorde hoe het klonk. Het was krankzinnig, uit het veld geslagen. Maar hij draaide zich om en zag een van de televisies in de open poortruimte. Ze hadden het over de aanvallen - drie neergehaalde vliegtuigen tot nu toe - en hij wist dat dat nog belachelijker klonk.

"Geef het gewoon door," zei hij, en gaf het uiteindelijk op. "Gewoon... doe wat je kunt. Het is iets in de lucht. Ik kan meer uitleggen, en ik ga nergens heen. Ik ben hier." Hij gebaarde naar een stoel links van hem en zakte er toen in weg.

De vrouw en de bewaker keken elkaar aan, toen haalde de

vrouw diep adem. Ze draaide zich om en liep weg.

Ben wilde niet praten. Julie en de anderen verlieten de kamer en stonden buiten op wacht. Hij hoorde hun gedempte gesprekken, maar hij had er de energie niet meer voor. Hij wilde dit alles gewoon vergeten en in slaap vallen.

Na vijf minuten kwam de vrouw terug. Ben ging rechter op de stoel zitten. "Ik sprak met onze ATC liaison," zei ze. "Hij verzekerde me dat alle bemanningsleden zullen controleren op iets vreemds in de -"

"Dat is *niet goed genoeg*," zei Ben, bijna trillend. "Ze zullen het niet zien, begrijp je dat niet? Het wordt een witte, wazige...

Ze stak een vinger op en bracht met haar andere hand een mobieltje naar boven, legde het aan haar oor en fronste. Hij had hem niet horen overgaan; misschien had hij de hele tijd aangestaan?

Ze knikte en sprak toen snel in het Italiaans.

Toen ze ophing en zijn ogen ontmoette, wist hij bijna wat ze ging zeggen voordat ze het zei.

"Er is weer een vliegtuig neergestort," zei ze. "In Parijs."

Hij liet zijn hoofd hangen. "Ik probeerde je te vertellen..."

"Er waren twee kleine jets van Elba die binnenkort in Milaan en Rome landen," vervolgde ze. "Ik heb hun verkeersleiders laten weten dat ze moeten proberen de ventilatie in de cockpits af te sluiten, maar tijdelijk.

Ben schoot overeind. "Dank u," zei hij. Hij was bijna in tranen. "*Dank u*. Het gaat lukken. Het *moet* werken."

Ze legde de telefoon weer over haar oor en ging verder met de discussie in het Italiaans, waarbij ze een paar keer geërgerd naar Ben opkeek. Zonder twijfel vertelde ze wie er ook aan de andere kant van de lijn was, hoe overtuigend de Amerikaanse kon zijn.

Hij wachtte tot ze klaar was, en toen kwam ze naar hem toe. De bewaker stond nu verdacht dicht bij hem, en hij voelde zijn persoonlijke ruimte snel verdwijnen.

"We houden alle vluchten aan de grond," zei ze. "Zoals u zich kunt voorstellen, willen we deze vreemde voorvallen zo snel mogelijk beëindigen.

Hij verschoof.

"En we zouden u graag hier houden om meer vragen te stellen."

"Houdt u me vast?" vroeg hij.

"Bent u betrokken bij deze zogenaamde aanvallen, meneer?"

Hij schudde zijn hoofd. "Nee, natuurlijk niet."

"Dan is het geen *aanhouding*, maar een minnelijke uitwisseling van informatie. Daar heeft u toch zeker geen problemen mee?"

Hij keek naar de anderen, wetend dat ze toch niet snel ergens heen zouden gaan. Vluchten zouden in heel Europa aan de grond blijven, en dat zou waarschijnlijk de hele nacht zo blijven, totdat politie en onderzoekers greep op de situatie zouden krijgen en de oorzaak zouden kunnen isoleren.

"Zeker," zei hij uiteindelijk. "Ik ben hier om te helpen. Ik kan je alles vertellen wat je wilt weten, ook al zul je de helft niet geloven."

Hij stond op en nodigde de rest van de groep uit. Ze gingen in één rij naar binnen, en de bewaker leek zich plotseling te realiseren dat hij ze toch niet allemaal hier had kunnen houden, als Ben ervoor had gekozen weg te gaan.

Ze omzoomden het kantoor, en Ben stak zijn hand uit naar de vrouw. "De naam is Harvey Bennett," zei hij. "Misschien heb je van mij gehoord. Wij zijn van de Civilian Special Operations."

4:18 PM | March 11, 2021

Marina di Campo Luchthaven, Elba, Italië

"Ben, het is je gelukt," zei Julie. Ze rende naar hem toe en sloeg haar armen om zijn nek. Hij knielde neer, accepteerde de omhelzing maar gaf hem niet terug.

"Dat hebben *we* gedaan," zei hij. "En ik heb net het laatste stukje op zijn plaats gelegd."

"Maar het laatste stukje was alles," voegde Reggie eraan toe. "Als jij niet was opgestaan en je er niet druk over had gemaakt, waren ze er nooit achter gekomen.

Ben haalde zijn schouders op, en Julie kon de aarzeling op zijn gezicht zien. Ze waren verzameld op het kleine vliegveld. Alle vluchten waren voor de rest van de dag geannuleerd, en er kwamen nieuwsberichten binnen dat de autoriteiten misschien zouden overgaan tot het annuleren van vluchten voor ten minste een week, om elk vliegtuig te controleren op sporen van het zuurpoeder.

Ben had in feite de luchtverkeersleiders laten luisteren. De vrouw met wie hij had gesproken had hem in de kamer gehouden, maar toen ze eenmaal had bevestigd dat zijn theorie waar was - dat op de een of andere manier een aerosol-versie van een rigor mortis veroorzakend zuur werd vrijgelaten in de cockpits van vliegtuigen - verspreidde het nieuws zich snel.

Het bleek dat de Europese luchtverkeersleidingscentra in feite een hecht communicatienetwerk vormden, dankzij de hoeveelheid luchtverkeer waarvan zij op elk moment op de hoogte moesten zijn.

En aangezien er geen ander nadeel was dan een paar ongemakkelijke piloten voor een paar minuten, hebben zowat alle commerciële vliegtuigen hun ventilatieopeningen dichtgeklapt of de luchtcirculatie naar de cockpit uitgeschakeld. De ontstekingsmechanismen waren verborgen in de bijgewerkte code in de firmware van elk vliegtuig, maar ze werden alleen geactiveerd op een bepaalde lage hoogte - een hoogte die betekende dat het vliegtuig zich in de eindnadering voor de landing bevond.

Het betekende dat het verdraaide spel dat The Faction speelde, kon worden afgewend door de lucht af te sluiten voordat het vliegtuig landde.

Dat gezegd hebbende, de tol was zwaar.

"Meer dan zeshonderd mensen," zei Ben. Er stonden tranen in zijn ogen.

Julie knikte. "Het had meer kunnen zijn," fluisterde ze, terwijl ze haar man nog steeds omhelsde. "Het *was* bijna meer. Veel meer."

"Je moet het jezelf niet kwalijk nemen, man," zei Freddie en sloot zich aan. "Je hebt iets goeds gedaan, en dat is dat. Je moet niet denken dat je gefaald hebt."

"We hebben het niet op tijd kunnen stoppen," zei Ben. "Dat is alles."

Freddie liet zijn hoofd zakken. Julie wist dat hij geen ruzie wilde maken met Ben - niemand wilde dat, vooral niet als hij zo was. Ze liet hem los, en de groep liep naar de voorkant van het vliegveld. Ze hadden hun huurauto al ingeleverd, maar Julie wilde er snel zijn, voordat de toeristen die nu een gedwongen verlenging van hun vakantie hadden, hen voor waren.

Catherine had al in een van de vliegtuigen gezeten, op weg naar Lyon, en ze hadden onlangs bericht ontvangen dat ze veilig was geland. Gelukkig had de vrouw niets geweten van de paniek die zich om haar heen afspeelde, want ze was bij het instappen in slaap gevallen en de piloten hadden niemand wakker gemaakt om hen te waarschuwen toen ze erachter waren gekomen. Als iemand in het vliegtuig naar het nieuws had gekeken, was het blijkbaar niet tot Catherine doorgedrongen.

Julie was meer dan opgelucht toen ze hoorde dat Lady Catherine naar haar kasteel zou terugkeren en die avond veilig en wel thuis zou zijn. Ze stonden bij de vrouw in het krijt, en Julie wist niet of dat ooit terugbetaald kon worden.

"Wat nu?" vroeg Sarah en pakte Reggie's hand toen ze door de terminal liepen.

"Ben krijgt een boot," zei Julie. "Corsica ligt vlakbij, en de veerboten varen nog dagelijks. Ik dacht dat we hier nog wel een paar dagen konden blijven, in ieder geval tot de vluchten weer gaan."

"Gaan we niet meer met hem naar Corsica?" vroeg ze.

Ben schudde zijn hoofd. "Ik heb erover nagedacht, maar hoe meer ik dat deed, dacht ik dat het logisch zou zijn als ik alleen zou gaan. Het is iets wat Tennyson me zei te doen - iets wat ik hem nu schuldig ben, hoe vreemd dat ook klinkt."

Julie hoorde Ben pauzeren, en de anderen leken dat op te pikken.

"En er is altijd tijd om daarheen te gaan en rond te neuzen," ging hij verder. "Ik weet dat jullie allemaal graag meer willen weten over de geschiedenis en Napoleons leven -"

"Om eerlijk te zijn, ben ik die vent behoorlijk zat," zei Freddie.

Ben lachte. "Ik weet wat je bedoelt. En trouwens, Julie moet terug naar Alaska om te beginnen met de verzekeringsclaims."

"En hoe zit het met de factie?" Vroeg Reggie. "Denk je dat je ze zult tegenkomen?"

Ben schudde zijn hoofd. "Ik weet het niet, maar ik betwijfel het. Iets zegt me dat dit een beetje anders is. Als De Faction iets anders van me wilde dan mijn hoofd, denk ik niet dat ze zich in Corsica zouden verstoppen en wachten tot ik ze zou vinden."

Ze bereikten de verhuurbalie, en Julie stapte naar voren om een creditcard op de balie te leggen en de jongeman te smeken of ze nog iets beschikbaar hadden. Hopelijk konden ze nog een keer een SUV huren, iets waarmee ze allemaal naar een hotel konden.

Onderweg zouden ze Ben afzetten bij een nabijgelegen jacht haven, waar de veerboot over ongeveer een uur zou aankomen.

Julie keek toe hoe de jongeman achter de toonbank wegging om een sleutelbos te pakken. Ze wendde zich tot de groep achter haar en zag de vermoeide, uitgehongerde blik in hun ogen. Ze hadden niet eens de moeite genomen om de schade in Tennyson's kasteel op te nemen, in plaats daarvan hadden ze ervoor gekozen om daar zo snel mogelijk weg te komen. Ze hadden hun wapens achtergelaten waar ze lagen, lukraak verspreid over de grond. Catherine had het zwaard in bewaring genomen, en het plan was om met haar contact op te nemen nadat ze allemaal de kans hadden gehad om op adem te komen.

Maar Ben had gelijk, Julie wist het. Dit was nog niet voorbij. Verre van dat.

6:05 PM | **March 11, 2021**

Villanova, Corsica, Italië

Ben begon het pad op te lopen, niet wetend wat hij zou vinden. De bomen leken zich van hem af te buigen en wezen hem de weg. Hoewel de chauffeur Ben verder op de weg had kunnen afzetten, was het zandpad waar Ben zich nu op bevond veel smaller dan de weg waar hij was achtergelaten. Ze waren de heuvel opgegaan in de richting van het idyllische stadje Villanova, vlakbij de geboorteplaats van Napoleon.

Hij had de e-mail gekregen kort nadat hij de luchthaven in Elba had verlaten. Het was van Tennyson.

Niets dan een adres, en Tennyson's handtekening.

Eerst had het Ben geschokt. *Tennyson is dood,* herinnerde hij zich. *Ik heb hem zien sterven.* De email moest zeker een truc zijn.

Toen hij het aan Julie had laten zien, klikte zij op het adres van de afzender in de mail-app van zijn telefoon, en zij had erop gewezen dat het niet van Tennyson was geweest, althans niet direct.

In plaats daarvan bleek dat Tennyson een doorstuurdienst had gebruikt, gemaskeerd achter zijn naam, om de e-mail op een geplande tijd te versturen. Om wat voor reden dan ook, had Tennyson deze e-mail, met het Corsicaanse adres, voorgeprogrammeerd om naar Ben te sturen.

Het bevestigde niet dat de email van Tennyson was, maar Ben had een gevoel dat het legitiem was. Hij herinnerde zich Tennyson's laatste woorden. *Aarde, water, vuur, lucht.* En daarvoor: *Je moet naar Corsica gaan.*

De man had Ben nooit *precies* verteld waar in Corsica, en Ben herinnerde zich van zijn en Julie's eerste korte reis naar het eiland dat het een enorme plaats was.

Ze hadden geen tijd meer in Tennyson's kantoor, dus Ben was niet verbaasd dat Tennyson een e-mail forwarding en scheduling service als deze had gebruikt om de e-mail voor te bereiden, om er zeker van te zijn dat hij werd verzonden *na* de gebeurtenissen in het kasteel die uiteindelijk Tennyson's leven kostten.

Het was een laatste poging tot beveiliging, dacht Ben. *Iets wat belangrijk genoeg was om er zeker van te zijn dat het doorkwam.*

En er was nog een kenmerk van deze e-mail, Julie had het hem verteld. Blijkbaar was Ben niet de enige ontvanger van de e-mail. Het was teruggestuurd door de service, en belandde uiteindelijk in de inbox van een andere onbekende persoon.

Intrigerend, had Ben gedacht.

Toen hij de heuvel over het zandpad beklom, zag hij een huis in Toscaanse stijl in zicht komen. Het was niet massaal, maar het was zeker ook niet klein. Het stond op schilderachtige glooiende heuvels, verzorgd en goed onderhouden. De witte stucwerk muren van het hoofdgebouw eindigden met een helder rood gebogen bakstenen dak, vergelijkbaar met wat hij zou kunnen vinden op een dak elders in het Middellandse Zeegebied.

En aan het eind van het pad, op de afgeronde oprit van het huis, zat een man.

Hij zat in een rolstoel, voor een kleine fontein die in het midden van de oprijlaan stond. Een man stond naast hem, iets achteruit, en hield een paraplu boven het hoofd van de rolstoelgebonden man.

Ben nam het tempo op, nu nog nieuwsgieriger. Hij nam aan dat deze man de andere ontvanger van Tennyson's e-mail was geweest en hier was om op Ben's komst te wachten.

Hij stapte op de twee mannen af, die op een meter of tien afstand stonden. Hij voelde geen reden om ongerust te zijn, maar hij had geleerd om nooit te voorzichtig te zijn.

"Harvey Bennett," zei de man.

Ben kneep zijn ogen dicht en probeerde onder de schaduw van de paraplu te kijken. Het licht verschoof, en Bens mond viel open.

"Mr. E?"

De man in de rolstoel knikte langzaam. "Ik zie dat je Tennyson's laatste correspondentie hebt ontvangen."

Bens ogen vielen op de grond. "Dat heb ik gedaan. Hij had het zo gepland dat het automatisch verstuurd zou worden. Hij... heeft het niet gehaald."

"Dat dacht ik al," zei Mr. E. "Harvey, kom dichterbij. Zoals je kunt zien, ben ik niet in de positie om je kwaad te doen, noch heb ik enige neiging daartoe."

"Maar... dit alles... *kende* je Tennyson?"

Hij knikte weer langzaam, dit keer liet hij zijn eigen ogen neervallen. "We waren zelfs ooit vrienden. Vele tientallen jaren geleden. Twee gepassioneerde jonge mannen, geïnteresseerd in het zoeken naar de antwoorden op de diepste vragen van het leven."

"Je vroeg me hem te doden," zei Ben. "Je *zei me hem te doden.* Hoe kon je? Als hij je vriend was..."

Mr. E stak een slungelige, magere hand op en Ben stopte. Pas toen besefte hij hoe tenger de man werkelijk was. Op de televisieschermen en de tablets had Mr. E er wel mager uitgezien, maar niet zo ziekelijk. De levendigheid die de jongere versie van de weldoener had, was nu al lang verdwenen. Wat voor Ben zat was een skelet, nauwelijks in leven.

Toch werkte de stem van de man goed genoeg, en hij vervolgde zijn uitleg. "We waren beiden geïnteresseerd in het zoeken naar de diepste, donkerste geheimen die de mensheid verborgen heeft gehouden. We stuitten elk, op verschillende momenten, op het bestaan van een oude orde. Een die al eeuwenlang de mens en de geschiedenis manipuleert."

"De Faction," zei Ben.

"Inderdaad. Het bestaat al sinds Aristoteles zelf het oorspronkelijke idee opperde, en het is in de loop der jaren veranderd in een verdraaide, macabere versie van zijn oorspronkelijke doel en initiatief. Dat is de organisatie die ik wilde stoppen, en nu is die taak aan jou."

"Hoe kan ik ze vinden?"

"Er is een eiland voor de kust van Turkije, dat vroeger een gevangeniscomplex was voor staatsvijanden. Mijn onderzoek suggereert dat dit eiland een Faction-bolwerk zou kunnen verbergen. Mijn communicatieteam heeft een groot aantal signalen onderschept die uit dit gebied komen. Maar wees voorzichtig, Harvey. De Faction is een organisatie met veel middelen."

"Ze wilden ons zeker doden," zei Ben. "Alleen omdat ze dachten dat we iets wisten over hun terroristische aanslagen. Omdat we op zoek waren naar het Zwaard van Austerlitz."

Hij keek toe hoe meneer E slikte, de pijn was duidelijk te zien op het gezicht van de oudere man. "Ik weet zeker dat je het al weet, Harvey, maar ik ben stervende. Het tempo is opgevoerd en ik vrees dat ik nog weken heb, misschien minder. Daarom hebben we geen tijd meer."

"Waarom heb je ons dat niet eerder verteld?" vroeg Ben.

"Ik had gehoopt de Speciale Operaties snel op de hoogte te brengen van het bestaan van de Faction, maar zelfs hun naam kennen is gevaarlijk. Je denkt misschien dat ze klaar zijn, nu je hun laatste aanval verijdeld hebt, maar ik verzeker je, Harvey, ze zijn pas begonnen."

Ben knikte. "Tennyson zei dat ook."

"Tennyson wist dat het einde nabij was. Hij wist veel te veel. Vele jaren geleden informeerde ik naar het bestaan van een zeker dagboek, dat nu in het bezit is van de drievoudig achterklein-dochter van Napoleon's zwaardsmid in Parijs."

"Odiot."

"Ja. Ik heb Catherine toen ontmoet, en gevraagd naar Odiot en zijn werk. Ze was voorzichtig, en liet niet doorschemeren dat ze het dagboek in haar bezit had. Maar Tennyson had deze infor-matie zelf ontdekt, en hij liet later een bladzijde uit het dagboek stelen. Ik waarschuwde hem dat het een verschrikkelijke beslissing was geweest, maar hij hield de bladzijde bijna veertig jaar lang verborgen."

"Toen hij met zijn kat-en-muisspel met *mij* begon, ontdekte de factie dat hij wist van Odiot's Zwaard van Austerlitz en de blad-zijde uit het dagboek.

Mr. E glimlachte, een dunne strook lippen, nauwelijks zijn ogen omrandend. "Weer correct. Ze moeten gevreesd hebben dat dit hun plannen zou doorkruisen, dus probeerden ze Tennyson te verwijderen. Uiteindelijk zijn ze daarin geslaagd, maar tegen een hoge prijs voor hun organisatie."

"Omdat het geheim uitkwam."

Mr. E knikte opnieuw, nadrukkelijker deze keer.

Ben wist wat het betekende, maar hij moest het zeker weten. Hij moest het horen van Mr. E.

"Ze weten nu dat *je* deze informatie hebt."

6:11 PM | **March 11, 2021**

Villanova, Corsica, Italië

Daar is het, dacht hij. Op dat moment wist hij dat Tennyson gelijk had gehad. *Dit zal hier niet eindigen.*

"Ze gaan je achtervolgen, Harvey," zei Mr. E. "Jij en de rest van de CSO. Totdat jullie weg zijn, of jullie een manier kunnen vinden om ze te verslaan. Daarom hield ik het geheim voor jou, voor je team. Zelfs voor mijn eigen vrouw.

"Het spijt me voor...

"Het is de aard van je werk, Harvey," zei hij. "Net zoals het de aard van haar was. Ze zou niet willen dat ik lang treurde, en ik stel voor dat jij dat ook doet."

Ben slikte, niet in staat om woorden te vinden.

"Ik zal haar erg missen, maar ik werkte altijd naar een groter doel toe. De Faction *moet* op de knieën gebracht worden."

"Hoe?"

Mr. E staarde Ben aan en schudde toen langzaam zijn hoofd. "Ik heb absoluut geen idee," zei hij.

Ben wilde hier niet bij stilstaan. Hij veranderde van onderwerp. "Waarom wilde je dat ik Tennyson vermoordde? Wat zou je daarmee bereiken?"

"Het zou ze laten inzien dat je niet aan Tennyson's kant staat," zei Mr. E snel. "Het zou ze hebben laten nadenken, ze zich hebben laten afvragen voor wie je *werkelijk* werkt. Dat zou genoeg geweest kunnen zijn om je de overhand te geven."

"Maar nu denken ze gewoon dat ik de hele tijd aan zijn kant stond."

"Ik ben bang van wel," zei Mr. E. "Hoewel er nog een laatste truc is. Een laatste ding dat we kunnen proberen."

"Wat?"

Mr. E pauzeerde, haalde diep en diep adem, en liet hem toen weer uit. "Laat me je eerst uitleggen waarom Tennyson *jou* gekozen heeft."

"Mij *gekozen?*"

"Jij moest het zijn, Harvey."

Ben voelde de woorden hem even hard raken als de openbaring. *Jij moet het zijn.* Tennyson had dezelfde woorden tegen hem gesproken slechts enkele uren daarvoor.

Jij moest het zijn, en je zult weten waarom. Je moet naar Corsica gaan, na dit.

Hier was hij, op het punt om uit te vinden waarom Tennyson hem had uitgekozen voor deze missie. "Ik dacht dat het wraak was," zei Ben. "Tennyson's kleinzoon stierf door mij, dus hij wilde het terugbetalen."

"Het was een uniek en zeldzaam toeval dat jullie paden zich kruisten," zei Mr. E. "Maar deze wereld is vol van zeldzame en unieke toevalligheden. Hoewel Tennyson misschien het idee heeft gehad u te laten geloven dat hij wraak zocht, kan ik u verzekeren dat zijn *werkelijke* reden om u te bereiken veel belangrijker is."

Wat zou dat kunnen betekenen? Ben vroeg het zich af.

De man die de paraplu van meneer E vasthield, schoof naar de andere kant van zijn stoel, waardoor hij wat meer in de schaduw zat. "Heeft Tennyson gezegd dat Napoleon het tweede zwaard voor zijn zoon heeft laten ontwerpen?"

Ben knikte. "Ja. Maar Catherine zei dat Napoleon en Josephine - zijn vrouw op het moment dat het zwaard werd gemaakt - nooit een zoon hadden gehad."

"Dat is... meestal juist."

"Was het een meesteres, dan?" vroeg Ben. Dit was dezelfde manier van vragen stellen als hij met Tennyson had geprobeerd, maar de oude man had geen tijd gehad om het uit te leggen.

"Ja. Een maîtresse die niet in de geschiedenisboeken staat - en ook nooit zal komen. Technisch gezien waren Napoleon en Josephine in die tijd getrouwd, hoewel behoorlijk vervreemd. Josephine - Marie Josèphe Rose Tascher de La Pagerie - had besloten opnieuw van Napoleon Bonaparte te houden, maar in een vreemde ironie van de Patricische maatschappij zou het als een faux pas worden beschouwd om van een echtgenoot naar een minnaar naar een echtgenoot terug te keren, tenminste in de goede maatschappij. Maar in een korte onderbreking tussen de veldslagen, konden ze elkaar weer zien..."

"Wacht," zei Ben. "Bedoel je dat Napoleon een maîtresse had, maar dat die maîtresse eigenlijk zijn *vrouw* was? Het was Josephine?"

"Ja."

"Dus... Napoleon had een erfgenaam. Een *echte* erfgenaam, met de vrouw die waarschijnlijk Napoleon's ware liefde was?"

Mr. E glimlachte nog eens. "En dat is nog niet alles, Ben."

Ben voelde dat hij hoofdpijn kreeg. Hij wilde gaan zitten. Een glas water drinken. Of whisky.

"Lady Josephine hield dit kind geheim, zelfs voor Napoleon zelf. Ze liet het kind opvoeden in een weeshuis in de buurt en vertrouwde de zorg uiteindelijk toe aan een vriend van de familie die beloofde het land te verlaten en het kind in relatieve rust op te voeden."

"Waar zijn ze heen?"

"Engeland," zei Mr. E. "De naam van de familie was Biennais."

"Dat is de man die het *eerste* Zwaard van Austerlitz maakte."

"Dat is het inderdaad. De familie waarin de jongen opgroeide, werd geleid door een neef van Biennais zelf. En toen ze Frankrijk ontvluchtten, besloten ze hun naam te veranderen. Om de jongen verder voor de wereld te verbergen. De factie was springlevend in de tijd van Napoleon. Men zegt dat Napoleons scheikundigen lid waren, waaronder mensen uit de omgeving van Odiot en Biennais, die op hun technologie vertrouwden voor hun smidswerk."

"Dus Josephine wilde de jongen veilig houden, dus heeft ze zijn *vader* niet eens verteld dat hij bestond?"

"In essentie, ja. Maar het belangrijkste deel is de naam, Harvey. Toen ze zich in Engeland vestigden, kreeg Biennais' neef een baan als klerk, en veranderde prompt de familienaam."

Ben hield zijn hoofd schuin. Het was interessant, maar hij wist niet zeker waarom het zo belangrijk was.

"De naam die hij voor zijn familie koos was een uitloper van Biennais, om het in de geschiedenis te houden. Hij koos de naam *Bennett*, en sindsdien heet de familie zo."

Ben slikte, voelde hoe zijn ogen hem naar beneden probeerden te trekken. Hij opende zijn mond, sloot hem weer. *Nee.* "Ik - ik begrijp het niet, Mr. E."

De glimlach van Mr. E keerde terug, en deze keer bereikte hij zijn ogen. "Ik geloof dat je dat doet, Harvey. Ik geloof dat je nu alles begrijpt. Waarom *jij* het moest zijn - waarom ik de CSO begon, en waarom *jij* de leider werd. Waarom Tennyson *jou* nodig had, en niemand anders. En waarom *jij* het zwaard moest vinden. Het *tweede* zwaard. Hetgene dat rechtmatig van jou is."

"Zijn - wat? Wil je zeggen dat de geheime zoon van Napoleon..."

"Is jouw voorouder, Harvey."

"Nee, dat is - hoe? Dat kan niet mogelijk zijn."

"U, Harvey Bennett, bent verwant aan Napoleon zelf, rechtstreeks en onweerlegbaar, via de familie afstamming van Biennais, een goede vriend en vertrouweling van Napoleon Bonaparte. U bent dus de rechtmatige erfgenaam van de geheime organisatie waar Napoleon de controle over verloor toen hij de macht verloor na zijn ballingschap."

"De... Faction."

"Ja, Harvey. De Faction."

AFTERWORD

Bedankt voor het lezen! Ik hoop dat je van deze thriller hebt genoten, en ik hoop dat je een eerlijke recensie achterlaat.

Als dank, bezoek nickthacker.com/dutch om een gratis thriller roman te downloaden!

Nick Thacker is een thrillerauteur uit Texas die in Hawaii en Colorado woont. In zijn vrije tijd leest hij graag in een hangmat op het strand, skiet hij, drinkt hij whisky en trekt hij op met zijn mooie vrouw, twee honden en twee dochters.

Voor meer informatie en een lijst van Nick's andere werk, bezoek Nick online: www.nickthacker.com